Fantasy

Herausgegeben von Friedel Wahren

Das Schwarze Auge

MARTINA NÖTH

Zwergenmaske

Dreiundfünfzigster Roman
aus der
aventurischen Spielewelt

begründet von
ULRICH KIESOW

Originalausgabe

WILHELM HEYNE VERLAG
MÜNCHEN

HEYNE SCIENCE FICTION & FANTASY
Band 06/6053

Umwelthinweis:
Dieses Buch wurde auf
chlor- und säurefreiem Papier gedruckt.

Originalausgabe 12/2000
Redaktion: F. Stanya

http://www.heyne.de
Printed in Germany 2000
Umschlagbild: Zoltán Boros & Gábor Szikszai / Agentur Kohlstedt
Kartenentwurf: Ralf Hlawatsch
Umschlaggestaltung: Nele Schütz Design, München
Technische Betreuung: M. Spinola
Satz: Schaber Satz- und Datentechnik, Wels
Druck und Bindung: Presse-Druck, Augsburg

ISBN 3-453-17885-8

Gewidmet all jenen,
die mir am Herzen liegen!

Prolog

Er spie aus. Dann ging er weiter, den blutigen Fleck übersehend, der sich dunkel auf dem staubigen Boden ausbreitete. Die Sonne brannte ihm in den Augen. Er wusste nicht, wohin er gehen sollte. Sie hatten ihn so verprügelt, dass er froh war, überhaupt noch laufen zu können. Doch kam er kaum voran, da er das linke Bein nicht belasten konnte und es ständig nachziehen musste. Diese verdammten Sklaventreiber! Ja, es war leicht, immer gut und korrekt und zwölfgöttergefällig zu sein, wenn man im Reichtum lebte. Ein Heim, eine warme Mahlzeit und immer schön zu den Zwölfen beten. Lächerlich. Zum Kotzen. Nun, sollten sie doch etwas von ihrem Glück teilen, ein Glück, das sie ohnehin nicht verdient hatten.

Er prüfte seinen Schneidezahn und musste feststellen, dass er wackelte. Schon wieder einer. Als ob es nicht reichen würde, dass sie ihm abfaulten, nein, diese Schurken mussten sie ihm auch noch ausschlagen. Wenn das so weiterging, würde er in ein paar Jahren genauso viele Zähne wie sein Vater haben. Also gar keine. Er ließ seine Gedanken wieder zurückschweifen. Die kleine Schlampe hatte ihm schöne Augen gemacht. War doch klar, was sie wollte. Und dann noch schreien, wenn sie es bekam, das waren ihm die liebsten. Dieses kleine Biest. Er stellte sich vor, wie er sie mit seiner Peitsche so lange würgte, bis ihr die kleinen grünen Fischaugen aus dem Kopf quollen. Ein Augenschmaus.

Er schreckte auf, als rechts neben ihm ein Geräusch aus dem dunklen Gebüsch kam. Sie hatten ihn doch wohl

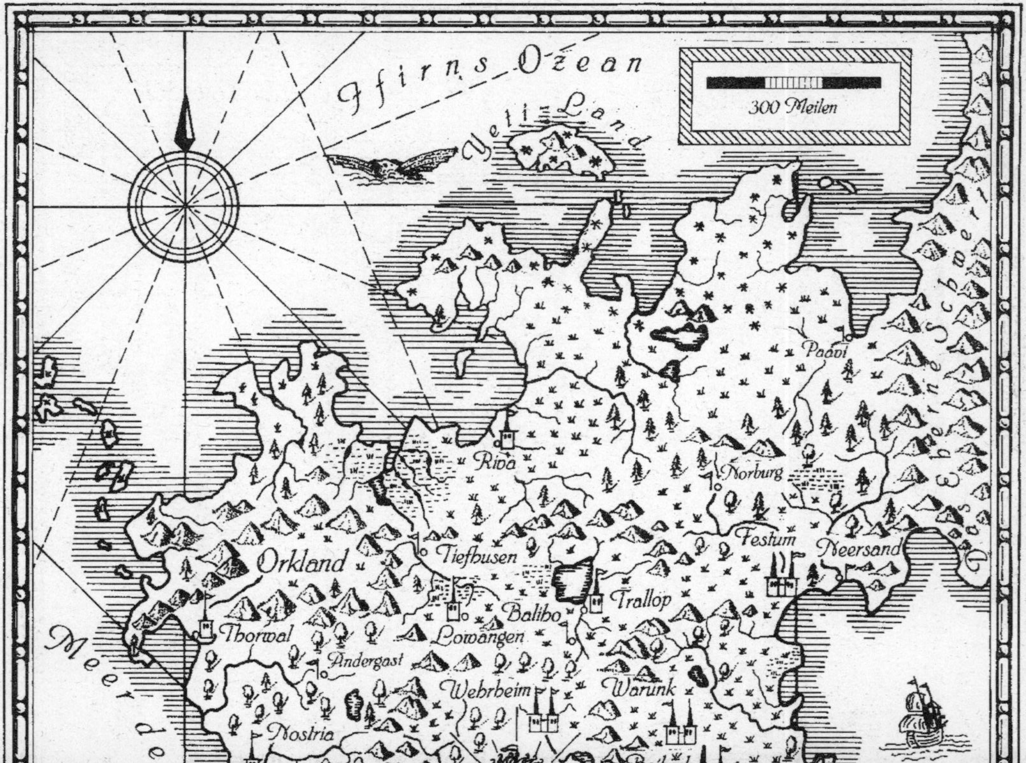
Ifirns Ozean
300 Meilen
Yeti-Land
Das Ehernen Schwert
Paavi
Riva
Norburg
Festum
Neersand
Orkland
Tiefhusen
Trallop
Balibo
Thorwal
Lowangen
Andergast
Wehrheim
Warunk
Nostria
Meer de

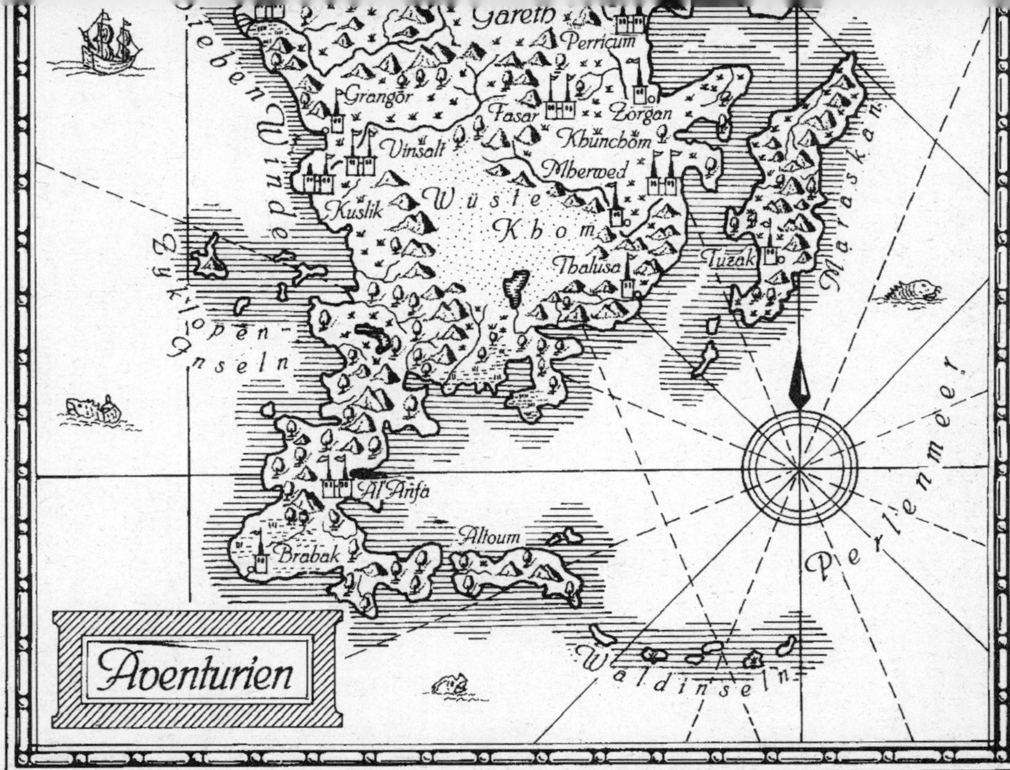
Gareth
Perricum
Grangor
Fasar
Zorgan
Khunchom
Vinsalt
Mherwed
Kuslik
Wüste Khom
Thalusa
Tuzak
Zyklopen-Inseln
Al'Anfa
Altoum
Brabak
Perlenmeer
Waldinseln
Aventurien

hoffentlich nicht verfolgen können? Er war sich sicher gewesen, ungesehen entkommen zu sein. Aus diesem klapprigen Holzschuppen, mit diesem Stalltrottel als Wache. Lächerlich. Lächerlich wie alles an ihnen.

Wieder ein Geräusch neben ihm. Gut, dachte er grimmig und schnitt eine Grimasse, dann müssen wir eben andere Saiten aufziehen. Er zog seinen Dolch. Langsam wurde die Klinge schartig, hatte wohl schon ein paar Sehnen zu viel durchtrennt. Er duckte sich und schob mit der linken Hand ein wenig von dem Gebüsch zur Seite. Aber da war nichts, zumindest konnte er nichts erkennen. Er spähte noch einmal angestrengt in die diffuse Dunkelheit, aber er musste sich wohl getäuscht haben. Jedoch, als er gerade zurücktreten wollte, da blinkte etwas vor ihm – von einem verirrten Sonnenstrahl getroffen – auf. Er trat wieder näher und erkannte, dass es etwas Goldfarbenes war. Wie hatte er das nur übersehen können! Ächzend ließ er sich auf seine geschundenen Knie nieder und kroch vorsichtig in das dichte Gestrüpp. Fluchend versuchte er, wenigstens sein Gesicht vor den Dornen zu schützen, aber es wollte ihm kaum gelingen. Als er endlich bei dem Ding angelangt war, befand sich seine Laune bereits auf dem Tiefpunkt. Er ließ den Dolch fallen, seine schmutzige Hand reckte sich nach dem Gegenstand, der größer war, als er zunächst gedacht hatte. Moos und Erde hatten das Ding halb verborgen und als er es nun mit etwas Mühe hervorzog, stieß er einen überraschten Pfiff aus. Es war eine Maske. Eine Gesichtsmaske und – sie schien aus purem Gold zu sein. Seine Laune besserte sich schlagartig. Wenn das wirklich Gold war … Er drehte sie um, polierte mit dem Ärmel seines zerrissenen Hemdes den Schmutz weg und betrachtete die warm schimmernde Oberfläche. Die kunstvolle Arbeit der filigran gearbeiteten lachenden Maske bemerkte er nicht einmal, nur das rotgoldene Leuchten des Metalls nahm er wahr. Plötzlich stieß er ein jaulendes Gelächter aus. Er war ein Glückspilz. Er war reich. Er würde es all diesen verdammten Dreckskerlen zeigen. Übermütig führte er die Maske ans Gesicht, um sie aufzusetzen, und wollte mitten im tiefsten Dornengebüsch einen Freudentanz beginnen. Doch er kam nicht dazu. Er kam nicht einmal mehr dazu zu schreien, als es mit irrsinniger Geschwindigkeit auf ihn zustürzte.

Kapitel 1

Janara beugte sich über ihr Bier und versuchte mit ganzer Kraft nicht hineinzuprusten. Nicht dass es dem schalen Gebräu geschadet hätte, doch die Brühe war schon *einmal* in ihrem Mund unerträglich, sie musste sie nicht auch noch ein zweites Mal trinken.

»Du hast doch nicht etwa vor, diesem erbärmlichen Stümper deinen Bierkrug an den Kopf zu werfen?«, fragte Hagen hoffnungsvoll.

Janara grinste ihr Gegenüber an. »Nein, das brächte ihn doch zum Schweigen«, antwortete sie scheinbar entrüstet.

»Das hatte ich gehofft!« Hagen stöhnte und stützte den Kopf enttäuscht in die Hände.

»Ihre Lippen sind so weich, ihre Augen rahjagleich, ihre Haare glänzen satt, ach sie mich verzaubert hat!«, säuselte der Barde währenddessen weiter, nicht ahnend, wie sehr er seine Gesundheit damit gefährdete.

»Der Mann ist einfach göttlich schlecht«, kicherte Janara. »Ich habe noch nie einen Barden getroffen, der dermaßen seinen Beruf verfehlt hat.«

»Allerdings«, brummte Hagen. »Ich bin ja einiges gewöhnt, aber das ist wirklich der Gipfel. Will denn niemand etwas unternehmen?«

Er sah sich verzweifelt im Schankraum um, doch keiner schien dem schmachtenden Sänger Aufmerksamkeit zu schenken. Dabei waren die runden Holztische voll besetzt mit Reisenden, Bauern und Händlern, die sich trotz des schlechten Biers und des faden Eintopfs bestens zu unterhalten schienen. »Die Geschäfte scheinen heute gut zu gehen«, bemerkte Janara, um Hagen von dem wimmernden Barden abzulenken. »Der Markt lockt doch viele Reisende an und dieses Kaff liegt nun einmal genau auf der Strecke. So viele Besucher wie heute sieht man hier wahrscheinlich den ganzen Götterlauf nicht.«

»Der Wirt sollte sich wenigstens um besseres Bier kümmern, dann könnte man dieses Gejaule vielleicht ertragen«, entgegnete Hagen mürrisch.

Janara sah ihn besorgt an. Langsam wurde er wirklich verdrießlich. Man sah es deutlich daran, dass sich die schwarzen Augenbrauen über den dunkelbraunen Augen zusammenzogen, und wenn er seinen Bart gestutzt hätte, hätte man erkannt, dass sich seine vollen Lippen zu einem schmalen Spalt zusammenpressten. Aber die lange Reise hatte selbst Hagen erschöpft und so waren die langen schwarzbraunen Haare struppig und ungepflegt, der Bart wucherte wild in seinem Gesicht und seine so robuste Lederkleidung trug deutliche Spuren der anstrengenden Reise. Janara seufzte. Im Tsa waren sie losgezogen, um den Kaufmann Taiman Rafahn nach Angbar zu begleiten, und nun schrieb man schon beinahe Ingerimm. Sie wollte nur noch nach Hause, und zwar so schnell wie möglich. Eigentlich hatten sie schon viel eher zurück sein wollen, aber sie hatten sich mit der Strecke verschätzt. Das Wetter schien gegen sie zu sein, es goss die ganze Zeit in Strömen. Und offensichtlich hatten einige Personen sie daran hindern wollen, ihren Auftrag zu beenden, denn sie hatten einige unangenehme ›Besucher‹ gehabt, die ihnen und ihrem Auftraggeber offenbar nicht gerade wohl gesonnen waren. Sie hatten es jedoch geschafft und der Kaufmann war voller Dankbarkeit gewesen. Janara grinste. Selten hatte sie so viel Gold auf einem Haufen gesehen. Und das Schönste dabei war, dass es ihr gehörte. Dafür konnte man schon ein paar Unannehmlichkeiten in Kauf nehmen. Sie konnte sich nur an einen Auftrag erinnern, bei dem sie mehr kassiert hatte. Und das war schon sehr lange her.

Janara nahm einen Schluck Bier und verzog unwillkürlich das Gesicht. Das Gebräu war wirklich ungenießbar. Wenn man an der Reichsstraße zwischen Gareth und Angbar eine Schenke eröffnete, sollte man sich eigentlich ein wenig mehr Mühe geben. So ein Gasthaus konnte, richtig aufgemacht, eine Goldgrube sein. Irgendwann vielleicht, wenn sie einmal keine Lust zum Umherziehen mehr hätte, würde auch sie eine Herberge eröffnen. Es würde das beste Bier und den deftigsten Eintopf geben, so wie ihn Ajara zu Hause machte. Aber dafür würde sie noch einige Götterläufe lang ackern müssen. Oder ein paar größere Aufträge an Land ziehen.

»Jetzt reicht's mir mit diesem dreimal verfluchtem Bastard des Rattenkindes!«, fluchte Hagen plötzlich und wollte gerade aufstehen, als sich eine gepflegte Frauenhand auf seine Schulter legte. Beide sahen überrascht auf. Hinter Hagen stand eine zierliche Frau, vielleicht einen Schritt und sechzig Halbfinger groß und von überaus anziehendem Äußeren. Ihr blauschwarz schimmerndes Haar war zu einem kunstvollen Zopf geflochten, die strahlend weiße Haut wurde durch das aufgetragene Lippenrot noch betont und selbst ihr schlichtes schwarzes Reisegewand machte den Eindruck, als wäre es vom geschicktesten Schneider des Reiches gefertigt worden. An ihrer schmalen, gepflegten Hand trug sie einen filigran gearbeiteten Silberring mit einem wunderschön polierten Rosenquarz.

»Gestattet Ihr, dass ich Euch für eine kurze Weile Gesellschaft leiste? Vielleicht bei einem Kelch Bosparanjer?«

Die Stimme der Frau klang überraschend dunkel und wies einen südländischen Akzent auf. Hagen war der Wind aus den Segeln genommen, er starrte die Gestalt nur wortlos an. Janara rettete die Lage gerade noch mit einem mühseligen »Gerne, nehmt Platz!« Und als sich die Fremde neben Hagen setzte, drang ihr der süßliche Geruch von weißem Flieder in die Nase.

»Verzeiht meine Aufdringlichkeit, aber es sind wenige Leute hier, die nicht von Rindern, Schafen und Ernteerträgen reden. Und ich trinke meinen geliebten Bosparanjer ungern allein«, sagte sie mit einem geradezu betörenden Lächeln.

»Ihr könnt Euch in dieser Gegend Bosparanjer leisten?«, fragte Janara überrascht.

»Oh, ich führe immer einen kleinen Vorrat mit mir, einerlei, wohin mich meine Reise führt. Ich lege großen Wert auf ein Glas am Abend. Es beruhigt die Sinne und klärt den Blick. In der richtigen Menge genossen, versteht sich!« Die Südländerin entblößte mit einem perlenden Lachen ihre kleinen weißen Zähne. Hagen starrte sie unverhohlen an. Die Söldnerin verdrehte die Augen und meinte dann, es sei schön, Gesellschaft zu haben und ein wenig von diesem grauenvollen Gesang abgelenkt zu werden. Die Fremde stellte sich als Melina saba Zajh vor und erzählte, dass sie gerade auf dem Wege nach Havena sei, wo sie ein sehr schönes Haus besitze.

»Mein Name ist Janara Anam und dies ist Hagen Akrilka.«

»Es freut mich sehr, Eure Bekanntschaft zu machen.«

»Ihr wirkt nicht gerade wie eine Albernierin«, bemerkte Hagen.

»Oh, ich habe dort auch erst seit einer Weile meinen Wohnsitz. Geboren und aufgewachsen bin ich in Rashdul. Wart Ihr vielleicht schon einmal in Rashdul? Es ist eine wunderschöne Stadt, einer glänzenden Perle gleich.«

Und die Fremde erging sich in Lobeshymnen über ihren so unvergleichlichen Geburtsort. Schon bald fand Janara die blumigen Angebereien schlimmer als den Gesang des Barden. Janara hätte gerne gewusst, wie eine Südländerin zu einer Haut kam, die weiß wie frische

Milch schimmerte. Melina fuhr in ihrem endlosen Monolog fort und eine blumige Ausführung folgte der nächsten. Der südländische Akzent klang hart und ungewohnt in Janaras Ohren. Selbst der Krug des äußerst lieblichen Bosparanjer konnte sie nicht über die langatmigen Ausführungen der Fremden hinwegtrösten. Und jeder Versuch, sie zu unterbrechen, erwies sich als erfolglos. Sie warf einen Blick auf ihren Gefährten, aber den schien der tiefe Kleidausschnitt seiner Nachbarin viel zu sehr zu fesseln, als dass er noch für irgendetwas anderes ansprechbar gewesen wäre. Die Söldnerin strich sich müde die blonden Haarsträhnen aus dem Gesicht und nutzte eine Atempause der Südländerin, um sich, Kopfschmerzen vortäuschend, hastig zu entschuldigen und zurückzuziehen. Sie stieg die schmale Holztreppe in den Schlafsaal hinauf. Als sie sich noch einmal umsah, stellte sie lächelnd fest, dass ihr Gefährte den Abstand zwischen sich und seiner Nachbarin schon wesentlich verringert hatte. Besser so, als wenn er den Barden gemeuchelt hätte, dachte sich Janara und betrat gähnend den kleinen Schlafsaal. Auf zweien der acht Betten lagen bereits schemenhafte Gestalten; das von ihr bestellte Bett am Fenster war unberührt.

›Götter, welch angenehme Stille‹, dachte sie und trat ans Fenster, um einen der Holzläden zu öffnen und die kalte Nachtluft ins Zimmer zu lassen. Es tat gut, diesen Augenblick allein genießen zu können. Sie waren selten, diese Momente, wenn sie auf Reisen waren. Aber den Göttern sei Dank hatten sie ihren Auftraggeber rechtzeitig an sein Ziel geleiten können und ihren Auftrag wieder einmal erfolgreich beendet. Und bald würden sie zurück in Gareth sein, zu Hause. Das Madamal stand voll am Himmel und tauchte das Dorf in ein unwirkliches Licht. Yandrij! dachte sie voll Sehnsucht und wünschte sich in diesem Moment in die Arme ihres Geliebten. Verträumt erinnerte sie sich an die rahjagefälligen Nächte, die sie zusammen durchlebt hatten. Es würden hoffentlich bald neue, aufregende hinzukommen. Sie war müde, sehr müde. Ungewöhnlich, denn unter gewöhnlichen Umständen war sie auf Reisen immer überaus wachsam. Selbst wenn es ihr einmal vergönnt war, einige Stunden Ruhe zu finden, schlief sie nie wirklich tief. Es war wohl die Anspannung, unterwegs zu sein, die Ungewissheiten, die auf jeder Reise ihrer harrten, dass sie kaum je Schlaf fand.

Aber heute schienen sich Schleier um ihre Sinne zu legen, sie dazu verführen zu wollen, nur noch in die lautlose Welt der Träume des schweigsamen Gottes einzutauchen. Was bei allen Göttern geschah mit ihr? Bei Aves, das durfte doch nicht wahr sein! Schon war es ihr kaum noch möglich, die bleischweren Lider offen zu halten. Sie fuhr sich fahrig mit der Hand über das Gesicht. Es war von kaltem Schweiß bedeckt. Irgend etwas stimmte nicht mit ihr. Plötzlich fiel es ihr wie Schuppen von den Augen: der Bosparanjer! Es musste etwas in diesem vermaledeiten Wein gewesen sein. Verdammt, wie hatte sie nur so leichtsinnig sein können.

»Hagen«, flüsterte sie und bemühte sich, ihre wie gelähmten Glieder zur Tür zu schleppen, als neue bleierne Wellen von Müdigkeit über sie hereinbrachen und sie entkräftet zu Boden sank. Als Letztes nahm sie Arme wahr, die sie auffingen, und eine kalte Stahlklinge, die an ihre Kehle drang.

Hagen stöhnte, als das grelle Licht der Praiosscheibe seine geröteten Augen traf. Welch eine Nacht! Nachdem Janara gegangen war, hatte es nicht mehr lange gedauert, bis er und die schöne Melina sich sehr nahe gekommen waren. Er hatte über seinen verspannten Nacken gestöhnt und sie hatte sich selbstlos angeboten, ihm diesen mit etwas Nussöl auf ihrem Zimmer zu massieren. Er hatte nur zu gerne zugestimmt. Hagen lächelte selbstgefällig, als er sich an ihre zarte milchweiße Haut erinnerte. Dann jedoch, bedauerte er, musste der Wein seine Sinne benebelt haben, denn er besaß keinerlei Erinnerung an die zweifellos herausragende Nacht. Das Letzte, woran er sich erinnerte, waren Melinas glänzende Augen, die ihn anstarrten, in das Innerste seiner Seele zu dringen schienen. Aber dieses lodernde Feuer der Begierde in ihren Augen ... Hagen seufzte. So wie er sich fühlte, musste es eine sehr erlebnisreiche Nacht gewesen sein. Und er hatte wohl geschlafen wie ein Tier, denn als er erwachte, lag er allein in dem zerwühlten Bett und Melina war wohl längst über alle Berge. Schade eigentlich. Er betrachtete einen Moment lang angewidert das eiskalte Wasser in der Pferdetränke vor ihm. Dann holte er tief Luft und steckte den Kopf in den Trog. Etwas Wasser drang ihm in die Nase, er prustete und tauchte wieder auf. Während er sich das nasse Haar aus dem Gesicht strich, trat er mit triefendem Gesicht wieder in die Schenke. Er setzte sich und winkte der Schankmaid. An der Theke standen zwei Gardisten und debattierten mit dem völlig aufgelösten Wirt. Sie trugen die Farben des hiesigen Barons.

Da hat wohl einer seine Steuern nicht bezahlt, dachte Hagen abwesend und bestellte ein ausgiebiges Frühstück bei der jungen Frau. Ihr derbes Gesicht wies hochrote Flecken auf und immer wieder blickte sie zu der heftig diskutierenden Gruppe hinüber.

»... dazu zwei Eier und noch einen Krug Milch«, beendete Hagen seine umfangreiche Bestellung. Das Mädchen sah ihn verwirrt an und nickte dann hastig. Wahrscheinlich hat sie kein Wort von dem behalten, was ich gesagt habe, dachte sich Hagen missmutig. Er gähnte und sah der Schankmaid nach, die in einer Tür verschwand. Nettes Ding, dachte er und kratzte sich den Bart. Er freute sich schon auf ihre Heimkehr. Ajara, seine ständige Liebschaft, würde ihm sicherlich wie immer einen angenehmen Empfang bereiten. Hauptsache, er würde bald seinen üppigen Sold bei einem Krug selbstgebrautem Bier genießen können. Die Füße hochlegen und den Herrn Praios einen guten Mann sein lassen. Das hatte er sich nach diesem verfluchten Auftrag aber auch verdient. Es hatte eine Menge Ärger mit diesem verweichlichten Kaufmann gegeben. Ständig diese Sonderwünsche, und seine quengelnde Stimme tagein, tagaus! Schließlich war er, Hagen, so gereizt gewesen, dass er sich sogar mit Janara gestritten hatte. Er war schon jahrelang mit ihr unterwegs, sie hatten viele Abenteuer überstanden und so manches Goldstück abkassiert. Aber so wie auf dieser Reise waren sie sich noch nie in die Haare geraten. Die Schankmaid kam mit einer Schale, einem Kanten Brot und einem tönernen Krug. Unbeholfen setzte sie die Sachen vor ihm ab. Wie ich's mir dachte, erkannte Hagen übelgelaunt, Eintopf mit Brot statt Eiern mit Speck und statt Milch bringt mir das Kind Tee. Wunderbar.

»Habt Dank für dieses erlesene Frühstück«, sagte er spöttisch.

Die Kleine sah ihn erschrocken an und drohte in Tränen auszubrechen. Du liebe Zeit, war die verunsichert! »Was ist denn da drüben los, etwas Schlimmes?«, fragte Hagen sie in einem Anfall von Mitleid besänftigend.

»O ja, Herr«, sagte das Mädchen, »etwas ganz Schlimmes!«

»Und was genau?«, entgegnete Hagen geduldig.

»Einer unserer Gäste ist heute Nacht gemeuchelt und ausgeraubt worden«, flüsterte das Mädchen, den Tränen nahe. »So was ist hier noch nie passiert!«

Schöne heile Welt, dachte Hagen und nickte in gespielter Anteilnahme. Er würde Janara über den Vorfall befragen, die wusste mit Sicherheit Bescheid. Die Kleine plapperte noch etwas vor sich hin, wer denn so etwas Schreckliches täte und so fort. Aber Hagen nickte nur noch stumm und widmete sich ganz seinem Frühstück, bis das Mädchen schließlich wieder verschwand. Aus den Augenwinkeln nahm er einen Mann wahr, der die Treppe vom Schlafsaal herunterkam und sich nun zu den Soldaten gesellte. Er kam Hagen irgendwie bekannt vor. Der Söldner beendete hastig sein Essen. Es war Zeit, mit seiner Gefährtin zu sprechen. Kauend schlenderte er betont gelassen an der Gruppe vorbei und stieg die Treppen zum Schlafsaal hinauf. Er öffnete die Holztür.

Der Raum war leer. Die Gäste hatten sich wohl entweder bereits verabschiedet oder waren als Verdächtige in Gewahrsam genommen worden. Unter gewöhnlichen Umständen hätte er wissen wollen, was hier passiert war, und sicherlich hätte er auch seine Dienste gegen einen gewissen Obolus angeboten, aber im Augenblick war er zu müde und zu missgelaunt, um sich in Angelegenheiten zu mischen, die ihn nichts angingen. Janara hatte ihre Sachen bereits reisefertig auf ihre Liege gepackt. Gut, dann konnten sie ja bald aufbrechen. Hagen fiel der große, dunkle Fleck unter einem der Fenster auf. Er kniete sich nieder und betrachtete ihn genauer. Das Opfer hatte eine beachtliche Blutlache hinterlassen. Eine Welle des Bedauerns stieg in dem Söldner hoch. Kein schöner Tod, von irgendeinem raffgierigen Meuchler abgestochen zu werden. Offensichtlich hatte der Tote die halbe Nacht in seinem Blut gelegen, denn die Lache war eingetrocknet und ließe sich nicht mehr so einfach abwischen. Hagen starrte noch einen Moment gedankenverloren auf den grausigen Fleck, dann stand er auf und schickte sich an, den Raum wieder zu verlassen, um seine Gefährtin zu suchen. Er stieß fast mit dem Mann zusammen, der hinter ihm stand.

»Seid Ihr des Wahnsinns!?«, fuhr der Söldner ihn erschrocken an. »Ihr wollt mich wohl frühzeitig ins Grab schicken.«

Der andere entschuldigte sich überschwänglich. »Ich

dachte, Ihr hättet mich hereinkommen hören. Verzeiht, bitte, es war nicht meine Absicht, Euch zu erschrecken.«

»Schon gut«, knurrte Hagen. Dann musterte er ihn aus zusammengekniffenen Augen. Er kannte diesen Menschen irgendwoher.

»Bevor Ihr überlegt, woher Ihr mich kennt«, kam ihm sein Gegenüber zuvor, »wollt Ihr vielleicht mit mir in die Schankstube kommen. Dort könnte ich mich Euch bei einem Bier vorstellen. Und glaubt mir, wir haben eine ganze Menge zu bereden.«

»Warum nicht? Ich wollte sowieso gerade wieder nach unten gehen. Nach Euch!« Hagen folgte dem anderen aus der Schlafstube.

So ein Klugscheißer, dachte er. Tat so, als wisse er alles und er, Hagen, sei irgendein dummer Dorftrottel. Der Söldner musterte den anderen. Er war etwa ein Schritt und an die achtzig Halbfinger groß und damit fast einen Kopf kleiner als Hagen. Obwohl er wesentlich schmaler als der Söldner war, wirkte sein Körper nicht schmächtig. Die leicht gewellten schwarzen Haare reichten ihm knapp über die Schultern und wurden von einer zierlichen Silberspange zu einem Zopf zusammengehalten. An den Schläfen färbten sich einige Strähnen bereits weiß. Der Fremde schien recht auf sein Äußeres bedacht zu sein, er machte einen gepflegten Eindruck. Er trug kniehohe schwarze Stulpenstiefel, eine schwarze Lederhose und ein schlichtes Leinenhemd in der gleichen Farbe. Hagen war auch sofort der schmale Silberring aufgefallen, den er am kleinen Finger seiner rechten Hand trug. Als er ihm gegenüber Platz nahm, hatte Hagen Gelegenheit, auch das schmale Gesicht zu mustern. Es war glatt rasiert und hatte ein kantiges Kinn. Die Nase war stark gebogen und verlieh ihm einen raubvogelartigen Ausdruck, der durch die hellgrauen Augen betont wurde, die lauernd unter den dunklen Brauen leuchteten. Nur einige der Falten in dem hageren Gesicht und einige Schwielen an der Innenfläche der linken Hand verrieten Hagen, dass sein Gegenüber wohl nicht weniger weit gereist war als er selbst. »Musterung beendet?« fragte der andere lächelnd.

Unwillkürlich musste auch Hagen grinsen und zuckte zustimmend mit den Schultern. »Ich auch«, meinte sein Gegenüber und bedeutete der Schankmaid, zwei Bier zu bringen.

»Woher kennen wir uns?«, fragte Hagen neugierig.

»Ihr kommt nicht darauf, oder? Kein Wunder, ich glaube nicht, dass *ich* mich erinnern würde, säßet Ihr an meiner Stelle. Mein Name ist Falk von Eslebonè.«

Hagen zuckte wieder mit den Schultern. »Der Name sagt mir nichts.«

»Und doch kennen wir uns.«

Der Schwarzgekleidete verstummte, als die Schankmaid die beiden Krüge abstellte und die Flüssigkeit leicht über den Rand schwappte. Das Mädchen wischte mit ihrer Schürze die kleine Pfütze vom Tisch und entfernte sich dann. »Tatsächlich ist es so«, Falk beugte sich weit über den Tisch und seine hellgrauen Augen blickten Hagen eindringlich an, »dass wir uns vor nahezu sieben Götterläufen getroffen haben. Erinnert Euch, Hagen, denn waren wir damals auch noch sehr jung, so hatten wir doch eine sehr heikle Aufgabe zu erledigen und erhielten dafür sehr viel Gold. Ungewöhnlich viel Gold für einen einfachen Botendienst. Erinnert Euch!«

Hagen entsann sich, rief sich jenen Auftrag ins Gedächtnis, der ihm mehr Dukaten als jeder andere eingebracht hatte. Er und Janara waren blutjung gewesen damals, gerade einmal achtzehn Götterläufe alt. Und obwohl sie noch unerfahren gewesen waren, hatte sie ihr Auftraggeber mit der scheinbar so wichtigen Aufgabe betraut. Ein Bekannter, ein Magier namens Erennyion Uybaran, hatte sie angeheuert. Sie waren bereits einmal für ihn tätig gewesen und offensichtlich hatte er sie weiterempfohlen. Denn nun wollte eine Person, die unerkannt bleiben sollte, ihre Dienste in Anspruch nehmen. Janara hatte die Verhandlungen übernommen und bei Phex, sie verstand es, dem Unbekannten die Dukaten aus dem Beutel zu ziehen. Sie hatten nicht mehr zu tun, als ein Päckchen von Mherwed in das Haus des Magiers bei Greifenfurt zu bringen und dort den fürstlichen Lohn zu kassieren. Das war alles. Er erinnerte sich wieder, wie Erennyion gelacht und gemeint hatte, er gönne ihnen den Auftrag. Er sei ohne größere Schwierigkeiten zu bewältigen und das Gold werde ihnen die kommenden Monde sicher versüßen. Sie erklärten sich einverstanden und holten das unförmige Päckchen bei einer armen Familie in Mherwed ab, die ganz offensichtlich froh war, es loszuwerden. Die Reise verlief ohne Schwierigkeiten. Zu gern hätte Hagen gewusst, was sich unter der Umhüllung verbarg. Aber Janara hatte auf ihre Söldnerehre gepocht und sie hatten es nicht geöffnet, sondern übergeben, wie es ihre Aufgabe war.

Als sie im Haus des Magiers angelangt waren, fand dort gerade ein rauschendes Fest statt, eine Orgie von solch einer Dekadenz, wie sie Hagen noch niemals vorher erlebt hatte. Das prunkvolle Haus, die hemmungslosen Tänzerinnen, das üppige Essen, die Musik und nicht zuletzt der köstliche Wein – all das hatte Hagen fast den Atem geraubt. Dieser Magier musste in Geld schwimmen. Irgendwann hatte Erennyion sie in seine Bibliothek gerufen. Dort hatte er ihnen zur sauberen Ausführung des Auftrages gratuliert, und jeder von ihnen hatte eine dicke Geldbörse erhalten. Mehr als zehnmal so viel, wie die Reise wert gewesen war. Und dann hatten sie weiter gefeiert, zwei Tage lang. Niemals würde er den Werwolf vergessen, der ihm danach auf dem Kopf gesessen hatte.

Gut möglich, dachte Hagen, dass sein Gegenüber auch dort gewesen war. Hagen hatte ein sehr gutes Gedächtnis für Gesichter und er wusste, dass er diesen Mann schon irgendwo einmal gesehen hatte. Aber ob es damals auf Erennyions Fest gewesen war … Hagen war sich da nicht sicher, dafür lagen die Ereignisse schon zu lange zurück.

»Kann schon sein, dass ich mich erinnere«, knurrte der Söldner. Er traute seinem Gegenüber kein bisschen.

»Es wäre gut, wenn Ihr es tätet«, erwiderte dieser.

Hagen fiel sein leichter Akzent auf. Ein Liebfelder, das war nicht zu leugnen. Hagen hatte nicht gerade eine Vorliebe für diese Schnösel aus dem alten Reich. Im Gegenteil. »Was kümmert es Euch, in welchen Schwierigkeiten ich stecke?«, fragte er misstrauisch.

»Es kümmert mich, da Eure Schwierigkeiten auch die meinigen sind.«

»Ach?«

»Ja, so verhält es sich allerdings. Es ist auch nicht meine Manier, fremde Menschen anzusprechen und mit ihnen über längst vergangene Tage zu plaudern, glaubt mir. Doch ist es so, dass wir einem nicht zu unterschätzendem Problem gegenüber stehen und ich fürchte, es ist sehr ernst. So ernst, dass es Euer Leben genauso bedroht wie das meine. Denn es scheint, als würde jener so harmlose Auftrage von vor sieben langen Götterläufen all jenen, die daran beteiligt waren, heute zum Verhängnis werden. Das Schicksal will es augenscheinlich, dass wir einer Gefahr gegenüberstehen, der wir nur gemeinsam trotzen können. Aus diesem Grund wende ich mich an Euch, obgleich Ihr ein Fremder für mich seid.«

»Dann sollten wir vielleicht zunächst meine Gefährtin aufsuchen, denn es scheint auch sie zu betreffen.«

Der Liebfelder lehnte sich ruckartig zurück und sah ihn seltsam an.

»Was ist denn?«, fragte Hagen irritiert. »Janara geht es auch etwas an, sie war an dem Auftrag damals beteiligt!«

»Welch ein Tor bin ich – Ihr wisst es noch nicht!«, flüsterte Falk erschrocken und berührte mit der Hand abwesend die Stirn.

»Was weiß ich nicht?« Der Söldner kniff böse die Augen zusammen. Was wollte dieser Schnösel damit sagen, doch nicht etwa …

»Sie haben sie heute Nacht erwischt. Ich dachte, Ihr wüsstet es, als ich Euch in der Schlafkammer traf.« Hagens Kopf dröhnte. Nein, nein, nicht Janara … »Sie haben sie überrumpelt und aufgeschlitzt. Eure Gefährtin ist tot, Hagen!«

Kapitel 2

Das Entsetzen raubte Hagen den Atem. Das konnte nicht wahr sein. Janara! Er … er hatte sie doch noch gesehen und sie war wohlauf gewesen. Das war sicherlich ein schlechter Scherz, den dieser verdammte Liebfelder mit ihm trieb. Aber das Gesicht des anderen zeigte nur echtes Mitgefühl. Und tief in seinem Herzen wusste Hagen, dass es die Wahrheit war. Der Blutfleck. Die Sachen, die nicht ausgepackt waren. Das unberührte Bett. Götter! »Nein«, stöhnte er und barg das Gesicht in den Händen. Sie waren wie Bruder und Schwester gewesen! Und nun war sie tot. Gemeuchelt! Der Schmerz drohte ihn zu übermannen.

»Hier!« Der Liebfelder hatte ihm einen Zinnbecher hingeschoben, der halbvoll mit Premer Feuer gefüllt war. Hagen nahm ihn und schüttete den Inhalt mit einem Schluck hinunter. Das heiße Brennen in seinem Körper brachte ihm die Beherrschung zurück. »Soll ich Euch einen Augenblick allein lassen?«, fragte der andere vorsichtig.

»Nein!« Hagens Stimme klang seltsam rau. »Was wisst Ihr über Janaras Mörder? Wer war es?«

»Das weiß ich leider auch nicht. Aber ich bin überzeugt, es ist der gleiche Mann, der ebenso nach meinem Leben trachtet wie nach dem eurigen. Und der gleiche Mann, der bereits zwei meiner Gefährten auf dem Gewissen hat.«

Hagen sah überrascht auf und begegnete Falks eisigem Blick. »O ja. Er hat bereits zugeschlagen und auch Menschen getötet, die mir nahe standen. Wenn Ihr gestattet, möchte ich aber von vorn beginnen und das Buch nicht in der Mitte aufschlagen.« Hagen nickte und lehnte sich zurück, während er den Zinnbecher krampfhaft mit der linken Faust umklammerte.

»Nun«, begann Falk, »zuvörderst muss wohl klargestellt werden, dass auch meine Freunde und ich an jenem Auftrag teilnahmen, der uns heute zum Schicksal werden soll. Auch wir wurden, so wie wohl auch Ihr, von Erennyion angeheuert, der uns von früher kannte. Wir haben ein Paket in Prem abgeholt und es im Hause Erennyions abgeliefert, haben dafür gutes Gold erhalten und gemeint, die Sache sei damit erledigt. Wir waren zu dritt damals: ein Thorwaler namens Thorle Drajkarson, mein guter Freund Corvin Tulyar, seines Zeichens Magier, und ich. Corvin konnte seine Neugierde nicht besiegen und warf einen kurzen Blick auf den Gegenstand: ein silbernes, seltsam in sich verdrehtes Ding, das mit dunkelroten Spuren durchzogen war. Nett anzusehen, aber nutzlos, wie es schien. Corvin wollte es magisch untersuchen, aber wir hielten ihn davon ab. Es war schon genug, dass wir das Ding überhaupt angesehen hatten. Es ging uns nichts an.« Falk rieb sich müde die Augen. »Vielleicht war es ein Fehler und Corvin hätte das Ding untersuchen sollen. Nun, wir haben es, wie gesagt, übergeben und unseren Sold kassiert. Bei jenem Fest damals wart vermutlich auch Ihr und Janara anwesend und Ihr habt uns wahrscheinlich bemerkt.« Er lächelte. »Erennyion hat mir von Eurem außergewöhnlichen Gedächtnis für Gesichter erzählt. Ich selbst kann mich nicht an Euch oder Eure Gefährtin erinnern. Nun denn. Vor einigen Tagen kam mein Freund Corvin zu mir. Er war völlig aufgelöst. Erennyion hatte ihm eine dringende Warnung zukommen lassen, wohl über irgendwelche magischen Wege: Wir seien alle in höchster Gefahr, es gehe um den Auftrag von damals. Er könne nicht viel sagen, aber wir sollten so schnell wie möglich zu ihm in sein Haus bei Greifenfurt kommen. Und dabei Euch und noch eine weitere Person abholen, da er sich nicht sicher sei, diese noch rechtzeitig erreichen zu können. Corvin war so verwirrt und besorgt, wie ich ihn selten gesehen habe. Er meinte, dass Erennyion wirklich außer sich vor Sorge um uns zu sein schien. Corvin war noch nie ein Held gewesen und er hatte offensichtlich Angst. Als wir aufbrechen wollten, um Thorle abzuholen, erreichte uns eine Nachricht seiner Schwester, die mit Corvin engen Kontakt pflegte.«

Der Liebfelder schluckte und Hagen ahnte, was kommen würde. »Thorle war umgebracht worden. Auf äußerst grausame Art. Man hatte ihn bei lebendigem Leib aufgeschlitzt und zerlegt wie ein Stück Fleisch. Er muss stundenlang gelitten haben, bevor Golgari seine Seele erlöste. Wir waren entsetzt und plötzlich wurde uns die Dringlichkeit von Erennyions Warnung bewusst. Wir brachen in der gleichen Stunde auf, Richtung Angbar. Erennyion wusste, dass Ihr und Janara auf der Reichsstraße zwischen Angbar und Gareth unterwegs wart – fragt mich nicht woher –, und er bat uns, Euch hier abzufangen. In der zweiten Nacht wachte ich von einem Schrei auf, einem Schrei, den ich niemals wieder vergessen werde und der mich jede Nacht in meinen Träumen heimsucht. Er war ... unmenschlich. Voll von Wahnsinn und unermesslichem Grauen. Ich sprang auf und sah Corvin neben mir liegen. Er sah mich an und doch durch mich hindurch. Blut drang ihm aus Nase und Ohren, die Adern traten aus seinem Kopf hervor. Sein Körper aber wirkte, als würde er ausgezehrt, er schrumpfte in sich zusammen. Gerade so als würde ihm jemand die Lebenskraft aussaugen und nur eine leere Hülle zurücklassen.« Hagen unterdrückte mühsam die aufsteigende Übelkeit. Der Liebfelder fuhr fort: »Er sah mich nur einen Herzschlag lang an. Aber es erschien mir wie eine Ewigkeit. Und als dann mit einem satten

Schmatzen sein Kopf aufplatzte und mir Blut und Gehirn ins Gesicht spritzen, da war ich dem Wahnsinn nahe.«

»Halt!« Hagens Stimme überschlug sich. Er sprang auf, rannte zur Theke und nahm dem sprachlosen Wirt die Flasche Premer aus der Hand. Er setzte sie an und leerte sie, ohne abzusetzen. Sein Gesicht nahm eine rötliche Farbe an und ein feiner Schweißfilm bildete sich auf der Stirn. Aber er kam ruhigen Schrittes zurück an den Tisch und setzte sich wieder. »So«, sagte er, »besser. Jetzt weiter.«

»Ich bin fast am Ende.« Falk drehte abwesend den silbernen Ring an seinem kleinen Finger. »Ich begrub Corvin und eilte weiter. Die Götter wissen wie, aber ich bin bei Sinnen geblieben. Ich beeilte mich, aber doch kam ich zu spät, um Eurer Begleiterin das Leben zu retten.« Falk beugte sich vor und sah Hagen eindringlich an. »Ich weiß nur eines: Wir müssen aufbrechen, und das sofort. Jeder Augenblick, den wir zögern, kann uns das Leben kosten. Wir müssen herausfinden, wer uns verfolgt. Und dann« – seine stahlgrauen Augen verengten sich gefährlich – »werden wir Rache nehmen.«

Hagen kam die Blutlache in den Sinn. Sie war so groß gewesen! Was hatte dieser Schuft mit Janara gemacht. Verfluchter Bastard des Rattenkindes, das würde er büßen!

»Hagen!« Der Söldner sah auf und begegnete Falks bohrenden Blick. »Begreift, dass das Schicksal uns zusammenführt. Ich hege keine bösen Absichten gegen Euch, aber ein anderer tut es. Brecht mit mir gemeinsam auf, dann können wir unser Leben vielleicht retten und den Tod Eurer Gefährtin rächen. Seid Ihr bereit dazu?«

Hagen nickte langsam. »Was ist mit …«, begann er, aber seine Stimme zitterte und er verstummte.

»Ich habe genügend Dukaten, um sie nach Hause bringen zu lassen, wenn Ihr das wollt. Und Pergament und

Feder für eine Nachricht. So viel Zeit sollte noch bleiben.«

»Wir haben genügend Gold verdient auf dieser unglückseligen Fahrt. Es sollte reichen, sie nach Hause zu bringen«, entgegnete der Söldner. Dann setzte er einen Brief an Janaras Mutter auf. Er war kein großer Schreiber und fasste sich kurz.

»Ich werde dafür sorgen, dass sie hergerichtet und sicher zu ihrer Familie gebracht wird. Und wenn Ihr von Erennyion zurückkehrt, könnt Ihr Euch überzeugen, dass alles richtig ausgeführt wurde.«

»Dann lege ich das Herz ihres Mörders aufs Grab«, sagte Hagen bitter. Falk nickte stumm. »Ich möchte sie gern noch einmal sehen! Sicher haben die Büttel sie mitgenommen!«

»Nein!« Überrascht sah Hagen auf. »Dafür ist keine Zeit. Es gibt Tage, da werden die Toten betrauert, und es gibt Tage, da muss der Lebenden gedacht werden. Glaubt mir, wir haben eine Menge Probleme mit den Lebenden. Und die haben Vorrang. Wir müssen los, und zwar sofort.« Aber in den eisgrauen Augen las der Söldner eine andere Botschaft. Und die lautete: ›Tu es dir nicht an!‹

»Nun«, meinte der Söldner zögernd, »wenn es denn so eilig ist ...«

»Es ist so eilig, glaubt mir! Darum lasst uns nicht lange zögern. Holt Eure Sachen und ich werde inzwischen für Proviant sorgen. Wir müssen so schnell wie möglich los. Erennyion erwartet uns und Greifenfurt ist weit!«

»Dann wollen wir keine Zeit mehr mit Reden verschwenden.«

Hagen hatte seine Sachen schnell zusammengepackt. Er war mit Janara wie immer zu Fuß unterwegs gewesen. Zum einen weil sie beide keine begnadeten Reiter waren, zum anderen weil sie oft neben dem Weg, querfeldein oder mitten durch die Wälder zu wandern pflegten. In ländlichen Gegenden war dies oft sicherer, wenn man eine wertvolle Fracht verbergen wollte. Auf den Reichsstraßen andererseits war es nicht schwierig, von einem Karren mitgenommen zu werden. Außerdem, so vermutete der Söldner insgeheim, hatte Janara wohl Angst vor den großen Tieren. Zumindest schreckte sie immer zurück, wenn ein Ross sie anschnaubte oder seine bebenden Nüstern ihrem Gesichtes entgegen streckte. Sie war zurückgeschreckt, verbesserte sich Hagen. Mit einem Stich im Herzen stellte er fest, dass ihr Tod eine beängstigende Leere in ihm zurückgelassen hatte. Sie kannten sich seit annähernd zehn Götterläufen und sie hatten immer gut zusammengearbeitet. Hagen dachte zurück an die gemeinsamen Aufträge, die Kämpfe, die sie beide ausgefochten hatten, aber auch an die feuchtfröhlichen Abende, von denen sie unzählige zusammen genossen hatten. Janara war wie eine Schwester für ihn gewesen. Und nun war sie tot. Welch bittere Ungerechtigkeit! Wer immer sie gemeuchelt hatte, er würde dafür bezahlen! Und die Währung würde Blut heißen. Hagen konnte nur mühsam die Neigung unterdrücken, die Axt gegen die Wand zu schmettern. Er hatte sie erst vor kurzem vom Geld des letzten Auftrags gekauft. Janara hatte ihn beraten und er hatte sich erst nach langem Zögern zum Kauf entschlossen. Doch schon jetzt empfand er eine seltsam enge Beziehung zu der Waffe. Sie stand ihm fast näher als sein Langschwert, mit dem er schon so lange Jahre focht. Er strich über das Axtblatt, das noch blank und ohne Spuren von Flugrost in seiner Hand lag, und beschloss, sie seiner toten Gefährtin zu widmen. Nach kurzem Überlegen entschied er sich für den Namen *Janaras Rache*. Er fand ihn sehr poetisch. Dann schlug er die Axt sorgfältig in ein öliges Tuch ein, nahm seinen Rucksack auf und band Decke und Proviantbeutel an den Gürtel. Er sah sich um, hatte jedoch nichts vergessen.

Schweren Herzens trat er aus der Schenke und hob die Hand an die Augen, als ihn das grelle Licht der Praiosscheibe traf. Der Liebfelder wartete bereits auf ihn und er hatte natürlich Pferde. Sein Reittier, ein schlanker Rappe, trug einen edlen, schwarzledernen Sattel, der schlicht und doch sehr wertvoll wirkte. Das Packpferd trug in seinem Packsattel drei fest verschnürte Bündel aus gewachstem Tuch. Der Liebfelder hob überrascht die Brauen, als er Hagen ansichtig wurde. »Ihr besitzt kein Reittier?«, fragte er ungläubig.

Hagen runzelte verärgert die Stirn. »Gut erkannt«, entgegnete er dann patzig, »und ich bin bis jetzt auch gut ohne Pferd zurechtgekommen.«

Falk seufzte und bot dann an, etwas von Hagens Gepäck mit auf das Packpferd zu nehmen. Der Söldner wollte erst trotzig ablehnen, besann sich aber dann eines Besseren. Es würde eine lange Reise werden, an die acht Praiosläufe, wenn sie die Reichsstraße nahmen. »Wir müssen noch jemanden treffen. Einen weiteren Beteiligten des damaligen Auftrages, auch er soll Erennyion aufsuchen.« Falk zurrte Hagens Gepäck auf dem Sattel des Packpferdes fest und zog dann prüfend daran. »Hält!« bemerkte er zufrieden.

»Ach, wir reisen zu dritt?«, fragte Hagen.

»Ja. Erennyion hat meinen Freund Corvin gebeten, sich mit Euch und eben dieser dritten Person in Verbindung zu setzten. Er meinte, er habe ihr schon eine Nachricht zukommen lassen und sie wisse Bescheid, werde hier darauf warten, dass wir sie abholen. Wir sollten auch unbedingt als Gruppe reisen, je weniger wir seien, desto schutzloser wären wir auch.«

»Dann erwartet uns der andere schon?«

Falk nickte. »Es ist im übrigen eine Frau. Ich hoffe, ich erkenne sie; Corvins Beschreibung war nicht sehr genau.« Holla! Hagen konnte sich ein Grinsen nicht verkneifen. Weibliche Begleitung, das klang doch sehr vielversprechend. Vielleicht konnte man sich ja die Reise ein wenig versüßen.

»Wir sollten uns jedenfalls dem Ernst unserer Lage bewusst bleiben«, meinte Falk mit einem Seitenblick auf das Gesicht des Söldners. »Es geht hier um unser Leben. Und ich hoffe, wir werden erfolgreicher als unsere Gefährten sein, die schon die Reise übers Nirgendmeer antreten mussten.«

Hagens Stimmung sank sofort wieder. Der Liebfelder war wirklich ein schrecklicher Mensch. Als würde Hagen auch nur einen Moment lang vergessen können, dass seine liebste Freundin zu Boron gefahren war. Aber es war doch besser, sich ein wenig abzulenken, als in Trauer zu versinken. Janara, da war er sich sicher, hätte das jedenfalls getan, wäre sie an seiner Stelle gewesen. »Und wo treffen wir dieses Wesen?«

»Nun, es gibt nur noch eine Herberge in diesem Dorf. Dort muss die Frau abgestiegen sein, da sie ja nicht in unserer Herberge genächtigt hat. Es ist der *Silberne Krug*, die Absteige für die wohlhabenderen Leute. Sie liegt kurz vor dem Ortsausgang.«

Aha. Eine gute Partie also. Das hörte sich vielversprechend an. Falk band die Pferde los und führte sie auf den staubigen Weg. »Dann lasst uns aufbrechen! Hoffen wir, dass unsere Begleitung sich bester Gesundheit erfreut und uns im *Krug* erwartet.«

Sie schritten die Straße entlang, bis sie an einen kleinen Platz kamen. Hier war eine grob behauene Statue aufgestellt, eine Frau in langen Gewändern, die einen Becher an den Mund hob. Hagen konnte sich beim besten Willen nicht vorstellen, wen sie wohl darstellen sollte. Vielleicht irgendeine Ortsberühmtheit? Ein gepflegtes Steinhaus, das von einer Reihe junger Bäume gesäumt wurde, stand in der Mitte des Platzes. Das Schild *Zum silbernen Krug* war aus silbrigem Material gefertigt und als Platte über dem Eingang eingelassen. Neben der Eingangstüre stand ein beleibter älterer Mann, der einen unruhig schnaubenden Grauschimmel am Zügel hielt. Er unterhielt sich aufgeregt mit einer Frau. Götter! Nein! Das konnte, das durfte nicht wahr sein! Der Schreck traf Hagen wie ein Faustschlag.

Falk merkte, wie der Söldner neben ihm plötzlich wie vom Donner gerührt stehen blieb. Er starrte mit einem Ausdruck puren Entsetzens auf die weibliche Gestalt. »Was ist denn?«, erkundigte sich Falk verblüfft.

»Sagt, dass nicht sie es ist, die uns begleitet.« Der Liebfelder folgte dem verzweifelten Blick des anderen. Es war ganz offensichtlich die Frau, die ihn so aus der Fassung brachte. Falk verstand gar nicht weshalb, fand er selbst sie doch überaus anziehend. Sie war von mittlerer Größe und schlank, dabei aber an den entsprechenden Stellen äußerst wohlgerundet, was durch das knappe braune Ledermieder und die schulterfreie Bluse noch betont wurde. Ihre Haut war bezaubernd, weiß und samtig. Dadurch wirkte die Frau auf eine seltsame Art kostbar und zerbrechlich. Der kleine Mund wies eine übergroße Unterlippe auf, was dem Gesicht einen schmollenden Ausdruck verlieh, die großen Augen strahlten in auffällig hellem Blau. Am beeindruckendsten aber waren die dunkelrot leuchtenden Haare, die in weichen Wellen fast bis zur Hüfte fielen. Selten hatte Falk eine solche Pracht gesehen. Er verstand nicht, was Hagen an der Dame auszusetzen hatte. Er selbst fand sie sehr reizvoll. Aber der Söldner sah aus, als hätte er das Rattenkind persönlich getroffen. »Ich glaube, das ist sie«, sagte Falk vorsichtig. »Zumindest stimmt die Haarfarbe. Ihr Name ist …«

»Lysandra von Bernsteen!«, zischte Hagen entsetzt. Dann sah er sich wild um, suchte offensichtlich nach einer Fluchtmöglichkeit.

»Ah, Ihr kennt die Dame?«

»Als Dame würde ich sie nicht gerade bezeichnen«, brummte Hagen verdrossen und rang verzweifelt die Hände, als er erkannte, dass er den tröstenden Fluchtgedanken wohl nicht in die Tat umsetzten konnte. »Sie ist …«

Er sollte nicht dazu kommen, seinen Satz zu Ende zu führen. Die Dame von Bernsteen hatte ihn entdeckt. Einen Augenblick lang sah sie ungläubig in seine Richtung, dann schlug sie die Hände über den Kopf zusammen und begann mit durchdringender Stimme zu kreischen: »Hagen? Hagen! Nein, das ist ja ein Zufall! Nein wirklich!« Und sie eilte ihm mit wehendem Haar entgegen.

»Götter, müsst ihr mich so strafen?« Der Söldner stöhnte gepeinigt auf, als Lysandra von Bernsteen ihm bereits mit ausgestreckten Armen entgegenflog, ihn umarmte und versicherte, welch glückliche Fügung es doch sei, ihn hier zu treffen.

»Wir haben uns, nun, mindestens vier bis fünf Götterläufe nicht mehr gesehen.« Sie strahlte über das ganze Gesicht. »Und du trägst inzwischen einen entzückenden Bart! Der macht dich irgendwie so … so … so verwegen!« Dann wandte sie sich an Falk und reichte ihm die Hand zum Kuss. »Lysandra von Bernsteen«, säuselte sie dabei mit einem entzückenden Lächeln.

»Es ist mir eine Ehre. Falk von Eslebonè.« Er ergriff ihre Hand und führte sie vor den Mund. Sie schenkte ihm einen schelmischen Augenaufschlag. Dann wandte sie sich wieder an Hagen. »Nein, Hagen, mein Guter, welch eine Freude!« Sie versuchte dem Söldner in die Wange zu kneifen, aber Hagen brachte mit einem grollenden Knurren seinen Kopf in Sicherheit.

»Ja«, brummte er, »und das Lustigste dabei ist, dass wir die nächsten Tage miteinander verbringen dürfen.«

Lysandras Lächeln gefror. »Sag nicht, dass du zu der Gruppe gehörst …«

»… die zu Erennyion unterwegs ist, doch, ganz recht! Wir sind hier, um dich abzuholen.«

Das Lächeln verwandelte sich in ein Zähnefletschen und mit einem merklich kühleren »Na so etwas!« wandte sie sich an Falk. »Ist das sein Ernst?«, fragte sie und murmelte auf Falks Nicken hin ein leises »Das hatte ich befürchtet.« Dann strahlte sie die beiden mit einem etwas schiefen Lächeln an. »Ihr kommt spät. Ich habe euch bereits vor zwei Praiosläufen erwartet. Aber ich bin natürlich reisefertig.« Sie warf Hagen nochmals einen unergründlichen Blick zu und verschwand dann mit einem gezwitscherten »Bin gleich zurück, hole nur mein Gepäck!« in der Taverne.

»Die Götter müssen mich hassen.« Hagen massierte sich bedrückt das Kinn.

»Was ist so schlimm an ihr? Gut, sie ist vielleicht ein wenig überdreht, aber es gibt Schlimmeres!«

Hagen warf Falk einen traurigen Blick zu und schüttelte den Kopf. »O nein. Es gibt nichts Schlimmeres. Ihr kennt sie nicht.« Sie kam bereits wieder aus der Taverne heraus und der Söldner begnügte sich mit einem bedeutungsschwangeren »Ihr werdet es schon noch selbst herausfinden.«

Auch Lysandra besaß, wie sich schnell herausstellte, kein eigenes Pferd. Ihres sei lahm geworden und sie habe es verkaufen müssen. »Von diesem Schmerz muss ich mich erst erholen, bevor ich mich einem neuen Tier anvertrauen kann«, meinte sie mit weinerlicher Stimme und führte theatralisch die Finger an die Schläfe.

»Das heißt, sie kann sich zur Zeit keins leisten«, brummte Hagen daraufhin, was ihm einen beleidigten Blick Lysandras eintrug.

»Was bist du nur für ein ungehobelter Troll. Du hast dich kein bisschen verändert!«

Hagen nickte und Falk glaubte ein »Du dich leider auch nicht!« aus seinem Bart zu hören. Aber er konnte es sich auch nur eingebildet haben. Sie verstauten Lysandras umfangreiches Gepäck auf dem Packtier. Dann brachen sie endlich auf.

Sie hatten beschlossen, der Reichsstraße einen halben Tag lang zu folgen, dann würden sie auf die Handelsstraße stoßen, die Richtung Greifenfurt führte. Der würden sie folgen und dann von Greifenfurt aus das Haus Erennyions aufsuchen, was sie wieder ein Stückchen praioswärts führen würde. Das war zwar ein Umweg, vor allem auch deshalb, weil die Handelsstraße eine weitläufige Biegung gen Rahja machte. Aber alles in allem war es die bessere Route. Bequemer und weniger gefährlich jedenfalls, als den kürzeren Weg querfeldein durch den Reichsforst zu nehmen.

Kapitel 3

Lysandra war froh, ihre Lederstiefel zu haben. Es würde ein langer Marsch werden und sie hatte nicht die geringste Lust, sich ihre Füße durch Blasen verunstalten zu lassen. Ihre Laune war ohnehin schon auf dem Tiefpunkt. Ausgerechnet dieser unmögliche Hagen musste mit ihr reisen, der nichts als Weiber und Saufen in seinem schmeißfliegengroßen Gehirn hatte. Sie hatte fast der Schlag getroffen, als sie sein dümmliches, bartüberwuchertes Gesicht entdeckt hatte. Als würde es nicht schon reichen, eine Reise zu unternehmen, die sie so viel ihrer kostbaren Zeit kosten würde und von deren Sinn sie eigentlich nicht überzeugt war. Erennyions Brief hatte doch ein wenig übertrieben geklungen. Und wenn sie ihn nicht so gut und schon so lange gekannt hätte, dann wäre sie wohl nach Havena gereist, wo etliche dringende Geschäfte ihrer harrten. Aber nein, sie hatte sich entschlossen, der Bitte des Magiers zu folgen und ihn aufzusuchen. Nun, das hatte sie davon. Dieser schreckliche Söldner mit seinem verfilzten Bart würde ihr sicherlich die ganze Reise verderben. Dabei sah der hagere, dunkle Liebfelder durchaus gut aus. Er hatte so etwas aufregend Geheimnisvolles an sich. Und ihr war aufgefallen, dass er oft an dem kostbaren Silberring an seinem kleinen Finger drehte. Sie nahm sich vor, ihn bei Gelegenheit zu fragen, wo er dieses schöne Stück denn her hatte. Schade, dass wohl wenig Zeit für eine Vertiefung ihrer Bekanntschaft blieb. Plötzlich erinnerte sie sich daran, wie ihr vor langer Zeit Hagen einmal das Geschäft verdorben hatte, als sie einem alternden Baron eines ihrer Aquädukte hatte verkaufen wollen. Der Söldner hatte ihr das ganze Geschäft versaut.

»Du schaust so säuerlich, Lysandra. Denkst du an unsere gemeinsamen alten Zeiten?« Hagen grinste.

»Nein«, lächelte Lysandra zuckersüß, »ich habe mir nur gerade überlegt, wann du wohl das letzte Mal deine Zähne gereinigt hast. So wie es riecht, ist es gewiss schon eine Zeit lang her.« Befriedigt stellte sie fest, dass sie wohl ins Schwarze getroffen hatte, denn Hagens Grinsen erlosch auf der Stelle und er fuhr sich unbewusst mit der Zunge über die Zähne. Sie kramte in einem ihrer zahlreichen Beutel. »Hier«, strahlte sie und zog eine schmale braune Wurzel hervor, die am Ende unzählige Male eingeschnitten war, sodass sie nun eine kleine Bürste bildete. »Eine Wurzel mit besonders frischem Aroma! Für die Reinigung deiner Zähne! Ich überlasse sie dir zum Freundschaftspreis von, na, sagen wir, fünf Silberstücken.«

»Lieber soll mir alles abfaulen, bevor ich dir auch nur eine meiner Münzen in den gierigen Rachen werfe!«

»Höflich wie immer.« Achselzuckend steckte Lysandra die Pflanze weg. Hagen hatte eben keine Ahnung vom Geschäftemachen. Allzeit bereit, so hieß ihr Leitsatz und der hatte schon so manches Goldstück in ihre Börse wandern lassen. Sie stieß ein hörbares Seufzen aus. Sie war einfach nicht dafür geschaffen, durch die Wildnis zu pilgern. Ihr Platz war an der Seite eines wohlhabenden Mannes in einem prächtigen und angenehmen Haus. Am besten in einer Großstadt wie Gareth oder Vinsalt. Leider hatte sich diesbezüglich noch nichts ergeben, aber das würde schon noch kommen. Kommt Zeit, kommt Mann, wie ihre Großmutter zu sagen pflegte. Und eine von Bernsteen hatte bisher noch immer bekommen, was sie haben wollte.

Sie schritten zügig aus, während die Praiosscheibe überaus freundlich über ihren Köpfen strahlte. Auf der Reichsstraße zwischen Gareth und Angbar herrschte reger Verkehr. Viele Menschen waren nach Angbar unterwegs, denn dort würde bald der berühmte und weithin bekannte Handwerkermarkt stattfinden und es gab kaum Gelegenheit, derart hochwertige Arbeiten anderswo zu erwerben. Andere wiederum reisten in Richtung der Kaiserstadt, wohin auch die Reisegefährten ihr Weg führte. Neben zahlreichen Kutschen, Ochsenkarren und Pferden waren auch viele Menschen zu Fuß unterwegs und Lysandra wurde nicht müde, die Menschen, Zwerge und vereinzelten Elfen zu beobachten. Sie versuchte einzuschätzen, mit welcher Ware man wen am besten ködern könnte. Der Zwerg da drüben hatte zum Beispiel einen spärlichen Bartwuchs. Ihm würde sie bestimmt eine alchimistische Haarwuchstinktur verkaufen können. Während die edle Dame dort in der Kutsche ihre vielversprechende Feinschlamm-Maske durchaus vertragen könnte. Bei einem vorbeieilenden Moha, der in dunkles, mit bunten Federn geschmücktes Leder gekleidet war, rümpfte sie die Nase. Mit Mohas hatte sie schon sehr schlechte Erfahrungen gemacht. Sie dachte da nur an einen dieser Wilden, der ihr eine tote Schlange geschenkt hatte. Nachdem sie ihren Ekel überwunden hatte und sich aus der Schlangenhaut einen Gürtel fertigen wollte, musste sie feststellen, dass dieser Eingeborene doch tatsächlich meinte, mit ihr den Traviabund geschlossen zu haben, nur weil sie das tote Tier angenommen hatte. Nun, sie hatte ihm den Kadaver schneller um die Ohren geschlagen, als der Barbar denken konnte.

Die Erinnerung verdüsterte ihre Stimmung und so beschloss sie, um sich abzulenken, mit Falk ein Pläuschchen zu beginnen. »Falk, mein Bester, aus welcher Gegend im lieblichen Feld stammt Ihr wohl?«

Ihr Gegenüber sah sie überrascht aus seinen durchdringend grauen Augen an. »Woher wisst Ihr, dass ich aus dem lieblichen Feld komme?«

Götter, er war doch ein wenig einfältig. »Ihr habt da so etwas in Eurem Erscheinungsbild. Und außerdem sprecht Ihr ganz unverkennbar einen, ich würde sagen, Vinsalter Akzent. Wenn auch nur ganz leicht«, erläuterte Lysandra ihm geduldig.

»Was? Ich war überzeugt, meine Herkunft durch keinerlei Anzeichen mehr zu verraten.«

Lysandra zuckte mit einer mitleidigen Geste die Schultern. »Ich gebe es nur ungern zu«, mischte sich jetzt Hagen ein, »aber sie hat Recht. Es ist nicht allein die Sprache oder das Rapier, das Ihr tragt.« Verwundert musterte Falk seine Waffe, mit der offensichtlichen Frage im Gesicht, was an ihr denn wohl so liebfeldisch sei.

»Lasst es mich mal frei heraus sagen«, fuhr Hagen fort, »es sind zum einen Eure Mimik und die gezierte Art, mit der Ihr lauft, zum anderen Eure übertriebene Gestik, die ständige Bewegung der Hände, das Verdrehen der Finger, wenn Ihr sprecht. All das zusammengenommen ergibt nur eine Ecke des Erdteils, aus dem Ihr kommen könnt: das alte Reich.«

»Ich bin beeindruckt«, gestand Falk.

Lysandra machte eine wegwerfende Geste. »Es ist nicht besonders schwer, Ihr seid in dieser Hinsicht wie ein offenes Buch zu lesen. Bedenkt, wir kennen uns nicht lange und trotzdem wissen wir schon einiges über Euch. Ihr müsst lernen, Euch selbst besser zu beherrschen, wenn Ihr Eure Herkunft verbergen wollt. Ihr verratet zu viel über Euch.«

Der Liebfelder lachte. »Es gibt auch nichts, was ich verbergen müsste«, versicherte er ihr nachdrücklich. »Aber eines möchte ich doch wissen: Was gibt es gegen meine Waffe einzuwenden?«

»Nichts«, antwortete Hagen gleichmütig, »aber sie ist schon sehr aufwendig verziert. Diese Silber- und Goldfäden um den Griff. Und die überaus verschlungene Parierstange. Sehr aufwendig, sehr teuer und sehr protzig. Und ein wenig zu verspielt für einen Mann.« Er zögerte einen Moment, konnte sich dann jedoch offensichtlich nicht zurückhalten etwas hinzuzufügen: »Es ist die Waffe eines Stutzers!«

Der Liebfelder reagierte säuerlich. Sein Mund wurde schmal und er nahm eine stocksteife Haltung an.

»Aber mein guter Falk«, lenkte Lysandra daher schnell vom Thema ab, um einen langwierigen und, wie sie fand, langweiligen Streit zu vermeiden, »wie kommt es, dass es einen Edelmann wie Euch hierher verschlägt, ins fade Mittelreich?«

Falk war sich nur zu bewusst, dass es die Regeln der Höflichkeit von ihm verlangten, Lysandra zu antworten; mühsam unterdrückte er den Drang, mit dem Söldner ein Streitgespräch zu beginnen.

»Oh, das ist eine recht fade Geschichte. Ich bin als dritter Sohn eines Signores in der Nähe von Vinsalt aufgewachsen. Ich war das kleine Malheur, das aus einer recht kurzen Bekanntschaft mit einer Nordmärkerin entstanden war, die zu ihrem Glück oder Unglück bei meiner Geburt ums Leben kam. Aber mein Vater ist ein Ehrenmann und kam seiner Verpflichtung mir gegenüber nach.«

»Wie traurig«, flüsterte Lysandra bewegt. »Ihr habt also das Schicksal eines ungeliebten Bastards ertragen müssen. Götter, Ihr Armer!«

»Keineswegs«, fuhr Falk fort. »Mein Vater sorgte dafür, dass ich als vollwertiges Familienmitglied im Kreise seiner Familie aufwuchs und eine hervorragende Ausbildung erhielt, in den schönen Künsten wie im Kampfe. Er meinte es wirklich gut mit mir und achtete darauf, dass ich seinen übrigen Söhnen völlig gleichgestellt war. Nur konnte ich mich in die intriganten Pläne und das ewige Ränkespiel um mehr Macht und Ansehen nie einfinden. Und sobald ich alt genug war, für mich selbst zu sprechen, widersprach ich ständig meinem Vater und entzweite mich bald mit der ganzen Familie. Es dauerte nicht lange und ich hatte sämtliche Anverwandte gegen mich und auch bei Hofe und bei den übrigen liebfeldschen Edlen war ich nicht gerade sehr beliebt.«

»Und weil Ihr so anders wart, hat Euch Eure Familie verstoßen, Euch in Schimpf und Schande davon gejagt!« Lysandra schmolz vor Mitleid dahin.

Doch Falk musste sie wieder enttäuschen. »Aber nein. Ich sah selbst ein, dass ich in diese Gesellschaft nicht passte und niemals passen würde. Ich teilte meinem Vater sehr höflich mit, dass ich nicht vorhätte, dem Ansehen der Familie noch mehr zu schaden und mich nach reiflichem Überlegen entschlossen hätte, meine Heimat zu verlassen. Mein Vater war traurig, machte sich Vorwürfe und versuchte mich zum Bleiben zu überreden, aber ich konnte ihn schließlich überzeugen, dass es das Beste für alle wäre. So verließ ich mein Zuhause und begab mich ins neue Reich, um möglichst wenigen Menschen begegnen zu müssen, die meine Familie kennen. Ich wollte meinem Vater auch die Verlegenheit ersparen, erklären zu müssen, weshalb sein seltsamer Sohn Söldnerdienste annahm. So, reicht das als Erklärung?«

Die beiden anderen starrten den Liebfelder an. Er hatte so völlig unbekümmert und empfindungslos gesprochen, als schien ihn die Geschichte kein bisschen zu belasten. »Und Ihr seid seitdem niemals wieder nach Hause zurückgekehrt?« Allein der Gedanke daran trieb Lysandra die Tränen in die Augen.

Falk lachte. »Doch, natürlich war ich seither oft zu Hause. Das Verhältnis zu meiner Familie hat sich sehr gebessert, seit ich fortgegangen bin. Wir sind sehr unterschiedlich, das ist alles. Aber wir haben eine sehr enge Bindung und ich bin froh, dass ich gegangen bin, um mein eigenes Leben zu leben.«

Lysandra gab sich mit der Vorstellung, dass hier wirklich keine herzzerreißende Tragödie geschehen sein sollte, nicht so schnell zufrieden. »Aber Ihr müsst Euer Geld durch Söldnerdienste verdienen, oder? Ihr bekommt keine geldliche Unterstützung von Eurer Familie, nicht wahr?«, fragte sie lauernd und als der Liebfelder nickte, meinte sie triumphierend: »Dann seid Ihr also doch gewissermaßen verstoßen!«

Falk sah sie streng an und entgegnete: »Ich habe meinen Stolz. Und der verbietet mir, das Gold meiner Familie zu nehmen, wenn ich ihr dafür nichts zurückgeben kann. Ich bin von den Göttern mit Gesundheit und einem, wie ich meine, recht klaren Verstand gesegnet. Also kann ich mir das, was ich benötige, selbst verdienen. Lieber mache ich mir die Hände schmutzig als meine Ehre.«

Es war deutlich zu merken, dass Lysandra ein solches Verhalten nicht recht nachvollziehen konnte. Auch Hagen gab nur ein unsicheres »Hm!« von sich.

»Wie seid Ihr selbst denn in das Söldnergewerbe geraten?«, fragte Falk ablenkend.

»Oh, ich bin Mitbetreiberin eines Familienunternehmens, eines äußerst gewinnbringenden Unternehmens übrigens. Meine Familie hat den Betrieb schon vor einigen Götterläufen gegründet und mit meinem Bruder, meinem Cousin zweiten Grades und dem Bastard des Bruders meiner Mutter und seiner Tochter halten wir die Geschäfte am Laufen.«

»Und was ist der Gegenstand Eures Unternehmens?«

»Wir machen eigentlich alles«, antwortete Lysandra ausweichend. »Wir vertreiben vielerlei Waren, wie Haartinkturen und Feinschlamm-Masken, exotisches Naschwerk aus dem Mohalande und so weiter. Unser Hauptgeschäft ist jedoch das Vertreiben von Auskünften. Und wir können so ziemlich alles besorgen, was das Herz begehrt. Einerlei, was es ist, wir beschaffen es; es braucht nur ein wenig Zeit und vor allem die entsprechende Menge an Goldstücken!« Falk hob fragend die Brauen, woraufhin Lysandra hastig ergänzte: »Natürlich nehmen wir nur ehrenhafte Aufträge an.«

»Natürlich. Und Ihr, Hagen? Wie lange seid Ihr schon im Geschäft?«

»Schon immer«, schnaubte Hagen und zog das Lederband fester um seinen Zopf. »Seit ich denken kann. Ist nichts Besonderes dabei, mein Vater hat mich irgendwann mitgenommen. Danach der Bruder meines Vaters. Und später war ich mit Janara unterwegs. War einfach schon immer so.«

»Da geht die Handelsstraße in Richtung Greifenfurt ab«, unterbrach Lysandra das Gespräch und zeigte auf eine Abzweigung, die gen Firun führte, eine kleinere, gut ausgebaute Straße.

Sie verließen die Reichsstraße und bald wurde es stiller. Nur ab und an begegnete ihnen noch ein Karren. Schließlich begann es zu regnen. Erst trafen sie vereinzelte Tropfen im Gesicht, dann im Nacken und auf den Händen. Schließlich wurden es immer mehr, bis das stetige Fallen der winzigen Tropfen sich wie ein feuchtes, kaltes Tuch über sie legte. Die grauen Wolkenschleier, die die Praiosscheibe nunmehr völlig verdeckten, verleiteten zu der Annahme, es wäre schon spät am Tag, dabei hatten sie die Mittagsstunde noch nicht einmal erreicht. Sie waren recht gut vorangekommen.

Hagen kratzte sich am Kinn. Er war übel gelaunt. Statt, wie er gehofft hatte, bald in den weichen, warmen Armen seiner Geliebten Ajara liegen zu dürfen, stapfte er hier mit einem Fremden und der verhassten rothaarigen Hexe, die wie immer den Mund nicht halten konnte, durch die Provinz. Seine beste Freundin war tot und, durfte man dem Liebfelder glauben, er selbst auch nicht mehr weit von Borons Hallen entfernt. Wunderbar! Es war doch immer wieder schön, welche Überraschungen das Leben für einen bereithielt.

Er ahnte mehr das Herannahen des Tieres, als dass er es sah oder hörte. Hagen hob den Kopf, dann spannte sich jeder Muskel in seinem Körper an. Als er »Vorsicht! Da kommt etwas!« rief, hatten auch Lysandra und Falk schon bemerkt, dass etwas nicht stimmte. Etwa fünfzig Schritt vor ihnen beschrieb der Weg eine leichte Kurve nach rechts. Dort kam um die Biegung ein Pferd galoppiert, ein magerer Fuchs, dem der Schaum in Flocken vom Maul flog. Hinter ihm hörte man verzweifeltes Rufen. Während Lysandra und Falk sich mit den Pferden schnell in Sicherheit brachten, fühlte Hagen, wie der Ehrgeiz ihn packte. Er ging leicht in die Knie, wandte sich dem Tier seitlich zu, die Arme ausgestreckt. Als das Roß an ihm vorbei stob, sprang er ihm seitlich in die Zügel, erwischte diese und hängte sich mit seinem ganzen Gewicht daran. Das Pferd bäumte sich zunächst auf, verlangsamte dann seinen Schritt und begann unruhig zu tänzeln. »Ruhig! Brrr! Ganz ruhig, alles in Ordnung«, redete Hagen mit beruhigender Stimme auf das Tier ein.

Die beiden anderen kamen zurück, als sie sahen, dass der Söldner dem Pferd Einhalt geboten hatte. »Respekt!«, lobte Falk anerkennend »Eine wirklich herausragende Leistung. Wo habt Ihr das gelernt?«

Hagen zuckte verlegen die mächtigen Schultern. »Nirgends. Hatte wohl einfach Glück«, murmelte er dann bescheiden.

»Mein lieber Hagen!« Lysandra klatschte begeistert und, wie Hagen fand, völlig gekünstelt in die Hände. »Welch ein Schauspiel! Du solltest Kunstreiter bei Hofe werden!«

Hagen schnaubte abfällig und führte den nassgeschwitzten Fuchs auf und ab. Die Flanken des Tieres bebten und es hinkte leicht mit dem rechten Hinterfuß. Hagen zog das rechte Bein an der Fessel hoch und erkannte einen langen Holzsplitter, der sich tief in das zitternde Fleisch gebohrt hatte. Er würde ihn herausziehen und die Wunde ausbrennen müssen, sonst würde es sicherlich Wundbrand geben. Ein Keuchen ließ die drei aufschauen und wieder kam jemand um die Biegung, diesmal ein Jüngling von vielleicht zwanzig Götterläufen, dessen schmales bartloses Gesicht tiefrot angelaufen war. Die strohblonden Haare klebten ihm nass am Kopf und er atmete schwer, was wohl auch am Gewicht des angerosteten und stark beschädigten Kettenhemdes und dem enormen Langschwert lag, das an seiner Seite baumelte. Der gefütterte Waffenrock und die wohl ehemals braune Lederhose waren schlammbespritzt und wirkten mitgenommen. Nur die silberne Münze, die der Fremde an einem Lederband um den Hals trug, blitzte wie poliert auf seiner Brust. Um seine linke Hand war ein behelfsmäßiger Verband gewickelt, der mit einigen dunkelbraunen Blutflecken verschmiert war. »Ihr habt ihn!«, keuchte der Junge, hielt inne und stützte sich nach Atem ringend auf die Knie. »Den Zwölfen sei Dank.« Seine Stimme überschlug sich, war überraschend hell.

»Immer mit der Ruhe, mein Freund. Beruhigt Euch erst einmal. Hier, trinkt einen Schluck.« Falk hielt dem Fremden seinen Wasserschlauch entgegen.

»Hat er Euch abgeworfen?«, fragte Hagen dagegen leicht schadenfroh. Der andere nahm dankbar vom Wasser und nickte dann erschöpft.

»Ja. Er ist an etwas hängengeblieben und ist dann gestiegen. Ich war in Gedanken und völlig überrascht, daher fiel ich herunter. Ja, und dann ist er auf und davon. Gut, dass nichts passiert ist und er niemanden umgerannt hat. Danke nochmals, dass Ihr ihn gehalten habt. Ich hätte ihn wohl nicht mehr eingefangen.«

»Schon gut«, brummte Hagen. »Er hat einen Splitter im Bein. Wenn Ihr erlaubt, ziehe ich ihn heraus und brenne die Wunde schnell aus. Oder wollt Ihr das lieber selbst tun?«

»Äh, nein. Ich meine, es wäre wunderbar, wenn Ihr das erledigen könntet.«

»Dachte ich mir«, murmelte Hagen und beugte sich wieder zum Huf des Tieres hinab.

»Nun will ich mich aber erst einmal vorstellen: Ich bin Rondrim Fuxfell, stets zu Euren Diensten«, sagte der Junge artig und versuchte steif, eine höfische Verbeugung anzudeuten, was ihm jedoch gründlich misslang.

Lysandra stellte sich und die anderen vor. »Es ist mir eine Ehre«, wiederholte Rondrim wieder. »Sagt, seid Ihr nach Wehrheim oder nach Greifenfurt unterwegs?«

»Greifenfurt«, antwortete Lysandra wahrheitsgemäß, »und Ihr?«

»Ich bin auf dem Weg nach Wehrheim, zu meiner Familie. Sie leben in der Nähe von Wehrheim in einem kleinen Dorf. Und ich habe die Erlaubnis bekommen, sie zu besuchen.«

Plötzlich zogen dunkle Wolken über Falks Gesicht. Er musterte den Fremden scharf, dann meinte er leise: »Darf ich fragen, woher Ihr kommt?«

Rondrim sah ihn einen Moment lang mit tödlichem Ernst an. Dann lächelte er wieder freundlich und antwortete: »Von der Front. Ich habe gegen die Besatzer gekämpft.«

»Ihr habt gegen die schwarzen Horden gekämpft?«, fragte Lysandra ungläubig nach. Rondrim nickte.

»Ja, darum sehe ich wohl noch ein wenig mitgenommen aus. Aber ich lebe, bin im Besitz meiner geistigen Kräfte und weder verstümmelt noch gefoltert worden. Ihr seht also, es gibt auch Krieger, die unbeschadet davonkommen. Vielleicht kommt es darauf an, wie man kämpft. Oder ich hatte einfach nur Glück.«

»Oder der Glaube an die Götter hat Euch geholfen«, bemerkte Lysandra.

»Was es auch war, ich lebe und bin auf dem Weg nach Hause zu meiner Familie.«

»Wie schön für Euch«, sagte Lysandra herzlich.

Hagen hatte inzwischen das Pferd versorgt und drückte dem Krieger die Zügel in die Hand. »Ihr solltet ihn aber noch eine Zeitlang führen. Sein Bein muss ein wenig geschont werden und er ist vom Durchgehen noch ganz wild.«

Verlegen sah Rondrim auf seine Hände und druckste ein wenig herum, bis er vorsichtig seine Frage stellte: »Wenn es Euch recht ist, würde ich Euch gern bis nach Greifenfurt begleiten. Mein Weg ist noch weit und ich sehne mich nach Gesellschaft. Ich bin es wohl nicht mehr gewohnt, allein zu sein.«

»Natürlich könnt Ihr uns begleiten, mein Lieber!«, antwortete Lysandra sofort. »Wir reisen zwar recht zügig, aber Ihr habt es sicher auch eilig, nach Hause zu kommen. Und« – sie kicherte leise – »mit einem echten Kriegsveteranen an der Seite fühlen wir uns doch gleich viel sicherer.«

»Von mir aus könnt Ihr mitkommen«, stimmte Hagen knapp zu. Falk sah den Krieger mit seinem Raubtiervogelblick wortlos an. Dann nickte er stumm und machte eine einladende Geste.

»Danke«, strahlte der junge Krieger, »das ist sehr freundlich! Ich werde Euch auch sicherlich nicht zur Last fallen!«

»Schon in Ordnung.« Hagen ging weiter und die anderen folgten ihm.

Der Weg wurde immer schlammiger, denn der Regen wollte kein Ende nehmen und fand Gefallen daran, das Erdreich mit seinen Unmengen an Wasser aufzuweichen. Bald wurde jedes Heben des Fußes von einem saugenden Schmatzen begleitet.

Sie schritten trotz der schmerzenden Beine zügig aus.

Ihre Kleidung war inzwischen völlig durchnässt und sie froren. Dementsprechend sank die Laune immer mehr. Sogar Lysandra hatte es mittlerweile die Sprache verschlagen. Nur der junge Krieger Rondrim schien es nicht fertig zu bringen zu schweigen. Und er hört wohl auch nicht eher auf zu reden, bis sein Mund voll mit Wasser ist, dachte Falk gottergeben. Er führte sein Pferd neben dem des Kriegers, während Lysandra und Hagen vorneweg schritten. Das Packpferd war an den Sattel seines Wallachs gebunden und bildete die Nachhut.

Rondrim berichtete gerade von einem Streich, den seine Kameraden ihm gespielt hatten, als er gerade frisch im Lager angekommen war. Seit Stunden, so schien es Falk, sprach der Junge von nichts anderem als von der Front. Wessen Herz voll ist, dessen Mund quillt über, erinnerte der Liebfelder sich an ein altes Sprichwort. Er seufzte leise. Zu Beginn war es noch recht unterhaltsam gewesen zu hören, wie es an der Ostfront zugegangen war, wie wacker sich die Heere gegen die Dunklen Horden geschlagen hatten. Aber der junge Krieger erzählte nicht sehr spannend, sein Stil war gedrechselt und der Bericht wirkte wie auswendig gelernt. Er übt wahrscheinlich schon für zu Hause, überlegte Falk. Nun ja, er hatte ja auch einiges zu berichten. Wenn er nur nicht so langatmig erzählen würde. Falk bemerkte, wie die Augen des jungen Kriegers plötzlich glänzten und er lauschte wieder dessen Worten.

»Es war am Abend einer der unzähligen Schlachten gewesen«, erzählte Rondrim gerade mit diesem verklärten Ausdruck, den Falk in den letzte Stunden zu fürchten gelernt hatte. »Viele Seelen der unsrigen hatte Golgari schon auf seinen Schwingen davongetragen. Aber ich hatte mit dem Segen der Götter überlebt, obwohl mich der Schwertstreich eines dieser verfluchten Answinisten stark an der linken Schulter verletzt hatte. Und doch habe ich durchgehalten, bis zum Abend! Ich habe unserem Bannerträger Deckung gegeben und als der schließlich fiel, von einem Streich aus dem Hinterhalt gemeuchelt, da habe ich die Standarte genommen und das Zeichen des Kaiserreiches sicher zurück ins Lager gebracht. Und gerade an diesem Abend besuchte der tobrische Kanzler höchstpersönlich unser Lager, um unsere Reserven zu inspizieren. Und mein Vorgesetzter erzählte ihm von mir und …« Rondrim begann sich vor Aufregung zu verhaspelten und wurde glühend rot im Gesicht. »… da hat der Kanzler mich angesehen und mir die Hand auf die Schulter gelegt und mich gelobt, dass ich meine Sache gut gemacht hätte. Mich, Rondrim Fuxfell, hat er gelobt! Ihr könnt Euch gar nicht vorstellen, was dieser Mann für einen Blick hat! Ich glaube, er konnte bis in den tiefsten Grund meines Herzens sehen! Und wisst Ihr, was er noch gesagt hat?«

»Nein, was?«, heuchelte Lysandra mit einem schelmischen Lächeln im Mundwinkel.

Rondrim fiel ihr Spott jedoch nicht auf. »Er hat gesagt«, fuhr er mit stolzem Ernst fort, »dass mein Name der Göttin zur Ehre gereiche, wenn ich weiterhin so unverzagt streiten würde!«

»Nein! Tatsächlich?!«

Falk musste über Lysandras Unverfrorenheit schmunzeln. Der Krieger aber schwärmte weiter: »Doch, das hat er wirklich gesagt. Und dabei hat er doch selbst schon so viele Heldentaten vollbracht. Aber er hat mir die Hand auf die Schulter gelegt und mich gelobt. Mich, einen einfachen Mann. Ist das nicht unglaublich?« Falk bekundete nun pflichtbewusst seine Bewunderung und seinen Beifall. Aber Rondrim schien noch mehr zu erwarten und sah ihn abwartend an. Einen Moment lang herrschte peinliches Schweigen. Falk wusste nicht, was der Krieger noch hören wollte. Mit Sicherheit bedeutete es einem einfachen Soldaten viel, von einem hochgestellten Mann wie Kanzler Delo von Gernotsborn die Hand geschüttelt zu bekommen. Rondrim erzählte jedoch so fanatisch von dieser Begegnung, als seien die Götter selbst aus Alveran herabgestiegen, um ihn zu loben.

Die seltsame Anspannung, die plötzlich in der Luft lag, brach, als Lysandra sich umdrehte und fragte, welche Hand dem Kanzler denn nun eigentlich fehle und ob er einen Enterhaken als Ersatz zu wählen gedenke. Rondrim entrüstete sich aufs Äußerste über diese Frechheit und bodenlose Respektlosigkeit einer Person, die nicht einmal wisse, wie man ein Schwert in der Hand zu halten habe. Was Lysandra mit einem täuschend echten Schafgeblöke zu quittieren wusste. Rondrim lief gefährlich rot an.

»Haltet Euch zurück, mein Lieber!«, warnte ihn Falk »Man darf nicht alles ernst nehmen, was gesprochen wird, und muss deshalb auch nicht gleich beleidigend werden. Sagt Euch einfach, dass diese Frau es wohl nicht besser weiß.«

Er wandte sich an Lysandras vor Lachen bebenden Rücken, bemüht ärgerlich zu klingen, als er sie fragte, ob sie es denn nicht lassen könne, ständig die Leute zu beleidigen und herauszufordern.

Sie drehte sich halb zu ihm um. »Das, mein lieber Falk«, versicherte sie mit einem unschuldigen Augenaufschlag, »ist doch meine allerliebste Beschäftigung!«

»Bis es irgendwann einmal ins Auge geht«, mischte sich Hagen ein.

»Oh, mein Guter, das lass nur meine Sorge sein. Aber wie lieb, dass du dich um mein Wohlergehen sorgst!« Wieder einmal versuchte sie, Hagen in die Wange zu kneifen, was dieser aber mit einem furchterregenden Knurren zu verhindern wusste.

Sie liefen weiter, aßen im Gehen und bald darauf erzählte Rondrim wieder begeistert weiter, nun versichert, dass er in Falk einen höflichen Edelmann vor sich hatte, der ihm aufmerksam zuhören würde. »Ihr freut Euch sicherlich sehr auf Zuhause?«, unterbrach Falk ihn in der Hoffnung, der Junge werde zur Abwechslung von etwas anderem als vom Krieg reden.

Rondrim nickte eifrig. »Ja, ich kann es kaum erwarten. Meine Familie lebt, wie gesagt, in einem Weiler bei Wehrheim.« Seine Augen begannen zu glänzen. »Sicherlich gibt es bei meiner Ankunft den Fleischeintopf. Meine Mutter macht ihn immer bei besonderen Anlässen. Ihr könnt Euch gar nicht vorstellen, welche Unmengen an Fleisch und Gemüse da hineinkommen.« Und er begann ausführlich über diese köstlichste aller Suppen zu berichten.

Falk warf ab und an ein »Ach nein!« oder ein »Erstaunlich!« ein. Mehr musste er zu dem Gespräch nicht beitragen. Aber es tat gut, ein bisschen abgelenkt zu werden und dieses Thema passte ihm weit besser als das letzte. Er konnte das Gefühl nicht ertragen, das ihn immer überkam, wenn von dem verfluchten Krieg gesprochen wurde, diese schleichende Kribbeln entlang der Wirbelsäule, die kalte Hand, die ihm Magen und Herz zusammenkrampfte. Gewiss, sein junger Freund erzählte nur von Kameradschaft, heldenhaften Schlachten und übermütigen Siegesfeiern. Aber sein bleiches Gesicht und die hohlen Wangen straften seine Worte Lügen. Und Falk wusste nur zu gut, wie die Wirklichkeit aussah.

Er hatte noch deutlich die Tage vor Augen, als die Schwarzpelze über das Land hereingebrochen waren. Ihre Stärke und ihr taktisches Geschick hatten die Mittelreicher überrumpelt, ihre Masse sie einfach überrannt. Es hatte vieler langer und schwerer Kämpfe bedurft, sie zurückzuschlagen. Falk spürte noch den Schmutz und das Blut auf der Haut, wenn er nach einer der unzähligen Schlachten halb irr ins Lager zurückgekrochen war. Dann kamen das rasende Herzklopfen und die plötzlichen Schweißausbrüche, die ihn immer zusammen mit der Todesangst heimgesucht hatten. Nachts, wenn er auf dem Boden lag und die Sterne in voller Schönheit über ihm strahlten. Die Sterne, deren silbriges Leuchten ihm in diesen Nächten wie bitterer Hohn erschien, scherten sich einen Kehricht um die Qualen der Sterblichen. Damals hatte er auch aufgehört, zu den Göttern zu beten. Er konnte es nicht mehr. Etwas in ihm war damals gestorben und bis heute war er nicht völlig davon genesen. Er hörte, wie sich alle, die aus den Orkkriegen heil zurückkehrten, als Helden bezeichneten. Allein, er wollte das nicht, hasste es sogar. Er wünschte sich nichts sehnlicher, als dem Tod nie wieder auf diese Weise ins Gesicht blicken zu müssen. Sie hatten von ihm erwartet, dass er sich freiwillig für die Ostfront meldete. Aber er konnte es nicht. Stattdessen war er geflohen, geflohen vor den erwartungsvollen Augen seiner ehemaligen Kameraden, die ihn aufgesucht hatten, die jeden Tag auf seine Meldung warteten. Doch er tat es nicht. Und nun, da er diesen jungen Burschen neben sich sah, wusste er, das er die richtige Entscheidung getroffen hatte.

Rondrim erzählte gerade, dass er in Greifenfurt oder Wehrheim gern noch ein kleines Geschenk für seine Mutter und seine Schwestern besorgen wolle. »Ich dachte an eines dieser bunten Wolltücher, die man als Schal oder als Kopftuch verwenden kann«, erklärte er etwas unbeholfen. »Vielleicht ein blaues für meine Mutter und rote für meine beiden Schwestern. Sie haben nämlich beide dunkelbraunes Haar und ein rotes Tuch stünde ihnen dazu doch gut. Oder was meint Ihr, Herr von Eslebonè?«

Falk lächelte. »Nun, ich verstehe nicht viel von diesen Dingen!«

Lysandra wandte den Kopf nach hinten. Das wirre Haar hing ihr inzwischen in tropfenden Strähnen in das schmale Gesicht. »Ganz recht, mein lieber Falk«, sagte sie und drückte dem verdutzten Hagen ihr Bündel in die Hand. »Ihr seid ein Mann! Ihr wisst weder, was zur Zeit getragen wird, noch was eine Frau von heute wirklich braucht und begehrt.« Falk nickte zustimmend, wohl wissend, dass es ohnehin keinen Sinn hatte, sich mit ihr anzulegen. Schade, dass eine so außergewöhnliche Frau ein dermaßen schnippisches Mundwerk haben musste. »Was Ihr wirklich braucht, mein Guter« – sie drängte sich schamlos zwischen Falk und Rondrim –, »ist etwas Außergewöhnliches. Etwas Besonderes. Ihr kehrt schließlich von einer außergewöhnlichen Fahrt zurück, richtig?« Sie lächelte den völlig überforderten Rondrim schmelzend an. Der warf einen hilfesuchenden Blick zu Falk, der ein amüsiertes Schmunzeln nicht unterdrücken konnte. Der Krieger war Lysandra völlig ausgeliefert. »Also, Ihr könnt Eurer Mutter und Euren Schwestern doch keine billigen Tücher mitbringen! Es muss etwas ganz Besonderes sein. Ein exotischer Duft, ein ausgefallenes Schmuckstück, ein verführerisches Nachtgewand, irgendetwas in der Art!«

»Aber ich habe nicht so viel Geld und weiß auch nicht, ob Mutter ...«, wagte Rondrim zweifelnd einzuwenden.

»Ach was, Geld!« unterbrach ihn Lysandra ungestüm. »Man kann auch für sehr wenig Gold etwas Schönes bekommen, glaubt mir. Hm, ich wüsste da vielleicht sogar etwas. Ausgefallen, aber doch nicht zu übertrieben. Ja, das wäre genau das Richtige. Ein Geschenk, das einer Königin würdig wäre und das selbst eine Magd verwenden kann. Ein Hauch von Luxus und, glaubt mir, ganz ungemein günstig. Es ist eine besondere Feinschlamm-Maske, welche die Haut ganz wunderbar zart und seidig macht. Und wie sie duftet! Ganz köstlich! Angeblich« – sie beugte sich vertraulich zu Rondrim hinüber – »benutzt Königin Emer selbst dieses Wundermittel. Sie bewirkt ganz Unglaubliches: Sogar tiefste Sonnenbräune verwandelt sie in samtiges Weiß. Und dann dieser Duft von Flieder und Honig! Einfach unbeschreiblich! Sie ist sogar in einen ganz entzückenden bestickten

Lederbeutel abgefüllt, den man nach Verbrauch der Maske anderweitig verwenden kann. Eingeborene aus dem Mohalande haben die Beutel in mühevoller Handarbeit gefertigt. Na, wäre das nicht ein ganz wunderbares Geschenk für Mutter und Schwestern?« Lysandra strahlte Rondrim erwartungsvoll an. Der Jüngling nickte schuldbewusst und fragte zaghaft, wo er denn dieses Wundermittel bekommen könne.

»Ihr habt wirklich großes Glück«, versicherte ihm Lysandra daraufhin glaubhaft. »Ich trage zufälligerweise immer einige Beutel bei mir. Denn meine Körperpflege ist mir überaus wichtig. Ich könnte Euch wohl zwei dieser Beutel günstig abtreten«, überlegte sie laut und kramte geschäftig in ihrer Gürteltasche.

»Welch ein glücklicher Zufall«, warf Falk ein, was ihm einen giftigen Blick seiner Reisegefährtin bescherte.

Hagen drehte sich um und erfasste mit einem Blick seiner dunkelbraunen Augen sofort die Lage. »Lass den Jungen in Ruhe, Lysandra. Du weißt genau, dass er dir nicht gewachsen ist. Also steck deinen Plunder wieder ein und komm her. Oder glaubst du, ich schleppe deinen Kram die ganze Zeit durch die Gegend?«, knurrte er missgelaunt.

»Plunder? Kram? Du hast doch nicht den Hauch einer Ahnung, du … du dickschädeliger Sohn eines Stinkiltis!«, schnaubte Lysandra, lief jedoch mit einem quietschenden Aufschrei an seine Seite, als der Söldner Anstalten machte, ihr Bündel in die nächste Matschpfütze zu befördern.

Falk grinste. Hagen war wohl der Einzige von ihnen, der dieses Weib einigermaßen im Griff hatte. Wären sie aus einem anderen Grund zusammen unterwegs, hätte ihn die offensichtliche Hassliebe der beiden sicherlich in höchstem Maße belustigt. So aber konnte er den Dämon nicht vertreiben, der ihm seit dem Tag, da sein Freund Corvin starb, unentwegt im Nacken saß: die Gewissheit, gejagt zu werden. Er stellte fest, dass er wieder ruhelos an seinem Ring drehte. Rondrim neben ihm war endlich verstummt. Falk warf dem jungen Krieger einen kurzen Seitenblick zu. Er führte seinen mageren Fuchs am Zügel und dachte sichtlich angestrengt nach. Offenbar machte er sich Gedanken darüber, ob er nun die Tücher oder doch lieber eine dieser wundersamen Feinschlamm-Masken erwerben sollte. Falk widmete seine Aufmerksamkeit wieder dem Weg. Rondrim mochte recht geschickt im Umgang mit den Waffen sein. Das Denken bereitete ihm jedoch offenkundig Schwierigkeiten.

Kurze Zeit später verkündete Hagen mit seiner tiefen Stimme, dass ein Dorf vor ihnen liege. Falk überschlug im Kopf die Strecke, die sie bisher zurückgelegt hatten. »Ich denke, wir sind recht gut vorangekommen«, entschied er dann, »und wir können es uns erlauben, für heute Rast zu machen und in jenem Dorf die Nacht zu verbringen. Wer weiß, ob wir in den kommenden Tagen ebenso viel Glück haben.«

»Wunderbarer Vorschlag!«, stimmte Lysandra ihm zu und auch Hagen nickte in billigender Zustimmung.

Rondrim zuckte nur gleichgültig mit den Achseln. Er wollte wohl nichts weiter als nach Hause kommen. »Es ist besser, Rast zu machen«, erklärte ihm Falk daher. »Wenn wir mit den durchnässten Kleider weiterziehen, laufen wir Gefahr zu erkranken. Und dann dauert es noch länger, bis wir ans Ziel kommen. Wir sollten lieber Kräfte sparen, es wird sicherlich noch anstrengend für uns werden.«

»Natürlich, Ihr habt völlig Recht«, beeilte sich Rondrim hastig zu versichern. »Selbstverständlich bin ich mit dem Halt einverstanden! Und«, fügte er nach kurzem Zögern hinzu, »lasst mich nochmals betonen, dass ich über Eure Reisebegleitung mehr als erfreut bin. Es ist keine gute Zeit, um allein zu reisen, einerlei, wohin der Weg auch führt.«

Falk machte eine beschwichtigende Geste und lächelte dem Krieger ermunternd zu. Doch innerlich lächelte er keineswegs, vielmehr war er besorgt, sehr besorgt. Etwas an dem Jüngling machte ihn stutzig. Er konnte nicht genau sagen, was es war. Sein wechselhaftes Verhalten. Seine überschwenglichen Redeflüsse. Seine heimlichen Blicke zurück, so als erwarte er, verfolgt zu werden. Oder das seltsame Zucken, das ab und an die linke Hand schüttelte. Dinge, die Falk erst mit der Zeit aufgefallen waren, aber deutliche Anzeichen waren. Er war sicher, dass Rondrim ihnen irgendetwas verheimlichte.

Kapitel 4

Sie erreichten das Dorf kurz bevor es dunkel wurde. Der Weiler bestand aus einer Ansammlung von acht Bauernhäusern, einem winzigen Krämerladen und einem einfachen Gasthaus, das auch schon bessere Tage gesehen hatte. Es war eines dieser winzigen Dörfer, die sich häufig an Reichsstraßen oder anderen gut befahrenen Straßen fanden und deren Bewohner ihren Lebensunterhalt damit bestritten, Reisenden Kost und Logis zu gewähren. Heute jedoch würden die Geschäfte sich in Grenzen halten, denn nicht viele hatten sich bei dem strömenden Regen auf die Straßen gewagt.

Als die Gefährten durch die verwitterte Holztür in den kleinen Schankraum traten, saß lediglich ein alter Mann mit mürrischem Gesicht an einem der runden Tische. Er warf den Reisenden einen kurzen, gelangweilten Blick zu und beugte sich wieder über den Bierkrug, der vor ihm auf dem Tisch stand. Da will wohl einer nicht gestört werden, dachte sich Lysandra und verzog aufgrund der greifbaren Unhöflichkeit verächtlich den Mund. Dann wandte sie ihre Aufmerksamkeit dem Schankpersonal zu. Der Wirt war einer von der Sorte, von denen es tausende zu geben schien, mit einem Schmerbauch, blaurot geäderter Knollennase, schmierigem Grinsen und fettiger Schürze. Er stand hinter der Theke und Lysandra sah, wie beim Anblick der Reisegefährten die Goldgier in seinen Augen aufblitzte. Vorsicht, der weiß, wie man unvorsichtige Reisende ausnimmt! notierte sie sich gedanklich. Als Nächstes war die Schankmaid zu begutachten. Sie war offensichtlich die Wirtstochter, hatte sie doch das gleiche dünne aschblonde Haar wie ihr Vater und auch seine Pausbacken. Dazu war sie mit einem riesigen, hängenden Busen gestraft. Die Ärmste. Lysandra war voll von aufrichtigem Mitleid. Nun, vielleicht wäre das Mädchen für ein oder zwei Feinschlamm-Masken zu gewinnen, die könnte sie wirklich gut gebrauchen. »Den Zwölfen zum Gruße!«, sprach Rondrim höflich den Wirt an. Der Junge hatte wirklich Manieren. »Habt Ihr für diese Nacht zufällig noch Zimmer frei? Meine Begleiter und ich suchen eine Unterkunft.«

Der Wirt nickte eifrig. Natürlich hatte er noch Betten frei. »Was soll's denn sein, Schlafsaal oder Zimmer?«, fragte er geschäftig.

»Kommt darauf an, was Ihr verlangt«, stellte Hagen fest.

»Schlafsaal zwei Silber, Zimmer vier, Essen wird gesondert berechnet.«

Lysandra schnappte nach Luft. Das war Wucher! Dieser stinkende kleine Furz eines Rotpüschels nutzte ihre Lage schamlos aus. Auch Hagen und Falk blickten verärgert.

»Wir nehmen zwei Zimmer zu je zwei Betten«, sagte Rondrim da. Er schien völlig unbeeindruckt von der Frechheit des Gastwirtes zu sein.

»Nun, es ist doch gewiss billiger, wenn zwei Personen ein Zimmer benutzten, nicht wahr, Herr Wirt?«, beeilte sich Lysandra einzuwerfen. »Das ist doch immer billiger als ein Einzelzimmer.«

Der Wirt sah sie überrascht an, was sie mit einem entzückenden Lächeln quittierte. »Aber ich habe keine Einzelzimmer«, erwiderte er verblüfft.

»Na, dann müsst Ihr aber auch den Preis für ein Doppelzimmer nehmen, denn wenn Ihr vielleicht doch noch einmal ein Einzelzimmer einrichtet, wird niemand den entsprechenden Preis dafür zahlen, denn das ist ja der Preis, den er schon für ein Doppelzimmer zahlt, also zahlt er letztendlich mehr. Warum aber sollte er mehr zahlen, wenn der Preis für das Zweimannzimmer eigentlich der eines Einmannzimmers ist und er dann vom Zweimannzimmer letztlich keinen Vorteil mehr hat?«

Hagen sah sie mit zusammengekniffenen Augen an und zischte ihr zu: »Was für ein Blödsinn!«.

Sie beachtete ihn jedoch gar nicht, sondern musterte abwartend den sichtlich verwirrten Wirt, der schließlich »Gut, dann eben drei Silber die Nacht, aber nur, weil Ihr es seid«, brummelte und seine Tochter anwies, ihnen die Zimmer zu zeigen. Lysandra schenkte Hagen einen triumphierenden Blick, dem dieser gekonnt auswich. Während sie die enge Treppe hinaufstiegen, bedankten sie sich bei Rondrim.

»Aber das hättet Ihr wirklich nicht tun sollen, Rondrim«, sagte Falk zu dem jungen Krieger.

»Nein wirklich nicht, Ihr Guter!«, stimmte ihm Lysandra nachdrücklich zu und fügte in Gedanken hinzu: Aber es war ganz außerordentlich zuvorkommend von Euch!

»Es ist mir ein Bedürfnis, Euch wenigstens eine kleine Freude zu machen. Ich möchte mich dankbar für Eure Reisebegleitung zeigen. Und Ihr ehrt mich damit, wenn Ihr mein kleines Geschenk dafür annehmt«, erwiderte Rondrim mit steifer Höflichkeit.

»Bleibt nur noch die Frage, wer bei wem schläft«, überlegte Lysandra laut.

»Diese Entscheidung überlassen wir doch am besten unserem großzügigen jungen Freund«, entschied Falk bestimmt.

Rondrim sah verschüchtert in die Runde; Lysandra war sich ziemlich sicher, dass er wohl am liebsten bei ihr genächtigt hätte.

»Wenn es recht ist, würde ich gern bei Herrn von Eslebonè nächtigen«, hörte sie ihn jedoch sagen. Sie entschied, dass er sich wohl nicht getraut hatte, sie zu fragen – er war ja so schüchtern. Wie niedlich! Dann rümpfte sie jedoch besorgt die Nase, als ihr bewusst wurde, dass sie nun mit Hagen, dem Schnarcher, das Zimmer teilen musste. Denn Hagen hatte die schreckliche Angewohnheit, in geschlossenen Räumen im Schlaf ganz fürchterliche Laute von sich zu geben. Sie konnte sich noch gut an die letzte Nacht erinnern, die sie zusammen in einem Schlafsaal verbracht hatten. Hagen hatte dermaßen bedrohliche Geräusche ausgestoßen, dass sie ständig aus dem Schlaf hochgeschreckt war, mit dem Gefühl, ein wildes Tier wolle sie anfallen. Welch wunderbare Aussichten für diese Nacht!

»Hier sind Eure Zimmer«, sagte in diesem Augenblick das Mädchen und öffnete mit gesenktem Blick die Zimmertür. Lysandra trat ein und sah sich um. Eine einfache Stube mit zwei Betten, einem Tisch und zwei Stühlen. Schlicht, aber sauber. Ein irdener Wasserkrug nebst passendem Becher stand auf dem Tisch und in einer Ecke standen auf einem Waschtisch eine Schüssel und eine Kanne, über die ein graues Leinentuch gedeckt war. Was sie auf einen Gedanken brachte … »Ihr habt nicht zufällig einen Badezuber im Haus?«, fragte sie das Mädchen, und dieses nickte zu ihrem größten Entzücken. Ein heißes Bad, welch göttliche Wonne!

»Ich zeige ihn Euch gern, wenn Ihr mir folgen wollt?«

Lysandra stieß ein begeistertes »Mit dem allergrößten Vergnügen!« aus und folgte ihr stehenden Fußes.

»Wir müssen die Pferde noch versorgen«, meinte Falk zu Rondrim.

»Gut«, sagte Hagen gutgelaunt, »ich werde in der Zwischenzeit unsere Ausrüstung hochschaffen, mich ein wenig trockenreiben und dann in die Schankstube gehen. Die Dame von Bernsteen wird wohl den Rest des Abends im Zuber verbringen. Den freien Abend muss ich unbedingt auskosten! Habt Ihr nicht Lust, mit herunterzukommen und noch ein oder zwei Bierchen zu trinken?«

»Nichts für ungut, Freund«, ächzte Falk, »aber mir tut alles weh. Ich möchte nur noch in dieses so verheißungsvolle Bett fallen und schlafen!«

»Hört sich gut an«, meinte auch Rondrim und gähnte ausgiebig.

»Na gut. Dann muss ich mich eben allein ins Vergnügen stürzen!« Fröhlich pfeifend verschwand Hagen in Richtung Treppe. Es gefiel ihm hier. Der Wirt sah aus, als könne man mit ihm durchaus den einen oder anderen Krug leeren. Sein gemütlich dicker Bauch und die roten Bäckchen gaben Zeugnis, dass er sich mit seinem Bier bereits selbst eingehend beschäftigt hatte. Und dann war da noch diese hübsche junge Schankmaid mit dem üppigen Busen ... Es versprach, ein netter und entspannender Abend zu werden.

Falk träumte. Er ritt auf einem rassigen Elenviner Vollblut durch den Wald. Der feurige Schimmel kämpfte gegen die Zügel, wollte auf und davon preschen. Falk ließ die Zügel etwas lockerer und das Pferd verfiel in einen raschen Trab. Er wich den grün bewachsenen Ästen aus, lenkte das Tier um Steine und Wurzeln herum. Es war ein schöner Ritt und das Roß hatte wahrlich Feuer in den Adern. Schließlich gelangte er auf eine Lichtung. Falk zügelte den Wallach und kam zum Stehen. Die Sonne lag wärmend auf seinem Gesicht. Er genoss einen Augenblick lang die wohlige Wärme, dann stieg er ab und führte den Rappen zu einem grünlichen Tümpel. Weiße Seerosen schwammen auf der Oberfläche. Falk blieb stehen und ging in die Knie. Sein Gesicht spiegelte sich im dunkelgrünen Wasser. Seine grauen Augen blickten ihn aus seinem sonnengebräunten, hageren Gesicht fragend an. Doch plötzlich veränderten sie sich, wechselten die Farbe vom hellen Grau zu einem dunklen, geheimnisvollen Blau. Es waren nicht mehr seine Augen, die ihn ansahen. Das bleiche Gesicht einer weißblonden Frau lag plötzlich auf der Oberfläche, ein Antlitz von altersloser Schönheit. Sie bewegte die Lippen und schwach, wie von fern, erklang in seinem Kopf ihre Stimme. »Beeil dich, Falk! Die Gefahr ist dir auf den Fersen und näher, als du glaubst. Erennyion erwartet dich! O, beeil dich, denn er ist in so großer Gefahr! Sei vorsichtig, aber komm! Komm schnell! Bald wird es zu spät sein!«

Das Wasser bewegte sich, als wäre ein Kiesel hineingeworfen worden, und die Kreise sanfter Wellen verwischten das makellose Gesicht. Und mit ihm verschwand auch die leise Stimme aus Falks Kopf. Ein letztes »Beeil Dich!« hallte wie ein Echo in seinem Schädel wider. Dann beruhigte sich die Wasseroberfläche und nur sein eigenes überraschtes Gesicht zeigte sich darin. Falk stand auf. Mit einem Mal überkam ihn das ungute Gefühl, beobachtet zu werden, nicht mehr allein zu sein. Er drehte sich um.

Der Schrei riss ihn aus seinen Träumen. Falk fuhr hoch, die Augen weit aufgerissen. Einen Moment lang starrte er verwirrt an die weiß getünchte Zimmerwand. Sein Herz klopfte wie wild. Irgendwie hatte er das beklemmende Gefühl, dass jemand in seinen Traum eingedrungen war. Aus dem Bett neben ihm kamen noch immer abgerissene Schreie. Falk stand auf und musste feststellen, dass Rondrim sich schweißgebadet im Bett wälzte. Seine Schreie wurden nur von gelegentlichem Stöhnen und undeutlichen Wortfetzen unterbrochen. Seine Hände hatten sich tief in die strohgefüllte Matratze gegraben, sie an einigen Stellen bereits aufgerissen. Der schaumige Speichel in seinem Mundwinkel mischte sich mit Blut, das ihm aus den aufgerissenen Mundwinkeln sickerte. Die bläulichen Lippen waren von den Bissspuren seiner Zähne gezeichnet und panisch zuckten die Augen unter den geschlossenen Lidern hin und her.

Falk stand einen Moment lang starr da. Noch unter dem Eindruck seines eigenen Traumes starrte er fassungslos den Jungen an, der aussah, als werde er im nächsten Augenblick sterben. Dann kniete er hastig nieder und schüttelte Rondrim an den Schultern, rief laut seinen Namen: »Rondrim! Rondrim! Wacht auf, kommt schon, wacht auf!«

Er schlug dem Krieger auf die Wange, woraufhin dieser endlich aufwachte und ihn aus glasigen Augen anstierte. »Ihr habt geträumt. Es war nur ein böser Traum«, sagte Falk mit beruhigender Stimme. »Es ist alles in Ordnung. Ihr seid in Sicherheit. Ganz ruhig, es ist alles gut!« Zu seiner Bestürzung begann der junge Mann haltlos zu weinen. Falk nahm ihn in den Arm und gab beruhigende Laute von sich, wiederholte immer wieder, dass alles in Ordnung sei. Rondrims Körper schüttelte sich in Weinkrämpfen, Rotz und Tränen liefen über sein abgemagertes Gesicht und immer wieder erklang röchelnd sein unterdrücktes Schluchzen. Falk kämpfte gegen den inneren Ekel, einen Mann so weinen zu sehen, und versuchte sich daran zu erinnern, dass er genauso geträumt hatte, als der Orkensturm zu Ende war. Nein, widersprach ihm jedoch seine Erinnerung, du warst nicht so und niemand, den du kennst, hat so gelitten. Er kommt auch aus einem tausendfach schlimmeren Krieg, hat wesentlich mehr Unheil gesehen, entrüstete sich sein Herz. Aber, wisperte sein Verstand, da ist noch mehr, sieh doch hin! Da ist noch mehr!

Rondrim wurde ruhiger. Nur ab und an drang noch ein leises Wimmern aus seinem Mund. Falk hangelte mit dem Arm nach dem Hemd des jungen Mannes, das auf dem Boden vor seinem Bett lag. Rondrim nahm es dankbar und wischte sich über das heiße Gesicht. Schließlich lehnte er sich zurück, befreite sich aus Falks Umarmung.

Der Liebfelder stand auf und ging zum Tisch, um die Kerze zu entzünden. »Nein!«, rief Rondrim flehend, »Lasst sie bitte aus!«

»Wie Ihr wollt. Regt Euch nicht auf«, besänftigte ihn Falk und gab sein Bestes, das Wasser im Dunkeln aus der tönernen Kanne in den kleinen Becher zu gießen. Ein bisschen floß daneben, aber schließlich hatte er das Gefäß halb voll und kehrte zu dem Krieger zurück, der es mit gierigen Schlucken leerte. »Geht's wieder?« Falk sah den Jungen im Halbdunkel nicken.

»Es … es ist …«, entschuldigte er sich flüsternd.

»Ihr müsst nicht darüber reden, wenn Ihr nicht möchtet«, sagte der Liebfelder begütigend und wollte aufstehen, aber Rondrim ergriff seine Hand und hielt sie fest.

»Bitte, es wäre … ich möchte darüber reden. Bitte, ich … Es bringt mich um, ich muss darüber reden. Ich halte es nicht mehr länger aus!«

Falk setzte sich ans andere Ende des Bettes und wartete geduldig. Er musterte die schemenhafte Gestalt, die ihm gegenüber saß. Ein magerer, schmaler Schatten, der da zusammengekauert auf dem Bett hockte und mit beiden Händen den Wasserbecher umklammerte, als wolle er sich daran festhalten. Er bemerkte das Amulett am Hals des Jungen, eine silberne Münze wohl, die im spärlichen Licht des Madamals ab und an aufblitzte. Nach einigen Augenblicken hob Rondrim den gesenkten Kopf und begann zu sprechen, erst stockend, doch mit der Zeit kamen die Worte schneller und immer schneller aus seinem blut- und speichelverkrusteten Mund.

»Mein Bruder und ich gehörten zu denjenigen, die sich freiwillig gemeldet hatten. Es scheint mir unendlich viel Zeit vergangen zu sein, seit wir damals mit einigen unserer besten Freunde von zu Hause losgezogen sind.« Er lachte bitter. »Ruhm und Ehre wollten wir erringen. Unseren Mann in der Schlacht stehen. Wir waren ja so gutgläubig.« Falk blickte auf seine Hände, auf den schmalen

Silberring am kleinen Finger. Ja, so ähnlich hatte er es sich gedacht: kleine Jungen, die loszogen, um Krieg zu spielen. Und ihre Unschuld verloren.

»Wir hatten Glück.« Rondrims Stimme klang heiser in der Dunkelheit. »Waren wir doch schon zum Dienst an der Waffe ausgebildet worden und konnten daher gleich an der Front eingesetzt werden. Mein Bruder Jagor und ich kamen zusammen in ein Lager und wir waren begierig darauf, endlich in die Schlacht zu ziehen. Was wir jedoch völlig unbeachtet gelassen hatten: Dies war kein gewöhnlicher Krieg. Dies waren nicht zwei Völker, die gegeneinander stritten, nicht die Streitigkeiten zwischen Herzögen oder Königen.«

Rondrims Augen waren weit aufgerissen und das Weiße seiner Augäpfel schimmerte gespenstisch, als er Falk ansah, nein, vielmehr durch ihn hindurch starrte. Er verfiel in ein eintöniges Flüstern: »Die Niederhöllen waren ans Licht gekrochen, um uns unter Führung der Verderbnis selbst zu vernichten. Dunkle Wolken rasten über den Himmel, Schwaden vermodernder Pestilenz schwängerten die geschändete Luft. Das schwarze Gras schien seine schmierigen Finger nach uns zu recken und die Seen schillerten in schleimiger, tückischer Farbenpracht. Wir sahen nur noch wenige lebende Tiere und die, welche wir zu Gesicht bekamen, waren entstellt und missgebildet. Zu Beginn der Kämpfe stritten wir noch gegen Answinisten und gekaufte Söldlinge der dunklen Horden. Wir waren ausgeruht, hatten noch Reserven. Doch dann kamen immer mehr dieser Kreaturen, deren Namen mir den Schlaf rauben und deren Anblick sich unauslöschlich in mein Gedächtnis eingebrannt hat. Und ihre Schreie! Ihre widernatürlichen, unmenschlichen Schreie!«

Rondrim fuhr sich stöhnend mit der Hand über das schweißnasse Gesicht. »In dem Maße, in der unsere Größe abnahm, nahm die ihrige zu, bis schließlich immer mehr faulende Untote, bleiche Skelette und stinkende, bis zur Unkenntlichkeit entstellte Wesen das Schlachtfeld füllten. Gestalten, teils Mensch, teils Tier, bei deren Anblick der Verstand verzweifelt aufschrie, torkelten brüllend gegen uns an. Aus der Luft stießen Harpyien, Aasvögel und Wesen auf uns herab, die niemals auf Sumus Leib hätten wandeln dürfen. Es war wie ein wahr gewordener Albtraum. Nein«, berichtigte er sich dann, »es war schlimmer als jeder Alptraum. Denn es gab kein Erwachen. Wir konnten uns nicht erholen, niemals ausruhen. Träumten wir nicht ohnehin von den Schrecken des Tages, mussten auch noch diese quälenden Nachtalben kommen und uns die wenige Lebenskraft rauben, die uns geblieben war? Mussten die Kreaturen in unsere Träume eindringen, denen wir am Tag mit Mühe entkommen konnten? Es dauerte nicht lange, und wir waren am Ende. Trotzdem gaben wir nicht auf, zogen immer wieder aufs Neue los. Doch wollte sich einfach kein Erfolg einstellen, im Gegenteil: Immer weiter mussten wir vor den namenlosen Heerscharen zurückweichen. Bald war ich dem Wahnsinn nahe.«

Er verstummte. Falk versuchte, sich sein Erschrecken nicht anmerken zu lassen. Was hatten die Augen dieses Jungen sehen müssen? O Götter, haderte er verbittert, warum lasst Ihr das zu? Rondrim sprach bereits weiter. Falk musste sich anstrengen, die schwache, gebrochene Stimme zu verstehen. »Die Zeit verging, irgendwie. Ich hatte aufgehört, die Tage zu zählen. An einem dieser unzähligen grausamen Tage, da packten wir zur Mittagsstunde unsere Waffen, denn es wurde zum Alarm geblasen. Mein Bruder Jagor und ich fochten Seite an Seite; müde, erschöpft gaben wir uns gegenseitig Deckung. Als bereits die Dämmerung hereinbrach, kam etwas auf mich zu. Etwas, das ich noch nie zuvor gesehen hatte. Es war ein riesenhaftes Wesen, eine faulende, verwesende Echse. Sie ging aufrecht und trug einen langen Speer.

Ihre messerscharfen Zähne waren genau wie ihr schuppiger Körper mit blutigen Flecken übersät und Fleischfetzten hingen von ihren furchtbaren Klauen. Ich schrie auf, warf mich ihr in verzweifeltem Todesmut entgegen, versuchte ihr mein Schwert in das kalte, tote Herz zu rammen. Doch die Kreatur schien übermächtig zu sein und ich konnte nichts gegen sie ausrichten. Plötzlich stolperte ich über einen am Boden Liegenden und fiel nach hinten. Das Wesen beugte sich über mich, um seinen Speer in meinen Körper zu stoßen, als mein lieber Bruder mit einem wilden Aufschrei seitlich heranstürzte und der Bestie die volle Länge seines Schwertes in den Leib trieb. Gerade noch rechtzeitig. Die Kreatur brüllte auf, schlug um sich, fiel zu Boden – und begrub Jagor unter sich. Ich sprang auf, rief seinen Namen, zerrte ihn unter dem Kadaver hervor. Allein, die Klauen der Bestie hatten im Fallen seinen Hals zerfetzt, und unter ihrem ungeheuren Gewicht war er regelrecht zerquetscht worden. Jagor war tot. Und er war für mich gestorben.«

Wieder liefen Tränen über das Gesicht des Jungen. »Die dunklen Streiter waren an diesem Tage übermächtig. Es wurde zum Rückzug geblasen, den wir überstürzt antraten. Jagor musste ich auf dem Feld zurücklassen. Wie von Sinnen kehrte ich mit den anderen ins Lager zurück. Ich versuchte zu begreifen, was geschehen war, aber ich konnte es nicht. Nicht lange sollte unsere Ruhe währen, denn nach einigen Stunden trügerischer Stille griffen die Horden wieder an. Wieder stand ich auf dem Schlachtfeld und wieder wurde ich angegriffen. Ich kämpfte wie eine mechanische Puppe, noch immer war mein Geist wie benebelt. Wie so oft hörte ich da das unverständliche, tierische Jaulen eines Untoten hinter mir und ich fuhr mit einer weit ausholenden Bewegung meines Schwertes herum. Ich hatte Glück. Der Untote hatte bereits das Schwert über dem Kopf erhoben und ich zerteilte seinen Leib mit solchem Schwung, dass die Klinge selbst die Knochen durchdrang und den Körper tatsächlich in zwei Hälften spaltete. Ein Meisterstreich. Doch obwohl alles so schnell ging, konnte ich das blut- und dreckverschmierte Gesicht mit den widernatürlich verdrehten Augen noch erkennen.« Mit versteinerter Miene stierte der Krieger den bleichen Falk an. »Es war Jagor. Ich habe Jagor getötet, der sein Leben für mich geopfert hatte. Ich habe meinen eigenen Bruder getötet. Niemals, niemals werde ich mir das vergeben. Und er kommt jede Nacht, um mich an meine Schande zu erinnern.«

Falk schluckte und sagte dann kläglich: »Er war bereits tot, Rondrim. Ihr konntet ihn nicht mehr töten.«

»Ich weiß«, unterbrach Rondrim ihn scharf, »und wenn ich ihm nicht zuvorgekommen wäre, dann hätte er mich getötet. Und ich habe mir natürlich nichts zu Schulden kommen lassen. Ich konnte ja nichts dafür.« Er schleuderte den Becher wutentbrannt gegen die Wand. »Alles Blödsinn!«

Er schrie jetzt fast. »Wisst Ihr, was es bedeutet, den eigenen Bruder töten zu müssen? Nein, ach, wie solltet Ihr auch!«

Der Liebfelder hob beschwichtigend die Hände, und der junge Krieger beruhigte sich. Zumindest ein wenig. »Nun, edler Falk, sollt Ihr alles wissen. Auch wie es zu Ende ging!« Rondrims Stimme klang hasserfüllt. Falk bereute inzwischen fast, dass er ihn überhaupt hatte zu Wort kommen lassen. Doch wahrscheinlich hätte er ihn sowieso nicht aufhalten können. Es war eine Flutwelle, die, lange unterdrückt, endlich hervorbrach. Irgendwie sehnte er sich Lysandra herbei. Sie hätte Rodrims Ausbruch mit einigen leichtfertigen Worten sicherlich schnell ein Ende gesetzt. »Ich trauerte zwei Tage, während ich starr und reglos auf meinem Lager ruhte. In dieser Zeit kam der tobrische Kanzler ins Lager. Neben mir lag ein Mann, der das kaiserliche Banner gerettet und dabei den Arm und das linke Auge verloren hatte. Der Kanzler lobte ihn für seine Tapferkeit und meinte, daşs die Göttin mit den Tapferen streite. Mich übersah er. Ich war ein Nichts für ihn. Er wusste nicht, dass mein Bruder sein Leben und ich mein Seelenheil in diesem verfluchten Krieg gegeben hatten. Aber das Schlimme war, wenn er es gewusst hätte, hätte es ihn wohl auch nicht gekümmert. Auf dem Schlachtfeld zählen keine Leben, nur Ehre und Kaiserreich und wenn man dabei in Dreck und Kot erstickte!«

Rondrim lachte bitter auf, dann fuhr er fort. »Sie ließen mich in Ruhe, aber draußen hörte ich die Kämpfe weiter toben. Der Wahnsinn nahm kein Ende und ich wusste, dass auch ich nun, ohne meinen Bruder, nicht mehr lange überleben konnte und wollte. Aber hatte er nicht sein Leben und seine Seele für mich gegeben? Konnte ich da mein Leben so einfach wegwerfen? Warum stand ich hier, im Elend, während andere im Reich in ihren weichen Betten lagen und es sich gut gehen ließen? Warum musste Jagor sterben? Ich sollte meinem Namen Ehre machen, hatte Mutter mir zum Abschied gesagt. Ist es ehrenvoll, den eigenen Bruder zu töten?«

Dunkle Vorahnungen jagten Falk einen kalten Schauer über den Rücken. Er wollte etwas sagen, aber Rondrim ließ ihn nicht zu Wort kommen. »Ich ging, als die Horden wieder angriffen. Sich aus dem Zelt zu schleichen war nicht besonders schwierig und ich konnte mir auch ein Pferd stehlen, ohne aufzufallen. Die Wachen, die Deserteure aufhalten sollten, waren an jenem Tage in der Schlacht, denn das Madamal war voll und diese Nächte sind die schlimmsten, wenn das blutgierige Wervolk kommt und nach Fleisch lechzt. Ich weiß nicht, wie ich es geschafft habe, denn die Verzweiflung machte mich leichtsinnig und unvorsichtig. Aber« – er hob trotzig das Kinn – »ich entkam. Keiner fasste mich und heute bin ich hier. Auf dem Weg nach Hause.«

Falks Kehle war wie zugeschnürt. Fahnenflucht! Es

hämmerte in seinem Kopf. Er war selbst Soldat gewesen und hatte den Schrecken des Krieges gekostet. Und es war ihm völlig klar, dass dieser Junge hier viel Schlimmeres als er selbst erlebt hatte. Aber nichts, nichts gab es, was er mehr verurteilte als zu fliehen, die Kameraden allein zu lassen, sie dem Tode auszuliefern, ohne sich um ihr Schicksal zu scheren. Fahnenflucht. Er fragte sich, ob sie bereits nach dem Flüchtling suchten oder ob die Jagd nach ihm aufgeschoben war, bis sich die Kriegslage verbessert hätte und für dererlei Dinge Zeit ließ.

»Ich weiß, dass Ihr mich verurteilt. Ihr seid ein Mann von Ehre«, unterbrach Rondrim seinen Gedankengang. »Das habe ich gleich erkannt. Und ich bin mir auch bewusst, was ich getan habe, das ich mit meiner Flucht ein neues Verbrechen beging. Und, glaubt mir, ich weiß bis heute nicht, ob es das Richtige war, was ich getan habe. Aber, und dessen bin ich mir sicher, hätte ich die Flucht nicht gewagt, so wäre ich nicht mehr am Leben. Und die Götter allein wissen, was mit meiner Seele geschehen wäre. Außerdem« – er hob wiederum das Kinn – »ist der Krieg schließlich vorüber, der Vormarsch der schwarzen Horden seit der Schlacht im Ingrimm aufgehalten.« Seine Stimme wurde wieder leise und ein Ausdruck niedergeschlagener Hoffnungslosigkeit breitete sich auf dem noch so kindlichem Gesicht aus. »Ich weiß um die Schuld, die sich hoch und höher auf meine Schultern türmt. Und ich bitte nicht um Vergebung, verlange kein Verständnis. Doch fordere ich Euch auf, bei Eurer Ehre als Edelmann, mich ziehen zu lassen und Schweigen zu bewahren, über all die Dinge, die Ihr heute Nacht erfahren habt.«

Falk runzelte erbost die Stirn. »Ihr wagt es, mich bei meiner Ehre verpflichten zu wollen, Euch, einen Fahnenflüchtigen, einen Verbrecher, zu decken? Euch ziehen zu lassen, damit Euch der Arm des Gesetzes nicht treffe?«, fragte er mit schneidender Stimme.

»Ich bitte Euch lediglich, mir einen Aufschub zu gewähren«, entgegnete Rondrim. »Damit ich die Aufgabe erfüllen kann, deretwegen ich noch am Leben bin: meinem Vater vom Tod seines ersten Kindes zu berichten und meine Mutter im Arm zu halten, um die Trauer um ihren Erstgeborenen zu teilen. Sodann werde ich mich selbstverständlich meinen Richtern stellen. Und dies verspreche ich Euch« – er senkte traurig den Kopf – »nicht bei meiner Ehre, denn ich besitze keine mehr. Vielmehr schwöre ich es Euch auf den Namen meines toten Bruders.«

Falk wollte etwas erwidern von Ehre, von Pflichtgefühl, von Gewissen und von innerer Stärke. Aber nichts dergleichen kam über seine Lippen. Er stand auf. »Wir sollten jetzt schlafen. Morgen ist ein harter Tag«, murmelte er und legte sich in sein inzwischen ausgekühltes Bett. Aber obgleich er müde war, wollte der Schlaf sich nicht einstellen. Er hörte, wie sich auch Rondrim rastlos hin und her wälzte, auch er konnte keinen Schlaf finden. Götter, dachte Falk immer wieder, Fahnenflucht! Nach endlosen Stunden, wie es ihm schien, senkten sich barmherzig die schwarzen Schleier eines schweren, traumlosen Schlafes über sein aufgewühltes Bewusstsein.

Kapitel 5

Lysandra warf einen prüfenden Blick zurück in ihr Zimmer. Sie schien jedoch nichts vergessen zu haben. Die Sachen waren gepackt und standen abwartend in dem kleinen Raum. Sie hatte nach dem ausgiebigen Bad ganz hervorragend geschlafen, was zum Teil wohl darauf zurückzuführen war, dass Hagen sein Bett nicht angerührt hatte. Sie grinste verschmitzt, konnte sie sich doch ohne große Anstrengung vorstellen, mit was oder besser mit wem er die vergangene Nacht verbracht hatte. Sie strich eine besonders widerspenstige rote Locke aus der Stirn, beschloss, Hagen das Gepäck nach unten tragen zu lassen, und schritt dann die Treppe hinab in den Schankraum.

Hagen saß bereits oder, wahrscheinlicher, noch immer an einem der runden Tische. Er hatte geschwollene Augen und einen bläulich schimmernden Fleck am Halsansatz, trug jedoch einen äußerst selbstzufriedenen Gesichtsausdruck zur Schau. Lysandra trat zur Theke, hinter der das Mädchen stand. »Guten Morgen, mein Kind«, grüßte sie die nur unwesentlich jüngere Schankmaid huldvoll.

»Guten Morgen! Was wünscht Ihr zum Frühstück?«

»Ein Glas Milch, Brot und Früchte und vielleicht noch etwas von diesem köstlichen Schafskäse, den ich bereits gestern probieren durfte. Das wäre ganz wunderbar«, sagte Lysandra vergnügt. Die Wirtstochter nickte und schob ihr einen Krug Milch und mit ihm eine kleine lederne Börse über die Theke. Unauffällig ließ Lysandra den Beutel verschwinden und zwinkerte dem Mädchen unmerklich zu. Die andere nickte leicht und lächelte. Lysandra nahm ihre Milch und setzte sich zu Hagen. Er stank ganz erbärmlich nach irgendeinem billigen Fusel. Sie hob die linke Braue, sagte aber kein Wort.

»Morgen, werte Dame!«, grinste Hagen und vollführte im Sitzen eine angedeutete Verbeugung. »Wünsche, wohl gebadet zu haben.«

»O ja. Danke.« Lysandra nickte. Sie befürchtete, dass Hagen den Drang verspüren könnte, von seinen nächtlichen Abenteuern zu berichten. Und richtig: »Auch ich hatte einen unbeschreiblichen Abend«, begann er.

»Ja?«, sagte Lysandra unbeeindruckt. Sie seufzte. Es war wohl nicht möglich, den Söldner von einem Gespräch abzuhalten.

»Jaha!«, versicherte ihr Hagen, der restliche Schnaps in seinem Blut machte ihn überaus gesprächig und zutraulich. »Siehst du«, erläuterte er ihr, »während du mit deinen Intrigenspielen den Silberstücken hinterherjagst und versuchst, deine komischen Schlammdinger, die sowieso keiner haben will, an den Mann beziehungsweise die Frau zu bringen, genieße ich das Leben. Und das kann ich gut, glaub mir.«

»Ach?«, kommentierte Lysandra ungläubig und zog eine winzige Eisenzange hervor. Zu dumm, da hatte sie sich doch gestern den Nagel ihres kleinen Fingers abgebrochen. Jetzt musste sie alle kürzen. Kritisch betrachtete sie ihre wohlgeformten Fingernägel.

»Ja. So ist es. Nicht nur das Gold verdienen ist die Kunst. Wobei ich selbst damit nie Probleme hatte, auch ohne Tricks, das will ich mal sagen. Hab alles mit ehrlicher Söldnerarbeit verdient. Ein Mann wie ich muss sich um Geld nämlich keine Sorgen machen.«

»So?«, fragte Lysandra und bearbeitete ihre Nägel mit der kleinen Zange, um sie in eine ansprechende Form zu bringen. Ein wahres Wunderwerk, dieses Ding. Sie war froh, dass sie es sich damals auf dem Bazar in Al'Anfa besorgt hatte. Sie hatte es gegen einen Ring eingetauscht, den sie einem Kaufmann entwendet hatte, heiße Ware, aber sie war sie mühelos losgeworden. Und sie hatte den Tausch mit dieser ausgezeichneten Nagelzange nicht einen Herzschlag lang bereut. Hagen beugte sich zu ihr vor und sein übelriechender Atem schlug ihr ins Gesicht. Sie hielt die Luft an.

»Hast du verstanden?« Sie nickte anerkennend.

»Ich kann Geld auch gut ausgeben, und – das ist die Kunst – nicht für irgendeinen Firlefanz. Man muss was davon haben, das ist der Trick. Und während du allein in deiner Wanne gelegen und deine bleiche Haut hast aufweichen lassen, da hab ich für ein paar meiner Silberstücke besten Schnaps getrunken und mit einer süßen Landschönheit mein Bett geteilt. Alles bekommen, was eines Mannes Herz begehrt. Das war vielleicht eine Nacht, uiuiui, wenn du wüsstest …«

»Na!«, mahnte Lysandra empört. Jetzt wusste sie, von wem das Mädchen das Silber für die Feinschlam-Masken bekommen hatte. Das waren mit Sicherheit Hagens Münzen, die in ihrem Beutel klirrten. Auch gut, so blieb das Silber wenigstens unter Freunden. Sie verkniff sich ein Grinsen. Sie steckte die Zange weg, denn ihr Frühstück wurde gebracht. Und ein Krug mit einem stark dampfenden Sud für Hagen. Sie seufzte hörbar. Immer das gleiche Spiel: Er würde seine Kräutermischung in den Krug mit heißem Met werfen, die Brühe trinken und dann vors Haus stürzen, um sich zu übergeben. Dann würde er den bärtigen Dickschädel in die Pferdetränke stecken, seinen Zopf neu binden und wieder hereinkommen – als der nüchterne, wortkarge Hagen, der er immer war. Und von der letzten Nacht wäre ihm nichts mehr anzumerken. Beneidenswert. Sie rückte beiläufig zur Seite, als der Söldner an ihr vorbei und zur Tür hastete, und schnitt den köstlich riechenden Käse an.

Hagen schüttelte sich das eiskalte Wasser aus dem Gesicht. Welch eine Nacht! Er strich die feuchten Haare nach hinten, um sie zum Zopf zu binden. Jetzt ging es ihm schon besser. Aber dieses verfluchte Weib hatte ihn doch wieder einmal dazu gebracht, alles auszuplaudern. Wie sie ihn ausquetschte, wie geschickt sie ihm jedes Wort aus der Nase zog! Er hasste sie wirklich dafür! Wahrscheinlich gab es auf ganz Dere kein tückischeres Weib als diese rothaarige Hexe. Als er durch die Eingangstür zurück in den Schankraum trat, kamen Falk und der junge Rondrim gerade die Treppe hinunter. Sie sahen beide mitgenommen aus und dunkle Ringe lagen unter ihren geröteten Augen. Seltsam, dachte Hagen bei sich. Er begrüßte die zwei und setzte sich mit ihnen zusammen an den Tisch, wo Lysandra gerade dabei war, genußvoll ihr Frühstück zu verzehren. Und dabei gar nicht sehr damenhaft aussah, wie Hagen grinsend feststellte. »Guten Morgen!«, grüßte Lysandra die beiden anderen zwischen zwei Bissen. Ihren leicht zusammengekniffenen Augen war zu entnehmen, dass auch ihr der Zustand der beiden Spätankömmlinge nicht entgangen war.

»Guten Morgen, die Dame. Habt Ihr wohl geruht?«, fragte Rondrim höflich.

»Bestens, mein Guter, bestens. Von mir aus können wir sofort aufbrechen.«

»Nun, ich denke, dem steht nichts im Wege. Und je eher wir aufbrechen, desto besser. Wir sind schließlich nicht auf einer Vergnügungsfahrt«, antwortete Falk ihr ungewohnt schroff.

»Sondern?«, fragte der junge Krieger nach.

»Ich glaube nicht, dass Euch das etwas angehen dürfte!«, fuhr ihm der Liebfelder über den Mund. Rondrim verstummte.

Hagen fragte sich, was in den sonst so höflichen Falk gefahren sein mochte. Auch Lysandra musterte ihn aufmerksam. Offensichtlich stimmte hier etwas nicht. Hagen nahm sich vor, den Liebfelder nachher allein zu sprechen. »Ich denke, wir haben nicht vergessen, warum wir zusammen unterwegs sind«, sagte er nachdrücklich, »und wir waren uns, so glaube ich, alle einig, in diesem Gasthaus zu nächtigen, obwohl es mehr Zeit kostet als eine Übernachtung im Freien. Aber wir brauchen für den Rest der Reise vielleicht noch unsere Reserven. Ich weiß nicht, wo das Problem liegt, Falk.« Aber der Liebfelder nickte nur abwesend. Der Söldner fragte sich, ob Falk ihm überhaupt zugehört hatte.

»Wir werden unsere Reisestrecke ein wenig ändern. Wenn wir querfeldein durch den Reichsforst reiten, sparen wir mindestens einen Praioslauf ein, wenn nicht sogar zwei. Zwar kann uns unser Krieger hier dann nur noch ein kurzes Stück begleiten, aber darauf können wir keine Rücksicht nehmen. Wir müssen wohl ohne seinen Geleitschutz auskommen«, bestimmte Falk und lächelte gezwungen. Rondrim saß mit gesenktem Kopf und bedrücktem Gesichtsausdruck neben ihm.

»Ihr könnt doch nicht einfach unsere Route neu bestimmen!«, entrüstete sich Lysandra. »Wir hatten beschlossen, nicht durch den Reichsforst zu gehen. Und Ihr wisst auch ganz genau warum: Die Stecke ist zu unsicher, das habt Ihr selbst gesagt. Zu viele kehren nicht mehr zurück aus diesem seltsamen Wald. Wer weiß, welches Gelichter dort sein Unwesen treibt.« Hagen musste ihr ausnahmsweise zustimmen.

Falk jedoch schien anderer Ansicht zu sein. »Wir hatten uns keineswegs geeinigt, nicht durch den Forst zu gehen. Es stand bisher lediglich nicht zur Debatte. Aber es ist nun einmal notwendig geworden, wenn wir unser Reiseziel schnellstmöglich erreichen wollen. Ich weiß von einem Jägerpfad durch den Wald hindurch, der ein Stück vor Nierbusch in den Forst hinein und durch ihn hindurch führt. Wie Ihr wisst, führe ich eine ungefähre

Karte der Gegend bei mir. Wir können dann die Breite bei Feldharsch überqueren – dort ist eine kleine Brücke – und dann direkt querfeldein zum Ziel unserer Reise reiten.«

»Ob es tatsächlich gut ist, durch die götterverlassenste Wildnis zu ziehen, ist aber noch die zweite Frage«, murrte Lysandra. »Der kürzeste Weg ist nicht immer der schnellste!«

»Ich finde auch, dass …«

»Das bereden wir später«, schnitt Falk Hagen das Wort ab. »Man muss nicht alles vor Fremden besprechen.«

Nun reichte es Hagen aber mit der unbeherrschten Art des Liebfelders! Er war ja geradezu unerträglich!

»Falk!«, fragte auch Lysandra ärgerlich, »was ist denn in Euch gefahren? So kenne ich Euch gar nicht!«

»Verzeiht.« Der Liebfelder rieb sich mit schmerzverzerrtem Gesicht die Schläfen. »Ich habe schlecht geschlafen.«

»Da solltet Ihr Euch an Hagen wenden, er weiß, wie man eine Nacht richtig verbringt«, gab die rothaarige Hexe anzüglich zurück. Hagen warf ihr einen todbringenden Blick zu. Irgendwann würde er ihr einen Strick um den Hals legen und dann …

»Im übrigen, mein bester Hagen«, fuhr sie fort, »ist deine Bettgefährtin gerade von ihrem versoffenen Vater nach oben geschickt worden, um unser schweres Gepäck nach unten zu tragen. Willst du ihr nicht dabei zur Hand gehen?« Hagen murmelte eine Verwünschung, dann stand er auf und stapfte die Treppe hinauf. Molly sollte nicht alles allein schleppen müssen, sie war schließlich ein zartes Weib. Aber was für eines!

Der alte Trick führte einfach immer zum Ziel! Lysandra unterdrückte nur mühsam ein Grinsen. Männer waren ja so berechenbar! Nach einer gemeinsamen Nacht erwachte in ihnen immer der Beschützerinstinkt für die arme, kleine, schwache Frau, mit der sie das Bett geteilt hatten. Das ließ sich ganz wunderbar ausnutzen. Jetzt musste sie nur noch den Krieger weglocken, dann konnte sie endlich mit dem Liebfelder allein sprechen. »Rondrim, mein Lieber, wie ich sehe, wollt Ihr nicht frühstücken.«

Rondrim hob überrascht den Kopf und stammelte etwas Unverständliches.

»Ist schon gut«, unterbrach ihn Lysandra sanft, »dann wollt Ihr Euch vielleicht ein wenig nützlich machen und Euch um den Proviant bemühen. Der Wirt packt uns sicher etwas zusammen, wenn Ihr ihn darum bittet. Ihr tätet uns einen großen Gefallen damit, nicht wahr, Falk?« Sie trat dem Liebfelder kräftig vor das Schienbein.

»In der Tat!« versicherte dieser und ließ sich nicht anmerken, wie schmerzhaft sie ihn getroffen hatte. Rondrim stand auf und ging zur Theke.

»Aber lasst Euch nicht übers Ohr hauen!«, rief ihm Lysandra vorsorglich hinterher.

»Also?«, forderte sie Falk ohne Umschweife auf. »Redet schon, wir haben nicht allzu viel Zeit. Heraus mit der Sprache! Was ist geschehen?«

Falk sah sie einen Moment lang an und überlegte offensichtlich, ob er sich irgendwie herauswinden sollte, schien dann jedoch zu dem vernünftigen Entschluss zu kommen, dass jeder Widerstand zwecklos sei. »Ihr ahnt ja nicht, welch schreckliche Nacht ich hatte«, stöhnte er und rieb sich müde über die geschwollenen Augen.

»Das habe ich doch heute schon einmal gehört«, bemerkte Lysandra trocken. »Und was ist Euch geschehen?«

»Zuerst hatte ich einen Traum. Einen besonderen, eindringlichen Traum. Ich ritt durch einen Wald und als ich an einem See Halt machte, da erschien mir eine fremde Frau und ich versichere Euch, das war kein gewöhnliches Traumbild – die Erscheinung war seltsam ... es lässt sich schwer beschreiben. Sie warnte mich vor nahender Gefahr. Sie drängte darauf, dass wir uns beeilen sollten, denn Erennyion brauche dringend unsere Hilfe.« Er bemerkte ihren zweifelnden Gesichtsausdruck und beugte sich eindringlich vor. »Ich versichere Euch, dass ich die Wahrheit spreche. Es war kein gewöhnlicher Traum. Diese Frau hatte so etwas« – er suchte nach Worten –, »so etwas Fremdes. Als dürfe sie gar nicht da sein, als gehöre sie nicht in meinen Traum. Ich bin mir ganz sicher, dass es eine wirkliche Botschaft war, die mir übermittelt wurde. Dass die Frau mit der Absicht in meinen Schlaf eindrang, sie mir mitzuteilen. Um uns zu warnen.«

Lysandra überlegte. Sie war durchaus nicht unkundig, was Traumdeutung betraf. Aber sie erkannte keine der üblichen Muster in der Schilderung des Liebfelders. Vielleicht war es wirklich eine direkte Botschaft, auf magischem Wege übermittelt. Sie waren ja immerhin zu einem Magier unterwegs und Erennyion hatte schon immer allerlei Mittel und Wege gefunden, sich zu verständigen. »Selbst wenn es eine Botschaft war, so können wir nichts anderes tun als bisher. Uns vielleicht noch ein wenig mehr beeilen«, folgerte sie laut. »Wobei wir bisher auch nicht gerade getrödelt haben. Wir können nicht schneller reisen, zumindest nicht ohne Pferde.«

»Ich weiß.« Falk seufzte.

»Was soll dann das Gerede mit dem Weg durch den Reichsforst? Hat es irgendetwas mit Rondrim zu tun?« Götter, der Mann ließ sich wirklich jedes einzelne Wort aus der Nase ziehen! Der Liebfelder nickte. »Was ist vorgefallen?«, fragte sie leise. Falk warf rasch einen Blick hinter sich. Es war jedoch außer ihnen niemand im Raum. Rondrim war mit dem Wirt verschwunden und Hagen ächzend mit dem Gepäck nach draußen geschlurft, die schnatternde Molly im Schlepptau.

»Unser junger Begleiter ist nicht etwa, wie er uns weismachen wollte, auf der Heimreise wegen seiner Verletzung oder etwa aufgrund besonderer Verdienste. Er ist geflohen. Abgehauen! Er ist«, zischte Falk angewidert, »ein Fahnenflüchtiger!«

Lysandra riss entsetzt die Augen auf. »Das bedeutet«, folgerte sie sofort, »dass er mit Sicherheit gesucht wird. Er ist heiße Ware!« Wieder nickte Falk, dem die Verachtung für diese Verhalten ins Gesicht geschrieben stand. Lysandra musterte ihr Gegenüber abschätzend. Falk war sichtlich aufgebracht und konnte seine sonst beherrschte Mimik nur mühsam zügeln. Es ist für ihn mehr als ein Verbrechen, stellte sie besorgt fest. Es war eine von diesen Ehrensachen, ein Eidbruch, ein durch und durch ehrloses Verhalten. Sie konnte das nicht nachfühlen, dachte ganz anders. Wenn es jemand an einem Ort nicht mehr aushielt, durfte man ihn dann festhalten? Der Junge hatte mehr Schrecken und Tod gesehen, als sein noch so junger Verstand verkraften konnte. Warum sollte er nicht gehen dürfen? War es etwa recht, ihn so zu quälen, einen dummen Burschen, der sich voreilig gemeldet hatte? Er war noch so jung, so unbedarft. Gut, er hatte seine Kameraden verraten. Sie selbst aber konnte ihn dafür nicht verurteilen, war sie doch auch oft genug vor brenzligen Situationen geflohen. Das wirkliche Problem sah sie darin, einen Reisegefährten zu haben, dessen Konterfei durchaus demnächst einen Steckbrief zieren könnte. Das konnten sie nicht gebrauchen! Nein, keinesfalls durften sie Aufmerksamkeit erregen! Heimlichkeit war in ihrer Lage der beste Verbündete.

»Ihr habt Recht«, stimmte sie Falk schließlich zu. »Wir müssen ohne ihn weiter. Und die Strecke durch den Reichsforst spart wirklich Zeit. Ich hatte wohl vergessen, wie dringend Erennyions Anliegen ist. Was immer es auch sein mag.« Sie legte dem Liebfelder tröstend die Hand auf den Arm. »Macht Euch keine Vorwürfe. Hagen und ich waren dafür, dass er mit uns kommt. Ihr tragt keine Schuld daran, im Gegenteil. Und wir haben keinerlei Verantwortung ihm gegenüber. Wir können jederzeit ohne Bedenken allein weiterziehen, ohne Rücksicht auf seine Gefühle nehmen zu müssen.«

»Das ist es nicht.« Seine grauen Augen starrten sie wieder mit diesem brennenden Blick an. »Er ist ein Fahnenflüchtiger und wir haben die Verpflichtung, ihn der Hand des Gesetzes zu überantworten.«

Lysandra hielt seinem Blick noch einen Moment lang stand, dann erhob sie sich schweigend und schüttelte den Kopf. Es war besser, nichts mehr dazu zu sagen. Ein Wort konnte hier einen Sturm auslösen. »Ich sehe einmal nach, ob Hagen auch nichts vergessen hat. Ich würde ihm zutrauen, ›versehentlich‹ meine Feinschlamm-Masken liegenzulassen.«

Kapitel 6

Sie ritten schweigend weiter und obwohl der Regen sich gelegt hatte und die Praiosscheibe wieder am Himmel stand, war ihre Stimmung ziemlich gedrückt. Hagen wünschte sich insgeheim, der Krieger möge sich davonmachen, fliehen. So wie er von der Front geflohen war. Dann könnte sich sein aufgewühltes Gewissen beruhigen. Aber Rondrim tat ihm den Gefallen nicht. Seit Falk ihm sein Wissen zugeflüstert hatte, war die Verachtung für Rondrim in Hagen immer mehr gewachsen. Schließlich hatte er das Gefühl, dass ein roter Nebel aus Hass und Abscheu vor seinen Augen lag. Er war Söldner. Und er hatte seine Auffassung von Ehre. Eine Söldnerehre, die er stets wahrte, unter allen Umständen. Dieses ärmliche Würstchen neben ihm aber hatte sich aus Angst in die Lederhosen gemacht und seine Kameraden allein gelassen, sie vielleicht dem Tod oder gar noch Schlimmerem preisgegeben. Hagen durfte gar nicht darüber nachdenken, sonst konnte er der Versuchung vielleicht nicht mehr widerstehen, dem Burschen in das bleiche Gesicht zu schlagen, das nun schon seit Stunden zu einer reglosen, schuldbewussten Maske erstarrt war. Lysandra hatte dem Krieger gesagt, dass sie nur noch diesen und den Morgen des nächsten Praioslaufes mit ihm reisen konnten, und Hagen musste sich unwillig eingestehen, dass die rothaarige Hexe das gut hinbekommen hatte.

»Rondrim, mein Guter«, hatte sie gezwitschert, »wir müssen Euch leider mitteilen, dass wir aufgrund dringlicher Umstände nun doch eine andere Route wählen. Die Angelegenheit, derentwegen wir unterwegs sind, hat sich als dringlicher herausgestellt als zunächst vermutet, und so haben wir uns schweren Herzens doch entschlossen, den kürzeren Weg durch den Reichsforst zu nehmen, auch wenn er wesentlich unbequemer sein wird. Deshalb können wir leider nur noch diesen und den Morgen des nächsten Tages an Eurer Seite reisen, was wir natürlich sehr bedauern.«

Rondrim hatte sie angesehen und für einen Moment war ein Ausdruck des Verstehens über sein Gesicht gehuscht, gefolgt von dieser traurig-melancholischen Miene, die er seither zur Schau trug. Hagen hatte nicht das geringste Mitleid mit ihm. Im Gegensatz zu Falk, der seit Stunden mit sich haderte, was nur zu tun sei, wusste Hagen genau, was er täte, ließe man ihm freie Hand. Am nächsten Baum würde er den Verräter aufknüpfen, so wie es mit solchem Abschaum bei allen Söldnergilden üblich war. Allein, seine Gefährten hatten ihn zurückgehalten. Bis jetzt zumindest.

Sie marschierten zügig weiter. Keiner hatte die Muße, die liebliche Landschaft um sie herum zu bewundern. Sie durchquerten Wiesen und Felder und gelangten irgendwann zu einem kleinen Dorf von vielleicht zwanzig Häusern. Kinder spielten kreischend auf der staubigen Straße und gackernde Hühner pickten hungrig im Schmutz nach Körnern. Die Leute, einfache Bauern, musterten sie neugierig, grüßten dann aber freundlich und höflich, als sie vorbeizogen. Sie machten nur eine kurze Mittagsrast und hasteten dann weiter. Vielleicht wäre es besser, solche Dörfer zu umgehen, kam es Lysandra in den Sinn. Jeder dieser Bauern würde sie wiedererkennen, ihren Weg verraten können. Einem Häscher. Oder einem Verfolger, der Übles im Sinn hatte. Sie verwarf den Gedanken, nahm sich aber vor, künftig in allem vorsichtiger zu sein.

Einige Stunden später stießen sie auf einen Bauern, der mit einem einfachen Holzkarren unterwegs war. Zwei magere Ochsen waren davor gespannt und trotteten gleichmütig den staubigen Weg entlang. Zwischen einigen gefüllten Säcken lag auf der Ladefläche des Wagens ein Mädchen in einer grünen Leinentunika und schlief.

»Vielleicht könnten wir ein Stück mitfahren?«, fragte Lysandra hoffnungsvoll. »Wir kämen zwar etwas langsamer vorwärts, aber mir tun die Füße schrecklich weh, und es wäre schön, sich ein wenig ausruhen zu können.«

Falk sah Hagen an, und auch dieser nickte, obwohl er sich sicherlich die Schmerzen niemals eingestanden hätte. Der Liebfelder seufzte. Ohne Pferde kamen sie einfach nicht schnell genug voran. Er schritt neben den Bauern und grüßte höflich.

»Möge der Segen der Zwölfe auch über Euch ruhen«, entgegnete der Bauer und enthüllte grinsend eine beachtliche Zahnlücke. »Wohin des Weges?«

»Oh, zunächst Richtung Greifenfurt«, antwortete Falk unverbindlich. Der Bauer nickte verstehend und nahm ohne weiteres Nachfragen hin, dass der andere ihm sein genaues Ziel wohl nicht nennen wollte oder konnte. »Wie Ihr unschwer erkennen könnt, sind meine Gefährten und ich jedoch zu Fuß unterwegs«, fuhr Falk fort, »und da wir schon längere Zeit laufen, beginnen die Füße uns heftig zu schmerzen. Wäret Ihr so freundlich, meine beiden Freunde hier ein Stück auf Eurem Wagen mitfahren zu lassen?«

»Gern«, rief der Bauer sichtlich erfreut, »etwas Unterstützung kann nicht schaden, gerade jetzt, da wir bald den Reichsforst erreichen! Es sollen Wegelagerer gesehen worden sein. Ihr und Euer kriegerischer Gefährte werden uns dann zu Pferde begleiten und Ihr werdet wohl alle ein wenig auf mein kostbares Korn achtgeben, sozusagen als kleine Gegenleistung.«

Der Liebfelder nickte und der Bauer hielt sogleich an, um die Säcke auf der Ladefläche zur Seite zu schieben und etwas mehr Platz zu schaffen. Lysandra und Hagen stiegen auf den Wagen und machten es sich bequem, während Rondrim und Falk auf ihre Rosse stiegen, die sie aus Rücksicht auf die beiden am Zügel geführt hatten. Sie kamen nicht viel schneller voran, eher im Gegenteil. Aber sie konnten sich ausruhen und der Bauer, der sich als Luitgar Humboldt vorstellte, erwies sich als freundlicher Begleiter. Er erzählte von seiner Familie und seinem Hof und brachte sie mit Anekdoten aus seinem Heimatdorf zum Lachen. Es tat gut, nach der Anspannung der vergangenen Stunden den lustigen Geschichten zu lauschen.

Nach einiger Zeit erwachte das Mädchen auf der Ladefläche und setzte sich verschlafen auf. Hagen stellte fest, dass es bei weitem nicht so jung war, wie es auf den ersten Blick gewirkt hatte. Sie war sicherlich schon an die fünfundzwanzig Götterläufe alt. Es waren wohl ihre schmale Gestalt, das strohblonde Haar, das wirr vom Kopf abstand, und die großen blauen Augen, die sie viel jünger erscheinen ließen. Sie gähnte ungeniert, musterte dann neugierig die Neuankömmlinge und fragte gleich nach ihren Namen. Hagen stellte sich und die anderen vor. »Und wer bist du?«, fragte er.

»Ich bin Amber, Dichterin und Bardin. Ihr habt nicht zufällig schon von mir gehört?«, fragte sie hoffnungsvoll. Hagen schüttelte den Kopf und auch Lysandra hob bedauernd die Hände. »Nun ja«, meinte Amber enttäuscht, »man kann nicht alles haben. Reist ihr wohl länger mit uns?«

»Wahrscheinlich nur diesen Praioslauf«, antwortete Lysandra, »aber vielleicht schlagen wir ja zusammen das Nachtlager auf. Dann könntest du uns heute abend etwas vorspielen, falls du Lust hast?«

»Gern!«, strahlte Amber »Es ist mir eine Ehre. Eben erst habe ich mein neuestes Lied vollendet. Ihr werdet die ersten sein, die es zu hören bekommen.«

»Wir fühlen uns geehrt«, versicherte ihr Lysandra grinsend. »Aber sag, warum ist eine Bardin hier in der Einöde mit einem Bauern unterwegs?«

»Ich suche natürlich Stoff für neue Lieder. Abenteuer und Heldentaten!«, erwiderte die Bardin. Dann krauste sie nachdenklich die Nase. Sie seufzte und meinte: »Also, um ehrlich zu sein, ich bin gerade auf dem Wege nach Greifenfurt. Ich treffe dort eine andere Bardin, Paijper heißt sie, und die ist viel besser als ich. Ich will ein paar Lieder von ihr lernen und wir werden wohl eine Weile zusammen durch die Lande ziehen. Das übliche: Trinklieder in Schenken spielen und so. Damit lässt sich am besten Geld machen. Und vielleicht ergibt sich dabei ja die Gelegenheit, an ein paar neue Stücke zu kommen. Ich habe nämlich erst eine recht bescheidene Liedersammlung und möchte sie gern ein wenig erweitern. Aber was soll's«, rief sie plötzlich und machte eine angedeutete Verbeugung, »Ihr seid hier und ich bin es auch und das ist alles, was heute zählen soll!«

»Gute Einstellung«, lobte Hagen. »So sehe ich das auch.«

»Und wohin wollt ihr reisen? Nach Greifenfurt? Oder nach Wehrheim? Oder noch weiter gen Norden?«, fragte Amber gutgelaunt.

»Zunächst wollen wir den Greifenfurter Reichsforst durchdringen«, erklärte Hagen und stutzte, als die Bardin erschreckt die Augen aufriss.

»Was!«, rief sie entsetzt. »Durch den Reichsforst! Ja seid ihr denn eures Lebens müde oder etwa nur so unglaublich unwissend?«

»Warum, was soll denn so furchtbar an dem Forst sein? Ist ja schließlich nicht der Farindelwald«, warf Hagen belustigt ein.

Amber rang die Hände ob solcher Unwissenheit. »Wisst ihr denn nicht, dass der Forst ein böser Ort ist? Nur wenige, die ihn betreten haben, sind je zurückgekommen, denn wilde Geister sind dort unterwegs. Des

Tages folgen sie unbemerkt den Reisenden und bei Nacht kommen sie und locken die arglosen Seelen ins Verderben. Darum nannte man den Wald auch in den alten Zeiten Geisterforst oder Dunkelforst.« Amber hatte verschwörerisch die Stimme gesenkt und ihre Augen blitzten.

»Huh!«, witzelte Lysandra. »Wie schauerlich!«

»Du glaubst doch nicht ernsthaft an diese Ammenmärchen, Kind«, bemerkte Hagen herablassend.

»Es ist die Wahrheit! Glaubt mir!«, verteidigte sich die Bardin heftig. »Ich habe es schon oft gehört, von vielen Leuten. Von Leuten, die es wissen müssen, die selbst im Wald waren!«

»Ach, und die sind wieder herausgekommen?«, fragte Lysandra lauernd.

»Sie hatten Glück. Aber sie haben selbst erzählt, dass sie nur knapp mit dem Leben davonkamen«, beharrte Amber trotzig. Lysandra und Hagen lachten. Amber machte ein verzweifeltes Gesicht. »Bitte, glaubt mir«, versuchte sie es nochmals. »Ihr begebt euch in große Gefahr, wenn ihr durch diesen Wald geht. Vor allem nachts.« Sie sah von einem zum anderen und seufzte hilflos. »Ich sehe schon«, murmelte sie und kramte hinter sich auf der Ladefläche herum, »das wird so nichts. Vielleicht nehmt ihr meine Warnung ernster, wenn ich euch eine alte Überlieferung erzähle. Sie dürfte älter sein als ihr alle zusammen.« Sie hielt kurz inne, maß die Gefährten mit einem abschätzenden Blick und schüttelte dann unsicher den Kopf. »Nun ja, vielleicht auch nicht ganz so alt.« Dann setzte sie ihre Suche fort. Lysandra schnaubte empört. »Ah, da ist sie ja«, bemerkte die Bardin nach einer Weile zufrieden und zog eine sechssaitige Laute hervor. Das gute Stück hatte schon bessere Tage gesehen, wie die bösen Kratzer im Holz zeigten. Amber verschränkte die Beine und nahm die Laute auf den Schoß. »Dann hört gut zu!« forderte sie die beiden anderen auf und griff behutsam in die Saiten. Das alte

Instrument begann zu klingen und sanfte, volle Töne lagen plötzlich leise vibrierend in der Luft. Amber stimmte die Laute und Falk und Rondrim, die sich mit dem Bauern unterhalten hatten, ließen, angelockt durch die lieblichen Klänge, ihre Pferde zurückfallen. Die Bardin zupfte eine kleine Melodie, hob den Kopf und setzte an zu singen, nicht besonders laut, aber ihre Stimme erweckte die alte Weise zu neuem Leben:

»Die Bäume allein kennen die Mär,
Wie es einst geschah, lang ist es her,
Doch haben sie selbst den Mann gesehn,
Der durch den dunklen Forst wollte gehn.

Er küsste die Liebste zum Abschied verstohlen,
Zog los, den Stoff für ihr Brautgewand holen,
Doch da böse Ahnung sie hatte gequält,
Sprach sie zu ihm, wie die Sage erzählt:

Folge, Geliebter, niemals einem Singen,
Ins Reich der Verdammnis könnt es dich bringen!
Sieh niemals an ein funkelndes Licht,
Für deine Seele gäb Rettung es nicht!

Düster die Nacht, neblig und kalt.
Der Mann musste rasten einsam im Wald.
Er fühlte sich schwach, er war so allein,
Als aufglomm ein warmer, leuchtender Schein.

Und es erklang ein gar lieblich Gesang,
Tröstlich der Ton an seine Ohren da drang.
Auf dass noch mehr Wärme und Freude sie bringe,
Lauschte er der so lieblichen Stimme:

Folge, o Fremder, nur meinem Singen,
Ins Reich der Erkenntnis wird es dich bringen!

Sieh nur mein wunderschön funkelndes Licht,
Schöneres sahst du, ich schwör's dir, noch nicht!

Er dachte sich noch, er würde wohl träumen,
Und sah doch das Licht hüpfen zwischen den
  Bäumen
Und hörte den wunderbar lieblich Gesang,
Der ach, so verlockend und rufend ihm klang!

Das Licht sprang davon mit fröhlichem Schritt,
Er stand zögernd auf, ging mit ihm mit,
Denn der Stimme so süßlicher, fremder Gesang
Schlug ihm Geist und Herz rasch in Bann.

Folge, Begehrter, nur meinem Singen,
Ins Reich Verheißung wird es dich bringen!
Sieh nur genau in mein funkelndes Licht,
Das deiner Wünsche Erfüllung verspricht.

Er sah in das Licht, er schaute genau
Und sah in ihm eine schöne Frau!
Sie winkte voll Sehnsucht und lockend ihm zu
Und ihre Stimme ließ ihm keine Ruh.

Wie die Liebesgöttin, so stand sie vor ihm,
Ihr langes Haar sie gleißend umfing.
Sie lachte ihn an und davon sie dann lief
Und mit ihrer seltsamen Stimme sie rief:

Folge, Erwählter, nur meinem Singen,
Ins Reich der Erfüllung wird es dich bringen!
Sieh nur ganz tief in mein funkelndes Licht,
Das deine Willenskraft mir nun bricht.

Er kam auch lachend nun hinter ihr her,
Denken konnte er lang schon nicht mehr,

Er konnt ihrem Bann nicht mehr widerstehn
Und niemals ward er noch einmal gesehn.

Dass sie sich verwandelt und was dann geschah,
Kein Sterblicher hörte oder auch sah!
Die Bäume nur wissen, was wurd aus dem Mann,
Denn nur sie hörten den leisen Gesang:

Folge, Verdammter, dem ewigen Singen,
Ins Reich der Verderbnis wird es dich bringen!
Für immer gebannt in mein faulendes Licht,
Gibt für deine Seele Rettung es nicht!«

Der letzte Ton verklang in der Luft und für einen Moment herrschte ergriffene Stille, als trauerten die Gefährten seinem Fortgang nach. Dann klatschten sie begeistert in die Hände. »Welch schönes Lied!«, begeisterte sich Lysandra und auch die anderen lobten Spiel und Gesang.

Amber beantwortete die Komplimente mit einem verlegenen Lächeln und abwehrenden Gesten. Dann wurde sie ernst. »Es ist mehr als ein Lied. Es ist auch eine Warnung. Eine Warnung, die für alle Zeiten unvergessen sein soll und deshalb in ein Lied gefasst wurde. Ihr müsst sie ernst nehmen!« Sie sah ihre Reisegefährten flehend an. »Ich bitte euch: Wenn euch euer Seelenheil lieb ist, dann bleibt von dem Wald fern.«

Falk lächelte sie beruhigend an. »Wir wissen die Warnung und auch Eure Besorgnis sehr wohl zu schätzen, werte Amber. Aber wir werden trotz allem durch den Reichsforst reisen, denn die Dringlichkeit unserer Reise lässt einen Aufschub nicht zu. Und wir verlören zu viel Zeit, würden wir den Wald umgehen. Jedoch, wir haben die Warnung erhalten. Und das ist ja, nach Euren Worten, der Sinn des Liedes, oder?«

Die Bardin überlegte kurz und nickte dann heftig.

»Und diese Warnung werden wir auch beherzigen.

Wir werden unsere Sinne schärfen und vorsichtig sein. Dann, so meine ich, wird uns nichts und niemand so leicht in ›die Verdammnis‹ locken. Zufrieden?«

»Aber ihr versprecht mir, ganz besonders vorsichtig zu sein«, beharrte Amber. Die Gefährten beeilten sich, es ihr im Namen der Zwölfe hoch und heilig zu versprechen. Erst dann war die Bardin zufrieden.

Der Abend dämmerte und man beschloss, einen geeigneten Lagerplatz zu suchen. Falk ritt voraus und hielt Ausschau, offensichtlich froh, dem Anblick Rondrims entfliehen zu können. Dieser war die ganze Zeit über sehr einsilbig gewesen und hatte nur ab und an mit dem Bauern ein paar Worte gewechselt. Gen Efferd begleiteten sie bereits seit dem frühen Vormittag die Ausläufer des Greifenfurter Reichsforstes. Zuerst vereinzelt, dann immer dichter säumten die Bäume den Wegesrand und nun war der dichte Waldrand schon ziemlich nahe gerückt, lauerte wie eine hungrige Zecke darauf, sein Opfer endlich anfallen zu dürfen. Hagen schalt sich im gleichen Moment, als dieser absurde Gedanke ihm durch den Kopf schoss, einen Toren. »Wir sollten nicht weiterfahren, sondern hier rasten. Wenn wirklich eine Bande von Wegelagerern in dieser Gegend ihr Unwesen treibt, könnten sie uns vom Wald aus leichter überraschen als an dieser Stelle! Hier ist er wohl noch am lichtesten und hat genügend Abstand zum Wegesrand«, stellte er dann treffend fest.

Luitgar nickte und deutete mit seinem dicken Zeigefinger voraus. »Seht da, Euer Gefährte winkt uns. Ich glaube, er hat schon einen geeigneten Rastplatz ausfindig gemacht.«

In der Tat stand Falk etwa hundert Schritt weiter vorn und bedeutete ihnen nachzukommen. Die Stelle, die er ausgewählt hatte, schien für ein Nachtlager günstig zu sein. Sie lag ein ganzes Stück abseits des Weges und konnte aufgrund einiger hoher Büsche nur schlecht eingesehen werden. Auch bot das Gestrüpp einen recht guten Windschutz. Der Platz war von ein paar einzelnen Bäumen umsäumt und eine alte Feuerstelle bezeugte, dass er vor ihnen schon anderen Wanderern als Lager gedient hatte.

»Ein guter Platz, den Ihr da gefunden habt, Falk«, lobte Hagen.

»Und so gemütlich«, warf Lysandra böse ein und sprang vom Wagen. Auch Luitgar stieg ächzend ab und löste das Geschirr der beiden mächtigen Ochsen. Rondrim und Falk stiegen ab und führten ihre Pferde an die Bäume. Sie banden, ebenso wie Luitgar, die Tiere mit der Halfterleine fest, hängten ihnen den Hafersack um, sattelten sie ab und rieben sie trocken. Hagen, Amber und Lysandra rollten ihre Schlafdecken auf und richteten die Feuerstelle her.

»He, stellt doch erst einmal das hier auf«, rief der Bauer und zeigte auf einige Holzstangen und eine zusammengerollte Lederplane, die in der Ecke des Wagens verstaut gewesen waren. Während er mit prüfendem Blick die Beine seiner Ochsen untersuchte und kleine Wunden versorgte, die durch Steinchen und Äste verursacht worden waren, mühten die anderen sich damit ab, den Windschutz aufzubauen, was sich als nicht gerade leichtes Unterfangen erweisen sollte: Zunächst waren die Holzstangen zu einem Gerüst zusammenzufügen, sodass sie Seitenwände, Rückenwand und Dach ergaben. Anschließend mussten Haltesseile gespannt und letztlich die zusammengeflickte Lederplane darüber geworfen und mit kurzen Schnüren an dem Gestänge festgebunden werden. Sie mussten schließlich alle mithelfen, das schwere Gerüst aufzubauen, und es kostete sie eine Menge Schweiß.

»Wie könnt Ihr das sonst allein aufbauen? Nachdem wir es jetzt gerade mit Mühe, Not und vereinten Kräften hinbekommen?«, fragte Hagen misstrauisch und ächzte unter der Last eines Holzbalkens.

Luitgar lachte dröhnend. »Nun, gewöhnlich ist das mein Marktstand«, erklärte er dann bereitwillig, während er eines der Halteseile spannte und sorgfältig vertäute. »Den stell ich auf dem Markt auf und biete darunter mein Korn und meine Rüben feil. Die müssen schließlich trocken lagern. Und am Markttag finden sich immer ein paar Hände, die für ein Stück Brot oder Käse beim Aufbauen mithelfen. Aber ich dachte, das ist ein besserer Schutz gegen Wind und Regen als die paar Büsche da.«

»Da habt Ihr recht gedacht«, stöhnte Falk und hakte eine Stange in das Deckengerüst ein. »Das heißt, wenn wir das Ding je zum Stehen kriegen!«

Wieder bebte der mächtige Bauch des Bauern vor Lachen. »Das wird schon, Jung, das wird schon«, tröstete er gutmütig. Und sie schafften es auch.

Das Ergebnis ihrer Mühe war einer kleinen Hütte nicht unähnlich. Die Vorderseite war offen, Seitenwände, Rückwand und Decke waren jedoch wind- und wasserdicht verschlossen. Es hätten wohl an die vier Mann bequem Platz gefunden. Legte man sich ein wenig enger zusammen, so fanden sicherlich sechs Personen Schutz in dem kleinen Zelt. »Wird wohl ein bisschen eng, aber dann können wir uns aneinander kuscheln und uns ein wenig wärmen«, lachte der Bauer anzüglich.

»Wir müssen ohnehin Wache halten. Ich habe keine Lust, mich von irgendwelchen Vogelfreien im Schlaf überraschen zu lassen«, beschied Hagen bestimmt. »Aber es ist sehr nett von Euch, Euer Zelt mit uns zu teilen, Meister Luitgar.«

»Aber gern doch!«, grinste dieser. »Dafür werden mir ja Schlaf und Korn bewacht.« Hagen lachte. Der Mann gefiel ihm. Ob er wohl …

»Möchte vielleicht einer der Herrschaften einen kleinen Schluck von meinem köstlichen selbstgebrauten Bier probieren? Ich habe immer ein oder zwei Fläschlein dabei«, sagte der Bauer doch just in diesem Moment. Der Söldner strahlte. Als hätte der Bauer Gedanken lesen können!

Lysandra zog wie üblich die Brauen in die Höhe. »Ich denke, wir sollten uns zunächst einmal um etwas zu essen kümmern. Können wir ein Feuer entzünden? Oder lockt das die Räuber an?«, fragte sie geschäftig.

»Wir werden ein Grubenfeuer entfachen. Es liegen genügend Äste und Reisig herum, wir müssen nur darauf achten, dass das Feuer nicht allzu sehr qualmt«, antwortete Falk. »Das Holz ist noch feucht vom gestrigen Regen. Aber wir versuchen es in jedem Fall und wir haben auch noch etwas Feuerholz als Reserve dabei. Wir können wohl alle etwas Warmes vertragen.«

»Und außerdem«, gähnte Amber und ließ sich auf einer Decke nieder, »haben wir auch noch keinen einzigen Haderlump gesehen!«

Rondrim entfernte sich vom Lager. »Wo wollt Ihr denn hin, junger Freund?«, rief Luitgar neugierig.

Rondrim drehte sich um und hielt einen Blechkrug hoch. »Ich will sehen, ob ich einen Bach oder eine Quelle in der Nähe finde. Dann können wir uns Suppe oder Tee kochen«, teilte er bereitwillig mit.

»Wartet, ich komme mit!« Amber sprang auf und lief eilig hinter dem Krieger her.

»Gut, dann können wir unsere Trinkwasservorräte für den weiteren Weg aufsparen! Hoffentlich findet er etwas.« Lysandra kramte Zunder und Feuerstein aus einem ihrer unzähligen Lederbeutel und Hagen entfachte damit ein Feuer, was wegen der feuchten Zweige und Äste eine Weile dauerte. Luitgar zauberte einen verbeulten Topf mit einem eisernen Dreibein hervor und stellte ihn über die Feuerstelle. Sie schnitten Bohnen und Speck hinein und schnitzten dann gutgelaunt Holzspieße für Bratäpfel. Als Lysandra ging, um das Brot zu holen, beugte Luitgar sich schnell vor und goss etwas Bier in den Topf. Dabei zwinkerte er Hagen verschwörerisch zu, der nur mühsam ein Lachen unterdrücken konnte. Der Bauer war wirklich ein Mann nach seinem Herzen! Er setzte sich neben Luitgar und nahm seine Pfeife zur Hand, worauf dieser die seine hervorzog und meinte, da sei ihm Hagen doch wirklich um ein paar Augenblicke zuvorgekommen. Kurze Zeit später waren sie in ein ausgiebiges Gespräch über guten Tabak vertieft.

Lysandra verdrehte die Augen. Nun verpesteten diese Trunkenbolde auch noch die Luft mit ihrem stinkenden Kraut! Und sie sollte wohl die ganze Arbeit mit der Kocherei übernehmen. Da hatten sich die beiden aber geschnitten! Die zwei gebärdeten sich wie kleine Kinder, freuten sich diebisch, sie mit dem Bier ›hereingelegt‹ zu haben. Sie ließ sie in dem Glauben, dass sie nichts bemerkt hatte, und suchte nach einer dicken Decke, denn die Nacht drohte kalt zu werden. »Falk, könntet Ihr wohl die Bohnen umrühren?«, bat sie den Liebfelder, der ihrer Bitte sofort nachkam. Das war ein Mann mit Manieren. Vielleicht fand sich nun eine gute Gelegenheit, ihn endlich nach seinem seltsamen Ring zu befragen. »Falk, mein Lieber«, begann sie mit einem reizenden Lächeln, »mir ist schon vor einiger Zeit der wunderbare Ring aufgefallen, den Ihr am kleinen Finger tragt. Ein ganz außergewöhnliches Stück. Sagt, woher stammt diese Arbeit?«

Falk sah sie mit seinen Raubvogelaugen scharf an. »Es ist, wie Ihr schon sagtet, ein ganz besonderes Stück. Und es hat auch eine besondere Bewandtnis mit diesem Ring. Aber es würde lange dauern, Euch alles Wissenswerte über dieses Schmuckstück zu berichten, und ich müsste dafür Ruhe und viel Zeit haben. Doch weder vom einen noch vom anderen gibt es genug an diesem Ort. Wenn Ihr es wünscht, erzähle ich Euch die Geschichte des Ringes zu einem späteren Zeitpunkt und an einem günstigeren Platz.«

»Gern!« Lysandra erwiderte sein Lächeln mit einem höflichen Nicken. Schade eigentlich.

Falk rührte unbeholfen in den Bohnen, während sie das Brot aufschnitt. In diesem Augenblick kam die Bardin mit dem jungen Rondrim zurück. Er war wirklich ein netter Junge. Aber es wurde langsam Zeit, sich von ihm zu trennen. Morgen würden Falk, Hagen und sie in den Wald reiten, während die anderen weiter der Handelsstraße nach Greifenfurt folgten. Rondrim konnte dann Amber und Luitgar nach Greifenfurt begleiten und von dort weiter nach Wehrheim ziehen. Sofern ihn vorher die Häscher nicht schnappten. Der junge Krieger war den ganzen Tag so verstört gewesen, hatte es nicht mehr fertig gebracht, ihnen in die Augen zu sehen. Er tat ihr Leid. Er schleppte auch ohne ihre Missachtung bereits eine große Bürde auf seinen Schultern und Lysandra war sich sicher, dass er wohl zeit seines Lebens nicht mehr froh werden würde.

»Na, da sind sie ja wieder«, grölte Luitgar in diesem Augenblick. Er ist schon ein sehr grobschlächtiger Mensch, dieser Bauer, dachte Lysandra bei sich. Seine Augen glänzten glasig und seine wulstige Nase hatte eine blaurote Färbung angenommen. Der Krug, der neben ihm auf dem Boden lag, war leer, und seine Pfeife verströmte den süßlichen Geruch von Rauschkraut. Lysandra betrachtete ihn angewidert. Sie hasste es, wenn sich Männer so gehen ließen. Wenigstens hatte Hagen so viel Vernunft in seinem Holzschädel gehabt, nüchtern zu bleiben und nicht den Rausch der letzten Nacht aufzuwärmen. Er kaute auf seiner Pfeife herum und schien glücklich, endlich einen Gesinnungsgenossen gefunden zu haben, auch wenn die Lage es nicht erlaubte, mit ihm ein kleines Gelage zu beginnen.

»Wir haben tatsächlich einen kleinen Bach gefunden«,

berichtete Amber aufgeräumt und schwenkte den Blechkrug so stürmisch, dass das Wasser fast überschwappte.

»Ein Geschenk der Götter«, seufzte Falk zufrieden und kramte in einem verheißungsvoll raschelnden Stoffbeutel. »Wie wäre es mit heißem Kräutertee nach dem Essen?« Alle außer Hagen und Luitgar stimmten erfreut zu. Lysandra überlegte. Sie fühlte sich wie ein Rehbraten im Speckmantel. Zumindest glaubte sie, dass sich der Rehbraten genauso unwohl fühlen würde wie sie im Moment, denn der Staub hatte sich in einer dicken Schicht um Haut und Haare gelegt und schien nicht gewillt zu sein, sich einfach abwischen zu lassen. Sie verabscheute es, schmutzig zu sein. Sehnsuchtsvoll erinnerte sie sich an das heiße Bad gestern Abend und an das schöne Gefühl, sauber zu sein und gut zu riechen. Eine kleine Wäsche und ein wenig ihres famosen Kräuterbalsams hätten schon ausgereicht, sie glücklich zu machen. »Ich möchte mich gern waschen. Kommt jemand mit zum Bach?« fragte sie so beiläufig wie möglich. Die anderen starrten sie entgeistert an. »Entschuldigung, dass ich keine Wildsau bin, die es genießt, sich den ganzen Tag im Dreck zu suhlen. Ich schätze nun einmal meine Sauberkeit«, verteidigte sie sich spitz. Sie bemerkte böse, dass Hagen eine Grimasse schnitt und Luitgar daraufhin losprustete. »Und außerdem«, fuhr sie mit einem Blick auf den Söldner fort, »stinke ich nicht gern wie warme Karenscheiße.«

»Ich führe Euch gern hin und stehe auch Wache, wenn Ihr das wünscht, Lysandra«, schlug Rondrim vor.

Welch lieber, entzückender Junge! Lysandra war hellauf begeistert und schenkte ihm ihr strahlendstes Lächeln. »Noch jemand?«, fragte sie, während sie ihre Zahnpflegewurzel, ein weiches Leinentuch, einen groben Schwamm, frische Leibwäsche und eine ihrer famosen Kräutermischungen aus dem Rucksack kramte. Aber Hagen hatte genug damit zu tun, seine Pfeife neu zu stopfen, während Falk angestrengt im Topf rührte und

Amber und Luitgar geschäftig an ihren Decken zupften. »Dann gehabt euch wohl!« Lysandra nahm dankend den von Rondrim angebotenen Arm und stolzierte erhobenen Hauptes davon.

»Werteste Lysandra«, hörte sie Falk hinter sich rufen und wandte sich daraufhin nochmals kurz um, »ich glaube, wir müssen uns noch einmal darüber unterhalten, was Ihr in Euren Taschen als ›dringend notwendiges Reisegepäck‹ herumtragt«, sagte der Liebfelder ernst. Sie enthielt sich eines Kommentars und winkte ihm nur vergnügt zu, ehe sie mit Rondrim weiterging. Nach ein paar Minuten war von dem Lager nichts mehr zu sehen.

»Ist es weit bis zu dem Bach, Rondrim?«, fragte Lysandra besorgt.

»O nein. Er liegt nur ein paar hundert Schritt von hier. Wir müssten gleich dort sein, noch ehe die Nacht zu kühl für Euer Bad wird.«

»Es ist sehr nett von Euch, mich zu begleiten«, bemerkte Lysandra, aber der junge Krieger machte eine abwehrende Geste.

»Das ist doch selbstverständlich. Ich freue mich, wenn ich Euch behilflich sein kann. Ihr seid bisher auch immer so nett zu mir gewesen.«

Ja, meistens. Lysandras schlechtes Gewissen regte sich. Schließlich hatte sie den Jungen zunächst übervorteilen wollen – die Sache mit den Feinschlamm-Masken. Aber er war auch das geborene Opfer: Mit seinen blonden Locken und den braunen Rehaugen wirkte er wie ein kleiner Junge, der mit großen Augen auf eine Trommel zum Tsafest hofft. Er schien so … unschuldig, ja, das war die richtige Bezeichnung. Nur sein trauriger Gesichtsausdruck passte nicht zu seiner durchaus ansehnlichen Erscheinung. »Was ich Euch noch sagen wollte, Rondrim …«, begann sie, aber ihr Gegenüber unterbrach sie sofort.

»Bitte! Sprecht nicht darüber. Ich weiß, dass Ihr meine

Schande kennt, und möchte nicht auch noch darüber sprechen. Ich reise ab morgen allein weiter und damit ist die Sache für Euch erledigt. Ich kann nur hoffen, dass ich zu Hause bin, ehe Herr Falk mein Verbrechen meldet.«

»Ich wäre mir nicht so sicher, ob er das wirklich tut«, meinte Lysandra nachdenklich.

»Er wird es tun«, entgegnete ihr Rondrim überzeugt, »denn das ist die Pflicht eines Mannes von Ehre und das ist der Herr von Eslebonè. Auch wenn er es nicht offen zeigt, hat er doch das Herz eines Ehrenmannes. Aber«, fuhr er fort, »lasst uns darüber heute nicht sprechen. Kommt hier entlang, wir sind gleich da.«

Kurze Zeit später waren sie an dem kleinen Bach angelangt. Es war ein schmaler Bachlauf, das Wasser war ein wenig über das grasige Ufer getreten und noch bräunlich vom gestrigen Regen. Lysandra spazierte eine Zeitlang am Ufer des Baches entlang, bis sie eine Stelle fand, an der das Wasser sich etwas staute und einen winzigen Tümpel bildete. Er war einigermaßen klar und sauber und zwei Holderbüsche boten zumindest etwas Schutz vor neugierigen Blicken.

»Wunderbar!« befand Lysandra zufrieden und wandte sich an Rondrim. »Mein Guter, wenn Ihr ein wenig abseits auf mich warten wollt, wäre ich Euch aufs Äußerste verbunden.«

Rondrim nickte und meinte, dass er bachabwärts einige Kaninchenbauten ausgemacht habe. »Ich werde sehen, ob ich nicht einen Braten fürs Abendessen erlegen kann. Aber ich bleibe in Rufweite, falls Ihr etwas benötigt.«

Lysandra nickte und wartete, bis der Krieger außer Sichtweite war. Dann breitete sie sorgfältig ihre Utensilien aus und hielt die rechte Hand vorsichtig ins Wasser. Eiskalt. Nun ja, das hatte noch keinem geschadet; sie musste sich eben ein wenig beeilen. Sie hatte sowieso nicht viel Zeit zum Trödeln und begann damit, ihre kniehohen Lederstiefel aufzuschnüren. Aus der rötlichen Dämmerung war bereits ein blaugraues Abendlicht geworden und es würde nicht mehr lange dauern, bis die Nacht das Land mit einer dunklen Decke verhüllen würde. Sie fluchte gerade über einen Riss im Leder ihres Stiefels, als sie hinter sich ein leises Knacken vernahm. Langsam drehte sie sich um. Dort standen noch immer die beiden großen Holderbüsche und der Waldrand erstreckte sich in gestaltloser Dunkelheit dahinter. Sie konnte nichts Auffälliges erkennen. Und trotzdem war sie sich sicher, beobachtet zu werden. Lysandras Herz begann zu rasen. War es vielleicht einer der Gefährten, der einen bösen Schabernack mit ihr trieb? Nein, nicht einmal Hagen traute sie einen dermaßen schlechten Scherz zu. Langsam legte die Panik sich wie eine eiserne Kralle um ihre Kehle, denn plötzlich fiel ihr wieder ein, warum sie hier war: dass sie auf der Flucht vor einem bösartigen Fremden waren, der es darauf abgesehen hatte, sie alle auf möglichst grausame Weise zu Boron zu schicken. Sollte sie etwa das nächste Opfer sein? Sie schalt sich für ihren Leichtsinn.

Aber nun war es zu spät. Sie war hier allein und dort wartete jemand auf sie. Wieder ein leises Geräusch, kaum wahrzunehmen. Sie drehte sich langsam um, tat so, als hätte sie nichts bemerkt. Sie beugte sich erneut über ihren Stiefel, zog ihn aber nicht aus, sondern entfernte stattdessen vorsichtig den Dolch aus der Scheide, die im Innern des Schaftes eingenäht war.

In diesem Augenblick packten sie zwei Arme, einer um den Hals, einer um die Taille. Ihr Kopf wurde rücksichtslos nach hinten gedrückt, als der Arm zudrückte und sich auf ihren Kehlkopf presste. Sie bekam kaum noch Luft. Blitzschnell hob sie das Messer und stach nach dem haarigen Arm um ihren Hals. Mit einem heiseren Aufschrei ließ ihr Peiniger sie los und fuhr erschrocken zurück. Sein Blut spritzte ihr ins Gesicht. »'dammtes

Miststück!« Eine schmutzige Pranke schloss sich mit eisernem Griff um ihr Handgelenk, so fest, dass sie den Dolch fallen lassen musste. »Besser, viel besser!« Heißer Atem schlug ihr unangenehm in den Nacken, als ihr Widersacher erneut versuchte, sie zu packen. Doch Lysandra war noch lange nicht fertig. Sie hob den rechten Fuß und ließ ihn mit voller Wucht auf den des Übeltäters krachen. Dieser schrie erschrocken auf und lockerte seinen Griff für einen Moment. Lysandra nutzte die Gelegenheit, den rechten Arm loszureißen, ihn zu beugen und mit aller Kraft in das Sonnengeflecht ihres Peinigers zu rammen. Dann ließ sie die Faust einfach hochschnellen. Es gab ein knirschendes Geräusch, als sie auf das Nasenbein ihres Widersachers traf. Dieser heulte auf und endlich konnte sie sich ganz befreien. Sie fuhr herum, sah vor sich einen untersetzten Mann in verschmutzter braungrüner Kleidung, der auf die Knie gefallen war und die behaarten Hände vor das Gesicht geschlagen hatte. Dunkelrotes Blut quoll zwischen den Fingern in munteren Rinnsalen hervor.

Aber es blieb ihr keine Zeit, sich über ihren Sieg zu freuen. Aus dem Gebüsch kam bereits ein weiterer Mann. »Rondrim!«, kreischte sie, so laut sie konnte. »Rondrim! Hilfe!«

Der Neuankömmling erfasste mit einem Blick das Geschehen und zog mit einem boshaften Knurren sein langes Messer. Dann kam er langsam auf sie zu. Lysandra erstarrte. Sie blieb reglos stehen und starrte in die blutunterlaufenen Augen des anderen. Er kam näher auf sie zu, immer näher. Lysandra rührte sich nicht, sah ihren Gegner nur aus zusammengekniffenen Augen böse an. Ihr Angreifer war offensichtlich verunsichert, da sie nicht wegzulaufen versuchte oder abermals um Hilfe schrie. Er zögerte einen Moment lang. Lysandra handelte sofort. Mit einem lauten Schrei stieß sie die Stiefelspitze zwischen die Beine des Mannes. Zufrieden spürte sie den harten Aufprall. Ihr Angreifer krümmte sich stöhnend nach vorn, die Hände auf das verletzte Geschlecht gepresst. Lysandra nutzte die Gelegenheit, den Kopf des anderen zu packen und weiter nach unten zu drücken; gleichzeitig riss sie das Knie hoch. Das Geräusch, Krachen und Gurgeln in einem, jagte ihr einen Schauder über den Rücken. Sie ließ los, sprang zurück und ihr Angreifer sank stöhnend zu Boden. Verdammt, wo blieb nur Rondrim? Es war höchste Zeit, hier zu verschwinden. In diesem Augenblick wurde sie wieder gepackt und diesmal waren es vier unbarmherzige Arme, die sie gewaltsam zurückrissen. »Nicht schlecht, kleine Wildkatze!«, flüsterte ihr eine heisere Stimme ins Ohr. Dann folgten ein hämisches Lachen und ein dumpfer Schmerz am Hinterkopf, der schwarze Wellen durch ihr Gesichtsfeld jagte, bis die Schwärze sie schließlich völlig einhüllte. Das Letzte, was die flimmernde Dunkelheit durchdrang, waren gierige Hände, die sich eifrig an ihrem Mieder zu schaffen machten.

Kapitel 7

Lysandra kam zu sich und glaubte, sofort und auf der Stelle sterben zu müssen. Ihr Schädel pochte wie verrückt. Sie stöhnte. »He, sie wird wach!«, sagte eine Stimme. Lysandra wappnete sich gegen den Anblick, der sich ihr gleich bieten würde: schmutzige Männer mit verfilzten Bärten, faulenden Zähnen und übelriechenden Atem. Sie stählte ihren Willen und öffnete tapfer die Augen. Trotzdem zuckte sie zurück. Es war Hagens klobige Fratze, in die sie blickte. Du liebe Zeit, aus der Nähe sah er ja noch viel schlimmer aus, als sie ihn in Erinnerung hatte!

»Weg da!«, hörte sie Amber befehlen. Hagen verschwand und das sommersprossige Gesicht der Bardin nahm seinen Platz ein. Sie legte ein feuchtes Tuch auf Lysandras Stirn.

»Hier, nehmt einen Schluck Tee. Das wird Euch gut tun.« Falks besorgte Stimme drang von rechts an ihr Ohr. Er stützte sie vorsichtig und sie nahm einen Schluck aus dem dargebotenen Becher. Das süße Getränk rann wohltuend heiß und kräftig durch ihre ausgetrocknete Kehle. Sie ließ sich zurücksinken. Das Dröhnen in ihrem Kopf hatte schon ein wenig nachgelassen. Hm, dachte sie bei sich, gar nicht schlecht, so ein bisschen umsorgt zu werden.

Hagen beobachtete, wie die rothaarige Hexe, so nannte er sie inzwischen immer öfter, gierig dieses widerliche Gebräu in sich hineinschüttete. Er hatte den Tee vorhin probiert und gedacht, sein Mund werde bersten, so kochend heiß hatte das Gesöff seine abstoßende Süße auf seinem Gaumen verteilt. Er befürchtete zunächst, sein Geschmackssinn sei für immer verloren. Aber ein Schluck Bier hatte ihn gleich danach vom Gegenteil überzeugen können. Nun betrachtete er, wie die bleiche Lysandra das ekelhafte Getränk schluckte. Sie lehnte sich zurück und hatte diesen selbstzufriedenen Zug um den Mund, der ihn rasend machte. »Der geht es doch schon wieder gut«, stellte er verärgert fest.

»Entschuldige bitte, dass ich nicht tot bin!« giftete Lysandra beleidigt und fasste sich scheinbar entkräftet an die Stirn. Der gutgläubige Liebfelder legte ihr daraufhin fürsorglich einen neuen Lappen auf den Kopf.

»Schone dich nur, du Arme, und beachte diesen Grobklotz gar nicht«, meinte nun auch Amber und warf Hagen einen bösen Blick zu. Dann fuhr sie bewundernd fort: »Du hast dich so wacker geschlagen. Zwei riesenhafte Räuber niedergerungen, und das mit bloßen Händen. Eine so zierliche Frau! Du bist eine richtige Heldin, wirklich!«

Lysandra lächelte geschmeichelt. Dann fragte sie: »Was ist eigentlich geschehen, nachdem mich die Verbrecher niedergeschlagen haben? Ich kann mich von da an an nichts mehr erinnern.«

»Ihr seid von zwei weiteren dieser Räuber niedergeschlagen worden«, erläuterte ihr Falk. »Diese Schurken wollten gerade über Euch herfallen, als Rondrim eintraf, eben noch rechtzeitig. Er hatte sich bei der Rotpüscheljagd weiter von Euch entfernt als beabsichtigt und so dauerte es eine Weile, bis er bei Euch sein konnte. Er erledigte die zwei Schurken und dann auch jenen, welchen Ihr mit Eurem gezielten Schlag bereits seiner Manneskraft beraubt hattet.« Amber kicherte. »Der mit der gebrochenen Nase aber« – Falk seufzte besorgt –, »der konnte uns entkommen. Und unser junger Freund entschied richtigerweise, dass es klüger wäre, Euch in Sicherheit zu bringen, anstatt den Flüchtigen in den Wald zu verfolgen. Ich muss sagen, Lysandra« – er verzog anerkennend das Gesicht –, »Ihr habt Euch wirklich wacker geschlagen.«

Lysandra winkte bescheiden ab.

Hagen seufzte. Er müsste sich für heute augenscheinlich sehr zurückhalten, nachdem die rothaarige Hexe alle auf ihre Seite gezogen hatte. Jetzt hatte sie erst einmal Narrenfreiheit und konnte tun und lassen, was sie wollte. Das konnte ja heiter werden. »Wo ist denn Rondrim jetzt?«, hörte er sie fragen. »Ich möchte ihm gern danken, dass er mich gerettet hat.«

»Er sichert mit Luitgar die Gegend ab«, antwortete ihr Amber, »damit wir heute Nacht nicht noch mehr böse Überraschungen erleben.«

»Ich befürchte«, entgegnete Falk, »dass unser Flüchtling bereits seine Kumpane von den Geschehnissen in Kenntnis gesetzt hat. Wir werden keine besonders ruhige Nacht haben.«

Hagen stimmte ihm zu. »Wir müssen Wachen einteilen, am besten Doppelwachen. Das Lager absichern, die Pferde besser festbinden und den Karren etwas tiefer ins Gebüsch ziehen, damit sie ihn nicht gleich sehen.«

»Können wir nicht einfach weiterfahren, weg von hier?«, fragte Amber besorgt.

»Mitten in der Nacht? In einer uns unbekannten Gegend? Dann wären wir erst recht ein gefundenes Fressen für jeden Wegelagerer.« Hagen schüttelte energisch den Kopf. »Nein, wir müssen uns hier so gut wie möglich auf feindliche Übergriffe vorbereiten und dann heißt es wachsam sein und abwarten.«

»Du bist dir ziemlich sicher, dass wir überfallen werden, nicht wahr?«, wollte die Bardin wissen.

»Ja. Sie wollen mit Sicherheit ihre toten Kumpane rächen.«

»Nun, dann bleibt uns wohl keine andere Wahl. Was soll ich tun?«

»Zuerst«, bestimmte Hagen, »dein Fleisch aufessen. Das Rotpüschel wird kalt.«

Sie hatten gerade das köstlich riechende Fleisch aufgeschnitten, als Rondrim und Luitgar zurückkamen. »Momentan ist keiner mehr in der Nähe«, erstattete Rondrim Bericht und ließ sich stöhnend am Feuer nieder. »Aber es gibt auch keine geeignetere Ecke für ein Lager. Wir müssen schon hierbleiben und auf sie warten.«

»Na und?« Luitgar nahm einen tiefen Schluck aus seinem Bierkrug. »Lass sie ruhig kommen! Die werden schon sehen, was sie hier erwartet!«

Sie vertilgten den leckeren Braten und die inzwischen etwas verschmorten Bohnen. Dann begannen die Vorbereitungen. Rondrim und Luitgar hatten um das Lager in einem weiten Kreis Äste und Reisig verstreut, sodass sie jeden, der näher kam, rechtzeitig hören konnten. Amber und Lysandra sicherten die Pferde mit einer weiteren Halfterleine und banden auch die Ochsen fester, damit sie, falls es zu einem Kampf käme, nicht davonlaufen konnten. Die Männer schoben den Wagen tiefer ins Gebüsch und deckten ihn mit der dazugehörigen Plane ab. Dann befeuchteten sie Wagen und Plane mit Wasser, damit die Ware des Bauern notdürftig vor Brandpfeilen geschützt war. »Man weiß ja nicht, was das für Dumpfschädel sind«, antwortete Hagen auf Lysandras erstauntes Anfragen, dass die Bande doch wohl nicht ihren eigenen Unterschlupf anzünden würde. »Die wichtigste Regel beim Kampfe lautet: Unterschätze nie die Dummheit deiner Gegner, es könnte dir zum Verhängnis werden!«

Sie überprüften und schärften ihre Waffen, Amber spannte die Sehne ihres Bogens. Schließlich blieb nichts mehr zu tun und das Madamal stand auch schon am dunklen Nachthimmel.

»Alle, die keine Wache schieben, sollten sich jetzt hinlegen«, bestimmte Falk. Er und Lysandra würden die erste Wache übernehmen. Sie hatte darauf bestanden, ihre Pflicht zu tun wie alle anderen auch, schließlich war sie ja nicht ernsthaft verletzt worden. Dann würden Hagen und Rondrim sie ablösen und die letzte Wache würden Luitgar und Amber übernehmen. So weit würde es aber wahrscheinlich gar nicht kommen. Falk rechnete mit dem Angriff der Bande noch vor Mitternacht. Die anderen legten sich hin. Es wurde kaum noch gesprochen. Sie waren alle aufgeregt und angespannt. Falk und Lysandra begannen ihre Runde um das Lager. Sie hatten abgesprochen, dass es am sinnvollsten sei, zu zweit alle Viertelstunde einen Rundgang um das Lager zu machen und in der Zwischenzeit am Eingang des Zeltes zu wachen. Die Nacht war still, nur ab und zu hörte man den Ruf eines Käuzchens.

Falk sah Lysandra von der Seite an. Wie sie mit ihrer reinweißen Haut und den dunkelrot schimmernden Locken neben ihm herlief, konnte er kaum glauben, dass diese zarte Frau zwei kräftige Männer niedergeschlagen hatte. Aber es war ihm längst klar geworden, dass sie mehr war als die oberflächliche Betrügerin, die sie zu sein vorgab. Er fragte sich, welche Überraschungen sie noch hinter ihrem zickigen Gebaren verborgen hielt. Er wusste, dass der Söldner sie insgeheim für eine Hexe hielt, und er musste sich eingestehen, dass er bei Lysandra von Bernsteen inzwischen alles für möglich hielt. Er konnte sich ein Lächeln nicht verkneifen.

»Gebt es ruhig zu, Falk«, flüsterte Lysandra ihm daraufhin zu, »Ihr amüsiert Euch über diese riesige Beule, die meinen Hinterkopf entstellt.«

Falk schüttelte energisch den Kopf und entgegnete: »Nein, vielmehr dachte ich gerade, dass ich mir meinen ersten Spaziergang mit Euch im silbrigen Schein der Mada ein wenig anders vorgestellt habe.« Sie sah ihn an, wobei ihre rechte Augenbraue unwillkürlich in die Höhe zuckte. Offensichtlich suchte sie nach einer versteckten Spitze, entschied dann aber, dass keine Ironie in seinen Worten verborgen lag, und schenkte ihm ein bezauberndes Lächeln. Gleichgültig, ob Hexe oder nicht, diese Frau konnte ihm gefährlich werden. Er nahm ein Rascheln im Dickicht wahr, aber es war nur eine Eule, die in einer dichten Baumkrone Platz genommen hatte und mit ihren glühenden Augen den nächtlichen Spaziergängern folgte.

»Wisst Ihr, vielleicht war es eine Fügung der Götter, dass wir Rondrim begegnet sind«, unterbrach Lysandra seinen Gedankengang.

Er runzelte die Stirn. Der fahnenflüchtige Krieger war der Letzte, an den er jetzt einen Gedanken verschwenden wollte. Trotzdem fragte er mit pflichtbewusster Höflichkeit: »Wie kommt Ihr zu dieser Ansicht?«

»Nun, wer weiß, ob ich jetzt noch unversehrt an Eurer Seite schritte, wenn er mich nicht begleitet und gerettet hätte.«

»Aber Lysandra! Ihr glaubt doch nicht wirklich, dass wir Euch allein in den Wald gelassen hätten! Wäre Rondrim nicht dabei gewesen, wäre ein anderer von uns mit Euch gekommen. Es ist viel zu gefährlich hier.«

»Und doch«, beharrte Lysandra, »ist es Rondrim gewesen, der mir geholfen hat. Und das werde ich ihm nicht vergessen. Er ist wirklich ein guter Junge, einerlei, was er getan hat.«

Falk seufzte, enthielt sich jedoch einer Antwort. Es war ohnehin zwecklos, Lysandra von einer einmal gefassten Meinung abbringen zu wollen. Und er bezweifelte auch, dass sie wusste, welch schwerwiegendes Verbrechen ihr Begleiter begangen hatte. Fahnenflucht, etwas Schlimmeres konnte Falk sich kaum vorstellen. Es gab nichts Ehrloseres, nicht einmal Mord, als diesen rücksichtslosen Verrat an seinen Kameraden, seinem Land, ja selbst an der eigenen Familie, die zu schützen er sich verpflichtet hatte. Er hatte ihnen allen gegenüber aus Feigheit seinen Eid gebrochen. Natürlich, Rondrim hatte Schlimmes erlebt, doch das hatten tausend andere auch und sie waren geblieben. Aber richtig konnte das verwerfliche Ausmaß dieser Tat wohl nur der begreifen, der selbst mit seinen Kameraden im Dreck gelegen und auf den Tod gewartet hatte.

Sie hatten die Runde beendet und ließen sich nun am Eingang der Hütte nieder. Das Feuer war abgebrannt und eine ungemütliche Kälte breitete sich aus. Die Nächte waren noch kalt, obwohl der Winter dieses Jahr recht mild gewesen war und Väterchen Firun sie mit argem Frost verschont hatte. Falk lauschte dem knurrenden Schnarchen des Bauern und dem murmelnden Flüstern, das ab und an Ambers halb geöffnetem Mund entwich. Hagen schlief dagegen völlig ruhig. Seltsam, Falk hätte ihm eigentlich ein dröhnendes Schnarchen zugetraut. So konnte man sich irren! Er warf einen Seitenblick auf Lysandra und musste feststellen, dass sie kurz vor dem Einschlafen war. Ihr Kopf sank ständig vornüber und nur ihr eigenes Zusammenzucken hielt sie noch wach. Er berührte vorsichtig ihre Schulter. Sie schreckte auf und sah ihn aus verwirrten großen Augen an. »Zeit für unsere Runde!«, flüsterte er ihr zu. Sie nickte verlegen und stand auf. Wieder schritten sie um das Lager, den gleichen Weg wie vorher, starrten angestrengt in das undurchdringliche Dunkel zwischen den Bäumen, ohne viel erkennen zu können. Plötzlich hob Lysandra den Kopf. Auch Falk blieb stehen, sah sie fragend an, lauschte. Ein Knacken. Es kam aus dem Dickicht rechts von ihnen. Da. Wieder ein Knacken, diesmal von links. Sie nickten sich zu und liefen leise und geduckt zum Eingang der Jurte. Noch war niemand zu sehen.

Hagen schrak hoch, als ihn jemand kräftig schüttelte. Er sah das hagere Gesicht des Liebfelders vor sich. »Es ist so weit, sie kommen!«

Hagen war sofort hellwach, ergriff sein Schwert und steckte die Axt in die Gürtelschlaufe am Rücken. Lysandra hatte bereits Amber geweckt und auch Luitgar richtete den fülligen Körper auf. »Sie müssen gleich da sein«, raunte Falk. Die anderen hielten ebenfalls in Windeseile ihre Waffen bereit. Nur Lysandra löste in aller Seelenruhe ein Tonfläschchen aus der Schlaufe an ihrem Gürtel, entstöpselte den winzigen Korken und nahm einen kräftigen Schluck. Die war vielleicht unverfroren, sich jetzt einen hinter die Binde zu kippen.

Das Geräusch brechender Zweige. Immer wieder. Fünfzehn Schritt noch, dachte Hagen. Und da brach das Chaos aus.

Nach der Erkenntnis, dass sie sich nicht unbemerkt anschleichen konnten, entschlossen sich die Wegelagerer zum Angriff. Mit markerschütterndem Gebrüll rannten sie auf das Lager zu. Plötzlich war die Nacht hell vom Licht brennender Äste und Fackeln. Die Gefährten liefen aus der Hütte und bezogen ihre Stellungen, so wie sie es vorher besprochen hatten: annähernd kreisförmig, um sich gegenseitig den Rücken decken zu können. Die Banditen, die sie im flackernden Feuerschein angriffen, kamen von drei Seiten. Es waren an die zwei Dutzend, die auf sie losgingen, stellte Hagen besorgt fest. Er brüllte los und sein Schreien verdrängte jeden weiteren Gedanken aus seinem Kopf: »Rondra!«

Er hörte Lysandra hinter sich flüstern, ein Gebet oder etwas in der Art. Dann schrie auch sie. Amber und Falk hatten ebenfalls ihre Stimmen erhoben und auch Luitgar machte seinem Kampfgeist Luft: Er lachte aus voller Kehle und schwenkte eine riesenhafte Axt. »Kommt her, na, kommt nur her!«

Die Räuber kamen seiner fröhlichen Aufforderung nur allzu gern nach. Allein Rondrim schwieg noch und hielt mit steinernem Gesicht sein Langschwert in den Händen. Dann ging alles Schlag auf Schlag. Die Räuber kamen und bald sah Hagen nur noch blutunterlaufene Augen und hassverzerrte Gesichter. »Keine Gnade!«, erklang ihr Brüllen. »Keine Gnade!«

Schon war der Erste bei ihm. Hagen parierte den Schlag des Gesetzlosen und führte ihn weiter. Sein eigener Schwung riss dem Angreifer nun das Schwert aus der Hand. Hagen zog durch und schnitt ihm seitlich den Leib auf. Der Zweite griff bereits an, ließ ihm kaum mehr Zeit, sein Schwert zurückzuziehen. Dieser Schurke wusste besser, wie er seine Waffe zu führen hatte. Hagen musste sich anstrengen, die schnellen, harten Attacken abzuwehren. Da kam auch schon ein weiterer Angreifer und bedrängte ihn von links. Hagen konnte nur noch einen Angreifer parieren. Er fing den leibhohen Schlag des Ersten ab, konnten dem Zweiten jedoch nicht richtig ausweichen und wurde von dessen Klinge an der Schulter gestreift. Der Erste hob währenddessen sein Schwert über den Kopf und holte aus, um Hagens Schädel zu spalten. Der stieß jedoch blitzschnell mit seinem Schwert nach vorn, genau in das Sonnengeflecht des Angreifers. Der umfasste ungläubig die Klinge, krümmte sich und fiel hintenüber – Hagens Waffe mit sich reißend. Verdammt! fluchte der Söldner innerlich. Er ahnte die Klinge des Zweiten mehr, als dass er sie auf sich niederfahren sah. Für den Bruchteil eines Augenblicks schien die Zeit stehen zu bleiben, als Hagen klar wurde, dass er dem Hieb nicht ausweichen konnte. Das war's, Junge, dachte er sich und wappnete sich gegen den Schmerz, der ihn träfe, ehe er dem rauschenden Klang von Golgaris Flügeln lauschen durfte.

Falk hatte zu schreien aufgehört. Er durfte nicht außer Atem kommen, es waren zu viele Gegner. Sein Rapier kreuzte klingend den Schlag des schartigen Kurzschwertes, fuhr in elegantem Bogen um die Klinge herum und fand mit schwungvollem Stich den Weg in den Körper des Feindes. Der brach schreiend zusammen. Ich weiß, stimmte Falk ihm zu, Bauchtreffer schmerzen ganz besonders. Seine Rechte fuhr fast reflexartig in die Höhe, um mit dem blinkenden Langdolch in seiner Rechten die Attacke des nächsten Banditen zu parieren. Gleichzeitig drehte er sich ihm blitzschnell mit einer seitlichen Wendung zu, um ihm das noch blutige Rapier mit der Linken durch den ungeschützten Hals zu stoßen. Deckungslücke, mein Lieber! belehrte er gedanklich den Angreifer mit leisem Tadel. Neben ihm surrte die Sehne des Bogens, die Amber immer wieder spannte. Sie war keine besonders gute Schützin, eher das Gegenteil. Auch waren die Feinde fast schon zu nahe, als dass der Bogen noch recht von Nutzen hätte sein können. Aber immerhin legte sie die Pfeile recht flink auf und es fand doch der eine oder andere sein Ziel. Ein junger Wegelagerer rannte mit verzerrtem Gesicht auf ihn zu. Der Liebfelder wartete, bis er fast heran war, dann drehte er sich dem Angreifer entgegen und stand so genau in der ungeschützten linken Seite des Widersachers. Er durchtrennte die Kehle des verdutzt dreinblickenden Räubers mit einem sauberen Stich seiner Klinge, woraufhin jener mit einem letzten Röcheln zu Boden ging. Nun hatte Falk Zeit, einen flüchtigen Blick auf Rondrim zu werfen, der neben Amber focht. Er riss beim Anblick des Kriegers entsetzt die Augen auf. Rondrim kämpfte nicht. Er schlachtete! Sein Langschwert hackte, stach und schlug wild in den Pulk seiner Widersacher, metzelte sie regelrecht nieder. Er focht nicht taktisch, es folgte nicht Attacke auf Parade, kein gezielter Konter traf auf eine ungeschützte Schwachstelle. Nein, er schlug zu, die Augen wütend zusammengekniffen, blind vor Hass. Mit berserkergleichem Wahn raste seine Waffe durch die Luft. Die zahlreichen Toten zu seinen Füßen waren blutüberströmt, einzelne Gliedmaßen lagen abgetrennt auf dem Boden. Nicht Rondra beseelte den Geist des

Kriegers, es war der gierige Blutsäufer, der seine Hand führte. Falk lief ein Schauder über den Rücken, als er sich von dem grausigen Schauspiel abwandte, um seinem neuen Feind gegenüberzutreten. Er stockte einen Moment, denn nur ein einziger Gegner wartete auf ihn. Alle anderen hatten sich zurückgezogen, so als hätte ihnen sein neuer Widersacher dazu Anweisung gegeben. Der Mann, der Falk gegenüberstand, war von Kopf bis Fuß in geckenhaft rotes Rindsleder gewandet und trug die fast hüftlangen Haare in offenen Locken. Der Spitzbart betonte noch die Länge des eingefallenen Gesichtes und tief in ihren Höhlen funkelten dunkle Knopfaugen, die ihn herablassend musterten. Das übermäßig verzierte Rapier in der linken Hand richtete sich auf Falk und sein Gegner rief herausfordernd: »Dann wollen wir doch sehen, was du Gerk, dem Herrn der Geächteten, entgegenzusetzen hast, verweichlichter Liebfelder!«

Falk hätte zu gern gewusst, wie er sich schon wieder als Sprössling des Lieblichen Feldes zu erkennen gegeben hatte. Noch während ihm der Gedanke durch den Kopf schoss, wurde er sich bewusst, wie grotesk diese Überlegung war. Dies war beileibe nicht der richtige Zeitpunkt für solcherlei Betrachtungen. Sein Gegenüber schien auf einen ebenso lächerlichen wie markigen Spruch von ihm zu warten. Aber Falk fiel natürlich nichts Brauchbares ein. Hm. »Ihr hättet besser den Mund gehalten, Freund!«, begann er und lächelte siegessicher. Dem anderen schien das jedoch nicht zu reichen, denn er hob fragend die Brauen. Da fiel Falk endlich etwas ein. »Denn so habt Ihr mir offenbart, was Ihr so sträflich vernachlässigt habt. Und ich habe etwas erfahren, dessen Ihr Euch niemals werdet rühmen können«, fuhr er fort.

»Und was sollte das sein, Freund?«, fragte Gerk hämisch.

»Ich«, versicherte Falk ihm triumphierend, »habe noch alle meine Zähne, und sie sind weder schwarz und faulig, noch stinken sie wie der Hintern eines darpatischen Bullen.«

Im Nachhinein fand Falk den Spruch nicht besonders einfallsreich. Er musste sich endlich einmal im ordentlichen Beleidigen üben! Aber entweder hatte er einen wunden Punkt getroffen oder sein rotgewandeter Gegenspieler schien nicht besonders wählerisch zu sein, denn Gerk stürzte sich zufrieden und mit einem grässlichen Fluch auf ihn.

Hagen spürte den Lufthauch, der an seinem Gesicht vorbeizog. Er öffnete die Augen, die er wohl unbewusst geschlossen hatte. Sein Angreifer gurgelte laut und fiel mit einem dumpfen Geräusch hintenüber. In seinem linken Auge steckte ein blankpolierter Wurfdolch mit allerlei weibischem Zierrat am Griff. Hagen kannte ihn. O nein, dachte er, nein, nein, nein! Nur das nicht! Er wandte, Böses ahnend, den Blick und entdeckte Lysandra, die ihm triumphierend zulächelte, während sie den zweiten Dolch aus dem Gürtel zog. »Danke!«, rief ihr Hagen ärgerlich zu.

»Es war mir ein Vergnügen«, säuselte sie allerliebst zurück, während sie schon den nächsten Gegner musterte, den Arm hob und mit einer schwungvollen Bewegung aus dem Handgelenk heraus den Dolch durch die Luft schleuderte. Ihr Opfer hatte nicht einmal mehr Zeit, sich ans Auge zu fassen. Wo hatte diese Hexe so gut werfen gelernt? Das war ja unheimlich!

»Es wäre aber wirklich nicht nötig gewesen.« Hagen zog seine Axt aus der Schlinge, um mit ihr den Schlag des nächsten Angreifers zu parieren.

»Oh, es war mir ein ganz außerordentliches Bedürfnis, dir diesen kleinen Gefallen zu erweisen, mein kleiner Stinkiltis«, grinste Lysandra und kicherte boshaft. Dann schleuderte sie das rechte Bein mit einer kreisförmigen Drehung durch die Luft und hieb den Fußballen direkt auf das Ohr des anstürmenden Barbaren. Blitzschnell drehte sie sich sodann auf dem Standbein und trat nach hinten aus, direkt in den Magen des Räubers. Als der zusammensackte, trat sie ihm nochmals fest gegen den Kopf, um sicherzugehen, dass er so bald nicht wieder zu sich kommen würde. Dann nahm sie ihm das Schwert ab und sprang nach hinten, um die Attacke des nächsten Widersachers abzuwehren. Obwohl ihr Hagen nur äußerst ungern das letzte Wort überließ, blieb ihm keine Zeit zum Plaudern, denn die Räuber wurden immer vorsichtiger und sie mussten sich ganz darauf besinnen, den schnellen Angriffen standzuhalten. Bald hörte man nur noch das klingende Geräusch von aufeinander prallendem Stahl und den schweren, keuchenden Atem der Kämpfenden.

Falk war vom Können seines geckenhaften Angreifers unangenehm überrascht. Seinem gezierten Gehabe zum Trotz beherrschte Gerk die Finessen des Kampfes in Vollendung. Das überladene Rapier wurde mit sicherer Hand und geschmeidiger Wendigkeit durch die Luft gewirbelt; selten hatte Falk einem so geschulten Gegner gegenüber gestanden. In blinkendem Wirbel trafen die Klingen der eleganten Waffen aufeinander. In unglaublicher Geschwindigkeit folgten Attacke, Parade, Attacke, Parade, Ausfallschritt und Konterattacke. Längst hatte Falk seine Umgebung vergessen, den Langdolch fallen gelassen und die rechte Hand leicht erhoben, um sein Gleichgewicht besser ausbalancieren zu können. Er war sich längst bewusst, dass er gegen den Anführer der Banditenbande focht. Es war ungeheuer wichtig zu obsiegen, denn vielleicht würde der Rest der Räuber durch den Tod ihres Anführers so entmutigt, dass sie die Flucht ergriffen. Der Kampf dauerte nun schon viel zu lange, er selbst und seine Gefährten begannen zu ermüden und das würde über kurz oder lang ihren Tod bedeuten, denn die Wegelagerer waren ihnen zahlenmäßig noch immer überlegen. Er versuchte mit einer schnellen Drehung der Klinge, dem anderen die Waffe aus der Hand zu hebeln. Es misslang, denn Gerk folgte seiner Bewegung und nun war Falk es, der um sein Rapier fürchten musste. Er trat einen Schritt zurück, um das Gleichgewicht wieder zu finden. Es war für ihn ungewohnt, gegen einen Linkshänder zu kämpfen. Nun erst erkannte er, wie sehr er selbst im Streit gegen einen Rechtshänder im Vorteil war. Die einfachsten Attacken arteten zu einer anstrengenden Überlegung aus, die Paraden waren zu unsicher. Wenigstens schien es seinem Gegner nicht besser zu gehen. Falk merkte, wie ihm die Arme langsam schwer wurden – er musste das Duell zu Ende bringen, und zwar schnell, denn Gerk war noch wesentlich frischer als er. Falk prüfte mit einem raschen Blick das Gelände hinter seinem Gegner. Etwa acht bis zehn Schritt entfernt stand ein hoher und recht breiter Baum mit sehr ausgeprägtem Wurzelgebilde. Das war eine Gelegenheit. Es musste einfach reichen. Falk wich einen Schritt zurück und auch Gerk hielt einen Moment lang inne, um das Rapier neu zu umfassen und auszurichten. Es war Falks Glück, dass der Räuber das Ganze wohl als ein edles Duell betrachtete. Welch eine Farce! Gerk grinste gehässig, als er den angestrengten Gesichtsausdruck des Liebfelders bemerkte. Er konnte nicht wissen, dass dieser seine ganze Kraft zusammennehmen und sich mit höchster Anspannung auf das vorbereitete, was er plante. Gerk hob das Rapier, überzeugt, den Kampf nun bald für sich entscheiden zu können. Im selben Moment schnellte Falk vor und holte blitzschnell zur Attacke aus. Gerk wich zurück, aber Falk setzte sofort nach. Attacke auf Attacke prasselte in rasender Geschwindigkeit auf den Räuber nieder, Falk stürmte in drängenden, stürmischen Ausfallschritten ständig hinterher. Gerk blieb nichts übrig als parierend zurückzuweichen und abzuwarten, bis der wie wahnsinnig angreifende Liebfelder seine letzten Kräfte verbraucht hatte. Und das würde nicht mehr lange dauern. Falk wusste nicht, wie er es schaffte, die irrsinnige Schnelligkeit seiner Attackenfolge aufrechtzuerhalten. Er sah nur, wie Gerk vor ihm zurückwich. Es schien ihm Stunden zu dauern, bis er seinen Widersacher an den Baum zurückgedrängt hatte. Jetzt! spornte Falk sich an und sammelte seine ganze Kraft für die letzte Attacke. Gerk wich unter ihrer Wucht zurück und seine Parade wurde unsicher, als er über eine lange Wurzel am Baumstamm stolperte. Anstatt erneut auszuholen und damit dem anderen die Gelegenheit zu geben, sein Gleichgewicht wieder zu finden, fasste der Liebfelder mit der zweiten Hand nach seiner Waffe und drückte, so stark er konnte, gegen die geschwächte Paradehaltung des anderen. Einen Herzschlag lang standen die beiden Gegner sich gegenüber. Die schweißüberströmten Gesichter nahe aneinander, starrten sie sich hasserfüllt an, ein jeder mit dem unbeugsamen Willen, den anderen niederzuzwingen. Falk spürte, wie seine gepeinigten Muskeln nachgeben wollten, wie die Kraft aus den schmerzenden Armen wich. Verzweifelt stemmte er sich gegen den Druck des anderen und musste doch spüren, wie die Klinge seines Rapiers unmerklich zurückwich. Da schossen ihm plötzlich und unvermittelt Bilder durch den Kopf: die verstümmelte Leiche Hagens, Amber, die unter brutalen Schlägen weinend zusammenbrach, und grölende Männer, die über Lysandra herfielen. Zorn durchlief ihn wie ein heißes Feuer und mit einem Aufschrei rasender Wut warf er sich gegen den Druck des anderen. Von diesem plötzlichen Kraftschub überrascht, konnte Gerk seine durch das Stolpern ohnehin unvorteilhaft platzierte Klinge nicht länger halten. Er gab nach, wich einen winzigen Schritt zurück, um neues Gleichgewicht zu finden, trat jedoch wieder auf eine vorstehende Wurzel und verlor nun vollständig den Halt. Im gleichen

Moment drang Falks Rapier durch seine Deckung und fuhr durch die rechte Seite seines Halses. Der Liebfelder zog die Klinge keuchend heraus und sprang ein Stück zurück. Er sah, wie Gerks Gesicht einen seltsam ungläubigen Ausdruck annahm und seine rechte Hand langsam zum Hals fuhr. Der Wegelagerer sank stöhnend in die Knie. Das Blut schoß im Takt seines pochenden Herzens aus ihm heraus, zwischen den Fingern hindurch und mit ihm wich langsam das Leben aus dem zitternden Körper. Falk starrte ihn einen Moment lang an. Dann grüßte er und wandte sich ab. Es war ein hervorragender Kampf gewesen, Gerk ein mehr als ebenbürtiger Gegner. Aber es war auch ein Kampf auf Leben und Tod gewesen, den nur einer hatte gewinnen können. Und er hatte ihn gewonnen.

Schwer atmend kehrte Falk mit schleppendem Schritt zu den andern zurück. Seine Gefährten waren nicht untätig gewesen, doch noch immer waren sechs der Wegelagerer am Leben. Da deutete plötzlich einer mit einem Aufschrei hinter Falk. Sie hatten ihren verblutenden Anführer entdeckt. Nun ließen sie die Waffen fallen, ganz wie Falk es gehofft hatte, und rannten davon, in den Wald hinein. Hagen, Lysandra und Luitgar riefen ihnen einige spöttische Beleidigungen hinterher, aber sie waren zu erschöpft, um den Flüchtenden nachzusetzen. Der Liebfelder blieb stehen und die andern kamen ihm entgegen.

»Das war knapp. Eine Minute länger und wir hätten nicht mehr standgehalten.« Lysandra wischte sich kraftlos den Schweiß von der Stirn.

»Rondra sei Dank, dass du den Anführer getötet hast, Falk, sonst hätte es schlecht für uns ausgesehen«, stöhnte Amber und Hagen klopfte ihm mit einem gönnerhaften »Gut gemacht!« auf die Schulter. Nur Rondrim blieb stumm und brachte es nicht über sich, dem Liebfelder in die Augen zu sehen. Etwas regte sich in Falk, dem jungen Krieger die Hand zu reichen, aber er konnte es nicht. Stattdessen sah er nach Luitgar, der als Einziger zurückgeblieben war. Der Bauer mühte sich fluchend ab, seine Axt aus einem Schädel zu ziehen, in dem sie sich verkeilt hatte.

»Luitgar hat da ein recht schwerwiegendes Problem«, grinste Falk und die anderen drehten sich um und lachten, als sie Luitgars wütendes Gebaren sahen. Der Bauer warf ihnen einen bösen Blick zu, doch dann musste er selbst lachen.

Danach ging alles sehr schnell. Luitgars Gesicht erstarrte und er setzte an, etwas zu sagen. Falk merkte, wie Rondrim sich umwandte und in die Richtung sah, wohin der Bauer geblickt hatte. Niemals würde Falk den Ausdruck von Angst und Erinnerung vergessen, der in diesem Moment in den Augen des Kriegers aufflackerte. Blitzschnell und doch in quälender Langsamkeit warf sich Rondrim über ihn, rang ihn mit dem ganzen Gewicht seines Körpers nieder. Falk spürte, wie die Schulter des Kriegers beim Aufprall zurückzuckte. Dann schlugen sie beide auf dem Boden auf und Rondrim lächelte ihn glücklich an.

Kapitel 8

Lysandra wollte schreien, als sie das Messer sah, aber so schnell zischte die blutverschmierte Waffe durch die Luft, dass der Ton erst dann ihrer Kehle entwich, als Rondrim Falk bereits umgerannt hatte. Mit einem gurgelnden Stöhnen brach Gerk zusammen. Es hatte seiner ganzen Kraft bedurft, den Dolch zu werfen. Während er eine letzte Fontäne dunkelroten Blutes ausstieß, fiel er nun mit dem Gesicht vornüber und regte sich nicht mehr. Trotzdem rannte Hagen fluchend zu ihm, um sich zu vergewissern, dass der Meuchler auch wirklich die Reise übers Nirgendmeer angetreten hatte.

»Götter!«, stöhnte Amber und schlug ächzend die Hände vors Gesicht. »War das knapp!«

Lysandra kniete nieder und fasste Rondrim an den Schultern. »Alles in Ordnung? Bist du schwer getroffen?«, fragte sie besorgt. Erst da bemerkte sie den Dolch in der linken Schulter des Kriegers. Eine eigentlich recht ungefährliche Stelle. Wenn es nicht … »Nein«, flüsterte sie entsetzt. »Bitte nicht!« Sie drehte Rondrim vorsichtig auf den Rücken.

»Was ist denn, Lysandra?«, fragte Amber erschrocken, als sie ihr Gesicht sah. Aber Lysandra konnte ihr nicht antworten. Falk kroch unter Rondrim hervor. Ein Blick auf das wächserne Gesicht des Jungen genügte ihm. Der Krieger lag nun halb auf dem Rücken, seine gebrochenen Augen blickten starr in den sternenbedeckten Nachthimmel. Ein glücklicher, ja fast triumphierender Ausdruck lag auf seinem mageren Gesicht. Lysandra fühlte nach dem Schlag seines Herzens, aber die pochende Stelle in seiner Brust war verstummt. Sie befeuchtete ihren Zeigefinger und hielt ihn unter Rondrims Nase, aber kein Lufthauch entwich seinem Körper, um ihren Finger zu kühlen. Lysandra drückte behutsam die Lider über die braunen Augen und schloss den noch halb geöffneten Mund.

Amber starrte sie entgeistert an. »Er ... er ist tot?«, fragte sie ungläubig. »Aber ... aber es ist doch nur eine Schulterwunde! Das kann doch nicht sein? Wie ...« Sie brach in Tränen aus.

Falk und Lysandra sahen sich einen Moment lang schweigend an. Dann riss Lysandra ein Stück Stoff aus dem Hemd des Toten und wickelte es sich um die Hand. Sie zog am Griff des Dolches, der mit aufwendigen südländischen Mustern verziert war. Die blutige Klinge wies nur an der äußersten Spitze einen letzten Tropfen der tödlichen Flüssigkeit auf, die in der tückischen Hohlröhre verborgen gewesen war. Behutsam wischte Lysandra den honigfarbenen Tropfen mit dem Tuch ab. Sie roch vorsichtig an der Klinge, sah sich die Dolchspitze und die winzige Öffnung genau an und schüttelte dann niedergeschlagen den Kopf. »Keine Ahnung, was es seien könnte. Ich habe noch nie zuvor ein so schnell wirkendes Gift gesehen«, meinte sie niedergeschlagen zu Falk.

»Letztendlich«, erwiderte dieser heiser, »ist es gleichgültig, was es war.«

Hagen kehrte zurück und erschrak, als er Rondrim leblos am Boden liegen sah. »Was ...«, setzte er an, hielt jedoch inne, als Lysandra ihm die Waffe des Meuchlers entgegenhielt. »Damm mich!«, fluchte er. »Ein Mengbilar!«

»Helft mir bitte«, sagte Falk leise, »wir müssen ihn zum Wagen tragen.«

Auch der entsetzte Luitgar war inzwischen herangekommen und trug nun zusammen mit Falk und Hagen den Leichnam zurück zum Wagen. Lysandra nahm das Langschwert des Kriegers, das zu Boden gefallen war, und kam mit der schluchzenden Amber im Arm hinter ihnen her. Niedergeschlagen legten sie Rondrim auf den Wagen. Amber breitete fürsorglich die Wolldecke über seinen Körper, als könne sie ihn damit vor der Kälte schützen, die sich nun unaufhaltsam seines Leibes bemächtigen würde. Eine Weile standen sie ratlos um den Wagen herum. Keiner wusste, wie er das Schweigen brechen sollte. Nur das leise knisternde Flackern der erlöschenden Fackeln durchbrach übermäßig laut die drückende Stille.

Schließlich ergriff Luitgar mit seiner tiefen, dröhnenden Stimme das Wort. »Ihr solltet euch jetzt ausruhen. Wir sind alle erschöpft. Und es bringt keinem etwas, am allerwenigsten eurem tapferen Freund, wenn wir vor Erschöpfung zusammenbrechen. Wir sollten versuchen, den Rest der Nacht ein wenig zu schlafen. Sobald der Morgen anbricht, können wir dem Toten die letzte Ehre erweisen und weiter entscheiden, was zu tun ist. Aber für heute Nacht gibt es nichts mehr zu tun.«

Lysandra musste dem Bauer Recht geben. »Wir sollten uns in die Hütte legen«, befand sie und Hagen stimmte ihr überraschenderweise zu.

»Was ist mit Wachen?«, fragte Amber mit tränenerstickter Stimme.

»Wir brauchen keine. Wer uns jetzt noch erwischt, dem sind wir ohnehin ausgeliefert, denn wehren kann sich wohl keiner mehr von uns«, entschied Hagen.

Müde stolperten sie zum Zelt, nur Falk blieb beim Wagen stehen. »Falk?« Lysandra drehte sich fragend nach ihm um.

»Ich bleibe hier«, kam es leise zurück.

»Wir sollten ihn in Ruhe lassen«, bestimmte Luitgar überraschend feinfühlig und ließ sich ächzend nieder. Auch die anderen krochen ins Zelt. Zahlreiche Tote lagen nicht weit von ihnen entfernt, aber sie waren zu schwach, die Leichen wegzuschaffen. Trotz ihrer Erschöpfung dauerte es lange, bis sie in einen unruhigen Schlaf fielen.

Lysandra erwachte, als die ersten Sonnenstrahlen das Lager trafen. Es war keine gute Nacht gewesen, sie hatte unter quälenden Träumen gelitten, war immer wieder hochgeschreckt. Sie warf einen Blick auf ihre Gefährten. Luitgar schnarchte mit offenem Mund. Ihn schien nichts so leicht erschüttern zu können. Amber dagegen stöhnte immer wieder auf und drehte sich mit einem gepeinigten Aufschluchzen von einer Seite zur anderen. Hagen schlief auf dem Bauch, sein Gesicht war unter dem wilden Durcheinander seiner schwarzbraunen Haare nicht zu erkennen. Seltsame Schlafstellung, überlegte Lysandra. Es sah aus, als würde er toter Mann spielen, das hatten sie als Kinder immer im See gespielt. Sie kroch vorsichtig aus dem Zelt, bemüht, ihre Gefährten nicht aufzuwecken. Sie stand auf, streckte sich und genoss es, die ersten Sonnenstrahlen auf dem Gesicht zu spüren. Wenn sie den aufsteigenden Praiosschild so betrachtete, wie er mit rot glühenden Strahlen seinen Weg begann, schienen die Ereignisse, die sich seit seinem letzten Untergang zugetragen hatten, weit weg und unwirklich zu sein. Sie schnitt eine Grimasse, als sie daran dachte, wie sie aussah. Vermutlich Augenringe und eine fahle, blaugeäderte Haut. Auch ihr Haar hatte sich wahrscheinlich wieder mal in unzählige Knoten verheddert. Sie seufzte. Es gab nichts, was sie mehr hasste als diese Feld-, Wald- und Wiesenunternehmungen. Es ging doch nichts über ein nettes kleines Geschäft in einer netten kleinen Stadt. Dort machte das Leben noch Spaß. Gedankenverloren sah sie zum Wagen hinüber und wurde sich schlagartig der nächtlichen Ereignisse wieder bewusst. Falk hatte sich mit angewinkelten Beinen an die Rückwand des Wagens gelehnt, den Kopf in die Arme gestützt. Reglos und in sich zusammengesunken saß er da. Lysandra entschloss sich, zu ihm hinüberzugehen. Sie ließ sich neben ihm nieder, fand es jedoch besser, den Mund zu halten. Schließlich hob der Liebfelder den Kopf. Auch unter seinen Augen lagen tiefe blauschwarze Ringe, und sein hageres Gesicht schien wie aus weißem Wachs geformt. Und bildete sie sich das nur ein, oder waren über Nacht tatsächlich zu den grauen Strähnen an der Schläfe noch weitere hinzugekommen? Falk musterte den blaugrauen Morgenhimmel. »Ist es nicht bitterste Ironie des Schicksals, der Götter oder wen Ihr auch immer dafür verantwortlich machen wollt?« Sein Gesicht blieb audruckslos, aber bitter war der Klang seiner Stimme. »Er hat die Dunklen Horden überlebt, die Bestien, die Dämonen und was weiß ich noch alles. Aber es war sein Tod, mit dem ach so ehrbaren Falk von Eslebonè zu reisen!«

Lysandra wusste nicht, was sie sagen sollte, und entschied sich, dass es ganz gut sei, das Schweigen noch eine kleine Weile fortzusetzen. »Ich habe ihn verachtet, aus tiefstem Herzen verachtet«, fuhr Falk fort, »und ich kann ihm noch nicht einmal jetzt ganz verzeihen. Das, was er getan hat…« Falk schüttelte den Kopf. »Aber genau das macht alles noch viel schlimmer. Denn der Junge hat sein Leben für einen Mann gegeben, der nicht sein Freund war, ja, der ihn nicht einmal gut leiden konnte. Welch sinnlose Verschwendung.« Er lachte bitter auf und ballte die Faust.

Erst jetzt fiel Lysandra auf, dass er etwas umklammert hielt. Es war die Silbermünze, die Rondrim um den Hals getragen hatte. »Vielleicht«, hob sie vorsichtig an, »vielleicht kommt es darauf gar nicht an.«

Falk blickte sie verständnislos an. »Worauf?« erkundigte er sich verstört.

»Nun, dass er nicht für einen Freund gestorben ist«, erklärte Lysandra geduldig. »Rondrim hat Unmengen von Leid und Schrecken gesehen und er war gezeichnet von den Erlebnissen des Krieges, vom Tod und vom Töten. Es ist schon fraglich, ob sich ein Mensch von solchen Gräueltaten überhaupt erholen kann oder ob er für immer gebrandmarkt bleibt. Aber als wäre das nicht schon genug, hat er sich auch noch schuldig gemacht. Schuldig des Verrates und ich denke, er machte sich auch für den Tod seines Bruders verantwortlich. Und diese Schuld konnte und wollte er vor sich selbst nicht leugnen. Er trug sie wie einen riesenhaften Steinklotz auf seinen Schultern mit sich, und er wäre sie wohl kaum je wieder losgeworden. Glaubt mir Falk, Rondrim wäre wahrscheinlich nie wieder richtig glücklich geworden.«

Falk nickte langsam, fast widerwillig. Sehr schön. Lysandra fuhr sogleich fort: »Er hat einen Sinn darin gesucht, dass sein Bruder sein Leben für ihn gab. Und vielleicht hat er den Sinn darin gefunden, das seinige für einen Mann zu geben, den er als Inbegriff von Ehre und Anstand schätzte. Für Euch, Falk!« Falk wollte sie unterbrechen, aber sie ließ ihn nicht zu Wort kommen. »Einerlei, was Ihr selbst von Euch denkt, Ihr wart ein Vorbild für ihn, das hat doch jeder gesehen. Ihr seid, was er vielleicht geworden wäre, wenn ihn der Krieg nicht seiner Ehre beraubt hätte: ein Mann mit Grundsätzen, für die er auch einsteht. Rondrim verehrte Euch und vielleicht hoffte er, mit Eurer Rettung etwas von seiner eigenen Ehre zurückzugewinnen.«

Falk sah sie durchdringend an und Lysandra hielt dem Blick dieser hellgrauen Augen stand, obwohl die Versuchung groß war, wegzusehen und irgendetwas Belangloses zu sagen. O nein, Lysandra, nicht jetzt, halte durch! spornte sie sich gedanklich an und schaffte es auch, den Blick nicht zu senken. Die Augen des Liebfelders schienen sie zu durchbohren und in ihrer Magengegend begann es warm zu kribbeln, aber sie hielt aus. Es lag etwas

Seltsames in diesem Blick, eine verborgene Wildheit, die eigentlich gar nicht zu ihrem immer so beherrschten Begleiter passte. Die Augen schienen fast zu leuchten unter den dunklen Augenbrauen. Und dann diese wunderbar feingebogenen Wimpern. Schwarzglänzende, dichte, unglaublich lange Wimpern. Sie schluckte.

»Er sah glücklich aus, als er starb«, sagte Falk unvermittelt, »er lächelte mich glücklich an.« Lysandra nickte stumm und versuchte, den Kloß aus ihrem Hals zu entfernen. Endlich sah Falk weg. Aber es war zu spät. Das Kribbeln ließ nicht nach und ihr Herz klopfte so wild, dass sie befürchtete, man müsse es durch das Mieder pochen sehen. Schöner Mist. Sie atmete tief durch und der Liebfelder seufzte im gleichen Moment.

»Was macht ihr zwei denn da? Atemübungen?«, spöttelte Hagen.

Lysandra hatte ihn gar nicht kommen hören. Es war wohl das erste Mal, dass sie sich freute, ihn zu sehen. Hagen, mein Süßer! begrüßte sie ihn gedanklich. Laut sagte sie: »Du hast da noch etwas Speichel im Bart, mein Lieber!« Der Söldner fuhr sich erschrocken mit der Hand an das Gesicht, sah Lysandras spöttisches Grinsen und ließ sie mit einem bösen Blick wieder sinken.

»Lysandra hat mir gerade einige wichtige Dinge erklärt«, unterbrach Falk ihr kleines Gefecht, »und ich muss sagen, sie hat mir eine Menge Stoff zum Nachdenken gegeben.« Dann sprang er auf. »Wir haben viel zu tun. Wecken wir die anderen. Ich möchte möglichst bald weiter reiten.« Er war wieder ganz der Alte.

Während Luitgar nur schwer wach zu bekommen war, schreckte Amber sofort hoch, als Lysandra sie leise beim Namen rief. »Was?«, fragte sie mit aufgerissenen Augen.

»Alles in Ordnung«, beruhigte Lysandra sie. »Es wird Zeit, wir müssen unser Lager abbrechen.«

Hagen und Falk schleppten gerade den murrenden

Bauern in die kühle Morgenluft und besprengten ihn mit kaltem Wasser aus ihren Trinkflaschen. »Wah, na gut, ich bin wach!«, schrie Luitgar. Dann kratzte er sich am Hinterkopf und bemerkte: »Hossa, da haben wir aber eine ganz schöne Unordnung angerichtet.«

Lysandra musste ihm zustimmen, als sie die erstarrten Körper betrachtete, die blutverschmiert auf der Erde lagen. Amber schien der Anblick zu entsetzen; sie musste sichtlich ein Würgen unterdrücken. »Was fangen wir mit ihnen an?« fragte sie schwach.

»Liegenlassen«, brummte Hagen mürrisch. »Du glaubst doch wohl nicht, dass ich für diese Halunken auch nur einen Finger krümme! Die haben nichts anderes verdient, als Futter für die Aasfresser zu sein.« Lysandra musste ihm Recht geben.

»Aber wenn hier jemand vorbeikommt?«

»Dann sieht er tote Wegelagerer«, antwortete Hagen der Bardin, »und meldet es entweder in der nächsten Stadt oder lässt sie liegen und verschimmeln. Ich werde ihnen jedenfalls nicht die letzte Ehre erweisen, da weiß ich Besseres mit meiner Zeit anzufangen.«

»Und was wird aus eurem toten Freund? Wohin wollte er? Ist es noch weit? Vielleicht könnte ich ihn mitnehmen?«, fragte Luitgar.

»Ich denke, das ist kein guter Einfall«, gab Falk zu bedenken. »Es ist zu weit, und Ihr könntet Euer Korn nicht mehr verkaufen, wenn bekannt würde, dass ein Toter darauf gelegen hat. Wir müssen ihn hier begraben, denn die Zeit, ihn nach Hause zu bringen, ist uns nicht vergönnt.«

»Was, wir sollen ihn hier, zwischen all den Verbrechern begraben?«, entrüstete sich Lysandra.

»Falk hat Recht. Wer weiß, wie lange er sich hält? Wir können keine halb verweste Leiche auf einem Kornkarren herumkutschieren oder auf einem Pferd durch die Gegend schleppen. Das gibt Ärger und ist auch nicht gerade eine ehrbare Behandlung für einen Toten«, meinte

Hagen sachlich, verstummte jedoch, als aus Ambers Richtung ein würgendes Geräusch kam. Die Bardin schlug sich die Hände vor den Mund und rannte hinters Zelt. Einen Augenblick später hörte man, wie sich der Inhalt ihres Magens auf die Wiese ergoss.

Die anderen sahen sich verlegen an. »Wir müssen mehr Rücksicht auf sie nehmen, sie hat ein zartes Gemüt!« Lysandra strich sich die widerspenstigen Locken aus der Stirn und beschloss, das Ruder in die Hand zu nehmen. »Wir werden folgendermaßen vorgehen: Luitgar, du baust das Zelt ab und machst uns Frühstück, Hagen hilft dir dabei. Zuvor hebt ihr Rondrim vom Wagen. Ich werde ihn später für die Bestattung zurechtmachen. Wir sind uns einig, dass wir ihn hier zurücklassen?«, fragte sie noch einmal nach und sah die anderen forschend an, erntete jedoch zustimmendes Nicken der Gefährten. »Gut. Falk, du gehst mit Amber zum Bach und füllst unsere sämtlichen Wasservorräte wieder auf. Vielleicht findet ihr unterwegs eine schöne Stelle, an der wir Rondrim zur Ruhe betten können.«

»Ein guter Vorschlag, Lysandra.« Falk lächelte sie an. Sie fragte sich, ob der Mistkerl etwas gemerkt hatte und sie nun absichtlich verunsicherte.

»Und was treibt Ihr so, o holde Herrin?«, fragte Hagen spöttisch.

»Ich«, entgegnete Lysandra fest, »tue das, was sonst keiner täte. Ich gehe auf die Suche nach nützlichen Gegenständen.«

Hagen zog die dunklen Augenbrauen zusammen, dann verstand er und nickte anerkennend. Fleddern war ein notwendiges Übel, das gab auch er zu. Amber kam zurück und wurde von den anderen eingeweiht. Sie war sichtlich froh, mit Falk das Lager verlassen zu dürfen.

Lysandra wartete, bis die beiden außer Sichtweite waren. Dann erst begab sie sich zu den toten Körpern der Wegelagerer. Sie riss dem ersten zwei große Stoffstreifen aus dem Umgang, wickelte sie sich sorgfältig um die Hände und begann die Leichen, eine nach der anderen, zu untersuchen. Die Waffen waren wertlos, allesamt alt, schartig und verrostet. Nichts, was zu gebrauchen gewesen wäre. Sie leerte die Geldkatzen und nahm drei goldene Ringe und zwei silberne Ohrringe an sich, offensichtlich Beute früherer Überfälle. Einer hatte einen Beutel mit Tabak und einen weiteren mit Rauschkraut bei sich. Nachdem sie sich mit einem prüfenden Blick über die Schulter vergewissert hatte, dass Hagen sie nicht beobachtete, ließ sie das Rauschkraut in einer ihrer unzähligen Taschen verschwinden. Ein jüngerer Kerl mit vernarbten Gesicht hatte getrocknete Kräuter in ein kleines Leinentuch eingeschlagen und trug dieses in der Brusttasche seines Wamses. Lysandra nahm sie an sich und ging dann zögernd zum letzten Toten.

Gerks Blut hatte die schmucke rote Lederkleidung und auch das lange blonde Haar besudelt; es widerstrebte Lysandra, ihn anzufassen, doch sie zwang sich dazu. Seine Geldbörse enthielt ansehnliche dreißig Silberlinge und auch der schwere goldene Ohrring verdiente Aufmerksamkeit. Sie fingerte vorsichtig an der ärmellosen Weste und stellte fest, dass sie noch eine Innentasche hatte. Darin fand sich eine winzige hölzerne Schachtel und ein samtenes Beutelchen. Sie hielt die Schachtel auf Armeslänge von sich gestreckt und öffnete sie mit größter Vorsicht. Sie war ausgepolstert und nur in ihrer Mitte ruhte eine offensichtlich kostbare Glasphiole. Lysandra kniff böse die Augen zusammen. Sie konnte sich wohl vorstellen, welch tödliche Flüssigkeit in diesem gut geschützten Fläschchen verborgen war. In einem plötzlichen Aufwallen von Wut warf sie die Phiole gegen den Baumstamm, wo sie zerplatzte und die Flüssigkeit langsam den Baum hinabtopfte. Einen Herzschlag später schalt sie sich, ein derart kostbares Gut vergeudet zu haben. Trotzdem war sie zufrieden und konnte keine rechte Reue für diese Verschwendung empfinden. Sie tastete nach dem Samtbeutel und öffnete ihn behutsam. Wachs? Sie fühlte ungläubig mit dem Finger nach, aber der unförmige weißgelbe Klumpen, den Gerk an seinem Herzen getragen hatte, war tatsächlich nichts anderes als Wachs. »Komischer Mensch!«, murmelte sie, entschloss sich jedoch, das seltsame Gut mitzunehmen. Dann hob sie das silberne Rapier auf. Eine sicherlich recht kostbare Waffe. Aber sie konnte nicht damit umgehen und Falk würde sie sicherlich nicht nutzen wollen. Und um sie bis in die nächste Stadt mitzunehmen, war sie zu schwer und sperrig. So ließ sie das Rapier bedauernd wieder fallen und kehrte schließlich mit recht zufriedenem Gesicht zu den anderen zurück.

»Und, etwas Brauchbares gefunden?«, fragte Hagen ächzend. Er verlud gerade die Stangen des Marktstandes auf den Wagen. Die beiden waren fleißig gewesen und hatten das Lager bereits vollständig abgebrochen. Nur eine Wolldecke lag noch da, auf der Brot, Schinken und Käse ausgebreitet waren. Lysandra musste die Männer unwillkürlich loben, denn sie hatten einen Platz am Rande des Gebüsches gewählt, von dem man aus die Leichen gut außer Acht lassen konnte. Sie blickte auf die Lebensmittel und es kam ihr in den Sinn, dass Rondrim diese Sachen für sie besorgt hatte, damals, gestern, vor scheinbar hundert Jahren.

»Das eine oder andere habe ich wohl gefunden«, antwortete sie Hagen abwesend. »Ich werde es für uns aufbewahren, für ›Beuteverteilung‹ ist jetzt nicht der richtige Moment. Lasst uns essen, Amber und Falk kommen sicher auch gleich.« Sie nahm die Stoffstreifen wieder von den Händen und warf sie neben sich auf die Erde. Dann rieb sie die Finger nochmals gründlich an ihrem Rock ab. Warum kam sie sich nur immer so schmutzig vor, wenn sie Leichen durchsucht hatte? Obwohl dieses

Gefühl sie von nichts abhielt. Die Toten konnten ihre Sachen ohnehin nicht mit übers Nirgendmeer nehmen, da waren sie bei ihr wesentlich besser aufgehoben. Und bei Phex, es wäre eine Schande, das Zeug einem anderen zu überlassen, der weniger Skrupel hatte. Sie verdrängte die unangenehmen Gedanken und biss in ein Stück Käse. Er schmeckte köstlich.

Amber und Falk kamen mit dem Wasser zurück. Die Bardin sah schon wesentlich besser aus. »Wir haben einen schönen Platz gefunden. Einen kleinen Hügel am Bach. Er ist von Holunderbüschen gesäumt, die werden im Rahja sicher wunderbar blühen.«

»Ja, es ist ein schöner Platz«, stimmte Falk zu.

»Gut, dann wollen wir uns beeilen«, entschied Lysandra. Sie aßen hastig, denn keiner wollte länger als nötig an diesem Ort des Todes verweilen. Lysandra erhob sich und ging zu Rondrim hinüber. Sie befeuchtete ihre Stoffetzen mit Quellwasser und säuberte das schmutzverschmierte Gesicht des Toten und ebenso seine Hände. Dann richtete sie notdürftig die Kleidung her, zog ihm den Waffenrock glatt und knöpfte das Hemd zu. Sie nahm ihren Hornkamm und frisierte das hellblonde Haar. Seine Augen hatten sich wieder geöffnet und so drückte sie sie abermals zu und legte zwei blank polierte Heller darauf. Schließlich säuberte sie noch die verspritzen Lederstiefel und richtete das Waffengehänge aus. Mit einem kritischen Blick betrachtete sie ihr Werk. Der Krieger sah so jung aus im Tod. Sie kniete kurz entschlossen nieder, befeuchtete die Erde mit etwas Wasser und malte aus Lehm ein Boronrad auf die Stirn des Jungen. »Ich hoffe, die Leuin hat dir vergeben. Möge Boron dir ewigen Frieden schenken«, flüsterte sie dabei mit heiserer Stimme. Dann stand sie auf, nahm sein Schwert und winkte den anderen. Hagen und Falk kamen mit einer festen Wolldecke herbei. Sie legten den Leichnam mit vereinten Kräften hinein.

»Es ist nicht weit bis zu der Anhöhe.« Falk packte die beiden Enden der Decke und verschlang sie zu einem Knoten. »Luitgar, würdet Ihr hierbleiben und auf Gepäck und Pferde Acht geben? Hagen und ich schaffen das auch zu zweit.«

Luitgar nickte und meinte, dann werde er schon mal die Ochsen anspannen und die Pferde satteln. Falk und Hagen packten jeweils ein Ende der Decke an dem dicken Knoten und zogen los. Obgleich es wirklich nicht sonderlich weit war, keuchten sie unter der Last, als sie den Hügel erklommen hatten. Es war ein schönes, ruhiges und geschütztes Fleckchen! Während die Männer das noch immer feuchte Erdreich ausgruben, legte Lysandra Rondrim sein Schwert auf die Brust. Sie faltete seine Hände darüber und band sie mit einem schmalen Streifen fest, den sie aus ihrem Unterrock gerissen hatte. Amber legte ihm einen Strauß kleiner weißer und blauer Blüten auf die Brust. Dann nahmen sie Abschied, strichen beschämt über die kalten Hände und flüsterten ein Lebewohl. Sie fassten die Enden der Decke und legten den Körper in die Grube. Mit vereinten Kräften scharrten sie das Erdreich zusammen. Bald hatten sie einen ansehnlichen Hügel zusammengetragen, den Amber mit ihren restlichen Blüten bestreute. Dann standen sie einen Moment lang ruhig am Grab des Kriegers. Vergib uns unsere Hartherzigkeit! bat Lysandra stumm. Eine seltsame Stimmung von verlegener Traurigkeit und nachdenklichem Schuldbewusstsein breitete sich aus, als sie an der letzten Ruhestätte des ihnen so unbekannten und letztlich auch ungeliebten Weggefährten standen.

Da kniete Falk nieder und umklammerte mit der Hand wieder jene Münze, die er nach Rondrims Tod behalten hatte. »Ich schwöre, hier an deinem Grab, dass ich, Falk von Eslebonè, deine Tat und deinen Tod niemals vergessen werde. Sobald meine jetzige Aufgabe beendet ist, werde ich deine Eltern aufsuchen und ihnen vom Tod ihres Sohnes erzählen und wie sich alles zugetragen hat. Das schwöre ich.« Falk stand wieder auf und plötzlich erhob Amber ihre Stimme und sang das alte Todeslied, die melodische Weise, die schon an so vielen Gräbern zur Ehre der Toten erklungen war.

»Trauer und Schmerzen
In unseren Herzen!
Schwärzester Tag, da wir ehren dein Grab!
Schwärzester Tag, da wir ehren dein Grab!

Golgaris Schwingen
Fort dich schon bringen.
Ruhe in Frieden, mein Freund, wir dich lieben!
Ruhe in Frieden, mein Freund, wir dich lieben!

Fluch sei der Stunde,
Die bracht Todeskunde!
Nur Einsamkeit und Erinnerung bleibt!
Nur Einsamkeit und Erinnerung bleibt!

Dunkelster Traum
Deinen Tod ließ uns schaun.
Warum es musst sein, das weiß Boron allein!
Warum es musst sein, das weiß Boron allein!

Und sie sang weiter, alle Strophen des langen traurigen Liedes. Und als das letzte Wort verklungen war, drehten sich die Gefährten schweigend um und gingen.

Kapitel 9

Luitgar wartete bereits auf sie. Er saß reisefertig auf dem Bock seines Wagens. »Begleitet ihr uns noch den heutigen Tag?«, fragte er und ordnete sorgfältig die Zügel seines Gespanns.

Falk schüttelte den Kopf. »Wir sind bereits spät dran. Wir müssen versuchen, wenigstens einen Teil der versäumten Zeit nachzuholen. So gern wir noch eine Zeitlang mit Euch reisen würden, wir kommen schneller voran, wenn wir allein reiten. Zumal wir nun auch genügend Pferde haben.«

Luitgar nickte verständnisvoll und verabschiedete sich mit einem herzlichen Handschlag von ihnen. Lysandra drückte ihm ein Beutelchen in die Hand. Es enthielt das erbeutete Rauschkraut. Der Bauer roch daran, bedankte sich erfreut und steckte es mit einem seligen Lächeln ein. Amber umarmte die Gefährten und nahm ihnen nochmals das Versprechen ab, vorsichtig zu sein. Sie war der festen Überzeugung, dass man sich bald wiedersehen werde, das habe sie im Gespür. Dann zogen die Ochsen schwerfällig an, der Wagen rollte los und war bald außer Sichtweite.

Lysandra warf einen kritischen Blick auf die Pferde. Luitgar hatte dem Packpferd die ganze Last aufgebürdet, sodass die zwei Reittiere nur den Sattel zu tragen hatten. Damit war die Sache klar: Auf dem Packpferd konnte keiner reiten, abgesehen davon, dass es keinen Reitsattel trug. Lysandra sah Falk und Hagen fragend an; die beiden grinsten unverschämt. Männer! »Wer mit wem?«, fragte sie betont beiläufig und ihre rechte Braue schnellte wieder einmal unwillkürlich in die Höhe.

Hagen und Falk tauschten einen Blick, woraufhin Hagen einen hilflos-flehenden Gesichtsausdruck zur Schau stellte. Sie rümpfte die Nase. »Mein lieber Hagen, du scheinst dir ja ganz schrecklich zu wünschen, dass ich bei dir mitreite. Dieser sehnsuchtsvolle Blick! Ich muss sagen, ich bin angenehm überrascht, mein Lieber.«

Hagen knirschte mit den Zähnen. »Ich glaube, es wäre besser, wenn du mit Falk reitest«, sagte er dann. »Ich kenne Rondrims Pferd noch nicht und bin auch ziemlich lange nicht mehr geritten. Ich bin völlig aus der Übung und ritte doch lieber allein.«

Lysandra unterdrückte ein Seufzen. Sie wollte nicht mit Falk reiten, unter gar keinen Umständen!

»Es ist mir eine besondere Freude, Eure Gesellschaft genießen zu dürfen, Werteste«, sagte Falk in diesem Augenblick. Nun war jeder Widerstand zwecklos und Lysandra ergab sich seufzend in ihr Schicksal. Falk stieg auf. »Möchtet Ihr lieber vor oder hinter mir sitzen?«, fragte er dann von oben herab. Seine verfluchten, stechenden Augen blitzten belustigt.

Lysandra überlegte. Vielleicht lieber hinten? Da bekäme sie nicht so viel Staub ins Gesicht. Aber dann fiel ihr ein, dass dieser unmögliche Liebfelder sicherlich ihr ungebührlich schnell pochendes Herz spüren könnte, immerhin müsste sie ihren Körper an den seinen pressen und … »Vorn!«, bestimmte sie entschieden.

»Na dann los!« Falk packte ihren Arm und zog sie hoch.

»Auf geht's!«, befahl Hagen gut gelaunt und ließ seinen Fuchs antraben. Das Packpferd zuckelte seitlich neben ihm her. Von wegen, lange nicht mehr geritten, dachte sie erbost. Elender Lügner!

Sie kamen nun, da sie alle beritten waren, wesentlich schneller voran. Der Praiosschild stand recht hoch am Himmel und ein leichter Luftzug kühlte ihre Gesichter.

Zu ihrer Linken erstreckte sich dunkel und unheimlich der Reichsforst. Die mit Moos bewachsenen mächtigen Stämme standen ungewöhnlich dicht und selbst die hellen Strahlen der Praiosscheibe vermochten die beklemmende Düsternis nicht zu durchdringen. Es war seltsam still. Kein Rascheln, kein Zwitschern und kein Fiepen begleiteten den dumpfen Klang der auf dem Lehmboden auftreffenden Hufe.

Der Reichsforst machte seinem schlechten Ruf mit diesem unfreundlichen Auftritt alle Ehre, stellte Falk fest. Trotzdem gefiel ihm der Ritt. Er war ein ganzes Stück größer als Lysandra und konnte mühelos über ihren Kopf hinwegsehen. Dass ab und an eine rote Locke in sein Gesicht wehte, störte ihn nicht. Im Gegenteil, er genoss es, den Geruch ihres Haares in sich aufzunehmen: Salz und eine Spur Lavendel, eine ungewohnte und doch köstliche Mischung. Und er fand es auch durchaus nicht unangenehm, ihre schmale Taille mit seinem Arm umfassen zu dürfen. Er spürte, wie sie unruhig wurde, und verstärkte seinen Griff. »Ist es sehr unbequem für Euch?«, fragte er besorgt.

»Nein«, erwiderte sie unwirsch, »ich bin schließlich nicht aus Zuckerwerk. Aber Ihr schnürt mir die Luft ab, wenn Ihr mich so fest haltet.«

»Ich glaube eher, du hast dein Mieder zu eng geschnürt und deine Eitelkeit raubt dir jetzt den Atem«, stellte Hagen grinsend fest und fügte leise hinzu: »Die hat mir übrigens auch schon immer den Atem geraubt.« Er kicherte albern.

Mir raubt etwas ganz anderes den Atem, dachte Falk und wischte sich eine widerspenstige rote Locke aus dem Gesicht.

»Hagen, mein Lieber, ich weiß, dass du die Augen nicht von mir lassen kannst«, erwiderte Lysandra mit einem zuckersüßen Lächeln. »Schon aus diesem Grund war ich verpflichtet, dir gestern das Leben zu retten.

Da ich doch sonst einen so treuen Verehrer verloren hätte.«

Hagens Lachen brach unvermittelt ab und seine Miene verdüsterte sich. Er brummte etwas Unverständliches in den wild wuchernden Bart.

»Das Leben gerettet?« Die Frage trug Falk einen bitterbösen Blick des Söldners ein.

»Oh, Ihr wisst davon noch gar nicht?«, vergewisserte Lysandra sich entzückt. »Dann soll es mir eine Freude sein, in aller Kürze darüber zu berichten.« Es folgte eine stark geschönte und wortreiche Schilderung der Ereignisse, die Hagen mit einem missmutigen Schnauben begleitete.

»Welch eine außergewöhnliche Leistung«, lobte Falk artig.

»Ja, nicht wahr?«, stimmte ihm Lysandra begeistert zu. Dann ergänzte sie mit einem Seitenblick auf den schlecht gelaunten Söldner: »Und Hagen ist nun ganz außer sich vor Dankbarkeit, nicht wahr, mein Bester?«

Hagen gab einen gequälten Laut von sich, bevor er ärgerlich brummte: »Ich werde mich bestimmt bald erkenntlich zeigen.

»Nicht, wenn ich es irgendwie verhindern kann.« Lysandra schenkte ihm einen reizenden Augenaufschlag, den Hagen mit einem unverständlichen Geräusch quittierte.

»Ich unterbreche euer angeregtes Gespräch nur ungern«, meldete sich Falk zu Wort, »aber dort vorn beginnt der Jägerpfad, von dem ich erzählt habe. Seht ihr, dort führt der Pfad von dem Weg ab in den Wald.« Er deutete auf eine Stelle, einige Schritt voraus.

»Dann reiten wir jetzt in den Forst?«, fragte Lysandra kleinlaut nach. Der Liebfelder nickte. Dann fiel ihm ein, dass sie ihn nicht sehen konnte, und holte es mündlich nach.

»Du hast doch nicht etwa Angst, oder?«, fragte Hagen

mit einem lauernden Seitenblick. »Hat dir die kleine Bardin doch Flöhe ins Ohr gesetzt.«

»Natürlich habe ich keine Angst, du redest wieder einmal Karenmist«, zischte Lysandra zurück.

»Und selbst wenn dem so wäre, ist es irrelevant«, bestimmte Falk. »Wir sind spät dran, also reiten wir durch den Forst! Ein für alle Mal! Und wenn wir entsprechend wachsam sind, tun wir wohl allen begründeten und unbegründeten Warnungen Genüge.« Er lenkte sein Pferd auf den Pfad.

»Aber ich habe überhaupt keine Angst«, beharrte Lysandra störrisch. Falk seufzte und fing ein wissendes Grinsen von Hagen auf.

Die Sonne stand im Zenit, als sie den Forst betraten. Mit einem Schlag wurde es stockfinster. Einen Augenblick lang verharrten die Gefährten, konnten ihre geblendeten Augen doch nichts erkennen als Schwärze, durchzogen von grellen purpurfarbenen Flecken. Nach einer Weile jedoch hatten sich ihre Augen an das Dämmerlicht gewöhnt und sie setzten ihren Weg fort. Der Pfad war schmal und wurde nur spärlich von einzelnen Sonnenstrahlen erhellt, die durch das dichte dunkelgrüne Blätterdach gedrungen waren.

»Wir werden heute nicht mehr weit kommen«, prophezeite Hagen. »Wenn es jetzt schon so düster ist. Sobald die Sonne sich neigt, wird es hier stockfinster sein.«

»Dann sollten wir uns beeilen«, erwiderte Falk trocken.

»Seltsam«, fuhr Hagen ungerührt fort, »das Blätterdach ist so dicht und undurchdringlich. Es ist doch Ingerimm, da sollte es eigentlich noch recht licht sein und die Blätter gerade erst das Knospen beginnen. Die Götter meinen es zwar heuer gut mit uns und es ist ein mildes Frühjahr, aber eigenartig finde ich diese Blätterdichte schon.«

Die Pferde kamen nur in Schrittgeschwindigkeit vorwärts. Der Pfad wand sich unübersichtlich durch die Wildnis und sie waren gezwungen, hintereinander zu reiten. Die Bäume neigten drohend ihre mächtigen Krone und die verwachsenen Büsche versuchten sie mit ihren langen, gierigen Fingern aufzuhalten. Noch immer drang kein Laut aus dem düsteren Dickicht abseits des Weges, nur die Pferde schnaubten unruhig. Lysandra schauderte unwillkürlich. »Eine wirklich ungemütliche Gegend. Kein Wunder, wenn es über diesen Wald so viele unheimliche Sagen gibt. Ich bin froh, wenn wir wieder draußen sind.«

»Ich auch«, gab Falk zu und Lysandra flüsterte: »Ich habe ständig das Gefühl, beobachtet zu werden. Und dann diese widernatürliche Stille!«

»Nun hör schon auf mit deinen Schauermärchen«, unterbrach sie Hagen. »Dir ist es zu still? Dann sollten wir etwas essen, da können wir wenigstens unserem Schmatzen lauschen.«

Falk lachte und zügelte sein Pferd. Er stieg vorsichtig ab, ging zum Packpferd und kramte in den ledernen Satteltaschen herum. Nach kurzer Zeit zog er Brot, Käse und Räucherschinken hervor, schnitt drei große Stücke ab und gab sie an die anderen beiden weiter. Dann verstaute er die Nahrung wieder und schwang sich auf seinen Rappen. »Wir können im Reiten essen.« Er nahm von Lysandra seinen Anteil in Empfang und trieb sein Pferd mit Schenkeldruck und Zungeschnalzen an.

»Immer der gleiche Fraß!«, beschwerte sich Lysandra. »Wie ich es hasse. Brot, Schinken, Käse. Schinken, Käse, Brot. Als Krönung des Tages Dörrfleisch und Bohnen. Und das tagein, tagaus. Wie soll man da denn seine gute Laune behalten?«

»Ich hätte von vorgestern noch einen verschrumpelten Apfel abzugeben«, bot Hagen mit angewidertem Gesichtsausdruck an.

»Danke, mir ist schon schlecht.« Lysandra machte eine ablehnende Geste und ließ dabei fast ihren Käse fallen. Lediglich eine halsbrecherische Verrenkung des Liebfelders rettete den Leckerbissen.

»Ich weiß gar nicht, was ihr wollt«, grinste er. »Das ist das Leben eines Abenteurers, nach dem sich jeder zwölfjährige Junge sehnt. Der Geschmack von Freiheit und Abenteuer sollte euch das Mahl doch wohl versüßen. Wen kümmern schon so lächerliche Dinge wie Essen, wenn man auf großer Fahrt ist?«

»Den Jungen möchte ich sehen, der nach wochenlangem Dörrobst- und Rauchfleischfraß noch Lust auf Abenteuer hat«, knurrte Hagen verdrießlich.

Obwohl sie sich so beeilten, hatten sie das Gefühl, kaum voranzukommen. Liegt wohl an diesem seltsamen Wald, überlegte Hagen versonnen. Ein Baum sah aus wie der nächste und ein Strauch glich dem andern bis auf den letzten Zweig. Kein bunter Fleck weit und breit, überall nur dieses dunkle Grün und bedrückende braunschwarze Flecken dazwischen. »Wenn das so weitergeht, müssen wir mitten auf dem Weg rasten«, sagte Hagen nun laut. »Bisher sind wir an keiner Lichtung vorbeigekommen und ich glaube nicht, dass wir bald auf eine treffen werden.«

»Nun, das hört sich doch nach einer weiteren gemütlichen Nacht an«, bemerkte Lysandra. Auch Hagen war nicht unbedingt entzückt. Sie alle waren erschöpft von den Wirren der letzten Nacht; keiner von ihnen hatte sich wirklich ausruhen können. Sein Schädel schmerzte wie nach einer durchzechten Nacht, nur dass er sich diese Leiden nicht mit den Erinnerungen an ein feuchtfröhliches Gelage versüßen konnte. Ja, das wäre etwas gewesen: ein kühler Gerstensaft, eine vollbusige Wirtstochter und ein duftender Heuboden. Er seufzte traurig. Er wurde das ungute Gefühl nicht los, dass es noch eine ganze Weile dauern könnte, bis er sich den Freuden des Lebens wieder hingeben durfte. In der Zwischenzeit kam er in den zweifelhaften Genuß, sich mit kalten Waldböden, Dornen im Genick und rothaarigen Hexen herumschlagen zu müssen. Er konnte sich nur nicht entscheiden, was davon das Schlimmste war. Sein Pferd stolperte müde über eine knorrige Wurzel und riss Hagen aus seinen trüben Gedanken. Das dämmrige Licht verblasste noch mehr. Er hatte jedes Zeitgefühl in diesem verfluchten Wald verloren; anscheinend neigte sich der Praioslauf schon dem Ende entgegen.

»Wir müssen bald eine Stelle suchen, an der wir nächtigen können. Nicht mehr lange, und es ist völlig dunkel«, bemerkte auch der Liebfelder in diesem Moment. Missmutig mussten sie jedoch feststellen, dass es einfach keinen geeigneten Platz zu geben schien. Der Weg war zwar etwas breiter geworden, es bot sich jedoch keine geschützte Stelle oder Lichtung für ein Nachtlager an. Dornige Büsche und wildes Gestrüpp wucherten zwischen den hohen Bäumen und kein moosbewachsenes lauschiges Plätzchen ließ sich finden, das zum Verweilen einlud. Sie waren gezwungen, auf der einzigen Stelle zu lagern, die nicht von dem herrschsüchtigen Wesen des Waldes für sich vereinnahmt worden war: dem Weg.

»Steigen wir ab, wir werden keinen besseren Platz finden.« Hagen ließ sich ächzend vom Pferd gleiten und die andern beiden taten es ihm nach. Sie machten sich daran, ein einigermaßen gemütliches Lager aufzuschlagen. Während Hagen die Pferde versorgte und Falk ihr Gepäck ablud und die Schlaflager vorbereitete, entfachte Lysandra ein kleines Grubenfeuer, gerade groß genug, um den mit Wasser gefüllten Blechtopf samt Inhalt zu erhitzen. Sie warf getrocknete Beeren und allerlei seltsame Zutaten aus einem ihrer zahlreichen Beutel in den Topf und ließ den Sud einige Zeit ziehen. Dann nahm sie ein Stück mit braunen Flecken beschmutztes Tuch und siebte das Gebräu durch den Stoff in den Becher. Misstrauisch betrachtete Hagen das seltsame Getränk und schnüffelte vorsichtig daran. Es roch jedoch köstlich, erinnerte ihn seltsamerweise an den vergangenen Sommer. Er nahm vorsichtig einen Schluck. Es schmeckte besser als der süße Kräutertrank des Liebfelders, etwas herb, aber auch nach Früchten und ein klein wenig holzig. Es tat gut, die heiße Spur zu verfolgen, mit der es die Kehle entlang in den Körper rann. Sie aßen schweigend ein Stück Rauchfleisch mit Brot. Dann löschte Lysandra das Feuer. Keiner wollte mehr sprechen, denn Erschöpfung und Müdigkeit brachen wie eine erdrückende Welle über sie herein. Und mit einem Mal war die Dunkelheit da, mit der überraschenden Plötzlichkeit, wie sie sich beim Löschen einer Kerzenflamme einzustellen pflegt. Sie konnten sich gegenseitig nur noch schemenhaft erkennen, und das, obwohl sie nahe beieinander saßen. Unwillkürlich rückten die Gefährten enger zusammen, als könne die Nähe ihnen Trost spenden. Hagen hätte es nicht für möglich gehalten, aber tatsächlich beruhigte es ihn, Lysandras roten Lockenkopf neben sich zu wissen.

»Die Frage bezüglich einer Nachtwache hat sich hiermit wohl erledigt«, stellte Falk flüsternd fest. »Wir würden ohnehin nichts und niemanden erkennen.«

»Abgesehen davon, dass ich einem Räuber nichts als mein Gähnen entgegenzusetzen hätte«, murmelte Hagen müde zurück.

Lysandra kicherte leise. »Das kann bei deinem Mundgeruch auch schon tödlich sein, Hagen.«

»Witzig«, gab Hagen trocken zurück.

»Warum flüstern wir eigentlich?«, raunte Lysandra neugierig.

»Still jetzt!« Der Söldner gähnte betont auffällig. »Schlafen. Und zwar sofort! Gute Nacht.«

Wieder kicherte Lysandra albern. Sie gebärdete sich wie ein kleines Kind, fand er. Er legte sich auf seine

Decke und fand sich zwischen Lysandra und dem Liebfelder liegend, was ihm gar nicht so recht passte. Bei einem Angriff war er in der Mitte eingezwängt. Und wenn einer von den beiden nun im Schlaf ausschlug? Wenn sie jetzt auch stocksteif auf ihren Decken lagen, man konnte nie wissen! Hagen rekelte sich auf seiner Decke und gähnte laut, was Lysandra wiederum mit einem Kichern beantworte. Hagen beachtete sie nicht und beförderte einen Stein unter seiner Decke in die Dunkelheit. Nun war es leidlich bequem und er würde die Nacht wohl irgendwie überstehen. Er kuschelte sich in seine mollig warme Decke und schloss die Augen.

Hagen schreckte hoch. Er wusste nicht, was ihn aufgeweckt hatte, aber irgendetwas hatte ihn aus seinem süßen Schlaf gerissen. Der Söldner blickte verschlafen auf und sah genau in die gelbglühenden Augen einer riesigen Eule, die ihn anstarrte. Der Vogel hatte sich auf einem Baum gegenüber niedergelassen und schien Gefallen daran zu finden, ihn und seine Gefährten schamlos anzustieren. Er warf ein Steinchen nach dem Tier, was dieses mit einer widernatürlichen Drehung seines beunruhigenden Kopfes und einem hochmütigen Klackern beantwortete. Hagen streckte die verspannten Glieder. Mit einem Seitenblick auf seine Gefährten konnte er sich ihres tiefen Schlafes versichern. Der Söldner gähnte und wollte sich gerade wieder hinlegen, um es ihnen gleichzutun, als ihn plötzlich die Erkenntnis überkam, dass etwas hier war, etwas, das seiner ganzen Aufmerksamkeit bedurfte. Eine Gegenwart, die ihm einen kalten Schauer über das Rückgrat jagte. Die Nackenhaare stellten sich ihm unwillkürlich auf, sein Herz pumpte mit rasender Geschwindigkeit das Blut durch den Körper. Mit einem Schlag war er hellwach. Er griff ganz langsam nach dem Langschwert an seiner Seite und blickte sich lauernd um. Es war absolut nichts zu erkennen. Praiosverdammter Wald! fluchte Hagen innerlich. Sie lagen hier wie auf einem silbernen Tablett, der Gegner musste nur zugreifen, um seinen Appetit zu stillen. Er spürte ein Prickeln im Nacken. Blitzschnell sprang er auf und drehte sich noch im gleichen Herzschlag um, dem vermeintlichen Gegner entgegen. Aber hinter ihm war nichts. Hagen atmete tief durch, versuchte seinen Herzschlag zu beruhigen, der ihm übermäßig laut in den Ohren dröhnte. Er schimpfte sich gerade einen überängstlichen Narren, als etwas zu seiner Rechten auftauchte, gerade am äußersten Rand seines Gesichtsfeldes. Er tat so, als hätte er es nicht gesehen, dann wandte er unvermittelt den Kopf nach rechts. Alles, was er erkennen konnte, war jedoch ein schwaches Glühen zwischen den Bäumen. Man konnte es kaum als Licht bezeichnen, vielmehr war es die Ahnung eines Glühens, der Widerhall eines Lichtes, gerade noch mit dem bloßen Auge wahrzunehmen.

»Was zur Niederhölle ist das?«, murmelte Hagen und tat vorsichtig zwei Schritte in die Richtung der Erscheinung, ohne jedoch sein Schwert zu senken. Er kniff die Augen zusammen und versuchte angestrengt, etwas zu erkennen. Für einen Fackelschein war das Licht zu weißlich. Es glomm eher wie ein vom Himmel gefallener Stern, in der gleichen, fast bläulichen Helligkeit. Hagen ging noch ein paar Schritte auf das Licht zu, achtete aber darauf, auf dem Weg zu bleiben. Das Leuchten hüpfte aufgeregt hin und her und kam schließlich ein klein wenig näher. In Hagens Kopf erklang ein fast unmerkliches Summen. Es hörte sich an wie der Flügelschlag einer dieser dicken gelben Hummeln, die es im Sommer immer auf seinen Honigwein abgesehen hatten. Wieder hüpfte das Licht ein Stückchen auf ihn zu. Komm nur her, du Biest, dachte Hagen grimmig, mein Schwert wird dir schon zeigen, was du davon hast, Spielchen mit mir zu treiben. Nun näherte sich der Lichtpunkt so weit, bis er nur noch einige Schritt von ihm entfernt verharrte. Hagen starrte den Punkt an und zunächst schien es ihm, als handle es sich tatsächlich nur um eine faustgroße weißglühende Lichtkugel, die da vor ihm auf der Höhe seines Gesichtes schwebte. Er starrte angestrengt in das bläuliche Zentrum der lichten Erscheinung, bemüht, einen Punkt zu finden, den er notfalls mit dem Schwert angreifen konnte. Das Ding schien zu zittern, und Hagen erkannte, dass es beileibe nicht von einfachem Weiß war. Nein, nun erzitterte es in den schillernden Farben des Tsabogens. Aber er musste schon ganz genau hinsehen, um diesen Hauch eines köstlichen Farbenspiels erkennen zu können. Unwillkürlich musste er an die zerbrechliche Pracht der Seifenblasen denken, die dem Trog seiner Mutter am Waschtag entstiegen waren. Er hatte als Kind immer versucht, sie zu fangen, es aber nie zustande gebracht, ohne die Kostbarkeit zu zerstören. Später hatte er es aufgegeben, aber die herrlichen Blasen hatten nie den Zauber für ihn verloren. Mit einem Mal wurden die Farben kräftiger, leuchtender; sie drehten sich schnell und schneller, veränderten sich, flossen ineinander. Das Licht strahlte eine wohlige Wärme ab. Hagen war von dem wunderbaren Farbenspiel gefangen. Plötzlich glühte das Licht auf und das grelle Leuchten blendete Hagen so sehr, dass er die Augen schließen musste. Nach einem Augenblick öffnete er sie vorsichtig wieder – und erstarrte. Das Schwert entglitt seinen kraftlosen Fingern. Wie zum Namenlosen hatte er sich so täuschen können? Waren denn seine Sinne so verwirrt? Hatte dieser Wald ihn so verzaubert, die Müdigkeit ihn blind gemacht? Es war natürlich gar kein Licht, das da vor ihm stand. Wie hatte er das nur jemals denken können? Er schüttelte, entsetzt über seinen Unverstand, den Kopf. Es war eine Frau, eine Frau, die er von früher kannte. Zumindest schien sie ihm wohltuend bekannt und vertraut. Er hatte das Gefühl, dass es richtig war, sie hier zu sehen, richtiger als irgendein seltsames Licht, von dem er wahrscheinlich ohnehin nur geträumt hatte. Die atemberaubende Schönheit vor ihm lächelte ihn an. Ihr blondes Haar war zu einem Knoten aufgesteckt, aus dem sich aber in der Hast der Arbeit schon zahlreiche Strähnen gelöst hatten. Sie wirkte verschwitzt und ihre runden Wangen waren gerötet, die haselnussbraunen Augen leuchteten sanft in dem gebräunten Gesicht. Ein winziges Grübchen zierte die Spitze des runden Kinns. Hagen bewunderte ihre wunderbar ausladend gerundeten Hüften und die drallen kräftigen Waden, die unter dem zu kurzen braunen Rock hervorlugten. Am meisten hatte es ihm jedoch die schulterfreie weiße Bluse angetan. Nun ja, eigentlich gefielen ihm vielmehr die großen und äußerst wohlgeformten Brüste, die darunter mehr oder minder gut verborgen waren und mit ihrer fleischigen Masse den dünnen Stoff des Hemdchens fast zu sprengen drohten. Gebannt beobachtete er den tiefen Ausschnitt, der großzügig den Blick auf das pralle Fleisch freigab. Mit jedem ihrer Atemzüge hob und senkte sich die rosige Pracht verheißungsvoll. Welch eine Frau! Hagen vergaß alles um sich herum, er war völlig überwältigt von diesem Anblick. Die Frau lachte keck, schürzte neckisch ihre Röcke und lief ein paar Schritte vor ihm davon, was gewisse Stellen ihres üppigen Körpers vielversprechend zum Schwingen brachte. »He, warte auf mich!«, rief ihr Hagen hinterher, aber sie kicherte nur, drehte sich um und sprang weiter. Ihre dünne Bluse rutschte bei dieser neuen Belastung noch ein ganzes Stück tiefer. Hagens Augen brannten. Sein Körper bebte, bedrängte ihn stürmisch, diesem wunderbaren Geschöpfe zu folgen, um endlich, endlich ihr warmes Fleisch mit all seinen Sinnen kosten zu dürfen. Schließlich versank sein Bewusstsein in nebliger Gleichgültigkeit und sein nach Befriedigung lechzender Körper übernahm die Führung. Der Söldner rannte hinter ihr her.

Kapitel 10

He, warte auf mich!«, Hagens Stimme riss Lysandra unsanft aus ihren Träumen. Sie war gerade in Grangor gewesen, hatte in duftende Seidengewänder gehüllt auf einem Ball getanzt, das süße Spiel der Maskerade genossen. Nur widerwillig öffnete sie die Augen, ärgerlich über die Störung. Neben ihr setzte sich auch Falk auf. Hagen stand am Wegesrand und starrte in den nachtschwarzen Wald. Er wandte den Gefährten den Rücken zu, sodass Lysandra nicht erkennen konnte, was es dort Besonderes zu sehen gab.

»Hagen!«, rief sie verschlafen. »Was tust du da?« Der Söldner antwortete nicht. »Hagen!« Lysandra schrie lauter, der Söldner schien sie jedoch nicht zu hören. Plötzlich sirrte ein kleiner Lichtpunkt von Hagen aus in Richtung Wald. Der Söldner stand einen Herzschlag lang reglos, dann stürmte er hinterdrein. Wie ein wilder Eber brach er durch das Dickicht; die Dornen und Zweige konnten ihn nicht aufhalten.

»Hagen!«, brüllte nun auch Falk, aber der Söldner kümmerte sich nicht um seine Gefährten, sondern stürmte prasselnd in das Dunkel. »Verdammt«, fluchte der Liebfelder ungewohnt derb, »das hat uns gerade noch gefehlt.«

»Was jetzt?« Lysandra war ratlos.

»Ich muss hinterher und ihn irgendwie zur Vernunft bringen, zurückholen.« Falk packte sie an den Schultern und sah sie eindringlich an. »Du bleibst hier und bewachst Pferde und Lager.« Lysandra nickte. »Was du auch siehst, bleib hier und pass um der Götter willen auf dich auf! Amber hatte Recht: In diesem Forst geschehen ungewöhnliche Dinge, wir müssen uns in Acht nehmen.« Lysandra schluckte beklommen.

Falk ließ sie los, ergriff sein Rapier und rannte in den Wald, der Bresche folgend, die Hagen geschlagen hatte. Lysandra setzte sich neben die Pferde und umschlang die Knie mit den Armen. Sicherheitshalber zog sie Hagens Axt zu sich heran. Dann wartete sie. Es war nicht gerade angenehm, allein in diesem unheimlichen Wald zu sitzen. Die Angst nistete sich mit einem bohrenden Gefühl in ihrem Magen ein und machte es sich dort so bequem wie eine fette Bremse auf einem Pferdehintern – und genauso lästig. Wer wusste schon, welche Ungeheuerlichkeiten dort in der Dunkelheit lauerten? Sie legte vorsichtshalber die Hand um den Griff der mächtigen Axt. Vielleicht, überlegte sie besorgt, sind die anderen beiden nur weggelockt worden, damit irgendwelche menschenfressenden Unholde sie fangen konnten. Damit ein hungriges Monster sich ihres weichen und sicherlich köstlichen Fleisches bemächtigte. Lysandra schauderte. Bildete sie es sich nur ein, oder lauerte da wirklich die verzerrte Gestalt eines Trolls im Baumschatten? Und dort, war das ein moosüberwachsener Baumstumpf oder die haarige Fratze eines Schwarzpelzes, der sie als Opfer für seinen Blutgott auserkoren hatte? Irgendwo im Wald knackte es. Lysandra fuhr zusammen und starrte angestrengt in die Dunkelheit. Da war aber nichts. Oder vielleicht doch? Huschte da nicht ein Schemen über den schmalen Weg, etwas Blinkendes, Glänzendes in der Hand? Und grinste dort nicht ein Waldschrat hungrig aus einem Erdloch?

Gut, es gab zwei Möglichkeiten! Lysandra atmete tief durch. Entweder sie würde sich weiter ängstigen und in jedem possenhaften Schatten ein schauerliches Untier sehen, oder sie dachte jetzt sofort an etwas Angenehmeres, um sich abzulenken. Mühsam versuchte sie die Erinnerungen an ein gelungenes Geschäft heraufzubeschwören oder an eine besonders illustre und feudale Festlichkeit in Gareth. Aber es wollte ihr nicht so recht gelingen. Zu unheimlich war dieser Wald, als dass sie sich damit trösten konnte. Wieder drang ein unerklärlicher Laut aus dem Forst. Lysandra versuchte, nicht darauf zu achten. Ihr Blick fiel auf Falks Reisegepäck neben sich. Ihr fiel ein, dass er sie vorhin mit du angesprochen hatte! Sehr bemerkenswert, wie sie fand. Schließlich wahrte er sonst immer die Form. Ob das etwa bedeutete, dass er von ihr genauso angezogen wurde, wie sie von ihm?

Sie war so in Gedanken versunken, dass sie den leisen Gesang zunächst gar nicht bemerkte. Fein und weich hatte er sich an ihr Ohr herangeschlichen und nachdem die ersten Töne in ihrem Kopf erklangen, vergaß sie sofort die unwichtigen Dinge, denen sie eben noch nachgesonnen hatte. Es war ein trauriges Lied, das von einer sanften, wehmütigen Stimme getragen wurde. Es erzählte von Einsamkeit und Dunkelheit und von einer niemals endenden Suche. Von einer verlorenen Seele, die ins Untotenreich gegangen und nicht wiedergekehrt war, und von einer Liebe, die so lange schon vergessen schien, dass selbst die Sterne sich nicht mehr daran erinnern konnten. Lysandra tat das Herze weh, so unendlich war die Trauer in diesem Lied. Zugleich war es von überderischer Schönheit erfüllt. Sie dachte daran, dass Falk sie vor den Wesen dieses Waldes gewarnt hatte. Aber sie war sich sicher, dass er diese arme, verlassene Seele nicht gemeint haben konnte. Und sie ging ja auch nicht fort, sie saß ganz brav hier und hörte nur zu. Es schien ihr, als würde der Gesang ein wenig lauter. Sie lugte in die Richtung, aus der er kam, und glaubte, eine seltsam durchscheinende Gestalt zu sehen, die mit langem, wallendem Haar und wehendem weißem Gewand zwischen den Bäumen einher schritt. Lysandra hielt den Atem an und bewegte sich nicht. Sie schloss die Augen, damit die Erscheinung sie nicht weglocken konnte. Aber dem Gesang konnte sie sich nicht verschließen, zu tief war er bereits in ihr Herz gedrungen, hatte schon die verborgensten Saiten in ihr zum Schwingen gebracht. Tränen liefen ihr übers Gesicht, als die wunderbare Stimme weitersang. Sie sang vom Wind, der die Blütenblätter der welkenden Rose übers Meer trug, und vom Regen, der das Blut von den Schwertern der Gefallenen längst abgewaschen hatte. Sie klagte über die Unbarmherzigkeit Satinavs, der keinem von ihnen Bestand gönnte, und sie weinte über die zahllosen Frevel, die Sumus Leib ertragen musste. Eine Welle der Traurigkeit überkam Lysandra und mit ihr brach die Woge der Hoffnungslosigkeit über sie herein. Sie begann zu schluchzen, denn sie erkannte, dass es keine Erlösung geben konnte, weder für dieses einsame Wesen noch für sie selbst. Die Stimme sang weiter, suchte nach Trost, nach der zärtlichen Berührung liebkosender Worte. Sie schien nach Lysandra zu rufen, wollte das Leid mit ihr teilen. Auch Lysandra konnte in sich diese verzweifelte Sehnsucht nach Trost spüren, auch ihr Wille sammelte sich und suchte in schmerzlicher Hoffnungslosigkeit nach einem Sinn in der Schwärze der immerwährenden Vergänglichkeit. Der Klang der Stimme kehrte ihr Innerstes nach außen, legte ihre Seele bloß, brachte ihre Hilflosigkeit, ihre Angst und ihre unendliche Schwäche ans Licht. Es war wie ein Dolchstoß ins Herz, als sie die Nichtigkeit und Sinnlosigkeit ihres Daseins erkannte. Das Lied stimmte ihr zu, weinte jetzt auch um sie. Sie erkannte, dass sie ein Teil seiner Melodie war. Deinen Namen, bat das Lied flüsternd, nenn mir deinen Namen. Lysandra schluchzte gequält auf. Deinen Namen, damit ich ihn in mein Lied der Trauer aufnehmen kann! drängte die singende Stimme weiter. Du bist ein Teil von mir! Lysandra schlug verzweifelt die Hände vors Gesicht. Deinen Namen, deinen Namen! intonierte die Stimme immer wieder, schwoll zu orkanartiger Lautstärke an. Deinen Namen! Die Blätter der Bäume begannen zu zittern, die Büsche wanden sich in lautlosen Windstößen. Totes Laub tobte von unsichtbaren Stürmen gepeitscht durch die Luft. Deinen Namen! sang das Lied befehlend. Lysandra hob den Kopf; unaufhörlich rannen ihr die Tränen über die Wangen. Sie starrte todtraurig ins Nichts. »Lysandra«, flüsterte sie, »Lysandra.«

Falk stürmte hinter dem toll gewordenen Söldner her. Zweige schlugen ihm peitschend ins Gesicht und spitze Dornen bohrten sich in seine Hände, die einen Weg durch das dichte Gestrüpp zu finden versuchten. Er hatte in der Eile natürlich nicht daran gedacht, Handschuhe anzuziehen. Die Dunkelheit zerrte an seiner Seele; immer wieder stolperte er über dicke Wurzeln und moosbewachsene Steine. Hätte Hagen keinen so unglaublichen Lärm gemacht, wäre es ihm wohl unmöglich gewesen, seiner Spur zu folgen. Ab und zu hörte er den Söldner etwas rufen. Er verstand nicht genau, was Hagen rief, aber seine Sinne schienen verwirrt zu sein. Du musst ihn einholen, spornte Falk sich gedanklich an. Wer weiß, was ihn da hinter sich her lockt. Und je weiter sie sich vom Lager und voneinander entfernten, desto gefährlicher wurde es für sie alle. Falk holte Luft und lief los. Obwohl er fürchten musste, jeden Augenblick zu stürzen, beschleunigte er seine Schritte bis an die äußersten Grenzen seiner Kraft. Endlich sah er Hagens breiten Rücken und die langen Haare vor sich, die wie eine dunkle Fahne hinter ihm her wehten. Auch der Söldner war inzwischen etwas langsamer geworden; Falk hörte seinen schweren Atem. Der Liebfelder setzte an und sprang ihm von hinten in den Rücken. Die Wucht des unerwarteten Aufpralls riss den Söldner zu Boden. Und dann bedurfte es Falks ganzer Kraft, den Tobenden dort zu halten.

»Lass mich!«, fauchte der Söldner ihn an, »Sie wartet nicht auf mich, ich muss hinterher. Lass mich los, verdammt!«

»Wem willst du denn hinterher? Hier ist doch niemand!«

»Ja, bist du blind? Mach doch die Augen auf!« Hagens Gesicht bekam einen gebannten, schwärmerischen Ausdruck. Er sah an Falk vorbei auf etwas hinter dessen Rücken. »Sieh nur«, flüsterte er heiser, »ist sie nicht wunderschön? So muss Rahja selbst aussehen!«

Falk hörte plötzlich ein fast lautloses Summen in seinem Kopf und verspürte den unwiderstehlichen Drang, sich umzuwenden. Er starrte in die fiebrig glänzenden Augen des Söldners und sah darin die schwache Spiegelung eines hellen Lichtpunktes, der sich irgendwo hinter dessen Kopf befinden musste. Derselbe Lichtpunkt, so vermutete er, dem Hagen bis hierher gefolgt war. Er kämpfte gegen den drängenden Zwang, das Ding genauer zu betrachten, und einen Augenblick später war das Geräusch in seinem Kopf verstummt.

Hagen bäumte sich erneut wild auf. Zwar versuchte Falk weiterhin, ihn festzuhalten, aber Hagen war wesentlich stärker als er. Gut, dann eben anders, dachte Falk erbost. Er ließ von dem Tobenden ab und sprang behende auf die Füße. Auch der Söldner rappelte sich eilig hoch; Falk zog unauffällig den Dolch aus der Scheide an seinem Gürtel. Als Hagen versuchte, sich an ihm vorbei zu drängen, um seine Verfolgung fortzusetzen, hieb Falk ihm den Knauf seines Dolches auf den Hinterkopf und der Söldner brach besinnungslos zusammen. Volltreffer, dachte Falk nicht ohne Stolz. Er wischte sich mit dem Ärmel den Schweiß von der Stirn und steckte den Dolch zurück in die Gürtelscheide. Es würde wohl eine Zeitlang dauern, bis Hagen wieder bei Sinnen war. Und das im wahrsten Sinne des Wortes. Falk schnitt eine Grimasse; er wollte umgehend zum Lager zurückkehren!

Lysandra war schon viel zu lange allein! Er musterte Hagen und seufzte. Der Söldner war ein verdammt harter Brocken. Er war groß und kräftig gebaut. Es würde ein schönes Stück Arbeit werden, ihn zum Lager zu schleppen. Einen Moment lang spielte der Liebfelder mit der Versuchung, ihn einfach zurückzulassen und ihn am Morgen mit Lysandra zusammen abzuholen. Er verwarf den verführerischen Gedanken jedoch gleich wieder. Wer konnte schon wissen, was er am nächsten Tage vorfinden würde, wenn dieses geisterhafte Lichtwesen Hagen wieder in die Finger bekäme? Er fragte sich, was Hagen wohl gesehen hatte. Nun, irgendwann würde er es vielleicht erfahren. Falk rieb sich die verschwitzten Hände an der Hose ab, dann zerrte er den Söldner ächzend auf seinen Rücken. Götter, war der schwer! Der Liebfelder packte Hagen fest an den Armen, stapfte gebeugt davon.

Der Rückweg zog sich schier endlos dahin. Hagen schien mit jedem Schritt schwerer zu werden und es kostete Falk immer größere Mühe, ihn auf dem Rücken zu halten. Auch war es nicht einfach, den Weg zurück zu verfolgen. Dass der Söldner wie ein Berserker in den Wald gestürmt war, gereichte ihm jetzt, auf dem Rückweg, zum Vorteil, denn niedergewalzte Büsche und abgebrochene Zweige wiesen ihm den richtigen Weg. Falk verfügte nicht gerade über eine umfangreiche Sammlung an Flüchen, er kramte sie jedoch alle hervor und verteilte sie großzügig an seine Umgebung. Besonders reich bedachte er dabei die knorrigen Baumwurzeln, über die er ständig stolperte, sowie die zahlreichen Dornenzweige, die es auf sein Gesicht und die Hände abgesehen hatten. Er nahm sich fest vor, Hagen morgen nach neuen und befriedigenden Schimpfwörtern zu fragen, damit er besser gerüstet war, sollte er jemals wieder in eine solche verfluchte Lage geraten. Vorausgesetzt natürlich, er würde diesen Gewaltmarsch überleben. Als er endlich beim Lagerplatz eintraf, schienen ihm Jahrhunderte verstrichen zu sein. Erleichtert trat er auf den Weg, nur um feststellen zu müssen, dass Lysandra gerade dabei war, hinter der nächsten Biegung zu verschwinden. Falk stieß den schmutzigsten Fluch aus, den er kannte, ließ Hagen unsanft auf seine Decke fallen und rannte hinter Lysandra her. Er hatte sie schnell eingeholt, denn sie schritt langsam, fast verträumt, den schmalen Pfad entlang.

»Lysandra, was tut Ihr? Ihr solltet doch im Lager bleiben.« Falk packte sie an den Schultern und drehte sie zu sich um. Er erschrak, als er bemerkte, dass ihr Tränen über die Wangen rannen. »Was ist denn geschehen?«, fragte er entsetzt.

Aber sie sah ihn nur abwesend an und schüttelte den Kopf. Dann wandte sie sich um und wollte weitergehen. Falk versuchte, sie festzuhalten, aber ihre Kräfte schienen sich verzehnfacht zu haben. Sie setzte ihren Weg fort, als wäre er gar nicht da. Wie eine Schlafwandlerin schritt sie den Pfad entlang. Der Liebfelder bekam ihren Gürtel zu fassen und versuchte sie zu halten, aber sie riss sich los und einer ihrer zahlreichen Beutelchen fiel zu Boden. Falk hob ihn auf. Dann zog er seinen Dolch und hieb ihr, als er sie eingeholt hatte, den Knauf auf den Kopf. Aber sie schien den Schlag nicht einmal zu spüren und lief unbeirrt weiter. Dabei hielt sie den Kopf gesenkt und gelegentlich zuckten ihre Schultern unter lautlosem Schluchzen. Falk wusste nicht, was er noch tun sollte. Plötzlich drang eine leise Melodie an sein Ohr. Zuerst glaubte er an eine Sinnestäuschung, aber es war unverkennbar ein leiser Gesang, der in seinem Kopf erklang. Zu seiner Rechten vermeinte er eine durchscheinende weiße Gestalt zwischen den Bäumen hindurch gleiten zu sehen. Er hielt sich die Ohren zu und heftete den Blick starr auf Lysandra. Er rief ihren Namen und bat sie eindringlich, sie möge stehen bleiben, aber sie hörte nicht auf ihn. Der süße Gesang tastete sich zwischen seinen Fingern hindurch, drang durch den schmalen Spalt zwischen Ohr und Hand und gelangte wieder in seinen Kopf, bat ihn leise und schüchtern, doch zuzuhören: Es sei so traurig. Warum sei er so feindlich, so böse gesonnen? Falk fühlte sich plötzlich hartherzig und schuldig. Er nahm die Hände von den Ohren; dabei fiel Lysandras Beutel zu Boden. Das Lied erklang nun lauter und erst jetzt wurde sich Falk bewusst, wie lieblich und vollkommen es war. Die Stimme streichelte ihn sanft und berichtete voll süßer Traurigkeit, dass alles, was er kannte, vergehen würde, schmelzen würde wie der einst so majestätisch anmutende Gletscher in den unbarmherzigen Strahlen der Sonne. Er hob abwesend den Beutel auf und lauschte der singenden Stimme, die ihm klarmachte, dass jene, die gut waren, ebenso dahinfaulen mussten wie jene, die dem Bösen folgten, und dass das gefräßige Gewürm keinen Unterschied zwischen ihnen machen würde. Nein, schrie etwas in ihm auf, wehr dich verdammt noch einmal! Falk krallte unbewusst die Hand um den Beutel und dieser begann sich unter dem Druck seiner warmen Finger plötzlich zu verformen, der Inhalt seinem Griff nachzugeben. Falk öffnete ihn mühsam. Das Lied erzählte ihm von einem ungeborenen Kind, dessen Schicksal es war, mit dem Aufflackern seines Lebenslichtes das seiner zarten Mutter zum Erlöschen zu bringen. Wachs. Ein unförmiger Wachsklumpen. Die Überraschung in ihm vermochte die wachsende Traurigkeit in seinem Innern für einen kurzen Moment zu verdrängen. Wofür Wachs? Und selbst das dunkelrote Schimmern, das in der Lockenpracht vor ihm tanzte, selbst diese Pracht war dazu verdammt, zu grauem Staub zu zerfallen, klagte das Lied weinend in seinem Ohr. Wachs. Wie im Traum bewegte sich Falk; die Luft schien seltsam schwer geworden zu sein, kaum konnte er die Arme heben. Es fiel ihm unsäglich schwer, eine kleine Kugel aus dem nun schon handwarmen Wachs herauszulösen. Das Lied machte ihm sanft klar, dass es sinnlos war. Was er auch täte, was er bereits vollbracht hatte, all dies war ohne Sinn. Du hast Recht, stimmte sein Geist in entsetzter Erkenntnis dem Singen zu. Und mit der Erkenntnis zusammen schlug die Trauer wie eine erstickende schwarze Woge über ihm zusammen. Die Bewegung, mit der er das Wachs an sein Ohr führte, war mechanisch; kaum wusste er, dass er sie ausführte. Zu sehr war sein Geist erschrocken, sein Herz verletzt über das Ausmaß an Bitterkeit und Hoffnungslosigkeit, das sich ihm offenbarte. Das Lied stimmte in sein stummes Schreien ein. Nenn mir deinen Namen, sang es, und wenigstens ein Teil von dir wird unsterblich sein. Falk spürte das angewärmte Wachs kaum, das seine Finger ihm grob ins Ohr stopften. Deinen Namen, bettelte das Lied schluchzend, und du wirst niemals vergessen sein. Deinen Namen! Falks Kopf dröhnte. Die finstere Trauer befahl ihm, sich endlich mit dem Gesang zu vereinen, endlich die Bestimmung zu erfüllen, endlich seinen Namen zu nennen. Doch plötzlich ließ die Verzweiflung in ihm etwas nach. Das Lied wurde leiser. Er spürte, dass sein rechtes Ohr inzwischen dicht verschlossen war, kein Laut durchdrang die wächserne Mauer. Falk wurde sich seines Körpers wieder bewusst. Schnell formte er eine zweite Kugel und schloss damit das verzweifelte Drängen der Stimme vollständig aus seinem Kopf aus. Beruhigende Stille kehrte ein und mit ihr schwand die grausame Traurigkeit in seinem Innern. Der Liebfelder atmete tief durch, um sich von der Erinnerung an das Lied zu befreien. Die kalte Nachtluft drang ihm reinigend in die Lungen und füllte den Körper mit neuem Leben. Lysandra hatte sich währenddessen noch weiter von ihm entfernt. Er warf einen Blick in den Wald und sah wieder die durchscheinende Gestalt, wie sie im Schatten der Bäume wandelte. Kein Zweifel, der Gesang kam von ihr. Er eilte hinter Lysandra her und formte dabei hastig zwei weitere Wachskugeln. Sobald er bei ihr war, hielt er sie fest und stopfte ihr das

Wachs in die Ohren. Sie wehrte sich nicht, sah ihn nur todtraurig an. Doch das Wachs hatte nicht die ersehnte Wirkung: Sie erschlaffte in seinen Armen und ihre Augen blickten hoffnungslos ins Leere. Falk brach fast das Herz. Er hob sie auf und sie schien leicht wie eine Feder zu sein. Leicht und seltsam leblos, fast so, als wäre alles Leben aus ihr gewichen. Er trug sie zurück zum Lager, legte sie auf ihre Decke und wickelte sie unbeholfen darin ein. Hagen lag neben ihr und war vom Zustand der Bewusstlosigkeit augenscheinlich unmittelbar in den des Schlafes übergegangen. Falk nahm Lysandra in den Arm und versuchte sie zu wärmen. Sie regte sich nicht. Nur in ihren Augen standen Tränen. Er war zu spät gekommen, ihr Lebensfunke war erloschen. Verzweifelt strich er über die unbändigen roten Locken. Er hatte versagt.

Kapitel 11

Hagens Schädel schmerzte wieder einmal. Er stellte missmutig fest, dass dies langsam zur lästigen Gewohnheit wurde. Diesmal schienen die Schmerzen von einer einzelnen Stelle an seinem Hinterkopf auszugehen. Und wiederum fehlten ihm die angenehmen Erinnerungen an das Singen und Trinken, die den schweren Kopf für gewöhnlich erträglich machten. Er setzte sich stöhnend auf und betastete vorsichtig die Stelle, die für den dröhnenden Schmerz verantwortlich war. Seine Finger fanden eine große runde Wölbung, die dort nicht hingehörte. Aha. Jemand hatte ihm eins übergezogen. Hagen rieb sich die Augen und stierte schlaftrunken vor sich hin. Sie waren immer noch in diesem götterverfluchten Wald. Das dämmrige Licht zeugte davon, dass die Praiosscheibe ihren Weg wohl schon angetreten hatte. Nachdenklich kratzte er sich das bartüberwucherte Kinn. Etwas war letzte Nacht passiert, er konnte sich nur nicht mehr recht erinnern. Er war irgendwann aufgewacht, weil er etwas gehört hatte. Und dann? Er musste wieder eingeschlafen sein, sonst wäre er nicht hier. Aber die Beule an seinem Kopf? Seltsam. Nun ja, Hauptsache, sie konnten diesen unheimlichen Wald bald verlassen. Er spürte, wie sein Gehirn langsam wieder zum Leben erwachte, und schließlich wandte er den Kopf, um nach seinen Gefährten zu sehen. Er stutzte überrascht, als er sie erblickte.

Falk saß mit geschlossenen Augen an einen Baum gelehnt und hielt die rothaarige Hexe im Arm. Lysandra hing völlig leblos in seinem Griff. Ihr Gesicht war seltsam wächsern und sie starrte blicklos vor sich hin. Ihr unmögliches Karottenhaar war noch zerzauster als sonst, und ihre aufgesprungenen Lippen schimmerten bläulich. Falk sah auch nicht besonders gut aus, bleich und mit fast schwarzen, tiefen Ringen unter den Augen. Schwarzgraue Bartstoppeln sprossen auf Kinn und Wangen und sein sonst so ordentlich gebundener Zopf hatte sich gelöst, sodass die Haare ihm nun in Strähnen ins hagere Gesicht hingen. Jetzt schlug er die Augen auf und sah Hagen müde an.

»Habe ich etwas verpasst?«, fragte Hagen mit einer gehörigen Portion Galgenhumor.

»Sieht fast so aus.« Der Liebfelder rieb sich erschöpft die Augen.

»Bei allen Zwölfen, was ist denn passiert? Und warum habt ihr mich nicht geweckt? Ich wäre euch doch zur Hilfe gekommen, verdammt noch eins.«

Seltsamerweise begann der Liebfelder trocken zu lachen. »Ich war froh, dass du dich nicht mehr gerührt hast, mein lieber Hagen. Hat dir eigentlich schon einmal jemand gesagt, dass du schwerer als ein Svellttaler Kaltblut bist?« Hagen runzelte fragend die Stirn.

»Gut«, seufzte Falk, »die Ereignisse der Nacht in aller Kürze: Zuerst bist du hinter einem Lichtpunkt hergejagt, von dem du behauptet hast, es sei Rahja höchstpersönlich.«

»Du machst wohl Witze?«, meinte Hagen misstrauisch.

»Sehe ich so aus, als sei ich zum Scherzen aufgelegt?«, entgegnete Falk. Dann fuhr er fort: »Tatsächlich warst du nicht davon abzubringen, diesem Lichtwesen hinterherzueilen. Um dich davon abzuhalten, dich ins Verderben zu stürzen, musste ich dich leider niederschlagen.«

»Was? Also von dir habe ich diese nette Beule verpasst bekommen!«

»Ganz recht. Danach hatte ich die große Ehre, dich

hierher zurück schleifen zu dürfen. Als ich ankam, war Lysandra von einer Geistergestalt durch Gesang gebannt worden und lief völlig willenlos den Weg entlang. Fast hätte es mich auch erwischt, als ich versuchte, sie zurückzuholen. Aber durch einen dummen oder auch glücklichen Zufall, wie immer du es nennen willst, hat sie einen Beutel mit Wachs verloren, den ich aufgehoben habe. Ich habe mir damit die Ohren versiegelt und mich so retten können. Auch Lysandra stopfte ich Wachs in die Ohren, es scheint ihr jedoch nicht mehr viel geholfen zu haben. Du siehst ja, wie es ihr geht.«

»Wachs? Was die Frau so alles mit sich herumträgt!«, wunderte sich Hagen.

Falk zuckte mit den Schultern. »Jedenfalls«, sagte er dann bestimmt, »müssen wir los, und zwar sofort. Lysandra braucht dringend Hilfe!«

»Dann auf«, stimmte Hagen zu. »Lass uns gehen.«

In aller Eile suchten sie ihre Habseligkeiten zusammen und packten sie auf die Pferde. Falk nahm Lysandra wiederum vor sich auf seinen Wallach. Hagen warf einen verstohlenen Blick auf ihr Gesicht und musste sich eingestehen, dass er sich Sorgen um die rothaarige Hexe machte. Er konnte sie natürlich nicht leiden, nein, sie war eine ekelhafte, schnippische Ziege, aber trotzdem wollte er nicht, dass es ihr schlecht ging. Er riss ein Stück Brot ab, denn ganz ohne Frühstück mochte er nicht losziehen. Falk hatte keinen Hunger und so steckte er den Rest weg. Sie ritten los, und Hagen lenkte sein Roß an die Spitze ihres kleinen Zuges. Der Weg war recht eben und sie spornten die Pferde zu einer schnelleren Gangart an. Nichts wie hinaus aus diesem unheiligen Wald! dachte Hagen.

Die Stunden vergingen. Hagen konnte nicht genau sagen, wie lange sie schon unterwegs waren, denn dieses vermaledeite Blätterdach nahm ihnen die Sicht auf den Praiosschild. Drei Stunden vermutete er, also würden sie den Forst bald verlassen. Er warf einen Seitenblick auf den völlig übermüdeten Falk. »Wie wäre es, wenn ich sie jetzt übernehme?« Falk nickte nur erschöpft. Hagen zügelte sein Roß, bis es neben Falks Wallach stand. Dann packte er Lysandra um die Taille und zog sie vor sich in den Sattel. Fast erwartete er einen boshaften Kommentar von ihr, sie blieb jedoch stumm; völlig erschlafft lag sie vor ihm. Es ging ihr wirklich schlecht, stellte er grimmig fest und verstärkte seinen Griff, damit sie nicht abrutschen konnte. Keiner von ihnen bemerkte den Schatten zwischen den Bäumen.

Der schmale Schatten beobachtete die Gefährten, so wie er es schon seit einer ganzen Weile getan hatte. Der Mann auf dem großen Rappen machte trotz seiner Erschöpfung eine gute Figur im Sattel. Seine Haltung war unverkennbar die eines Edlen. Aber er war ein wenig zu mager. Da sah sein Begleiter schon gefährlicher aus. Er war einen guten Kopf größer und breit gebaut und was man von seinem Körper unter dem verdreckten Waffenrock erkennen konnte, war mehr als ansehnlich. Die hüftlangen schwarzbraunen Haare und der dunkle Bart verliehen ihm einen verwegenen Ausdruck, der durch die mächtige Axt auf dem Rücken und das gegürtete Langschwert noch verstärkt wurde. Die Frau, die er gerade auf sein Pferd zog, konnte man kaum erkennen. Nur ihr roter Lockenschopf und ein Teil ihres weißen Gesichtes lugten unter der dunklen Wolldecke hervor, die man ihr um die Schultern gelegt hatte. Gut, dachte sich der Schatten und grinste breit, Zeit für eine kleine Überraschung. Er zog einen Pfeil aus dem Köcher auf seinem Rücken, befeuchtete mit flinker Zunge die grauen Federn am Ende und legte ihn auf die Sehne. Dann kniff er die Augen zusammen und zielte.

Hagen hörte das Sirren der Bogensehne und warf sich instinktiv nach vorn. Er fluchte derb, als er dabei mit seinem Kopf an den von Lysandra stieß. Der Pfeil schoß an ihm vorbei und schlug in den Stamm des Baumes ein, der seinem Pferd am nächsten stand. Hagen starrte auf die vibrierenden grauen Federn, die den noch zitternden Pfeilschaft zierten. Dann richtete er sich brüllend auf, wendete mit den Schenkeln das Pferd und zog gleichzeitig das Schwert aus der Scheide. Lysandra geriet ins Rutschen, doch Hagen schaffte es, sie mit der freien Hand festzuhalten. Falk neben ihm hatte das Ross bereits gewendet und hielt das Rapier drohend in der Linken. Sie starrten in den Wald, aber es war kein Angreifer zu erkennen. Plötzlich klang ein glockenhelles, spöttisches Lachen aus dem Dickicht. »Aber, aber! Die edlen Herren werden sich doch nicht etwa vor einem klitzekleinen Pfeil fürchten, oder etwa doch?«

»Komm heraus und zeig dich! Oder bist du nur aus dem Hinterhalt so stark und mutig, uns anzugreifen?« Falk hatte sich erbost aufgerichtet und starrte verbissen in den Schatten der Bäume, ohne jedoch etwas entdecken zu können.

»Und würdet ihr mich nicht mit euren mächtig großen Waffen erschlagen, wie ihr es mit räudigen Hunden zu tun pflegt? Oder vielleicht gar versehentlich eure stinkenden Pferde über mich hinwegtrampeln lassen?« In der feinen Stimme des Unsichtbaren schwang ein deutlich spöttischer Unterton.

»Wir geben dir unser Wort. Wir werden dir nichts zu Leide tun und dich erst recht nicht erschlagen!«

»Es sei denn«, führte Hagen leise Falks Satz zu Ende, »du hättest es verdient, erschlagen zu werden.«

Wieder ein glucksendes Lachen. »O Hagen, du Schurke. Ich sehe schon, du hast dich kein bißchen verändert!«

Falk starrte den Söldner verblüfft an, aber auch der war völlig überrascht und zuckte nur hilflos die Achseln. Er hatte nicht die geringste Ahnung, woher der unbekannte Angreifer seinen Namen wissen konnte.

Mit einem Male raschelte es leise und unvermittelt stand eine Gestalt auf dem Weg und lächelte sie herablassend an. Das zierliche Wesen war etwa einen Schritt und siebzig Halbfinger groß. Die schlanken, auf fremdartige Weise filigranen und anmutigen Glieder verliehen ihm ein fast kindliches Aussehen, die in sanftem Gold leuchtenden Haare fielen in weichen Wellen bis über die zierliche Hüfte und umrahmten das kleine, schmale Gesicht, das in samtiger Blässe schimmerte. Die Züge waren ebenmäßig, zu ebenmäßig für ein menschliches Wesen. Das spitze Kinn, die ausgeprägten Wangenknochen und die hohe Stirn, alles war vollendet in dem jungen Gesicht, makellos und von höchster Symmetrie. Die großen Augen, schräg gestellt und von dichten schwarzen Wimpern umkränzt, waren die Krönung in dem betörenden Antlitz; sie schillerten in dunklem, fast leuchtendem Türkis. Die spitzen Enden der langen Ohrmuscheln ragten aus der goldenen Haarpracht hervor. Gekleidet war die Fremde in braune Stulpenstiefel, enge Beinkleider aus dunkelgrünem Wildleder und einen dunkelbraunen Kapuzenumhang, der mit weichem Rotpüschelpelz gefüttert war. Kein Wunder, dass die Gefährten sie nicht entdeckt hatten. Sie trug die Farben des Waldes. Hinter ihrem Rücken ragte ein Köcher mit Pfeilen hervor und in der Hand ruhte ein geschnitzter Langbogen.

»Una!«, rief Hagen überrascht. Die Elfe vollführte eine spöttische kleine Verbeugung.

»Ihr kennt euch also«, stellte Falk fest und steckte das Rapier zurück in die Lederscheide an seinem Gürtel.

»Bei allen Zwölfen, das gibt es doch gar nicht!« Hagen war fassungslos. »So lange haben wir uns nicht gesehen und von allen götterverlassenen Plätzen auf der ganzen Derescheibe muss es ausgerechnet dieser verrückte Wald sein, wo wir uns treffen. Da soll einer sagen, Dere sei nicht klein.«

Falk räusperte sich hörbar. Der Söldner sah ihn fragend an. »Willst du uns nicht bekannt machen?«

»O ja, natürlich. Entschuldige, Falk. Die Aufregung … Una, dies ist mein Reisegefährte Falk von Eslebonè. Die Frau da ist Lysandra von Bernsteen. Aber wenn ich nicht irre, hast du schon einmal ihre Bekanntschaft gemacht, oder?« Die Elfe nickte bestätigend. »Falk, dies ist eine liebe alte Freundin von mir, Ujan … Ujnar …«

»Uinjahjaria Sternentau. Aber du darfst mich gern Una nennen. Ich habe bereits die Erfahrung gemacht, dass den Rosenohren das Sprechen ein wenig schwer fällt.« Nach einer winzigen Pause fügte sie hinzu: »Ich meine natürlich, das Aussprechen meines Namens.« Sie sah Falk aus ihren fremdartigen Augen unergründlich an.

»Es war nicht sehr nett von dir, uns so zu erschrecken, Una. Wir hätten dir leicht etwas antun können, schließlich glaubten wir einen Feind hinter uns«, sagte Hagen vorwurfsvoll.

»Ihr habt mich doch nicht einmal gesehen. Wie hättet ihr mich da angreifen können?«, entgegnete Una ungerührt. »Und ihr prescht durch den Wald wie eine Herde Karens auf der Flucht. Ein Verfolger könnte euch meilenweit hören und sich heranschleichen, ohne dass ihr auch nur das Geringste bemerken würdet. Seid froh, dass nur ich euch gefunden habe.« Sie deutete mit dem Kopf auf Lysandra. »Was ist mit ihr? Nicht, dass ich etwas gegen ihre Schweigsamkeit einzuwenden hätte, aber sie sieht nicht besonders gut aus.«

»Das ist eine lange Geschichte«, begann Hagen seufzend. Aber Falk unterbrach ihn sogleich: »Wenn ihr nichts dagegen habt, möchte ich weiterreiten. Wir haben diesen unheimlichen Wald fast überwunden und ich werde mehr als froh sein, wieder blauen Himmel anstelle des grünen Blätterdachs über mir zu haben. Außerdem sollten wir zusehen, dass wir heute noch bei Feldharsch über die Breite kommen. Ihr wollt doch sicher auch über den Fluss, Una?«

Die Elfe nickte. »Ja, ich werde euch wohl ein Stück begleiten. Was ihr gegen den Wald einzuwenden habt, ist mir zwar ein Rätsel, aber im Moment ist das nicht wichtig. Gehen wir, und ihr erzählt mir zu einem späteren Zeitpunkt, was denn geschehen ist, dass solch große, kräftige Männer Angst vor einem alten Wald haben.«

Eine Stunde später hatten sie den Forst hinter sich gelassen und wanderten nun am flachen Ufer der Breite entlang. Die Praiosscheibe hatte den Zenit gerade erst überschritten und es würde nicht mehr allzulange dauern, bis sie das Dorf Feldharsch erreichten. Dort würden sie den Fluss überqueren. Hagen und Una tauschten Neuigkeiten über gemeinsame Bekannte aus. Hagen war neugierig und konnte nicht genug hören, während die Elfe offensichtlich nur aus Höflichkeit nicht das Thema wechselte. Falk und Hagen waren die Anstrengungen der letzten beiden Tage deutlich ins Gesicht geschrieben. Müde saßen sie auf ihren Pferden und gähnten um die Wette. Die Elfe schritt unbeschwert neben ihnen her. Den Vorschlag, bei Falk im Sattel mitzureiten, hatte sie so verächtlich abgelehnt, dass die Gefährten sich fast schämten, dieses Angebot überhaupt gemacht zu haben. Außerdem schien sie völlig ausgeruht zu sein und hatte keine Mühe, mit den Pferden Schritt zu halten.

»Natürlich habe ich im Wald übernachtet«, erklärte sie auf Hagens Frage, und auf ihrer makellosen Stirn bildete sich eine feine, fragende Falte.

»Und du hast nichts bemerkt? Rein gar nichts?«, fragte der Söldner nach.

»Nein. Nichts und niemand haben mich behelligt, belästigt oder auch nur aufgesucht. Ich habe den Weg durch den Forst genossen, ungestört geschlafen und nichts Ungewöhnliches bemerkt. Natürlich«, fügte sie zögernd hinzu, »habe ich gespürt, dass der Geist des Waldes nicht der eines gewöhnlichen jungen Waldes ist. Sein Wesen ist anders. Es fällt mir schwer, euch zu erklären, was ihr doch eigentlich selbst hättet fühlen müssen: sein starkes Wesen, das umermesslich alt, dunkel und auf unbegreifliche Art verschlungen ist. Er hat Dinge gesehen, die keiner von uns begreifen oder auch nur ertragen könnte. Es ist nicht leicht, seine Art zu verstehen. Aber so ist er. Lernt es hinzunehmen, denn verstehen werdet ihr es wohl niemals.«

»Nun, da gibt es ein paar Dinge, die in diesem Wald geschehen sind, die ich nicht so einfach hinnehmen kann.« Falk erzählte in knappen Worten von den Ereignissen der letzten Nacht.

Una strich sich eine Strähne ihres honigblonden Haares hinter das spitze Ohr. »Die Wesenheiten, die euch begegnet sind«, sagte sie dann leise, »gehören zu der Geschichte des Waldes, zu seinem Leben. Zu seinen uralten, seit Äonen vergessenen Geschichten.«

»Verdammte Kreaturen der Finsternis«, murmelte Hagen schaudernd, was ihm einen scharfen Blick der Elfe einbrachte.

»Urteile nicht über Dinge, nur weil du sie nicht begreifen kannst, Rosenohr«, tadelte sie ihn kalt, um dann versöhnlicher fortzufahren: »Wer weiß, ob sie gut oder böse sind. Sie *sind* einfach. Und das Wesen ihrer Absichten ordnest du ihnen zu, sie selbst tun nichts dergleichen.« Sie fing einen verwirrten Blick des Söldners auf und seufzte leise. »Es könnte vielleicht ein verlorener Geist gewesen sein oder ein Irrlicht.« Sie zuckte die schmalen Schultern. »Habt ihr von Irrlichtern noch nicht gehört? Sicherlich haben doch bereits eure gelehrten Magier den einen oder anderen Folianten darüber verfasst, ohne begriffen zu haben, was sie sahen. Vielleicht war es auch eine Seele aus dem Untotenreich, die mit ihrem Lied ihr Unglück auf andere übertragen will. Wer weiß das schon? Und wer will es eigentlich wissen? Es gibt diese Wesen, aber ihr habt den Wald durchquert, ohne ihnen euer Leben opfern zu müssen. Was wollt ihr mehr? Lasst das Erlebte in euch ruhen und nehmt es in den Schatz eurer Erfahrungen auf.«

»Weise gesprochen, werte Una. Aber so einfach, wie Ihr es darstellt, ist es beileibe nicht. Denn was ist mit Lysandra? Wenn wir ihr nicht bald helfen können, sind wir vielleicht doch nicht ganz so unversehrt durch diesen Wald gelangt, wie Ihr uns glauben machen wollt.«

»Falk hat Recht«, pflichtete ihm Hagen bei. »Ich gebe es ja nur ungern zu, aber auch mir wird ihr Verhalten langsam unheimlich. Was meinst du, Una, was ist mit ihr geschehen? Kannst du ihr helfen?«

»Das lässt sich nicht so einfach sagen.«

»Seid Ihr vom Elfenvolk nicht bewandert in der Kunst des Heilens?«, bohrte Falk nach.

»Nun, in der Tat ist mein Volk recht kundig in der Kunst des Heilens, vor allem wissen wir, welche Pflanzen und Kräuter Linderung bringen können«, gab die Elfe zu. »Und auch ich habe durchaus einige Kenntnisse darüber. Allerdings sind die Kraft des Geistes und das Wissen um heilkräftige Kräuter oft nicht ausreichend, um erlittenes Leid zu heilen. Denn viel schlimmer als die Wunden des Körpers sind die des Geistes, der Seele, wie immer ihr es auch nennen wollt. Hat dieser geistige Leib erst einmal Schaden genommen, so ist es ungleich schwieriger, ihm zu helfen. Ich will indes sehen, was ich tun kann, um Lysandra zu helfen.«

Sie waren inzwischen an einer alten Holzbrücke angelangt, die über den Fluss führte. Sie war dunkel vom Lauf der Zeiten und mit feinem grünem Moos bewachsen, schien jedoch noch immer stabil und sicher zu sein. In einiger Entfernung waren die Umrisse einer Ansammlung von Häusern zu sehen. Die Gefährten stiegen ab und führten die Pferde vorsichtig über die schmale

Brücke. Die Hufe schlugen mit einem hohlen Klappern auf die dunklen Holzplanken.

»Wollen wir in Feldharsch übernachten?«, fragte Hagen und bemühte sich, das unwillige Packpferd auf die Brücke zu bekommen.

Falk schüttelte den Kopf. »Ich bin dagegen. Wir verlieren nur unnötig Zeit und für Lysandra gibt es dort wohl auch keine Hilfe. Ich glaube kaum, dass es in einem Dorf wie diesem besonders kundige Heiler gibt. Dann lieber so schnell wie möglich zu Erennyion; er kann uns als Magier sicher besser helfen.«

»Gut.« Endlich hatte Hagen das störrische Packpferd über den Fluss geführt und wischte sich nun sichtlich erleichtert über die schweißnasse Stirn. »Wir können noch etwa anderthalb Stunden reiten, ehe die Dämmerung hereinbricht und wir uns ohnehin ein Nachtlager suchen müssen. Also sputen wir uns.«

Sie eilten weiter gen Firun, am Fluss entlang. Etwa eine Stunde später neigte sich die Praiosscheibe rotglühend gen Efferd. »Wir sollten langsam Rast machen«, schlug Hagen müde vor. »Beim nächsten geeigneten Platz wollen wir anhalten.«

Die anderen stimmten ihm zu und kurze Zeit später hatten sie einen guten Fleck am Wegesrand ausfindig gemacht, mit dichtem, saftigem Gras bewachsen und von einigen kleinen Büschen gegen den Wind geschützt. Hier ließe sich eine einigermaßen angenehme Nacht verbringen. Sie stiegen ab, legten die leblose Lysandra auf eine Decke, versorgten die Pferde und errichteten ein einfaches Lager. Hagen entfachte ein Grubenfeuer und Falk verteilte die Reste ihrer nun schon altbackenen Vorräte.

Lysandra aß nichts, sie starrte nur mit glasigen Augen in den sich schnell verfinsternden Abendhimmel. Una stand auf und beugte sich über sie. Die Elfe legte ihre Hand auf die blasse Stirn Lysandras und sah ihr tief in die Augen. Dann seufzte sie, tastete in ihrem Umhang herum und zog schließlich ein braunes Leinentuch hervor. Sie schlug es auf und entnahm ihm einige handtellergroße Blätter in dunklem Grünton. »Bring Wasser zum Kochen und überbrühe diese Blätter. Den Aufguss bringst du mir dann.« Sie drückte Hagen die Blätter in die Hand und deutete bestimmend auf das Feuer. Der Söldner nickte gehorsam und machte sich daran, Wasser aus seinem Schlauch in den schmiedeeisernen Kessel zu füllen. Die Elfe wandte sich wieder Lysandra zu.

»Una wie sie leibt und lebt! Sie kommandiert alles und jeden herum, wie es ihr gerade in den Kram passt«, wisperte Hagen dem Liebfelder zu. »Sie hat sich kein bisschen verändert, seit ich sie das letzte Mal getroffen habe. Erinnert mich seltsamerweise immer an meine Mutter, fühle mich bei ihr wie ein kleiner Bub, der die Praiosschule geschwänzt hat. Wahrscheinlich wird das noch so sein, wenn mein Rücken krumm und der Bart weiß ist.« Sie lachten leise.

»Diese Elfe hat tatsächlich ein sehr bestimmendes Wesen«, bemerkte Falk.

»Sie ist schon in Ordnung.« Hagen hängte den Kessel über das Feuer. »Es ist eben ihre Art, mit Menschen umzugehen. Wenn du sie besser kennst, wirst du sehen, dass sie gar nicht so übel ist. Sie ist auch so schwer zu durchschauen und so … so flatterhaft. Als wären viele verschiedene Personen in ihr gefangen. Manchmal weist sie dich zurecht wie ein strenger Gelehrter, dann wieder ist sie ausgelassen und übermütig wie ein kleines Kind. Ab und zu ist sie so schweigsam und zurückhaltend wie ein schüchternes Mädchen und manchmal wird sie zu einer verträumten, wehmütigen Geschichtenerzählerin, die sich an vergessene Zeiten erinnert. Man kann Una nicht recht einschätzen. Menschen gegenüber« – Hagen grinste – »ist sie meistens besonders besserwisserisch und bestimmend. Sie lässt uns dann spüren, dass sie Menschen nur für einen Irrtum der Natur hält.«

»Ich finde ihre Überheblichkeit etwas unangemessen. Vor allem in ihrem Alter. Vermutlich hat sie noch kaum Erfahrung im Umgang mit Menschen.«

Hagen hob überrascht die buschigen Augenbrauen und fuhr sich dann kichernd durch den wüsten Bart. »Lass mal hören, wie alt du unsere Elfe denn so schätzt.«

»Gar nicht so einfach«, überlegte Falk laut. »Ich weiß natürlich, dass Elfen wesentlich älter als wir Menschen werden können und dass man ihnen ihr hohes Alter nicht gleich ansieht. Andererseits kenne ich persönlich keine von ihnen näher und konnte mich von der Richtigkeit dieser Behauptung noch nicht selbst überzeugen. Aber insgesamt gesehen, macht sie trotz ihrer ständigen Belehrungen keinen sonderlich reifen Eindruck. Eher benimmt sie sich so, als wäre sie gerade eben dem Kindesalter entwachsen. Ich denke daher, sie ist nicht älter als zwanzig bis fünfundzwanzig Götterläufe.«

Jetzt lachte Hagen laut. »Gut geschätzt, Freund!«

»Und? Wie alt ist sie wirklich?« Hagen runzelte nachdenklich die Stirn »Sie ist, lass mich rechnen ... Ja, inzwischen dürfte sie achtundneunzig Götterläufe zählen. Ein richtiges Elfenkleinkind eben, was?«

Falk machte große Augen »Sie könnte meine Großmutter sein!«

Der Söldner nickte. »Stimmt. Ich denke, in ihrem Alter muss man ihr einige Eigenarten nachsehen. Du weißt ja, wie alte Damen so sind. Und abgesehen davon habe ich wirklich großen Respekt vor ihrem Wissen. Ich glaube, auch wenn sie es nicht offen zugibt, man könnte damit sicher so manche Bibliothek füllen.«

»Ich weiß, wie gesagt, nicht viel vom Elfenvolk«, gab Falk beschämt zu, »und sie sind mir zugegeben auch ein wenig unheimlich. Wohl auch deswegen habe ich die Gesellschaft von Elfen, wenn möglich, vermieden. Es verunsichert mich, wenn mir ein Mädchen, dem Äußeren nach fast noch ein Kind, altklug erzählt, was es vor hundert Jahren getan oder welchen großartigen Zauber es erst letztens gewirkt hat.«

»Da hast du sicher recht, Falk, und noch dazu …« Hagen brach ab, als Una hinter ihn trat und fragte, ob der Aufguss fertig sei. Hagen beeilte sich, das brodelnde Wasser über die Blätter zu gießen, die er in einen Zinnkrug gestreut hatte. Dann hielt er der Elfe den Krug entgegen.

Sie beugte sich darüber, atmete tief das starke Aroma des Suds ein und machte ein zufriedenes Gesicht. »Sehr schön, sie haben ihre volle Kraft behalten. Und nun muss mir einer von euch helfen, Lysandra zu stützen, während ich ihr den Tee einflöße.«

Falk erhob sich sogleich und richtete Lysandra vorsichtig auf. Ihr Kopf fiel nach hinten, sonst zeigte sie keine Regung. »Ich habe das Gefühl, dass sich ihr Zustand verschlechtert. Sie scheint immer schwächer zu werden.«

»Dies wird sie ein wenig stärken.« Una blies über das dampfende Getränk, um es etwas abzukühlen, und führte dann den Krug an Lysandras bläuliche Lippen. Vorsichtig ließ sie die grünliche Flüssigkeit in deren Kehle rinnen. Zufrieden beobachtete sie, wie sie schluckte.

»Was ist das eigentlich für ein Zeug?«, fragte Hagen neugierig.

»Möchtest du es vielleicht einmal probieren?«

»Kommt darauf an, wie es schmeckt und welche Wirkung es hat!« Hagen kniff misstrauisch die Augen zusammen.

Ohne sich in ihrer Tätigkeit stören zu lassen, begann Una damit, die unendlichen Vorzüge des Getränkes zu preisen. »Es ist süßer als Met und herber als Apfelwein. Wer es gekostet hat, wird nie wieder den Saft der Rebe genießen können, denn bitter wird sie ihm scheinen. Niemals kann ein Gaumen Köstlicheres empfinden, als den

Genuss dieses Gebräus. Dazu stärkt es und macht den, der es trinkt, glücklich und zufrieden. Manche sagen, übermäßiger Verzehr des Getränkes führe zu Rauschzuständen, neben denen die des Rauschkrautes verblassen. Außerdem hält es Müdigkeit und Erschöpfung für eine ganze Weile fern, denn es bringt das Blut in Wallung.«

Hagens Augen leuchteten bei Unas Ausführungen immer mehr auf. Ein seliges Lächeln breitete sich auf seinem müden Gesicht aus. »Und man bekommt keine Kopfschmerzen, wenn man das Zeug trinkt?«, fragte er begierig und zeigte sich begeistert, als Una den Kopf schüttelte.

»Allerdings, eine kleine Nebenwirkung ist schon zu verzeichnen«, wandte die Elfe schließlich ein.

»Wusste ich doch, dass die Geschichte ein Haken hat. Wäre ja auch zu schön, um wahr zu sein«, brummte der Söldner in seinen verwilderten Bart.

»Oh, es ist nur eine winzige Kleinigkeit. Kaum der Rede wert«, versicherte Una. »Wenn man ein wenig zu viel davon trinkt, haben Männer in aller Regel Probleme … nun, wie soll ich es gesittet ausdrücken, ihr Rosenohren seid da immer so empfindlich. Hm, sagen wir, sie haben Mühe, die Bedürfnisse ihrer Frauen zu befriedigen.«

»Du meinst doch nicht etwa, dass man nicht mehr … ich meine … dass der …«, stammelte Hagen entsetzt.

»Dass du dann nicht mehr dem fröhlichen Liebesspiel frönen kannst, ja genau.« Una nickte ungeduldig. »Aber angeblich legt sich das nach ein paar Wochen wieder. Nun, möchtest du kosten?«

»Äh, nein danke. Ich glaube, das nähme mir die herrliche Rahja ganz schön übel«, lehnte Hagen mit bleichem Gesicht ab. Una zuckte gleichmütig mit den Schultern und wischte ein paar verirrte Tropfen von Lysandras Kinn.

»Dürfen Elfen eigentlich lügen? Oder verstößt das gegen einen Elfenkodex?«, fragte Falk leise.

»Du hast wirklich überhaupt keine Ahnung von der hohen Kultur meines Volkes!«, rief Una empört. »Ich glaube, wir zwei müssen uns einmal drei bis vier Monde lang ausgiebig unterhalten, damit du einen kleinen Einblick in die Lebensweise der Elfenvölker erhältst.«

»Falls ich Euch gekränkt habe, tut es mir leid«, beeilte sich Falk zu versichern, »aber es sind doch ganz neue Erkenntnisse, die Ihr mir hier über Gulmond offenbart. Ich dachte immer, dass sein Sud lediglich die Lebenskräfte zurückbringt und die geistige und körperliche Erschöpfung lindert.«

»Halt ihren Kopf etwas mehr nach hinten«, befahl die Elfe abweisend und der Liebfelder gehorchte schweigend. Nachdem sie ihr fast die Hälfte der dampfenden Flüssigkeit eingeflößt hatte, stellte Una den Krug zur Seite und gebot Falk, den schlaffen Körper wieder zurückzulegen. Sorgfältig breiteten sie eine warme Wolldecke über Lysandra aus. »Und nun lasst uns eine kleine Weile ungestört. Ich werde versuchen, mit der Kraft meines Geistes den ihrigen zu finden und wenn möglich heilend auf ihn einzuwirken. Bemüht euch um Ruhe, denn auch für mich ist dies keine einfache Sache, und je weniger ich gestört werde, desto besser kann ich mich konzentrieren. Vielleicht wollt ihr ja auch ein wenig schlafen? Ihr seht beide aus, als könntet ihr ein paar Stunden Ruhe gut vertragen. Ich werde darauf achten, dass uns niemand stört.«

Falk nickte gehorsam, worauf sich Hagen ein Grinsen nicht verkneifen konnte. Dann ließen sich die beiden Männer auf ihren Decken nieder und alsbald senkte Boron die Schleier eines tiefen, traumlosen Schlafes über ihr Bewusstsein.

Una passte ihren Atem dem langsamen Luftholen von Lysandra an, bis sich ihre Körper im gleichen Takt hoben und senkten. Ruhe umfing sie, wohltuende Ruhe. Der

Schlag ihres Herzens dröhnte tief und regelmäßig in der Stille ihres Körpers. Sie war nun wach, empfänglich und bis in die Tiefen ihrer Seele dem Geist der anderen geöffnet. Das sanfte Streicheln des Windes, der Unas Haut liebkoste, bereitete ihr fast körperliche Schmerzen, so hoch war ihre Konzentration. Mit Anspannung näherte sie sich Lysandras Gesicht. Ihre schmalen, feingliedrigen Hände legten sich auf Stirn und Wangen der Regungslosen, ihre langen Finger fanden die Punkte, die sie suchten, und übten mit sanfter Kraft Druck aus. Die in dunklem Türkis schillernden großen Augen der Elfe fanden die glasigen hellblauen der Menschenfrau und hielten sie fest. Die Elfe murmelte fast unbewusst die magischen Worte, die ihrem Geist den Weg ebneten und ihn für die Dauer eines Augenblicks mit dem Geist Lysandras verbanden, zu einer Einheit verschmolzen: »I' bhanda dhara feya dendra!« Einen äonendauernden Wimpernschlage lang tauchte die Elfe in die verstörten Gefühle der anderen ein, ertrank fast in den schwarzen Tiefen der Traurigkeit, den Wogen des geistigen Schmerzes und atmete die düstere Hoffnungslosigkeit, die ihre dunklen Wolken über die verwundete Seele gebreitet hatte. Keuchend fuhr Una zurück, schlug sich erschrocken die Hände vor den Mund, entsetzt über die tiefe Wunde, die hier, unsichtbar und doch nicht minder schmerzend als eine körperliche, geschlagen worden war. Dann beruhigte sie sich und schob sanft die Lider über Lysandras Augen. Einen Herzschlag lang verharrten ihre Hände und wieder formte ihr Mund Worte, die der tröstenden Geste einer besorgten Mutter glichen: »Shysanbara ey' fahbaya! Ruhe, Körper, ruhe, Geist!« Una spürte, wie wiederum ein wenig der in ihr pulsierenden Kraft den Körper verließ und gleichzeitig der unruhige Atem Lysandras gleichmäßiger und tiefer wurde, die unstet flatternden Augenlieder zur Ruhe kamen. Erschöpft stellte sie fest, dass kalter Schweiß ihre Stirn bedeckte. Dies würde keine leichte Aufgabe werden. Die einzige Hoffnung lag im Lebenswillen Lysandras, er allein konnte sie aus dem tiefen Loch herausholen, in dem sie gefangen war. Sie legte sich neben Lysandra nieder und kuschelte sich in ihren weichen, pelzgefütterten Umhang. Dann schloss sie die Augen, lauschte dem nahen Rufen einer Waldeule und entspannte sich langsam. Sie musste sich ausruhen, denn die Ahnung, dass sie in den kommenden Tagen ihre Kräfte noch brauchen würde, hatte sich wie eine dicke Fliege in ihr Herz eingeschlichen und brummte nun besorgt und aufgeregt darin herum.

Kapitel 12

Una weckte die beiden anderen, nachdem der Sonnenwagen seine Fahrt gerade begonnen hatte. Sie goss Tee auf, warf den kärglichen Rest Rauchfleisch und ein paar getrocknete Bohnen in den Topf und würzte das Ganze mit frischen Kräutern und Blättern, die sie vor Sonnenaufgang gesammelt hatte. Kurze Zeit später saßen Falk und Hagen an ihrer Seite und schlangen hungrig das Frühstück in sich hinein.

Lysandra wurde unruhig. »Sie sieht noch nicht viel besser aus«, stellte Falk kritisch fest. »Vielleicht ein wenig mehr Farbe auf den Wangen, aber das war es dann auch schon.«

»Du bist ein aufmerksamer Beobachter!«

»Konntest du ihr nicht helfen? Sie nicht heilen?«

Die Elfe seufzte über die Begriffsstutzigkeit des anderen. »Wie ich schon sagte, es ist schwieriger, als du es dir offensichtlich vorstellst. Ich kann nicht mit dem Finger schnippen und alles ist wieder in bester Ordnung. Ich habe sie untersucht und einiges getan, um ihre Heilung zu beschleunigen. Aber ich kann keine Wunder vollbringen, wie du sie von mir erwartest.«

»Aber kannst du ihr denn überhaupt helfen?«, bohrte Falk nach.

Una zögerte einen Augenblick lang mit der Antwort. Was sollte sie sagen? Dass es nicht nur schwierig, sondern fast unmöglich war, die Wunden zu heilen, die an der Quelle des Lebenswillens geschlagen worden waren? Dass selbst das uralte Volk der Elfen so wenig wusste über das, was in den kurzlebigen Hüllen der Menschen loderte, was sie Nurti lieben und Zerzal hassen ließ? Was so wild flammte und doch durch einen Atemhauch erlöschen und dann kaum mehr zum Brennen gebracht werden konnte? Dass die Wunde, die sie hier entdeckt hatte, so tief und entzündet war, dass nur innere Kraft und unbeugsamster Lebenswille sie zu schließen vermochten?

»Ich habe den Schaden erkannt, der angerichtet wurde«, sagte sie stattdessen, »und das getan, was die Heilung am besten fördert. Ich habe, wie ihr Rosenohren so nett zu sagen pflegt, mit einem Zauber einen Schlaf über sie gelegt, der Geist und Körper Erholung bringt und die stärkende Wirkung des Kräutersuds unterstützt. Mehr kann ich nicht tun; den Kampf muss sie selbst austragen. Sie allein kann sich aus diesem dunklen Abgrund retten, in den sie jenes Wesen, sei es mit oder ohne Absicht, hineingestoßen hat.«

»Und Ihr glaubt, sie wird es schaffen?«

»Ich werde ihr jetzt noch etwas Gulmondsud einflößen und dann den Zauber erneuern«, antwortete Una ausweichend.

»Wird sie nicht beim Reiten aufwachen?«, mischte sich jetzt Hagen ein.

Die Elfe schüttelte den Kopf. »Nein. Nichts kann sie aus diesem Schlaf erwecken. Wir können ohne weiteres weiterziehen, während sie sich ausruht.«

Falk und Hagen brachen das Nachtlager ab und sattelten die Pferde, während Una Lysandra versorgte. »Es wird Zeit, dass wir endlich zu Erennyion kommen«, murmelte Hagen besorgt, dem Ungeduld und Unruhe ins Gesicht geschrieben standen. »Ich werde das ungute Gefühl nicht los, dass wir zu spät sind. Zu spät wofür auch immer, ich weiß es nicht.«

»Dann sollten wir uns sputen.« Falk saß auf.

Sie setzten ihren Weg fort, Hagen und Lysandra auf dem mageren Fuchs, Falk auf seinem Hengst und das Packpferd, nunmehr schon nicht mehr ganz so voll beladen, gelangweilt hinterher trottend. Una schritt leichtfüßig neben ihnen, den langen Bogen geschultert. Sie hatte keine Mühe, mit den Tieren Schritt zu halten. Falk tätschelte sein Ross gedankenverloren am Hals. Auch an ihm nagte die Ungeduld nun immer stärker. Sie kamen ihrem Ziel näher. Noch an die zwei Tagesritte und sie würden endlich, endlich bei Erennyion ankommen. Und dann gab es die ersehnten Antworten. Erklärungen, was es mit den seltsamen, dringlichen Botschaften auf sich hatte. Den Namen desjenigen, der ihre Freunde so grausam gemeuchelt hatte und nun offensichtlich nach ihrem Leben gierte. Der Grund, warum er es tat und wo sie ihn finden und stellen konnten. Und sicher auch Hilfe für Lysandra. Fragen über Fragen. Falk seufzte. Diese grauenvolle Unwissenheit zermürbte ihn allmählich. Er warf einen Seitenblick auf Una. Merkwürdig, dachte er, sie ist einfach aufgetaucht und nun geht sie wie selbstverständlich neben uns her. Es war an der Zeit, ein wenig mehr über sie herauszufinden. »Woher kennt ihr beiden euch eigentlich?«, fragte er daher. Die Antwort ließ auf sich warten. Hagen wurde rot; Una lächelte. »Nun, ich höre.«

»Ach, das ist eine ganz alte Geschichte«, druckste der Söldner herum. »Una und ich, wir kennen uns schon eine Ewigkeit, habe fast vergessen, wie das damals war.«

»Also, ich kann mich noch recht gut erinnern«, sagte die Elfe gleichmütig. Hagen warf ihr einen bösen Blick zu.

»Du wirst vor Freunden doch keine Geheimnisse haben, Hagen«, hakte der Liebfelder nach. Das Gesicht des Söldners glühte dunkelrot, als er zögernd den Kopf schüttelte. »Also, ich bin ganz Ohr!«

»Hm, nun, wie soll ich anfangen …« Hagen zog eine verlegene Grimasse.

»Es ist schon einige Zeit her, dass wir uns kennengelernt haben«, fiel die Elfe ihm ins Wort, »an die zwölf oder dreizehn Götterläufe sicherlich. Ja, zu dieser Zeit muss es gewesen sein, denn als ich Hagen traf, war gerade mein mohischer Geliebter Olta am Biss einer Palmviper gestorben.« Die beiden Männer schauten sich mit großen Augen an, enthielten sich jedoch eines Kommentars. »Ich hatte mich also wieder gen Kvirasim aufgemacht, um meinen Vater aufzusuchen, und war gerade in Richtung Gareth unterwegs. Ich erinnere mich, es war ein wunderschöner Tag; die Sonnenstrahlen lockten die Vögel aus ihren Nestern und trieben die Schmetterlinge auf die Blüten. So schritt ich also die Straße entlang, als plötzlich ein Junge vor mir aus dem Gebüsch sprang und einen Moment lang verwirrt auf dem Weg stand. Es war ein recht netter Anblick, denn er war nackt und seine langen braunschwarzen Haare hingen ihm wild in das bartloses Jungengesicht, das im übrigen sehr stark gerötet war. Ich glaube«, überlegte Una nachdenklich, »ich habe seither kein Wesen mehr mit einer solchen Gesichtsfarbe gesehen. Dabei hätte er sich gar nicht schämen müssen. Sein ...«

»Una!«

Hagens empörter Ausruf unterbrach die sachlichen Ausführungen der Elfe, die ihn erst befremdet ansah, dann gleichgültig mit den Schultern zuckte und weitersprach. »Er starrte mich jedenfalls einen Augenblick lang entsetzt an, dann sprang er in einen dichten Busch am Straßenrand. Kurz darauf kam ein dicker Mann mit einer Heugabel in der Hand wie ein wilder Eber aus dem Dickicht gewalzt, sah mich mit blutunterlaufenen Augen an und fragte keuchend, ob ich einen nackten Burschen gesehen hätte. Ich antwortete ihm in Isdira, dass gerade eben einer im Busch neben mir verschwunden sei. Der Bauer sah mich verständnislos an, dann verschwand er fluchend wieder in der Richtung, aus der er gekommen war. Der Junge streckte den rotglühenden Kopf aus dem Busch und bedankte sich artig. Aber er wollte einfach nicht mehr herauskommen. Er bot mir jedoch an, mich abends in die Schenke des Nachbardorfes einzuladen, sozusagen als kleines Dankeschön für meine Hilfe, was ich gern annahm. Wobei ich ihm ja eigentlich gar nicht richtig geholfen hatte!«

Falk hielt sein Grinsen nur mühsam zurück. »Wie kann es sein, dass ein Mann wie du nackend durchs Gebüsch springt?«, fragte er stattdessen mit ernsthafter Anteilnahme.

Hagen schenkte ihm einen tödlichen Blick. »Nun, das ist schnell erklärt«, knurrte er. »Ich hatte ein Schäferstündchen mit Babette, der Tochter des Wirtes. Sie und ich, wir waren gerade dabei … wir hatten eben … wir unterhielten uns ganz prächtig, als dummerweise ihr Vater hereinkam, obwohl er eigentlich den Praiospfaffen ihr Bier bringen und erst spätabends hatte zurückkommen wollen. Er war nicht sehr erfreut, uns zu sehen, und ich hielt es für ratsam, die Flucht zu ergreifen. Nur hatte ich beim besten Willen keine Zeit mehr, auch noch meine Kleider zusammenzusuchen. So war das, ich war damals noch sehr jung!«

Hagen musterte Falk mit misstrauischer Genauigkeit, bereit, jedes Zucken der Mundwinkel mit einem wohlgesetzten Faustschlag zu quittieren. Aber der Liebfelder beherrschte sich meisterlich und zeigte keine Spur von Erheiterung.

»Ich weiß gar nicht, warum dir die Sache so peinlich ist, Hagen«, bohrte nun Una mit kaltem Unverständnis in Hagens Wunden, der gepeinigt die Augen verdrehte.

»Du hast oder hattest zumindest einen sehr schönen Körper. Warum seid ihr Rosenohren nur so schrecklich schamhaft? Es ist doch nichts Widernatürliches dabei, seine Haut zu zeigen.« Die Elfe schüttelte ratlos den Kopf.

»Nun, wie dem auch sei«, lenkte Hagen ab, »das war der Beginn einer Freundschaft, die sich über die Jahre hinweg gehalten hat. Irgendwie haben wir uns immer wieder getroffen, manchmal alle paar Wochen, manchmal mehrere Monde nicht. Die bisher längste Zeit ist seit dem letzten Treffen vergangen, das war vor etwa zwei Götterläufen. Aber wie du siehst, wir haben uns nie gänzlich aus den Augen verloren. Und nun haben sich unsere Wege wieder einmal gekreuzt, so wie es die Götter anscheinend wollen.«

»Ich wage nur zu bezweifeln, dass es diesmal Zufall oder, wie du meinst, göttlicher Wille ist«, stellte Falk scharf fest und seine schwarzen Augenbrauen zogen sich über den grauen Augen zusammen wie eine dunkle Wolkenwand vor einem Gewittereinbruch.

»Was meinst du damit?« fragte Hagen sichtlich verwirrt, während Una ihn nur ansah und die Nasenflügel ihrer schmalen Nase sich ruckartig aufstellten.

»Ich habe doch Recht, nicht wahr, Una?«, hakte der Liebfelder nach.

»Natürlich«, stimmte ihm die Elfe gleichmütig zu. Hagen stieß ein überraschtes Schnauben aus. »Ich bin auf dem gleichen Weg wie ihr. Zu Erennyion dem Magier. Er hat mich ebenso gerufen wie euch. Und ich folge seiner Bitte, ebenso wie ihr es tut.«

»Aber warum ...«

Doch Una ließ den Söldner nicht zu Wort kommen, sondern fuhr offensichtlich ungeduldig fort: »Ich bin in ebenso großer Gefahr wie ihr. Auch mir trachtet man nach dem Leben. Und zwar deshalb, weil auch ich an jenem Auftrage teilnahm, der uns allen nun offensichtlich zum Verhängnis wird. Ich holte ein Päckchen in Donnerbach ab und brachte es zu Erennyion, eine Aufgabe, die der eurigen wohl ähnlich war. Zusammen mit Lithrion, dem Sohn meiner Schwester, übergab ich das Bündel, das seltsam schwere und aufdringliche Bündel. Ich kann mich genau erinnern, es drängte sich ständig in unser Bewusstsein. Wir mussten es abwechselnd tragen, denn der Kopf schmerzte, wenn man den Gegenstand zu lange gehalten hatte. Nun, es war Erennyions Sache, sich darum zu kümmern; wir übergaben ihm das Bündel in seinem Haus, so wie es vereinbart gewesen war. An diesem Tag fand ein großes Fest im Haus des Magiers statt. Wir bekamen unsere Entlohnung und verließen bald die ausgelassene Feier. Es war keine schöne Zeit damals und ich hätte Erennyions Auftrag wohl vergessen, wenn er mir nicht vor einigen Wochen im Traume erschienen wäre – mit der dringenden Bitte, ihn umgehend aufzusuchen. Schnell und vorsichtig, denn es gehe um unser und um sein Leben. Wir seien in Gefahr wegen jenes unglückseligen Auftrags und vielleicht würden wir unterwegs noch anderen begegnen, die ebenfalls auf dem Weg zu ihm seien. Diesen sollten wir uns tunlichst anschließen. Es sei überaus wichtig, dass wir kämen und zwar bald.

Die Bitte des Magiers war sehr eindringlich, und der Traum wiederholte sich dreimal. Als ich erfuhr, dass Lithrion dasselbe wiederfahren war, da beschlossen wir aufzubrechen. Wir weilten gerade in Silkwiesen, denn ein Freund lag im Sterben und hatte nach uns gesandt, um uns ein letztes Mal zu sehen und mit einem elfischen Lied im Ohr den letzten Herzschlag zu tun. Nach seinem Tod brachen wir unverzüglich auf, den Magier aufzusuchen. Als ich Hagen sah, war mir natürlich sofort klar, dass auch ihr auf dem Wege zum Hause Erennyions seid. Was solltet ihr auch sonst in dieser Wildnis tun?« Sie zuckte die Achseln. »Es schien mir überflüssig, darüber noch Worte zu verlieren.«

»Wie schön, dass du uns das alles so nebenbei erzählst«, beschwerte sich Hagen gekränkt. »Und wo ist eigentlich dieses Kind deiner Schwester?«

»Wir haben uns getrennt. Ich musste mir in Tannwirk ein Paar neue Stiefel machen lassen, denn ein halbtoller Dorfhund hatte mich angefallen und mir dabei den linken Schuh zerfetzt. Ich hatte kein Werkzeug dabei und suchte daher den Schuster des Dorfes auf. Da dieser jedoch ankündigte, zwei Tage für die Arbeit zu brauchen, beschlossen wir, dass Lithrion weiterziehen sollte, da die Sache ja recht dringend zu sein schien und dass ich nachkäme, sobald mein Schuhwerk fertig gestellt wäre. Lithrion ist uns also etwa anderthalb Tagesreisen voraus und sollte gestern oder heute bei Erennyion angekommen sein.«

»Warum seid Ihr durch den Wald gereist und nicht die Reichsstraße entlang?«, wunderte sich Falk. »Ihr wärt viel schneller gewesen, hättet vielleicht sogar ein Gefährt gefunden, dass Euch mitgenommen hätte.«

»Wir haben den Weg durch die Wälder und über die kleinen Dörfer bevorzugt«, erwiderte Una knapp. »Lithrion und ich kommen zu Fuß ohnehin schneller voran. Und ihr seid ja auch durch den Wald gereist.«

»Was ein Fehler war«, murmelte Falk.

»Es war unvorsichtig, euch zu trennen«, rügte Hagen die Elfe.

»Warum? Lithrion ist kein Säugling mehr. Er ist sehr geschickt mit dem Bogen und mit dem Messer ebenso. Er ist ein guter Läufer und überaus besonnen und vorsichtig. Ich bin sicher, er wird auf sich aufpassen. Wir wurden bisher auf unseren Reisen immer in Ruhe gelassen. Warum sollte es diesmal anders sein?«

»Ich glaube, wir müssen Euch über einiges berichten, das Eure Meinung vielleicht ändern wird.« Und nun erzählte Falk: von seinen beiden Begleitern, die beide auf schreckliche Art ums Leben gekommen waren, vom Mord an Janara und von ihren Befürchtungen, dass wohl all jene, die damals an der Mission teilgenommen hatten, getötet werden sollten.

»Aber warum?«

Falk hob auf Unas Frage hin ratlos die Hände. »Wir wissen es nicht. Vielleicht Rache? Vielleicht will uns jemand zum Schweigen bringen? Ich habe keine Ahnung.

Aber wir sind ja unterwegs, um das herauszufinden.« Wieder bebten Unas Nasenflügel unruhig. Inzwischen machte offensichtlich auch sie sich Sorgen um das Wohl ihres Schwesternkindes.

»Nehmt mir die Frage nicht übel, Una«, begann der Liebfelder vorsichtig, »aber wie kommt ausgerechnet Ihr dazu, für Geld zu arbeiten? Ich weiß gewiss wenig über das Elfenvolk, aber nach allem, was ich hörte, sind für Euch materieller Besitz und Gold nicht erstrebenswert.«

»Es wäre schön, wenn dies alles noch so einfach wäre.« Una seufzte. »Aber immer mehr bekommen wir mit eurer Welt zu tun, können uns kaum noch aus euren Angelegenheiten heraushalten, es sei denn, man fristet in einer verborgenen Elfensiedlung sein Dasein und hütete sich, diese zu verlassen. Wer aber die so wunderbare und vielfältige Welt durchreist, läuft stetig Gefahr, von euren verdrehten und verqueren Ansichten verführt und verdorben zu werden, bis er schließlich ebenso *badoc* ist, wie ihr Rosenohren es seid.« Die Stimme der Elfe klang bitter, dann riss sie sich zusammen. »Aber das ist nicht die Antwort auf deine Frage. Tatsächlich haben mein Schwesternkind Lithrion und auch ich Erennyions Gold genommen und einen Auftrag für ihn ausgeführt. Es war jedoch nur dieses eine Mal, dass wir es taten, und es geschah aus einer Notlage heraus, in der wir uns anders nicht mehr zu helfen wussten. Erennyion wusste von unseren damaligen Schwierigkeiten, und er wollte uns helfen. So bot er uns diesen Auftrag an. Wir taten, was wir tun mussten. Doch ich hoffe, nein, ich bin mir sicher, dass der Glanz des Goldes mich nicht verführen konnte. Ebenso wie auch Lithrion niemals den Wunsch hegte, jenes wieder zu erlangen.«

»Wie sah denn diese Notlage aus?«, fragte Hagen neugierig.

Wieder bebten die Nasenflügel der Elfe und eine steile Falte bildete sich auf ihrer weiß schimmernden Stirn.

Fast rechnetete Falk mit einem zurechtweisenden ›Das geht dich nichts an‹, aber die Elfe sagte nur: »Wir mussten jemanden freikaufen, in dessen Schuld wir standen.« Falk verfluchte die Ironie des Schicksals, als ihm bewusst wurde, dass die Elfen ihre Schuld vielleicht mit ihrem Leben eingelöst hatten.

Die Praiosscheibe stand fast im Zenit, als sie eine kurze Rast einlegten. Sie tränkten die Pferde und stärkten sich mit einem Kanten Brot. Hagen stellte missmutig fest, dass Rondrim sich bei der Beschaffung ihrer Vorräte böse verschätzt hatte.

Nach einer kleinen Ruhepause setzten sie ihren Weg fort. Unvermittelt wurde es düster und gelbe Wolkenfetzen jagten über den Himmel. Binnen eines Augenblicks frischte der Wind auf, zerrte gierig an ihren Umhängen, riss an ihren Haaren. Una sagte etwas, aber der Wind stahl ihr die Worte vom Mund. »Sieht aus, als zöge ein Sturm auf. Vielleicht sollten wir uns unterstellen«, schlug Falk vor.

Hagen schüttelte entschieden den Kopf. »Wir müssen weiter. Wenn es richtig zu stürmen anfängt, können wir uns immer noch Schutz suchen. Es wird ohnehin schwierig werden, hier einen Unterschlupf zu finden. Vielleicht sind die Götter mit uns und das Unwetter verzieht sich wieder.« Der Liebfelder warf ihm einen zweifelnden Blick zu, ritt dann aber gehorsam weiter.

So plötzlich, wie er gekommen war, ließ der Wind nach. Nur das seltsam gelbliche Licht blieb, so als würde das Unwetter sich über sie lustig machen und nur ein klein wenig abwarten, um mit voller Wucht über sie hereinzubrechen. »Seltsames Wetter«, murmelte Una mit einem skeptischen Blick auf den wolkenverhangenen Himmel.

Sie war die Erste, die bemerkte, dass etwas am Straßenrand lag. Ein Bündel, halb von Büschen und Sträuchern verborgen. Falk zog sein Rapier und setzte gerade dazu an, seinem Rappe die Fersen zu geben, als Una unvermittelt ihren Bogen fallen ließ und auf es zurannte. Einige Augenblicke später hatte sie das Bündel bereits halbwegs aus dem Strauchwerk herausgezogen. Nun erkannten auch Falk und Hagen, dass es eine menschliche Gestalt war, die da lag. Nein, vielmehr die schlanke, zarte Gestalt eines elfischen Jünglings. Seine schmutzbesudelten blonden Locken umspielten sanft das schmale Gesicht. Die schräg gestellten Augen schillerten in dunklerem Türkis als die Unas und starrten in einem Ausdruck des namenlosen Entsetzens ins Nichts. Die vollen Lippen waren aufgeplatzt und getrocknetes Blut entstellte den unnatürlich weit aufgerissenen Mund, der nur noch eine einzige klaffende Wunde zu sein schien. Etliche Zähne waren ausgeschlagen, ebenso fehlten die Fingernägel an den schlanken Händen. Die weiße Haut am Hals war mit blauen Würgemalen und roten Brandmalen übersät, der Körper mit tiefen Schnittwunden verunziert. Und immer wieder Blut, Blut in den Augenwinkeln, Blut im goldenen Haar und Blut auf dem einstmals so schönen Leib, der nun, aufs Bitterste geschändet, entblößt vor ihnen lag. Schon hatten sich Käfer und Würmer in den tiefen Wunden ihr Heim gesucht und grünschillernde Schmeißfliegen, die im entstellten Antlitz ein reiches Mahl gehalten hatten, suchten das Weite, aufgeschreckt und unwillig über die unwillkommene Störung.

»Oh, Götter!«, stieß Hagen hervor. Die Elfe kniete wortlos neben dem toten Körper ihres Schwesterkindes und versuchte, die Lider über den gebrochenen Augen zu schließen, doch der Körper war von der Starre des Todes umfangen und ließ sich nicht bewegen.

»Welches Tier tut so etwas?«, stammelte Hagen fassungslos.

»Kein Tier täte so etwas.« Unas Stimme klang kalt, sie sah nicht auf. »Ein Tier würde töten. Aber nicht foltern.«

»Ja, so etwas Unmenschliches kann nur ein Mensch vollbringen. Er hat lange gelitten.«

Falk verstummte, als Una mit gesenktem Kopf aufstand, die Hände zu Fäusten geballt. »Wenn ihr mir helft, könnten wir ihn ein wenig abseits des Weges legen und eine Decke über ihn breiten, damit nicht zu viele fremde und neugierige Blicke sich an ihm weiden können.«

»Wie? Willst du ihn denn nicht verbrennen oder begraben? Wir könnten auch Steine sammeln und über ihm aufschichten. Und willst du nicht ein Gebet für ihn sprechen?«, fragte Hagen fassungslos. Er begegnete Unas Blick und schreckte zurück: Ihre Augen schimmerten nicht mehr in dunklem Türkis, nein, sie loderten in einem hellen, fast schon gleißenden Grünton.

»Zu wem sollte ich beten?«, fragte sie hart. »Und warum sollte ich ihn begraben? Die Natur selbst wird dafür sorgen, dass er nicht allzu lange hier liegt. Und die Würmer holen sich, was sie wollen, sei es über oder unter der Erde. Das Einzige, wovor ich ihn schützen will, sind die Blicke der Rosenohren, die hier vielleicht des Weges kommen. Wir haben keine Zeit mehr zu vergeuden, das sehe nun auch ich, hier, am toten Körper meines geliebten Schwesterkindes. Also, wenn ihr mir gerade helfen wollt?« Ruhig und gefasst klang die Stimme der Elfe, aber Falk sah, wie ihre Wangenknochen weiß hervortraten, als sie die Zähne zusammenbiss.

Sie legten Lithrion in eine Decke und schafften ihn tiefer ins Gebüsch, wo er kaum noch zu entdecken war. Dann eilten sie weiter, von einer unsichtbaren Peitsche angetrieben. Der erwartete Sturm stellte sich nicht ein, aber es blieb düster und ein feiner Nieselregen machte ihre Kleidung bald feucht und klamm. Der dunkle Himmel passte zu ihrer gedrückten Stimmung. Keiner der Männer wusste, was er zu Una sagen sollte, keiner fand ein Wort des Trostes für sie. Die Elfe ging mit steinernem Gesicht und eisigem Schweigen neben ihnen her. Nur ab und zu drängte sie die Gefährten zur Eile.

Die Dunkelheit brach früh herein und zwang sie, sich bald einen Platz für die Nacht zu suchen. Nochmals verstärkte die Elfe den Schlafzauber und wieder flößte sie Lysandra den Kräutersud ein, bevor sie die Regungslose zur Ruhe bettete. Dann legten auch sie sich hin. Aber der Schlaf wollte sich nicht einstellen. Zu bewusst war die Bedrohung nun geworden, zu nahe gekommen, und allzu deutlich war der schreckliche Anblick des gefolterten Elfen, sobald man die Augen schloss. Falk strich sich müde über die Stirn. Wenn wenigstens Lysandra wieder zu sich käme, dann wären sie zumindest eine Sorge los. Er fragte sich, ob er nicht wach bleiben und Wache halten sollte, als ihn der Schlaf rücklings überfiel und weitere Überlegungen zunichte machte.

Kapitel 13

Hagens kalte Nase wurde allmählich wieder warm. Erst taute die Spitze langsam auf, dann tastete sich das wohlige Gefühl den eisigen Nasenrücken hinauf und landete schließlich auf den geschlossenen Augen. Leider drang neben der wunderbaren Wärme auch ein helles Licht durch die geschlossenen Lider und riss ihn langsam, aber umso unerbittlicher aus den letzten Gefilden des nächtlichen Schlafes. Der Söldner fand sich damit ab, dass dieser wohl nun unweigerlich zu Ende war. Er streckte sich ausgiebig und hielt das Gesicht mit einem seligen Lächeln in die Strahlen der frühen Morgensonne. Dann gähnte er laut, die Augen noch immer geschlossen. Er öffnete sie mit viel Mühe, als ihm ein Kichern ans Ohr drang. Durch den schmalen Spalt erkannte er die Elfe, die zusammen mit Falk an einem Feuerchen hockte, im Kessel rührte und ihn währenddessen beobachtete. Hagen schnaufte und rieb sich den restlichen Schlaf aus den Augen, schwerfällig überlegend, wo denn nun das Kichern hergekommen sei. Dann setzte er sich auf und murmelte benommen: »Mann, hab ich gut geschlafen!«

»Das freut mich, mein Lieber.«

Das war doch … die altbekannte und so verhasste Stimme der rothaarigen Hexe! Dann war das Kichern vorhin … Tatsächlich, da saß sie neben dem Liebfelder am Feuer und schlürfte etwas Dampfendes aus einem Becher. Sie war noch bleicher als sonst, die Wangen wirkten eingefallen und die Ringe unter ihren Augen waren von dunklem Blau. Umso mehr leuchteten ihre wirren feuerroten Haare im Morgenlicht. Und da lag schon wieder dieses abstoßende, schiefe Grinsen auf ihrem Gesicht. »Na, geht's wieder?«, brummte Hagen, bemüht, nicht allzu freundlich zu sein.

»Jetzt, da ich dich sehe, kann es eigentlich nur noch besser werden.«

Hagen überlegte, ob das nun eine Hinterhältigkeit war oder nicht. Dann zuckte er die Achseln und seufzte ergeben. Die Ruhepause war vorbei. »Haben Unas Zaubereien also doch gewirkt!«

»Sieht so aus«, entgegnete Una ruhig. »Sie hat einen sehr starken Willen, sonst wäre es nicht so rasch gegangen.«

»Starken Willen, hm, so kann man es wohl auch nennen«, brummelte Hagen in seinen Bart.

»Heute Abend dürfen wir wohl endlich wieder in einem richtigen Bett schlafen.« Falk versuchte offensichtlich unauffällig das Thema zu wechseln. »Und Erennyions Betten sind wunderbar weich. Ich muss gestehen, ich freue mich darauf.« Er schenkte Lysandra Tee nach und goß dann auch Hagen ein.

»Na«, erhob Lysandra schwach die Stimme, »das ist aber nicht gerade sehr männlich. Heldenhafte Krieger, die Orken und Ogern trotzen, werden doch nicht wegen des harten Bodens und der laufenden Nase losheulen.«

Falk lachte. Er war verdächtig gut gelaunt heute morgen, stellte Hagen missmutig fest. »Habe ich je behauptet, ein heldenhafter Krieger zu sein?«

»Also, zumindest Hagen erzählt jeder Schankmaid, dass er ein solcher sei!«

»Una, könntest du bitte noch einmal einen Schlafzauber über sie legen? Mir zuliebe? Bitte, tu mir den Gefallen«, bat Hagen stöhnend.

Una verzog keine Miene. »Wir sollten nicht so lange herumtrödeln, sondern bald aufbrechen, damit wir bis heute Abend bei Erennyion sind«, bestimmte sie mit kühler Stimme. Hagen fiel ein, wie traurig sie sein musste, und schalt sich selbst einen Toren, dass er ihren Kummer um Lithrion schon vergessen hatte. Hoffentlich waren sie bald aus dieser Zwickmühle heraus. Er wollte nach Hause und seine Ruhe haben.

Zügig packten sie ihre Sachen zusammen. Lysandra war noch sehr schwach und sah aus, als hätte sie gerade eine schwere Krankheit überwunden. Una gab ihr einen Trank, der sie weiter stärken sollte, aber sie wirkte trotzdem mitgenommen und erfüllte unbewusst Hagens innigsten Wunsch, indem sie kaum ein Wort sprach. Sie kamen überein, dass Lysandra wieder bei Falk mitreiten sollte. Una weigerte sich noch immer, auf eines der Pferde zu steigen.

»Mit euch kann ich schon lange Schritt halten. Und überhaupt, ich will den Boden unter meinen Füßen spüren und nicht den stinkenden Hintern eines schwitzendes Pferdes riechen müssen.«

Rüstige alte Dame, dachte sich Hagen und grinste verstohlen, als Unas Blick ihn wie ein Dolch traf. Er fragte sich besorgt, ob sie wohl Gedanken lesen könne. Man hatte schließlich schon so allerhand Dinge über das Elfenvolk gehört.

Sie setzten ihren Weg fort, das Ende ihrer Reise nun fest vor Augen. Die Praiosläufe reihten sich aneinander. Sie eilten voran, sprachen wenig. Falk setzte Lysandra mit knappen Worten über die Geschehnisse in Kenntnis; sie war entsetzt und tief betroffen. Immer wieder warf nun einer von ihnen einen verstohlenen Blick zurück, erwartete fast, etwas oder jemanden zu sehen. Aber sie waren allein mit dem blassen Praiosschild, das seinen Weg beschritt wie immer.

Sie machten keine Mittagsrast, waren erschöpft und ungeduldig zugleich. Nur ein Ziel stand ihnen vor Augen: endlich anzukommen. Sie kauten mürrisch die Wurzeln, die Una für sie am Morgen gesammelt hatte und die das Knurren ihrer Mägen kaum lindern konnten. Hagen schickte gedanklich einen saftigen Fluch zu Rondrim, der so schlecht für ihr Essen gesorgt hatte. Obwohl es ihnen schien, als kämen sie kaum vorwärts – glich doch ein Acker dem nächsten und ein Baum dem anderen –, so erreichten sie doch endlich die Gegend, in der Erennyions Wohnsitz lag, als der Praiosschild schon weit im Efferd stand. Hagen schüttelte langsam den Ärger ab und freute sich auf ein gemütliches Abendessen vor Erennyions wärmendem Kaminfeuer. Bis zum Sonnenuntergang, so schätzte er, allerspätestens aber bis zum Einbruch der Dunkelheit, hätten sie wohl das kleine Gut des Magiers erreicht.

Erennyion hatte sich das Haus mit dem wunderbaren Garten so abseits jeglicher menschlicher Ansiedlung errichtet, dass ein Unwissender es wohl nicht gefunden hätte. Führte doch der Pfad über zahlreiche verwilderte Wiesen und durch versteckte Haine und einmal musste sogar ein schmaler Bachlauf überquert werden, damit man zu dem verborgenen Haus des Magiers gelangte. Und doch lag Greifenfurt nur einen Tagesmarsch entfernt. Eine vortreffliche Wahl für einen eigenwilligen und doch weltgewandten Mann wie Erennyion. Nicht einmal der Orkensturm war ihm in die Quere gekommen. Lysandra hatte auf Hagens Frage hin erzählt, dass die Schwarzpelze am Haus des Magiers einfach vorbeigezogen seien. Hagen musste lächeln, als er an den nun schon recht betagten Mann dachte. Er erinnerte sich noch gut, wie er ihn damals kennengelernt hatte, einen hoch gewachsenen, stämmigen Menschen, dessen flinke braun glänzenden Augen ständig in Bewegung waren. Sein langer schlohweißer Bart und das ebenso weiße, zu drei Zöpfen geflochtene lange Haar hatten bereits einen tiefen Eindruck gemacht, noch bevor die dröhnend tiefe Stimme erklungen war. Erennyions Willen konnte sich niemand so leicht widersetzen. Und auch seine Launen konnte man ihm nicht übel nehmen, denn spätestens wenn sein dunkles Lachen ertönte, wurde man einfach mitgerissen. Hagen musste sich eingestehen, dass er wohl noch keinen Menschen mit einer größeren Ausstrahlung begegnet war. Umso unbegreiflicher war es ihm immer geblieben, wie so ein Mann, gebildet, wohlhabend und noch dazu mit besonderer Ausstrahlung und dem Besitz magischer Kräfte gesegnet, sich mit so schnöden Dingen wie dem Söldnertum abgeben konnte. Er und Janara hatten ihn durch einen Kaufmann kennengelernt, dem sie einmal Leibschutz gegeben hatten. Sie sollten für den Magier einen Folianten sicher nach Beilunk bringen und ihn dort einer bestimmten Person übergeben. Die Bedingungen waren die üblichen gewesen: keine Fragen, keine Antworten; das Buch notfalls bis zum letzten Atemzug verteidigen; die Hälfte der Bezahlung sofort, der Rest nach Erledigung des Auftrages. Janara und er hatten die Sache schnell erledigt, auch wenn es notwendig geworden war, ein paar aufdringliche Fragesteller zu Boron zu schicken. Erennyion war von ihrer sauberen, zuverlässigen Arbeit begeistert gewesen. Er hatte sie nicht nur gut bezahlt, sondern auch eine Nacht mit ihnen durchzecht, in der sie ihn besser kennenlernten. Sie erfuhren, dass er unglaublich viele Geschäfte tätigte, meist als Vermittler zwischen den hohen Herren und dem einfachen Söldnervolk. Er kannte hochgestellte Persönlichkeiten aus Politik, Militär und Kirche und hatte angeblich den Ruf, nahezu jeden Gegenstand und jede Auskunft beschaffen zu können. »Ihr glaubt gar nicht, welch schmutzige Sachen sich die Herrschaften von scheinbar untadeligem Ruf einfallen lassen«, hatte er gesagt und sich den Bierschaum aus dem weißen Bart gewischt. »Es ist wohl wahr, dass die stillsten Seen die tiefsten und schlammigsten sind. Das merkt euch!« Er hatte missbilligend den Kopf geschüttelt, weiter getrunken und erzählt, ohne jedoch auf Einzelheiten einzugehen, dass er meist damit beschäftigt war, Kontakte herstellen und Spuren zu verwischen. Er war ein Meister in planmäßigem Vorgehen und erfüllte auch die seltsamsten Wünsche zur Zufriedenheit seiner Auftraggeber. Und dafür erhielt er dann den verdient fürstlichen Lohn.

»Und doch hätte ich nicht gedacht, dass ein Mann wie Ihr besonders Wert auf Gold legt. Ich hätte Euch mehr als Forscher und Schöngeist eingeschätzt, denn als skrupellosen Geschäftemacher und Intriganten«, hatte ihm Janara unverblümt vorgeworfen. Kurz war die Wut in Erennyions haselnussbraunen Augen aufgeblitzt und ein erbostes kleines Lachen war seinem stattlichen Brustkorb entwichen.

»Dummes kleines Kind«, hatte er dann heiser geflüstert. »Wissen musst du dir kaufen. Nur Gold kann dir den Weg zur Erkenntnis ebnen. Denn diejenigen, die das Wissen besitzen, geben es nicht freiwillig her. Zu groß ist die Macht, die es verleiht. Ich selbst aber erhalte immer den Lohn, den ich mir erarbeitet habe, der mir zusteht. Du denkst, mich lockt das Gold? O nein, es ist mir nur Mittel zum Zweck. Aber dieses goldglänzende Mittel öffnet mir jede Tür, die ich durchschreiten will, und scheint sie auch noch so fest verschlossen zu sein.«

Der Magier war jedoch nicht lange so ernst geblieben und sie hatten eine lustige, feuchtfröhliche Nacht erlebt. Das zweite Mal hatten Hagen und Janara mit ihm gefeiert, als sie den reichlichen Lohn bekamen, den dieser vermaledeite Auftrag eingebracht hatte. Der Auftrag, für den Janara nun, Jahre später, ihr Leben lassen musste.

»Etwas verfolgt uns!« Una hatte den Kopf so plötzlich gehoben, dass die anderen erschrocken zusammenfuhren. Hagen lauschte. Er konnte jedoch beim besten Willen nichts hören. Ein Blick auf Falk und Lysandra bestätigte ihm, dass auch sie nichts bemerkt hatten. Unas

Gesicht nahm einen äußerst besorgten Ausdruck an. »Ich weiß nicht, was es ist. Aber es kommt näher. Es kommt hinter uns her und es wird schneller.«

Falk wendete sein Pferd, um sich dem vermeintlichen Angreifer entgegenzustellen und Hagen wollte es ihm gleichtun, als der Schrei der Elfe ihn daran hinderte. »Nein! Wir müssen weg, fliehen. Ich fühle Gefahr, die Macht eines dunklen, bösen Wesens hinter uns. Weiter, wir müssen weiter! Kommt schon, macht schneller!«

Sie schwang sich behende auf den Rücken des Packpferdes, das ihr Gewicht kaum zu spüren schien. Hagen ließ die Zügel des Tieres fahren. Die Panik der Elfe steckte die anderen an. Obwohl sie nichts sahen und auch nichts hörten, spornten sie die Pferde zum Galopp an. Die Hufe der Tiere stürmten über den aufgeweichten Boden. Grasbüschel flogen in die Luft und bald vermischte sich der keuchende Atem der Reiter mit dem angestrengten Schnauben ihrer Rosse.

Nicht mehr weit, mein Freund, es ist nicht mehr weit, spornte Hagen in Gedanken sein Ross an. Vor ihnen kam das einsame Gut Erennyions in Sicht. Schweiß spritzte von den nassen Pferdeleibern und weißer Schaum troff aus ihren Mäulern. Sie würden diese irrsinnige Geschwindigkeit nicht mehr lange durchhalten, zu schwer die zu tragende Last, zu tückisch der unberechenbare Boden. Schon wurde das Packpferd langsamer. Hagen fragte sich, weshalb sie eigentlich in kopfloser Flucht davonrasten, als auch er es spürte: Es war wie ein kalter Atemhauch im Rücken, die eiserne Kralle einer gewaltsamen Klaue, die sich mit gnadenloser Gier in die Haut seines Nackens bohrte und ihm lustvoll den Rücken aufschlitzen wollte. Sein Wallach wieherte ängstlich und Hagen konnte ihn gerade noch davon abhalten, seitlich auszubrechen.

»Schneller!« Unas Stimme überschlug sich und klang ihm doch seltsam gedämpft in den Ohren. Sein Herzschlag übertönte das Dröhnen des Kopfes, die Angst lag wie ein eisiger Fels auf seiner Brust, drohte ihn zu ersticken. Das Bewusstsein einer namenlosen Bosheit kam über seinen Geist, ertränkte ihn in gellender Panik, die sich auf sein Pferd übertrug. Der Hengst war außer sich und Hagen trieb ihn immer heftiger an, keines klaren Gedankens mehr fähig. Sein Blick heftete sich auf die schnell näher kommende weiße Mauer des Gutes. Rettung! Rettung! Das rötliche Licht der sinkenden Sonnenscheibe schien zu einem überderischen Gleißen zu werden, die Mauer kam näher, das Tor stand weit offen, wartete auf sie. Sein Schreien mischte sich mit dem panischen Gebrüll seiner Gefährten, als sie mit letzter Kraft in rasendem Galopp die Grenze überschritten und durch das Hoftor ins Gut des Magiers Erennyion eindrangen. Schlagartig verließ sie die boshafte Gegenwart. Ihr Verfolger hatte sich zurückgezogen. Zumindest vorläufig.

Die schweißnassen Flanken der Pferde zitterten heftig und ihren wunden Nüstern entwich keuchend der Atem. Die Gefährten sahen sich an, verwirrt und erschöpft. »Was war das?«, fragte Lysandra schließlich zitternd. Una schüttelte verwirrt den Kopf. »Ich habe keine Ahnung. So etwas habe ich noch nie gesehen oder gespürt. Diese kalte Bosheit, dieser abgrundtief verdorbene Wille … Etwas hat auf uns Jagd gemacht und wir sind ihm nur knapp entkommen. Ob mit oder gegen seinen Willen – ich weiß es nicht!«

»Ich meine, wir haben alle etwas gespürt, wenn auch später als Ihr, Una!« Falk atmete schwer und wischte sich den Schweiß von der Stirn. »Ich vermute, dass wir es mit unserem Verfolger zu tun haben. Dem Mörder unserer Kameraden oder zumindest einem seiner Werkzeuge.«

Lysandra riss die Augen auf. »Meinst du, das Ding ist die ganze Zeit hinter uns her gewesen und wir haben es nicht bemerkt? Es hätte uns im Schlaf das Herz herausreißen können und wir wären ahnungslos wie kleine Kinder gewesen.«

»Unwahrscheinlich!«, warf Una sachlich ein. »Obwohl ihr augenscheinlich ein halbes Äon braucht, um überhaupt auf eure Verfolger aufmerksam zu werden. Ihr wärt wirklich eine leichte Beute gewesen. Aber dieses Wesen von eben ... Entweder hat es sich gut getarnt und seine Anwesenheit irgendwie versteckt. Oder – und das halte ich für wahrscheinlicher –, es hat uns heute erst gefunden.«

»Habt ihr vielleicht einmal daran gedacht, dass sich unser Verfolger aus einem ganz anderen Grunde erst jetzt gezeigt haben könnte?« Hagens Worte lagen wie Rauhreif in der Luft. »Was, wenn er seine Jagd mit voller Absicht gerade jetzt begonnen, seine bösartige Anwesenheit eingesetzt hätte, um uns zu hetzten? Uns in Panik vor sich herzuscheuchen, uns hierher zu treiben wie Schafe auf die Schlachtbank? In die Falle zu locken wie einen vor Angst halb wahnsinnigen Fuchs bei einer Hetzjagd? Oder wollt ihr mir erzählen, hier sei alles in Ordnung und wir würden wie liebe Gäste empfangen werden?«

Die anderen verstummten. Hagen war bereits abgestiegen und führte während seiner Ausführungen sein erschöpftes Pferd seelenruhig herum. Seine Axt hielt er locker in der Rechten. Die anderen taten es ihm gleich und stiegen ab. Falk zog verunsichert sein Rapier blank, Lysandra tastete nach ihren Wurfdolchen. Una blieb unbewaffnet und sie spannte auch ihren Bogen nicht, einzig ihre Augen verengten sich angespannt. Sie schritten gemeinsam in Richtung auf das Haupthaus zu. Und Hagen hatte Recht: Hier stimmte etwas nicht.

Es war nicht so, dass es gleich ins Auge sprang. Aber bei genauerem Hinsehen fiel doch auf, dass der so ordentliche Erennyion seine Büsche nicht mehr in Form geschnitten hatte, dass Blätter und welke Blüten auf der mit

Unkraut überwucherten Rasenfläche faulten, dass aber andererseits kein Erdklumpen, kein einziger Grashalm auf dem weißen Steinweg lagen, der zum Stall führte. Und vor allem: dass kein Hauch sich regte, kein noch so leises Geräusch durch die atemlose Stille drang.

»Du hast Recht, Hagen«, flüsterte Lysandra. »Hier ist etwas oberfaul!«

»Es ist fast dunkel. Lasst uns die Fackeln entzünden, ehe wir weitergehen.« Hagen zog drei Fackeln aus der Ledertasche an seinem Sattel und Lysandra kramte eine Öllampe aus ihrem unerschöpflichen Rucksack. Schweigend zückte Hagen Feuerstein und Zunder und hatte nach kurzer Zeit Funken geschlagen. Sie folgten dem verspielt verschlungenen Pfad, der vom hölzernen Tor einen kleinen Hügel hinauf zum Wohngebäude führte. Er war aus kleinen weißen Steinen gelegt und von Blumen und Gemüsebeeten gesäumt. Zu ihrer Linken befand sich ein grünlich schimmernder Teich, auf dessen Oberfläche neben Seerosen nun auch aufgeweichte Blätter schwammen. Das Gut bestand aus einem niedrigen, weißgetünchten Haupthaus und einer angrenzenden Stallung. Auch hier zeigte sich Erennyions Reichtum, denn beide Gebäude waren aus Steinen erbaut und die Fenster im Haupthaus gar mit Glasscheiben bestückt. Allerdings verwehrten die vorgezogenen schweren Vorhänge den Gefährten einen Blick ins Innere des Gebäudes. Etwas abseits stand ein kleiner runder Turm aus rotem Sandstein mit winzigen Fensterschlitzen und Zinnenkranz: Erennyions Arbeitsturm.

Noch immer herrschte unnatürliche Stille. Keinen Laut, keine Bewegung konnten ihre angespannten Sinne ausmachen. Weder Mensch noch Tier zeigte sich den aufgeregten Besuchern. Sie banden die erschöpften Pferde an einem großen Kirschbaum fest, der zur Rechten der mächtigen Eingangstür wuchs. Falk deutete knapp auf das Haupthaus und sie steuerten auf die Eingangstür zu, die aus dunkler Eiche mit kostbaren Messingbeschlägen und einem Türklopfer in Form eines Löwenkopfes ausgestattet war. So hatten sie die Tür zumindest in Erinnerung. Vor ihnen befanden sich jedoch nur verschmorte und verkohlte Holzreste, die schief in den Angeln hingen. Der schwere Türklopfer lag verbogen auf dem Steinboden. Lysandra versetzte der Tür mit dem Fuß vorsichtig einen Stoß, woraufhin diese mit knirschendem Geräusch zur Seite schwang.

»Ich glaube nicht, dass wir noch besonders leise sein müssen. Was auch immer uns gejagt hat – es war vor uns hier, hat seine Beute bereits erlegt. Wir kommen zu spät.« Unas kalte Stimme hallte durch die ehemals so prächtige Empfangshalle. Nun sah es so aus, als hätten wilde Tiere hier gehaust. Die Möbel waren zerschlagen, auf dem Boden lagen zahlreiche bunte Scherben zwischen dunklen Kothaufen und halb eingetrockneten Urinlachen. Decke und auch Fußboden waren mit einer dichten schwarzen Rußschicht bedeckt. Unflätige Schmierereien in blutroter Farbe verunstalteten die Wände. Der kleine Brunnen in der Mitte des Atriums war mit erbärmlich stinkender grünbrauner Jauche gefüllt, die darin kniende Steinstatuette, eine entzückende Schleiertänzerin, umgestoßen. Man hatte sich nicht einmal gescheut, ihr Kopf, Hände und Brüste abzuschlagen. Wer immer hier gewütet hatte, er hatte wirklich ganze Arbeit geleistet!

Fassungslos schritten die Gefährten durch das Haus, das sie prachtvoll und wunderbar geschmückt in Erinnerung hatten, und ihre Herzen wurden schwer bei dem Anblick, der sich ihnen bot. Kein Zimmer war ausgelassen, ein jedes geschändet und verunstaltet worden. Ob in der großen Küche, dem Speisezimmer, dem üppigen Baderaum, dem großen Kaminzimmer – überall herrschte das gleiche Chaos. Am schlimmsten sah die Bibliothek aus, der wohlgehütete Augapfel des Magiers. Hier waren sie damals alle gewesen, hatten das

Gold für jenen verfluchten Auftrag in Empfang genommen. Nun waren die ledernen Sessel aufgeschlitzt, die Bücher verbrannt oder zerrissen, die deckenhohen Regale mit widerlichem Sud beschmiert. Nichts war hier heil geblieben. Auch der Schlafraum Erennyions war nicht verschont worden.

Una beugte sich plötzlich vor und betrachtete die Wand neben dem zerfetzten Himmelbett genauer. Die Wand, der halb heruntergerissene Baldachin und auch das seidene Bettzeug waren mit Spritzern und unförmigen Flecken einer dunklen, bräunlichen Flüssigkeit übersät. »Blut!« Die Stimme der Elfe dröhnte erschreckend laut durch die atemlose Stille. Sie hasteten hinaus, beeilten sich, diesen Ort des Schreckens zu verlassen.

Als sie die Haustür vorsichtig hinter sich zuzogen, atmete Lysandra unwillkürlich tief durch. »Was ist hier nur geschehen?«, fragte sie entsetzt. Aber es gab keine Antwort, die ihre Begleiter ihr hätten geben können.

»Die Stallung!«, bestimmte Hagen knapp. Vielleicht würde sich dort ein Hinweis finden. Sie schritten hinüber und warfen einen Blick in das hohe Gebäude. Aber es war kein Tier zu sehen. Sie waren allesamt verschwunden. Ziegen- und Schafstall waren gleichermaßen leer wie die Boxen der Pferde. Der Verschlag für die Hühner war ebenso verwaist wie der für die Gänse. Kein lebendes Wesen hielt sich hier auf, nicht einmal die üblichen Schwalben unter dem Dachfirst und nur vereinzelt lagen Strohhalme und Kotklumpen auf den Wegen zwischen den Verschlägen. Selbst der Stallgeruch, diese Mischung aus Tierausdünstung, Kot, Heu und Stroh, war verschwunden und hatte einer staubigen Hitze Platz gemacht. Bedrückt schlossen sie die Stalltür hinter sich.

Falk deutete gerade wortlos zum Turm, als Lysandra einen überraschten Laut ausstieß. Sie zeigte auf einen unförmigen schwarzen Fleck auf der Erde, der halb hinter der Stallung verborgen war. »Seht nur! Dort! Das ist verbrannte Erde.« Sie lief behende zu der Stelle, ging in die Knie und nahm etwas von der Asche zwischen die Finger. »Das war eine Feuerstelle. Eine riesige Feuerstelle.« Sie wandte sich den zurückgebliebenen Gefährten zu und ihr Gesicht war eine Maske des Abscheus. »Die Asche ist kalt und feucht, es ist also schon einige Tage her, dass hier ein Feuer gebrannt hat. Und« – sie griff nach etwas und erhob sich sodann –, »hier wurde nicht etwa Holz verbrannt.« Sie hielt den Fund hoch, sodass ihre Gefährten ihn sehen konnten: Es war ein geschwärztes, angeschmortes Hufeisen.

»Diese Ausgeburt des Rattenkindes!«, fluchte Hagen mit zusammengekniffenen Augen.

Lysandra ließ das Eisen fallen und kehrte zu den anderen zurück, die sich bereits angewidert abgewandt hatten. »Nun wissen wir, wohin die Tiere verschwunden sind«, murmelte sie leise.

»Aber eines gibt mir zu denken«, warf Falk ein. »Warum keine Zeichen der Panik? Die Tiere hätten in heilloser Angst alles niedertrampeln müssen, als sie die Todesschreie der Verbrennenden vernahmen. Aber es gibt keine Spuren. Nichts. Gerade so, als wären sie freiwillig in den Tod gegangen.«

»Lasst uns zum Turm gehen. Er ist unsere letzte Hoffnung, Spuren oder vielleicht sogar eine Nachricht Erennyions zu finden. Vielleicht konnte er ja noch rechtzeitig fliehen.« Lysandras unsichere Stimme strafte ihre hoffnungsvollen Worte Lügen.

Die Tür, eine kleine unansehnliche Holzpforte, war unversehrt. Falk öffnete sie vorsichtig, das Rapier griffbereit. Mit der Dunkelheit im Innern schlug ihnen ein süßlich fauliger Geruch entgegen, ein Geruch, der den Magen gefährlich in Aufruhr brachte. Verwesungsgestank. Die Gefährten stöhnten auf, Una erbleichte und für einen Moment schien es, als würden die Knie unter ihr nachgeben. Sie wich zitternd ein paar Schritte zurück.

»Es tut mir leid, aber ich kann da nicht hineingehen. Ich werde ohnmächtig von diesem Gestank. Es ist der Odem des Todes in diesem Turm. Und er ist so gewaltig, dass er mir den Atem raubt. Verzeiht, aber ich kann es nicht, ich …«

Bei ihren letzten Worten war die Elfe endgültig in die Knie gesunken und nun schüttelten Würgekrämpfe ihren zarten Körper. Sie beugte sich gepeinigt vornüber und spie bittere Galle auf den Erdboden. Als sie sich ein wenig beruhigt hatte, richteten Falk und Hagen sie vorsichtig auf und brachten sie ein paar Schritte weg von dem Turm, lehnten sie an einen nahen Baum.

»Soll ich lieber hier bei dir bleiben?«, bot sich Hagen besorgt an. »Es ist nicht gut, wenn du allein bleibst. Vielleicht ist diese meuchelnde Bestie hier noch irgendwo.«

Una lächelte schwach. »Danke, aber es geht schon wieder besser. Lasst mich nur einfach hier in der klaren Nachtluft ein wenig ausruhen. Ich kann mich schon noch wehren, falls etwas passiert, und ihr seid ja in Rufweite. Lasst nur die Tür offen stehen, damit ihr mich hören könnt, falls es notwendig sein sollte.« Die anderen nickten und Hagen steckte seine Fackel neben ihr in den Boden.

Lysandra hatte sich in der Zwischenzeit ein weißes Taschentuch um Mund und Nase gebunden und erwartete sie am Eingang. Sie sogen noch einmal die Lungen voll mit der reinen, frischen Luft der klaren Nacht. Dann drehten sie sich um und betraten den Turm des Magiers.

Die Flammen der Fackeln zuckten wild, als sie den runden Raum betraten. Dann standen sie plötzlich still, schienen zu schrumpfen, versuchten, der erdrückenden Finsternis Herr zu werden. Lysandra drehte den Docht ihrer Öllampe nach oben. Aber kaum ein Ankommen gab es für sie gegen die dunkle Schwärze. Doch selbst in dem schwach flackernden Licht konnten die Gefährten erkennen, dass auch an diesem Raum der Zug der Verwüstung nicht vorbeigegangen war. Ein alter, dunkler Holztisch und ein lederbezogener Lehnstuhl lagen umgeworfen und zertrümmert auf der Erde, die Regale waren von den Wänden gefegt worden. Auf dem steinernen Boden lagen die Reste von Erennyions Alchimistenwerkstatt: zertretene Tonphiolen, zerbeulte Blechschälchen, allerlei Mörser und Löffelchen, Pinsel, seltsame Stäbchen und feingearbeitete Zangen, alle verbogen und beschädigt. Sogar Glasscherben waren zu sehen und geschmolzene, deformierte Brocken aus verschiedenem Gestein. Hier und da waren noch kleine Lachen von Flüssigkeiten zu erkennen, von denen manche sogar Löcher in den Stein gefressen hatten. Kräuter und zahlreiche Pflanzen faulten zwischen verbogenen Eisengestellen und zerrissenen, angekohlten Pergamenten.

Eine schmale hölzerne Wendeltreppe führte in das obere Stockwerk. Falk betrat als erster vorsichtig die beunruhigend laut knarrenden Stufen. Er hielt die Fackel hoch, um sich nicht selbst zu blenden. Hinter ihm folgte Lysandra, den Dolch unruhig in den Händen drehend, und das Schlußlicht bildete Hagen, dessen poliertes Axtblatt gefährlich im zuckenden Flammenschein schimmerte. Mit jeder Stufe, die sie nahmen, wurde der Verwesungsgestank stärker und aufdringlicher.

»Jetzt kommt ihr!«

Falks Herz drohte auszusetzen, als er die fremde Stimme aus der Dunkelheit vernahm. Er sprang die letzten paar Stufen nach oben, das Rapier bereits zur Attacke erhoben. Seine Gefährten drängten ihm nach. Das unstete Licht der Fackeln gab die Sicht frei auf einen niedrigen, ebenfalls runden Raum. Er war fast leer und trug auch keine Spuren der Verwüstung. In der Mitte der Kammer stand eine längliche Tafel, darauf ein unförmiger Gegenstand, der mit einem riesigen karmesinroten Tuch bedeckt war. Lysandra stellte unwillkürlich fest, dass es sich dabei um einen der kostbaren Samtvorhänge aus der Bibliothek Erennyions handeln musste.

Hinter dem Tisch stand ein Lehnstuhl auf einer etwa einen Quadratschritt großen Holzkiste und glich so einem düsteren, verborgenen Thron. Eine Frau saß darauf. Falk erkannte sie sofort als die Frau wieder, die ihm im Traum erschienen war. Ein schwarzer Umhang umschmeichelte ihren zarten Körper, brachte das lange weißblonde Haar zum Leuchten. Dunkel glänzten die großen Augen in dem schmalen Gesicht und die weiße Haut war so dünn, dass man meinte, die Adern blau darunter schimmern zu sehen. Die vollen Lippen, in blutigem Rotton geschminkt, wirkten seltsam lebendig in dem sonst so wächsernen Antlitz. Eine der Hände in den schwarzglänzenden Handschuhen ruhte auf der Lehne des Stuhles, die andere hielt in einer schamhaft anmutenden Geste den Umhang am Hals zusammengerafft. Obgleich ihre Stimme bitter geklungen hatte, blickten die fast schwarzen Augen nun in glasiger Gleichgültigkeit auf die Gefährten herab.

»Warum kommt ihr erst jetzt?« Ihre Stimme hatte einen angenehm dunklen, vibrierenden Klang.

»Wir kamen, so schnell wir konnten«, entgegnete Falk hilflos und ließ das Rapier sinken.

»Und doch seid ihr zu spät. Viel zu spät.«

»Wir haben es gesehen.« Falk hob in einer verzweifelten Geste die Hand. »Alles, das Haus, die Zerstörung. Und es schmerzt uns mehr, als Ihr ahnen könnt.«

»So?« Wieder tobte die Bitterkeit in ihrer Stimme. »Es schmerzt euch also? Als würde das etwas nützen. Als würde das eine Rolle spielen.« Sie schloss für einen Moment die Augen und öffnete sie dann langsam wieder, gleich einem großen schläfrigen Reptil. Als sie weitersprach, war jegliche Regung von ihr gewichen. »Aber was hilft das Hadern? Denn selbst wenn ihr hier gewesen wäret, hätte es wohl nichts geändert, nichts ändern können.«

»Aber was bei allen Zwölfen, ist denn geschehen?«, fragte Lysandra erregt.

»Ihr kennt mich offensichtlich nicht mehr«, sprach die Fremde weiter, ohne auf Lysandras Frage einzugehen. »Nun, kaum verwunderlich, habe ich mich doch aus Erennyions Geschäften stets herausgehalten. Ich bin Celistria. Ich war die Gattin Erennyions, seine Gefährtin für eine lange und mir doch so kurz erscheinende Zeit. Ihr, Liebfelder, habt mich schon gesehen, als ich Euren Traum besuchte, damals. Damals, als ich noch die Hoffnung hegte, Ihr könntet uns helfen. Damals, in jener unheiligen Nacht, als die Verdammnis über uns hereinbrach.« Sie nickte Falk kaum wahrnehmbar zu. Es schien, als bereite ihr jegliche Bewegung körperliche Schmerzen. »Und doch war alles, was ich tat, sinnlos, denn der, für den mein Herz schlug, er, der meinem Leben einen Sinn gab – er ist von mir gegangen.« Ein Ausdruck unbeschreiblicher Trauer glitt über ihr feines Gesicht. Ihre Hand erhob sich langsam, mühsam von der Stuhllehne, deutete zitternd auf den Tisch vor sich.

Lysandra war die Erste, die sich näher wagte. Gemeinsam mit Falk schlug sie den blutroten Vorhang ein Stück zurück. Das namenlose Grauen erfasste sie bei dem Anblick, der sich ihnen bot. Es war Erennyion.

Das schlohweiße Haar war in Büscheln ausgerissen und auch von der Kopfhaut waren nur noch blutige Fetzen vorhanden. Ein Loch klaffte in seinem Schädel, gewährte Einblick in den Kopf des einst so geistreichen Denkers, nun eine Höhle des stinkenden Grauens. Dort, wo die flinken braunen Augen geblitzt hatten, war nun nichts mehr zu sehen als verbranntes Fleisch. An den Wangen lag das Muskelfleisch bloß; er war regelrecht gehäutet worden. Zahlreiche Risse, Schnitt- und Brandwunden bedeckten den Hals und an der Stelle, wo eigentlich das rechte Ohr hätte sitzen sollen, klaffte eine gelbliche schwärende Wunde. Seine Mundwinkel waren aufgerissen, unnatürlich weit aufgerissen, fast bis zu den Wangenknochen hinauf, und der geöffnete Kiefer gab den Blick frei auf gräulich faulendes Fleisch, nicht aber auf Zähne oder eine Zunge. Den ganzen Körper überzog eine fahle Grauschicht; war bereits stark in Verwesung übergegangen. Der Gestank war fast unerträglich. Nun erkannten die Gefährten auch, warum ihnen nicht sofort aufgefallen war, dass hier ein menschlicher Körper aufgebahrt worden war. In der Mitte des Rumpfes warf der Vorhang eine tiefe Falte, ebenso an der Verbindung zwischen linkem Arm und Schulter. Gerade so, als wäre hier kein Fleisch, auf dem er aufliegen könnte. Der fast zwei Schritt große Körper des Magiers endete viel zu früh, bereits ab der Hüfte schien das Tuch auf dem Tisch zu ruhen. Dafür lag etwas Längliches rechts neben ihm. Falk wollte den Vorhang weiter zurückschlagen, aber Lysandra hielt ihn davon ab. Er sah sie an und sie schüttelte nur stumm den Kopf.

»Möge Borons Segen auf dir ruhen, möge er deine Seele in seinen Hallen aufnehmen und dir Ruhe und Vergessen schenken. Wir werden deiner gedenken, alter Freund.« Ihre Stimme klang heiser und als sie ihm zaghaft das zerbrochene Rad auf die geschundene Stirn zeichnete, da fielen ihre Tränen feucht in das entstellte Gesicht. Dann bedeckten sie den Leichnahm wieder.

»Ich habe ihn ein wenig gewaschen und ihm seine Festtagsrobe angezogen. Aber es hat wohl nicht viel genützt«, erklang hilflos Celistrias Stimme.

»Ihr habt getan, was Ihr konntet.« Lysandra hob den Kopf. Etwas hatte die Tränen in ihren Augen zum Versiegen gebracht, und mit loderndem Blick musterte sie die Frau auf dem Thron. Sie versuchte sichtlich, sich zu beherrschen. »Wer hat das getan? Wer verfolgt uns? Sagt uns endlich, was geschehen ist. Ich bitte Euch inständig! Redet!«

Die andere sah sie an, nickte bedächtig. »Ja, natürlich, ich werde berichten. Ist dies doch der einzige Grund, warum ich noch hier bin.«

Kapitel 14

Am besten beginne ich ganz von vorn. Ihr wisst bereits, dass dies alles mit einem Auftrag zusammenhängt, den ihr vor langer Zeit für Erennyion ausgeführt habt. Dieser Auftrag ist das Bindeglied zwischen euch, Erennyion und einem Mann, der mir mit dem Namen Meledor del Skaldiar vorgestellt wurde, obgleich ich bezweifeln möchte, dass dies sein Geburtsname war. Er war ein sehr ungewöhnlicher Mann, nicht eben von schöner Gestalt, langsam in seiner Art, und er pflegte sein Gegenüber mit dem unangenehmen Blick zu mustern, mit welchem wohl ein Gelehrter ein seltenes Insekt betrachtet: bohrend, forschend und ohne jede Scham und Hemmungen. Ich mochte ihn nicht besonders, wohl aber seine Gefährtin. Erennyion behandelte ihn stets etwas herablassend und nannte ihn verächtlich einen Puniner Hornochsen, weil Meledor seiner Meinung nach ebenso begriffsstutzig wie verbohrt war. Natürlich« – sie lächelte dünn – »nannte er ihn nur in seiner Abwesenheit so.«

In diesem Moment bemerkte Lysandra einen fetten, schwarzglänzenden Käfer, der über Celistrias Fuß krabbelte, was diese jedoch nicht zu stören schien. Dann begann er in ihre, Lysandras, Richtung zu spazieren. Sie rümpfte angewidert die Nase und ließ das ekelhafte Krabbelvieh nicht aus den Augen. Celistria aber fuhr fort: »Meledor verbrachte viele Stunden hier. Er war selbst ein Magier, führte lange Gespräche mit Erennyion und wälzte tagelang dessen Bücher. Er muss ein sehr talentierter Magus gewesen sein, denn Erennyion war immer wieder überrascht, wie gut Meledor trotz seiner angeblich geringen Klugheit zaubern konnte. Meledor war wie gesagt ganz wild nach Erennyions Bibliothek und oft lieh er sich gegen eine entsprechende Leihgebühr Bücher von ihm aus.

»Warum ging er denn nicht an eine Akademie? Die haben doch auch Büchereien?«, wunderte sich Hagen.

»Nun, Erennyion besaß äußerst seltene Bücher. Er hatte sie für pikante Aufgaben und treue Dienste erhalten oder sie für teures Gold suchen und kaufen lassen. Diese Bücher konnte man in keiner der üblichen Bibliotheken finden. Und Meledor besaß genügend Gold, um Erennyions hohe Leihgebühr zu bezahlen. Er war so reich, dass er den Wert des Goldes nicht mehr einzuschätzen wusste, er zahlte jeden Preis. Was Erennyion natürlich entsprechend auszunutzen verstand. Meledor war, soweit ich weiß, ein höher gestelltes Mitglied einer Kirche. Ich weiß nicht, welchem der Zwölfe er sich verschrieben hatte, aber ich hörte, wie er einmal erwähnte, dass der Kirchenschatz nie leer sein werde, einerlei, wie leer der Schatz des Reiches auch sei. Und solange seine Kirche Geld habe, solange habe er auch welches. Das brauchte er auch, denn Meledor hatte allerlei ausgefallene Wünsche. Manche waren dreist, andere dagegen schienen vollkommen unsinnig zu sein. Einmal wollte er eine angeblich prophetische Schrift, ein anderes Mal das Tagebuch eines unbekannten Magiers, und wieder ein anderes Mal, ich weiß es noch wie heute, bestellte er gar die Schriftrolle, die ein reisender Händler von den Elfen mitgebracht hatte. Sie handelte von elfischen Sagen und Kinderliedern, die der Reisende aufgeschrieben hatte. Dann wieder wollte Meledor unbedingt geschichtliche oder naturwissenschaftliche Folianten haben – er war nie zufrieden. Aber schließlich, es war, glaube ich, an einem kühlen Morgen Ende Rahja, da schien er endlich gefunden zu haben, wonach er so lange gesucht hatte. Er kam aufgeregt ins Haus gestürmt und wäre dabei fast in den Brunnen des Atriums gefallen. Dann zerrte er meinen Geliebten in die Bibliothek, wo sie stundenlang redeten. Spät in der Nacht erst kamen sie wieder heraus und als Meledor schließlich gegangen war, nahm Erennyion mich lachend in die Arme. Er habe das Geschäft seines Lebens gemacht, meinte er, und wir hätten nun für alle Zeiten ausgesorgt. Dann musste ich ihm Stillschweigen schwören und nachdem ich die Hand aufs Herz gelegt hatte, berichtete er mir von Meledors Auftrag. Er wollte ein altes, augenscheinlich verschollenes Artefakt haben, von dessen angeblicher Existenz er aus mehreren Schriften erfahren hatte. Es sei ein uraltes Stück, vor Jahrhunderten bereits in vier Teile zerborsten. Er hatte den Verbleib der Teile anhand der Aufzeichnungen eines Magiers verfolgt, bis sich die Spuren verloren hatten, doch Meledor wollte nicht aufgeben und forschte weiter, bis er irgendwann endlich sicher war, den Aufenthaltsort der vier Teile ausfindig gemacht zu haben. Sie waren in ganz Aventurien verstreut, eines im Firun, zwei im Praios und eines gen Rahja. Erennyions Aufgabe sollte es nun also sein, den Kauf der vier Stücke in die Wege zu leiten und sie dann von verschiedenen Gruppen von Söldlingen abholen zu lassen. Jede Gruppe sollte aus mindestens zwei Personen bestehen, damit sich die Söldlinge beim Tragen abwechseln konnten. Nicht etwa weil die Stücke so schwer gewesen wären, nein, Meledor befürchtete, es könnte vielleicht eine Art Beherrschungsmagie auf den Artefaktteilen liegen, und daher sollte keiner den seinigen über längere Zeit hinweg tragen. Den Rest kennt ihr, denn jeder von euch gehörte einer der Gruppen an, die Erennyion angeheuert hatte. Er brachte den Ankauf mit Hilfe eines vertrauenswürdigen Partners mühelos zustande, Geld spielte ja keine Rolle. Dann heuerte er die zuverlässigsten Söldlinge an, die er kannte, und schickte sie aus, die Stücke zu holen. Ihr brachtet die Teile dann hierher. Das rauschende Fest, das in jenen Tagen stattfand, war Meledors Einfall; er hatte es auch bezahlt. Er litt unter starkem Verfolgungswahn und wollte, ohne selbst entdeckt zu werden, sehen, wer sein kostbares Artefakt berührt hatte. Des Weiteren wollte er mit der Feier und dem großen Trubel, der damit verbunden war, mögliche Verfolger von euch abschütteln. Tage vorher schon wartete der Verrückte hier und er riss die Teile an sich, sobald Erennyion sie in die Hände bekommen hatte. Erennyion erhielt seinen fürstlichen Lohn. Es war das letzte Mal, dass wir Meledor zu Gesicht bekamen.«

Fahrig krampften sich die weißen Finger fester in den glänzenden schwarzen Stoff des Umhangs, rafften ihn stärker zusammen, als fröre die Trägerin. »Einige Wochen nach dem Fest wurde Erennyion unruhig. Er war eines Nachts zur Sternenbeobachtung auf dem Turm gewesen, denn ganz besonders standen die Sterne in jener einen Nacht. Er nannte es die ›constellatio maxima‹, eine seltene Sternenkonstellation, derer er fasziniert schon seit Monden geharrt hatte. Ich saß bei ihm, genoss die laue Abendluft. Doch plötzlich fuhr mein Geliebter zusammen und blickte erschrocken auf seine Hände. Dann fasste er mit leisem Stöhnen an die Stelle, an der das Herz sitzt. Besorgt erkundigte ich mich nach seinem Wohlergehen, aber er war seltsam abwesend. Er sei sich nicht sicher, flüsterte er, aber er habe ein seltsames, unheimliches Aufbäumen der astralen Kraft in seinem Körper gespürt, fast so, als wolle sie aus ihm herausbrechen. Niemals habe er etwas Ähnliches erlebt. ›Meledor‹, flüsterte mein Gatte. ›Es muss etwas mit Meledor zu tun haben!‹ In den darauffolgenden Wochen war er sehr unruhig. Er ließ nach Meledor schicken, der jedoch war nicht aufzufinden. Selbst in seiner Kirche nicht, wo man ebenfalls schon sehr besorgt war. Erennyion sandte Boten aus, ritt gar selbst zu bestimmten Orten, wo er Meledor hätte finden können. Allein, Meledor und auch das vermaledeite Artefakt waren wie von Sumus Leib verschluckt, unauffindbar. Später erfuhr Erennyion von einer Wohnstatt des Magiers, von der er selbst nichts gewusst hatte. Sie war abgebrannt und geplündert, von Meledor gab es keine Spur. Mein Geliebter machte sich große Vorwürfe. Er schalt sich einen leichtsinnigen Toren, dass er Meledor bei der Beschaffung des Artefaktes geholfen hatte.«

Lysandra verfolgte den neugierigen Käfer, der sich nun schon fast in ihre Reichweite vorgewagt hatte.

»Vergebt meine Direktheit, aber daran hätte Erennyion doch bereits früher denken müssen«, warf Falk vorsichtig ein. »Ich meine, es ist doch, gelinde gesagt, sehr kurzsichtig, einem geistig beschränkten, aber nichtsdestotrotz magisch erfahrenen Mann einen magischen Gegenstand zu beschaffen und dann einfach abzuwarten, was passiert.«

»Mein Gatte war überzeugt, dass dem Artefakt keine echte astrale Kraft innewohnte. Aufgrund verschiedener Naturgesetze und einiger magischen Grundregeln habe es gar nicht existieren können. Meledor sei auf dem falschen Weg, meinte Erennyion, und er lasse sich weder vom Unsinn seiner Theorien überzeugen, noch von seinen Vorhaben abbringen. Also gab Erennyion ihm, was er wollte, in der sicheren Überzeugung, keinen Schaden anzurichten. Und ich gebe zu, als mein Gatte mir erzählte, wofür dieses Ding gut sein solle, da war auch ich sicher, dass es sich nur um irre Wunschvorstellungen aus Meledors beschränktem Hirn handeln konnte.«

Celistria hielt für einen Moment inne und blickte müde auf die Bahre vor sich. Dann schlossen sich langsam ihre Augen. Fast schien es, als wolle sie ein Schläfchen halten. Genüßlich zertrat Lysandra den unvorsichtigen Käfer mit dem Stiefelabsatz und bemerkte zufrieden das Knacken, mit dem der Panzer des Käfers zerbarst und ihm die schleimigen kleinen Eingeweide zerquetschte. »Was?«, fragte sie dann neugierig die augenscheinlich dösende Celistria. »Für was wollte er das Artefakt?«

Langsam hob Celistria den Kopf, ihre Augen öffneten und verengten sich wieder, als sie zischte: »Er wollte den Tod des Todes.« Und lauter, als die Gefährten sie ratlos anstarrten: »Ewig währendes Leben. Er suchte einen Gegenstand, der ihm die Unsterblichkeit bringen sollte!«

Für einen Moment herrschte Stille in der Kammer. Es schien, als hätten sie alle vergessen zu atmen. Hagen durchbrach als Erster das ungläubige Schweigen: »Unsterblichkeit? Das ist doch unmöglich! Der Mann muss völlig wahnsinnig gewesen sein.« Er senkte verwirrt den Kopf. Die Sache wurde verdammt noch eins immer unheimlicher. Und er steckte mittendrin. Sein Blick blieb an einer dunkelgrünen Kröte hängen, die starr im Schatten von Celistrias Stuhl saß. Hagen hatte sie vorher nicht bemerkt, was wohl an den großen grauen Flecken auf dem Körper des Tieres lag, der fast mit seiner Umgebung verschmolz. Regungslos saß das Vieh da und starrte mit seinem widerlichen, lidlosen Blick ins Nichts. Schaudernd sah Hagen weg. Er hasste diese schleimigen Biester.

Als Celistria fortfuhr, vergaß er das Tier wieder. »Nun, seht ihr, ebenso haben mein Geliebter und ich reagiert, als wir von den Plänen Meledors erfuhren. Natürlich traf mein Gatte dennoch Vorsichtsmaßnahmen. Er ließ den Mann, der die Verkaufsverhandlungen vor Ort führte, die Teile magisch überprüfen. Es waren Gesteinsbrocken, aus verstaubten Ecken hervorgeholt, lange vergessen und verschollen. Drezuan war Erennyions Partner und ein begabter Adept, man konnte ihm vertrauen. Und er versicherte, dass keines der Bruchstücke mit Magie behaftet sei. Erennyion konnte sich daher sicher sein, dass die Teile ungefährlich waren, und übergab sie ohne weitere Bedenken an Meledor. Als dieser dann verschwand, machte sich mein Gatte lange Zeit Vorwürfe und gab sich die Schuld, dass Meledor vermutlich bei einem unsinnigen Ritual ums Leben gekommen war. Doch die Götterläufe zogen ins Land und schließlich wehte Satinavs Atem den Magier Meledor und den magischen Gegenstand aus unseren Köpfen. Doch vor genau einem Mond, das Madamal war voll damals, da schreckte mein Geliebter neben mir im Schlafe hoch. Verschwitzt war er und die Augen hatte er weit aufgerissen, Fassungslosigkeit und Schrecken lagen darin. Meledor sei ihm im Schlaf erschienen, er sei zurückgekommen, so stammelte mein verwirrter Gatte. Und er werde Rache dafür nehmen, hereingelegt worden zu sein. Rache an jedem Einzelnen, und er werde sie genießen wie bitteren Wein. Er werde sich holen, was ihm zustehe, und endlich, endlich die ersehnte Unsterblichkeit erlangen! Die Angst packte mich, als ich meinen Liebsten so sah. Erennyion war überaus aufgebracht und überzeugt, dass es sich um keinen bloßen Albtraum gehandelt habe. Die ganze Nacht lief er hin und her und ich, ach, ich konnte ihm nicht helfen. Dann sandte er Botschaften aus, magische Botschaften, denn er fürchtete, kein Reiter könne schnell genug sein, euch zu finden. Er warnte den Magier Corvin und die Elfen. Doch in Hagens Gruppe war keiner der magischen Verständigung mächtig und so bat er Corvin und seine Gruppe, Hagen und Janara aufzusuchen und sie schnellstmöglich zu ihm zu geleiten. Von Breleks Tod hatte er schon vor einiger Zeit erfahren und mit Lysandra pflegte er regelmäßigen Kontakt, sodass er ihr nur eine Brieftaube zum vereinbarten Treffpunkt senden musste.«

Hagen und Falk warfen ihrer Gefährtin einen verwirrten Blick zu.

»Brelek war mein Begleiter bei dem Auftrag«, erläuterte Lysandra den beiden knapp. »Aber er ist vor beinahe zwei Götterläufen bei einer Mission ums Leben gekommen. Eine dumme Sache: Bei der Begleitung eines

Warenzuges haben ihn die Wegelagerer von hinten erwischt.« Sie zuckte bedauernd die Schultern.

»Also ein natürlicher Tod«, stellte Hagen fest und Lysandra nickte.

Derweil fuhr Celistria fort: »Jeden Tag stand Erennyion am Fenster, ging zum Wald, hielt nach euch Ausschau. Aber ihr brauchtet viel länger, als er vermutet hatte. Schließlich sprach er mächtige Zauber, um uns zu schützen, Schutzzauber, die er jeden Tag verstärkte und erneuerte. Des Nachts kehrte immer wieder jener Traum zu ihm zurück und immer zur zwölften Stunde fuhr mein Geliebter mit einem verzweifelten Schrei aus dem Schlaf hoch. ›Ich weiß doch nicht, was er will‹, flüsterte er dann immer wieder. ›Ich weiß doch gar nicht, was er von mir will!‹ Doch wovon er träumte, das wollte er mir nicht verraten. Eines Abends schließlich trug er mir auf, mich in den Turm zu begeben. Ich sollte den liebfeldschen Söldling im Traum besuchen, ihn zur Eile antreiben. Dann sollte ich eine schriftliche Botschaft verfassen, denn Erennyion ahnte, dass ihr wohl zu spät kommen würdet. ›Es ist wichtig, dass sie alles über Meledor und den Auftrag erfahren, alles, was wir selbst darüber wissen, mein Liebes‹, sprach er zu mir. ›Ihr Leben und ihr Seelenheil sind in Gefahr, und sie können sich nur helfen, wenn sie eingeweiht werden. Wir sind für sie verantwortlich! Also schreib auf, dass sie sich für den Fall ihres Zuspätkommens im *Orkentod* zu Greifenfurt einfinden sollen. Dort sollen sie sich mit Drezuan in Verbindung setzen; er wird ihnen weiterhelfen. Vielleicht weiß er gar am besten, was zu tun ist. Er ist schon jetzt ein weiser und kluger Mann, mehr, als ich es je sein werde. Erfüll mir den Wunsch, Liebes, und tu, was ich gesagt habe. Ich bin schuld an ihrem Unglück, nun muss ich ihnen doch wenigstens ein wenig helfen!‹ Zuerst wollte ich ihn beruhigen, ihm sagen, dass er sich wohl in etwas hineinsteigere, grundlos in Panik versetze. Wollte ihn fragen, was er mit ›zu spät kommen‹ meine. Aber er war so verzweifelt, wie ich ihn noch nie gesehen hatte. Und da konnte ich ihm nicht widersprechen. Ich spürte sein Zittern, als er mich zum letzten Mal küßte.«

Celistria atmete tief durch, offensichtlich sammelte sie ihre letzten Kräfte, um zum Ende zu kommen.

»Ich ging in den Turm, um Erennyions Wunsch zu erfüllen. Kaum hatte ich Falks Traum betreten und meine Botschaft übermittelt, da spürte ich ein starkes Ziehen in mir und das magische Blut, das auch durch meine Adern fließt, begann zu kochen. Plötzlich warf mich ein heftiger Aufprall zu Boden, dann begann ein ohrenbetäubendes Kreischen, begleitet von den Stürmen eines Orkans, der über unser Gut hereinbrach und der doch kein gewöhnlicher Wind war. Ich stürzte zur Tür, wollte sie öffnen – aber Erennyion hatte sie verschlossen. Ich wollte sie aufbrechen, aber eine Barriere arkaner Kraft stieß mich zurück. Mein Geliebter hatte gewusst, dass Meledor käme, und er hatte mich eingeschlossen, in Sicherheit gebracht. Das Unfassbare geschah und im Tosen des Sturms, zwischen den wahnsinnigen Schreien der Tiere und dem irren Gejaul niederhöllischer Kreaturen, da hörte ich die gepeinigten Todesschreie meines Geliebten. Irgendwann kehrte Ruhe ein. Tödliche Ruhe. Dann sprang die Tür zum Turm auf und Meledor kam herein. Er sah mich an und er sah aus wie damals und doch auch wieder nicht. ›Warum?‹, fragte ich ihn. ›Warum? Was haben wir dir getan?‹ Doch er sah mich nur mit einem seltsamen Lächeln an und sagte, er wolle jetzt haben, was ihm gehöre. Und dann begann er alles zu zerstören, ihr habt es ja selbst gesehen. Dann ging er. Er ging einfach hinaus und schloss sogar die Tür hinter sich zu. Das war vor sechs Tagen. Ich suchte Erennyion und fand ihn auch, richtete ihn ein wenig her, während ich hier auf euch wartete, aber er verwest sehr schnell. Es ist wohl zu feucht und zu warm in diesem Turm. Und nun seid ihr endlich gekommen. Seid ihr hier.«

»O Götter, was habt Ihr durchmachen müssen!« Lysandra rang fassungslos die Hände.

Auch Hagen war außer sich, donnerte mit der Faust wütend gegen die Steinwand. »Verdammt, dieses ... dieses ... Monster! Ich gäbe alles dafür, ihm mit meiner Axt den Schädel spalten zu dürfen!«

»Nehmt euch in Acht, denn Meledor ist mächtig, sehr mächtig. Und er hat dazugelernt, als wäre nun ein boshafter, gerissener Verstand anstelle des alten, behäbigen getreten. Ihr habt nur geringe Aussichten, gegen ihn anzukommen, und nur wenn ihr zusammenbleibt, zusammenhaltet, werdet ihr vielleicht überleben. Sucht Drezuan im *Orkentod* auf. Vielleicht weiß er Rat und Hilfe für euch.« Ein flüchtiges, mageres Lächeln huschte über die blutroten Lippen der Witwe. »Erennyion hat euch sehr gemocht, müsst ihr wissen.«

Lysandra biss sich auf die Lippen, um nicht aufzuschluchzen, und auch Hagen wischte sich heimlich eine Träne aus dem Augenwinkel.

»Aber vielleicht«, überlegte Falk indessen laut, »vielleicht ist doch wenigstens ein bisschen Menschlichkeit in Meledor verblieben. Vielleicht können wir mit ihm reden, einen wunden Punkt bei ihm finden. Natürlich ist die Wahrscheinlichkeit sehr gering, aber er hat zumindest einen Funken Mitleid gezeigt, als er Euch, eine Unschuldige, am Leben ließ. Vielleicht gibt es doch noch eine Möglichkeit, das Ganze unblutig zu Ende zu bringen.«

Nun war das Lächeln, das über ihre Lippen zuckte, verächtlich. Herablassend sah sie Falk an. »Hat er das?« Falk blickte verunsichert auf. »Hat er mich am Leben gelassen?«

Und sie stand auf, erhob sich von ihrem dunklen Thron, entkrampfte endlich die am Hals ruhende Hand, und mit einem leisen Rascheln fiel der schwarze Umhang zu Boden, gab den Blick frei auf ihren vollkommenen Körper, der nur mit einem dünnen Nachtgewand aus roter Seide bedeckt war. Und als sie dort stand, da fielen die Maden weiß aus der klaffenden Wunde unter ihrer linken Brust und schwärzliche Haut öffnete sich weit und offenbarte einen Blick tief in ihr Inneres, wo aufgeschrecktes Gewimmel um fauliges Fleisch tobte.

Kapitel 15

Lysandra fiel in Ohnmacht. Falk konnte gerade noch die Hand ausstrecken, um ihren Fall ein wenig aufzuhalten. Sein Rapier klirrte zu Boden.

»Boron sei mir gnädig!«, stieß Hagen neben ihm keuchend hervor.

»O ja, Boron! Er ist gar nicht erfreut, nein, das ist er nicht. Aber ich konnte keine Rücksicht nehmen, wirklich nicht.« Der Söldner fing an zu würgen. »Ich sagte doch«, erklang Celistrias Stimme mühsam, »dass ich hier nur auf euch gewartet habe. Ich war es meinem Liebsten schuldig, habe ich es ihm doch versprochen. Und da ich es versäumt habe, eine Nachricht zu schreiben, da musste ich es euch eben selbst sagen. Es war nicht anders möglich, ich musste bleiben. Habe ich es ihm doch versprochen.« Sie sackte zusammen, fiel geschwächt auf ihren Stuhl zurück. Dann lächelte sie fröhlich. »Geht zu Drezuan. Beeilt euch. Ich habe noch« – sie rang nach Luft – »ein paar Sachen zusammengesucht, die ihr vielleicht gebrauchen könnt, in der Kiste, der Kiste unter mir.« Ihr Kopf kippte langsam nach hinten. »Vielleicht könnt ihr Erennyion und mich noch verbrennen, hier im Turm? Dann wären wir endgültig vereint.«

»Möge Boron Euch Frieden schenken!« Falks Augen brannten, als sich Celistrias schwere Lieder langsam schlossen und ihre tiefroten Lippen lautlos wisperten: »Die Götter mit euch!« Dann war es vorbei. Die Frau des Magiers lag auf dem Thron, als wäre sie nie lebendig gewesen.

Falk schluckte hart. Plötzlich wich der Druck von seinen Ohren und er nahm Hagen wahr, der hinter ihm geräuschvoll den Magen entleerte. Die bewusstlose Lysandra wog schwer in seinem Arm, aber er wollte die Fackel nicht loslassen, um mit dem zweiten Arm nachzugreifen. Einen Moment lang überlegte er, ob er sie kurz auf den Boden legen sollte, aber dann sah er einen grauschwarzen Käfer über seinen Fuß huschen und besann sich eines Besseren. Wenn Lysandra zwischen Erbrochenem und Aaskäfern aufwachte, würde sie entweder für den Rest ihres Lebens in Ohnmacht fallen oder einen sicher ohrenbetäubenden Schreikrampf bekommen. Und wenn er es sich genau überlegte, konnte er sich mit keiner dieser Möglichkeiten so recht anfreunden. Hagen schien sich langsam zu beruhigen. »Wisch Dir den Mund ab, komm her und nimm mir endlich diese verdammte Fackel ab!« Falk wurde allmählich ungehalten angesichts dieser scheußlichen Lage.

Hagen fuhr sich mit dem Ärmel über den Mund. »Ist das widerlich!«, keuchte er schwach.

»Was denn?« fuhr ihn Falk an. »Dass du gerade in die Ecke kotzt?«

»Sie …sie war tot! Hast du die Maden …« Hagen begann erneut zu würgen.

»Verdammt, sie war hier, um unsere Haut zu retten, begreifst du das eigentlich?« Aber Hagens Gesicht war bleich und der kalte Schweiß stand ihm auf der Stirn. Falk seufzte. Dann drückte er dem Söldner Lysandra in die Arme. »Bring sie hinaus. Und erzähl Una, was wir erfahren haben.«

Gehorsam nickte der Söldner und polterte unbeholfen die schmale Treppe hinunter. Falk schluckte. Nun kam der unangenehme Teil. Er ging zum Lehnstuhl. Celistria saß in sich zusammengesunken auf dem Thron, unter sich ihren Umhang. Angestrengt übersah Falk den krabbelnden Schrecken auf ihrer Brust und wickelte sie in das schwarze Tuch. Dann hob er ihren Körper auf den Tisch neben Erennyions Leichnam. In Strömen lief ihm der Schweiß über das Gesicht, und das nicht nur wegen der Anstrengung oder der feuchtwarmen, verwesungsgetränkten Luft in der Kammer. Jeden Moment erwartete er, dass sich die dunklen Augen wieder öffneten und die Tote ihm mit einem niederhöllischen Lachen die Zähne in seinen so erschreckend ungeschützten Hals grübe. Es kostete ihn seine ganze Selbstbeherrschung, nicht wegzulaufen und alles liegen zu lassen. Einfach umdrehen und gehen, nicht mehr zurückkommen an diesen grauenvollen Ort!

Aber er ging nicht. Nachdem er Celistria neben ihren Gatten geschoben und die Enden des roten Vorhangs auch über sie gebreitet hatte, hob er den Stuhl von der Kiste und öffnete sie. Sie enthielt nicht viel: einen Beutel mit altbackenem Brot, ein paar runzlige Äpfel und ein Stück geräucherten Schinken. Außerdem ein zusammengefaltetes Schriftstück und einen ledernen Beutel, in dem es munter klimperte, als Falk ihn aufhob. Zuunterst lag noch ein feingearbeiteter silberner Dolch in der Truhe, mehr ein Schmuckstück als eine Waffe. Das war alles, was von Erennyions Reichtümern übrig geblieben war. Falk nahm seinen Umhang ab und wickelte die Vermächtnisse des Magiers darin ein. Dann sah er sich noch einmal prüfend um. Die Wände des Turmes waren aus Stein und nur ein winziges verhangenes Fenster befand sich in der runden Kammer. Nichts würde hier brennen, außer dem, was brennen sollte. Er nahm Lysandras Öllampe auf, die sie hatte fallen lassen, und drehte den Docht heraus. Dann schüttete er das verbliebene Lampenöl gleichmäßig über die beiden Körper und hielt die Fackel dagegen. Es brannte gut. Falk packte sein Bündel und hastete die Treppe hinunter.

Als die Tür hinter ihm zuschlug, sog er tief die kalte Nachtluft in die Lungen. Hagen und Lysandra saßen bei der Elfe und sahen ihm erwartungsvoll entgegen. Lysandra war wieder wohlauf, ebenso Una, und auch Hagen schien sich beruhigt zu haben. Falk ging zu ihnen und ließ sein Bündel fallen. Dann setzte er sich neben sie ins Gras. »Ein wenig zu Essen, etwas Geld und ein Schriftstück. Das ist alles, was wir haben.« Er rieb sich müde die Augen. Ihm fiel ein, wie sehr er sich auf Erennyions legendäre Gastfreundschaft gefreut hatte. Nun, immer musste es anders kommen, als man es sich ausmalte.

»Das heißt, wir müssen nun weiter nach Greifenfurt, wo dieser Drezuan wartet. Der Einzige, der uns noch weiterhelfen kann«, stellte Una nüchtern fest.

Falk nickte und massierte sich dabei die Schläfen. Sein Kopf schmerzte niederhöllisch. »Aber vorher müssen wir uns in jedem Fall erst einmal ausschlafen. Es wird ein strenger Ritt bis Greifenfurt und wir sind völlig übermüdet. Keiner von uns kann in diesem Zustand weiterreiten.«

»Hier übernachten? Das kann doch wohl nicht dein Ernst sein!« Lysandra war entsetzt.

Falk sah sie an und fragte sich unwillkürlich, ob er wohl genauso mitgenommen aussah wie sie. »Wir können uns vor dem Tor neben die Mauer legen«, schlug er vor. »Dann sind wir weit weg vom Haus und haben trotzdem einen recht geschützten Schlafplatz.«

»Und der verrückte Magier? Meledor? Sollten wir nicht Wache halten?«, warf Hagen besorgt ein.

Falk schüttelte erschöpft den Kopf. »Wenn er uns holen will, kann ihn auch eine Wache nicht davon abhalten. Wir werden eng zusammenrücken; mehr können wir nicht tun in unserem jetzigen Zustand.«

Sie holten die Pferde und stapften den steinernen Pfad hinunter. Falk musste Acht geben, nicht ständig zu stolpern. Jetzt, da die ungeheure Anspannung von ihm abgefallen war, brachen Erschöpfung und Müdigkeit wie eine schwarze Woge über ihn herein. Zu viel war in den letzten Tagen geschehen, zu wenig Zeit geblieben, alle Schrecken und alle diese entsetzlichen, sinnlosen Todesfälle zu verarbeiten. Er wollte nichts weiter als im dunklen Vergessen des Schlafes versinken. Sie erreichten die Mauer und unbeholfen band Falk sein Pferd an einem Vorsprung fest. Es kostete ihn unendliche Mühe, das Tier abzusatteln und ein wenig trocken zu reiben, ihm den Hafersack umzuhängen und eine Decke überzulegen. Dann ließ er sich auf den Boden fallen, brachte es nicht fertig, die Schlafdecke über sich zu ziehen. Zarte Hände halfen ihm, legten ihm die Decke über die Schultern.

»Schlaft nur.« Unas Stimme klang ungewohnt sanft. »Ich werde auf euch Acht geben.« Dankbar wollte Falk lächeln, aber er kam nicht mehr dazu.

Lysandra lag auf einem Stein. Er drückte unangenehm im Rücken. Sie versuchte, sich zur Seite zu drehen, aber da wartete ein spitzer Ast, der sich in ihren Hals bohrte. Und zu allem Überfluss spazierte irgendein abstoßendes Krabbelvieh über ihre linke Hand. Wütend sprang sie auf, fluchte heftig und zertrat das Tier dann ausgiebig. Da ihre Wut noch immer nicht verraucht war, packte sie den Stein und schleuderte ihn fort, dann zerbrach sie genüsslich den Ast in zahllose Splitter. Erst jetzt schnaubte sie zufrieden und gähnte herzhaft.

Der Morgen dämmerte gerade und der Himmel war ein köstliches Farbenspiel von dunkelstem Nachtblau im Praios bis hin zum gleißend hellen Orangerot im Rahja. Und obgleich doch gerade die ersten Strahlen der Praiosscheibe den Horizont heraufgeklettert kamen, behaupteten sich noch einige Sterne und weigerten sich standhaft, ihren Platz zu räumen. Es war ein faszinierender Anblick. Die Elfe wandte Lysandra den Rücken zu und starrte in den Himmel. Die goldenen Strahlen der Praiosscheibe schienen sich in ihren langen, leise im Wind wehenden Haaren wiederzufinden. Die beiden Männer schliefen noch tief und fest. Typisch, die konnte nichts so leicht aufwecken. Lysandra gähnte noch einmal und überlegte dann, noch etwas schlaftrunken, woran die Elfe wohl gerade dachte. Vielleicht an die Ereignisse der letzten Nacht oder auch an irgendeinen Elfenzauber oder daran, wie die Welt vor tausend Götterläufen ausgesehen haben mochte. Oder sie las in den Sternen. Oder sie bestimmte das Wetter für den nächsten Tag. Oder vielleicht machte sie auch nur entspannende Übungen für ihren Nacken. Oder sie meditierte, um einen höheren Geisteszustand zu erreichen. Hm. Sie hätte gern gewusst, was in Una vorging.

Kurzentschlossen ging Lysandra zu ihr und schaute dorthin, wohin die türkisblauen Elfenaugen blickten. Sie konnte aber beim besten Willen nichts Außergewöhnliches erkennen. Denn die fette alte Eule, die dort drüben auf dem Ast saß und träge zu ihnen herüber starrte, war sicherlich nicht betrachtenswert. »Ich muss gerade daran denken, wie sehr Lithrion die Morgenstunden geliebt hat«, sagte Una in diesem Augenblick. »Er konnte stundenlang nur dasitzen und auf das Sterben der Nacht und die Geburt des Morgens warten.«

Oh, da habe ich ja völlig falsch gelegen mit meinen Vermutungen, dachte Lysandra peinlich berührt. Natürlich, Falk hatte ihr beim gestrigen Ritt erzählt, was alles in der Zeit vorgefallen war, in der sie nicht ansprechbar gewesen war. Eine schreckliche Sache, der Mord an Unas Schwesterkind. Die Arme! Da fiel ihr siedendheiß ein, dass Una ihre Frage beantwortet hatte, bevor Lysandra sie ihr gestellt hatte. Konnte die Elfe etwa Gedanken lesen?

»Natürlich sind Zerzal und Nurti Teil und Grundstock unseres Lebens. Tod folgt immer dem Gebären, wie die Nacht dem Tag, und wenig bringt es zu hadern, sind dies doch die unerschütterlichen Prinzipien unseres Seins.

Doch nie hat Zerzal stärker mein Herz getroffen als diesmal und fast möchte ich die Sinnlosigkeit verfluchen, die im Geschehenen liegt.«

Lysandra nickte verstehend und überlegte dabei angestrengt, wovon Una da eigentlich redete. Wer war dieser Zerzal? Und was wollte er von ihr?

»Ich kann keinen Trost finden in der Sehnsucht nach Rache und Vergeltung, wie ihr Rosenohren es zu tun vermögt. Doch niemals, niemals fiel mir das Hinnehmen schwerer und heimlich keimt eine Hoffnung in mir, die ich nie zuvor verspürt habe. Meine Ahnen verehrten einst Orima und sie zeichneten sie mit Schwert und Füllhorn. Und ich hoffe, ich hoffe so sehr, dass jene Macht, die sie Orima nannten, für *ihn* das Schwert bereithält, aber niemals das Füllhorn.«

Ah ja. Lysandra verstand kein Wort und kam zu der schlichten Überzeugung, dass die Trauer Unas Sinne verwirrt haben musste.

»Kaum wieder auf den Beinen, da muss die ro …, äh, Lysandra schon wieder ihre Reisegefährten belästigen!« Hagen war hinter sie getreten und flüsterte Lysandra aufgebracht ins Ohr, dass Una einen schweren Verlust erlitten habe und Lysandra sie gefälligst in Ruhe trauern lassen solle. Lysandra drehte sich empört zu ihm um. Welch eine Frechheit! Dieser stinkende Söldner hatte wohl zu lange keine verbale Ohrfeige mehr von ihr bekommen. Sie setzte an, dies umgehend nachzuholen, als Una das Wort ergriff und Hagen zurechtwies, dass sie sich gerade unterhalten hätten und es sehr unhöflich von ihm, Hagen, sei, sich einzumischen, und dass er sich nun bei Lysandra entschuldigen solle.

Hagen und Lysandra starrten sich verdutzt an und für einen atemlosen Augenblick schien es wirklich so, als wolle er sich entschuldigen. Er hatte den Blick eines gescholtenen Jungen, der Praiostags seine gute Hose schmutzig gemacht hat. Dann war der Moment vorbei und Hagen wandte sich mit einem verächtlichen »Weiber!« auf den Lippen beleidigt ab, um Falk zu wecken.

»Das habe ich überhört!«, rief ihm Lysandra erfreut über diesen unerwarteten Triumph nach. Es schien fast so, als habe sie hier eine unerwartete Verbündete bekommen. Dann beeilte sie sich jedoch, Una davon zu überzeugen, dass nun ein Frühstück angebracht sei. Sie musste verhindern, dass die Elfe wieder mit ihrem unverständlichen Gerede anfing. So schnappte sie sich umgehend das Bündel, das Falk aus dem Turm mitgebracht hatte, um den Inhalt zu untersuchen. Sie rümpfte die Nase ob des altbackenen Brotes, zählte mit glänzenden Augen die Kupfer- und Silbermünzen und begutachtete dann sachkundig den Dolch. Er war nicht besonders nützlich, sah aber nett aus. Dann zog sie das Schriftstück heraus und prüfte es sorgfältig.

»Und? Was steht drauf?«, gähnte Falk, den Hagen mit einiger Mühe wach bekommen hatte.

»Es ist eine Auflistung von Namen und Orten. Oben links steht Meledor und dann etwas, das ich nicht mehr entziffern kann; es ist verwischt. Dann kommen unsere Namen und die Namen unserer ehemaligen Weggefährten. Dahinter Ortsnamen und wohl die Anlaufstellen für die einzelnen Personen. Moment, ich schaue mal, ob … Ah ja, es stimmt. Bei mir steht Joberns Laden in Havena. Dort hat Erennyion immer Verbindung mit mir aufgenommen. Aha, Hagens Verbindungsperson war also Ajara, die Wirtin vom *Grunzenden Ferkel*. Oh, und bei den Elfen steht nichts dort«, berichtete sie weiter.

»Würde mich bitte jemand aufklären? Ich kann dem Gespräch gerade nicht folgen«, sagte Una.

»Nun«, erklärte Lysandra bereitwillig, »für einen Söldling oder Händler ist es gut, eine Person oder einen Ort zu haben, an den Nachrichten und Aufträge gesandt werden können. Natürlich ergeben sich Anheuerungen oft aufgrund von Auslobung oder Bekanntmachung in

Kneipen. Aber wenn der Auftraggeber zufrieden war, wo kann er dich wieder erreichen? Leute wie wir sind oft unterwegs und nur wenige haben ein eigens Heim. Und das sollte dann auch ungestört und sicher vor lästigen Besuchern sein. Daher haben viele von uns vertrauenswürdige Personen oder geheime Orte, an die neue Aufträge und wichtige Nachrichten überbracht werden können. Diese werden regelmäßig überprüft, um auf dem Laufenden zu bleiben. Nun ja, so wie es aussieht, hat Erennyion diese Kontakte jedenfalls recht oft genutzt.«

»Ach, so verhält sich das also.«

»Ja, so läuft das.« Lysandra ließ sich ächzend nieder und nahm einen Schluck aus ihrem Wasserschlauch.

»Du hast wohl recht häufig für Erennyion gearbeitet?«, mischte Hagen sich neugierig ein. Er hatte Brot und Schinken hervorgeholt und hobelte mit einiger Mühe mundgerechte Stücke herunter.

»Des öfteren, ja. Er hat für sich und seine Frau häufig Waren bestellt, mit denen meine Familie und ich handeln.« Lysandra schnappte Hagen blitzschnell ein Stück Schinken und einen Kanten Brot unter der Nase weg und erntete dafür einen erzürnten Blick des Söldners.

»Und was haben sie bestellt?« Una nahm sich ebenfalls eine Scheibe Brot und ein Stückchen Schinken. Hagen seufzte und griff erneut zum Messer, um sich etwas abzuschneiden.

»Oh, mehrere verschiedene Dinge. Zum Beispiel Feinschlamm-Masken oder Duftwässerchen, die wir eigens …«

»Ich glaube, wir haben jetzt wichtigere Dinge zu besprechen«, unterbrach sie Falk, setzte sich und griff nach einem Stück Brot. Hagen sah ihn böse an, was der Liebfelder jedoch nicht zu bemerken schien. »Steht auch Drezuans Name auf der Schriftrolle?«

Lysandra sah nach. »Nein«, meinte sie dann, nachdem sie Hagen einen weiteren Schinkenstreifen stibitzt hatte. »Aber wir wissen ja, wohin wir müssen: in diese Greifenfurter Schenke. Wie hieß sie noch gleich? *Orkentod*, oder? Hmpf, einfallsreicher Name, ich muss schon sagen.«

»Nun, wir werden in jedem Fall« – lauernd beobachtete Hagen, wie Falks Hand in Richtung Schinken wanderte – »unverzüglich aufbrechen und diesen Drezuan aufsuchen. Wir können es uns nicht leisten, unnötig viel Zeit zu verplempern.« Es klatschte laut, als der Söldner auf Falks Hand schlug und sie in dem Augenblick festhielt, als sie die letzte Scheibe Schinken ergreifen wollte. Der Liebfelder sah Hagen überrascht an. »Was denn?«

»Das ist mein Stück.«

»Bitte? Oh, ich bitte vielmals um Entschuldigung, dass ich den Schinken auch nur angesehen habe.« Beleidigt sprang Falk auf, um sein Pferd zu satteln. Lysandra und Una standen ebenfalls auf, um ihre Sachen zu packen, und so saß Hagen plötzlich allein da. Genüsslich schob er sich die dicke Scheibe geräucherten Schinken in den Mund, kaute einige Augenblicke lang mit geschlossenen Augen darauf herum, um dann mit noch vollen Backen aufzustehen und es den anderen gleichzutun.

Sie brachen zügig auf, Richtung Greifenfurt. Lysandra kannte den Weg, denn sie war bereits mehrere Male im Haus Erennyions gewesen und so führte sie die Gruppe an. Tatsächlich war sie die Einzige, die häufiger im Dienst des Magiers gestanden hatte. Aber sie weigerte sich, über ihre Aufträge Genaueres zu berichten, und wich Hagens Fragen geschickt aus.

Sie verließen das Gut Erennyions und als sich die Gefährten ein letztes Mal zu dem einst so prachtvollen Besitz umwandten, da sahen sie die schwarzen Rußspuren rings um das winzige Turmfenster, gerade so, als habe ein sterbendes Feuer dort hungrig nach mehr Nahrung gesucht. Unwillkürlich murmelte Hagen ein kurzes Gebet und schlug ein Boronsrad.

Einige Zeit ritten sie schweigend dahin, ein jeder in seine eigenen Gedanken und Ängste verstrickt. Schließlich brach Hagen das Schweigen und sprach laut aus, was alle dachten: »Ich glaube, wir sitzen ziemlich tief in der Tinte.«

»Da magst du wohl recht haben, Freund«, stimmte ihm Falk zu und schnitt eine besorgte Grimasse.

»Gut, daher gilt es zuvörderst, erst einmal die Sachlage genau zu ergründen.« Lysandra setzte sich im Sattel auf und machte ein geschäftiges Gesicht. Hagen verdrehte die Augen. Das konnte ja heiter werden!

»Dann fangt mal an!«, forderte sie der Liebfelder auf.

»Also, was haben wir an wichtigen Tatsachen? Da ist ein früherer Auftraggeber, der mit diesem magischen Etwas, das wir ihm gebracht haben, Dinge veranstaltet hat, die wohl ziemlich misslungen sind. Was auch immer ihm passiert ist, er hat etwa acht Götterläufe gebraucht, um sich davon zu erholen. Und nun ist er zurück, mächtig böse und überzeugt, dass wir die Schuld am Scheitern seines tollen Plans tragen. Das nenne ich doch wieder einmal ganz und gar typisch Mann: kann nicht zugeben, dass er ein Stümper ist, sondern muss es anderen in die Schuhe schieben.«

»Und was, wenn wir nun wirklich schuld sind?« Hagens Gesicht begann zu brennen, als ihn plötzlich alle anstarrten. Er hatte eigentlich nur den dümmlichen Sprüchen der rothaarigen Hexe widersprechen wollen. Aber nun musste er seiner Behauptung wohl eine gute Erklärung folgen lassen.

»Was meinst du damit?«, fragte die Elfe da auch schon mit einem undeutbaren Seitenblick aus ihren beunruhigenden Augen.

»Ich? Äh, naja. Vielleicht haben wir ja etwas falsch gemacht und dadurch wurde das magische Ding beschädigt oder irgendwie zerstört. Einem aus unserer Gruppe könnte doch ein dummer Fehler unterlaufen sein und er hat es aus Scham verheimlicht. Oder so.« Hagen stammelte noch ein wenig herum und verstummte dann.

Falk setzte seinen bohrenden Blick auf. »Ist einem von euch irgendetwas aufgefallen? Eine Veränderung an dem Gegenstand? Ist er einem von euch vielleicht hinuntergefallen? Oder ist etwas passiert, was jetzt, im Nachhinein, bedeutsam sein könnte?« Er sah jeden Einzelnen eindringlich an. Aber alle schüttelten nach kurzem Überlegen den Kopf. Falk seufzte. »Auch mir fällt beim besten Willen nichts ein, was falsch gelaufen sein könnte.«

»Und wenn es wirklich nur sein Fehler war?«, kam Lysandra wieder zu ihrer ursprünglichen Vermutung zurück. »Wenn er einfach eine Zielscheibe für seine Rache braucht, einen Schuldigen, den er für sein Unglück verantwortlich machen kann? Er hat bis jetzt jeden, den er in die Finger bekam, ganz fürchterlich gefoltert. Vielleicht ist er schlicht wahnsinnig und will seinen krankhaften Trieb nach Rache möglichst schrecklich und blutig befriedigen.«

Falk runzelte zweifelnd die Brauen. »Ich weiß nicht. Er wollte doch etwas. Zu Celistria sagte er, dass er nun holen wolle, was ihm gehöre.«

»Damit könnte er auch unser Leben gemeint haben. Oder unser Seelenheil.«

Hagen musste der rothaarigen Hexe leider Recht geben. Hörte sich logisch an. »Er muss einen unermesslichen Hass auf uns haben, wenn er sich solche Mühe gibt, uns leiden und sterben zu sehen«, meinte er dann und unwillkürlich lief ihm ein Schauder über den Rücken.

»Aber warum sind wir dann noch am Leben?«, gab Falk zu bedenken. »Er hätte uns so leicht schon auf der Reise hierher töten können. Es gab unzählige günstige Gelegenheiten für ihn.«

»Vielleicht war er zu beschäftigt«, schlug Hagen vor.

»Ja, das könnte sein«, überlegte Lysandra laut. »Zunächst hat er doch deine Begleiter umgebracht, Falk. Corvin und diesen Thorwaler.«

»Thorle«, sagte Falk leise.

Lysandra nickte und fuhr fort: »Dann war Janara an der Reihe und anschließend hat er Lithrion, den Elfen, erwischt. Und letztendlich Erennyion und seine Frau. Er hatte, sachlich gesehen, also eine ganze Menge zu tun und dabei große Entfernungen zu überbrücken. Es ist unglaublich, wie er es überhaupt geschafft hat. Aber mit Sicherheit hat es ihn einiges an Kraft und Zeit gekostet.«

»Vergiss nicht die Zerstörung im Haus Erennyions«, meldete sich nun Una zu Wort.

Lysandra führte ihren Gedanken sofort weiter: »Richtig. Hier waren nicht nur Zorn und Raserei, sondern wahrscheinlich auch magische Kräfte am Werk. Davon verstehe ich zwar nicht viel, aber ich denke, auch Magier müssen sich erholen, wenn sie solche Dinge getan haben.«

»So weit, so gut«, sagte Hagen. »Wir wissen also, dass dieser Schurke hinter uns her ist und keine Ruhe geben wird, bis er uns möglichst schmerzhaft in Borons Hallen befördert hat. Aber was sollen wir als Nächstes tun?« Schweigen. »Ich meine, dieser wahnsinnige und wahrscheinlich mächtige Magier jagt uns, schlachtet uns ab wie Vieh, und das wahrscheinlich noch ohne einen vernünftigen Grund. Der Mann gehört eindeutig in ein Noionitenkloster!«

»Nein«, murmelte Falk, »der gehört ganz woanders hin.«

»Am wichtigsten aber ist die Frage«, beharrte Hagen, »was können wir gegen ihn tun? Ich zumindest habe noch keine Lust, die Reise über das Nirgendmeer anzutreten. Also, was sollen wir bitte tun?«

Es dauerte eine Weile, bis er eine Antwort bekam, und es war seltsamerweise Una, die ihn ansah und leise ihre wohlklingende Stimme erhob: »Du solltest dich nicht quälen, Hagen. Den nächsten Schritt, der zu gehen ist, haben wir bereits begonnen, nämlich diesen Drezuan in Greifenfurt aufzusuchen. Dort werden wir vielleicht Rat und Hilfe empfangen. Drezuan war doch, wie ihr berichtet habt, Erennyions Vertrauter und scheint ein weiser Mann zu sein. Wer weiß, möglicherweise ist ihm ein Ausweg bekannt oder zumindest eine Schwachstelle Meledors, die uns von Nutzen sein könnte. Was hilft es, zu hadern oder zu verzweifeln? Der nächste Schritt muss getan werden und wir sind dabei. Also bleib ruhig und warte ab, was auf dich zukommt, denn du vermagst es in diesem Augenblick ohnehin nicht zu beeinflussen.«

»Schön gesagt.« Falk rieb wieder einmal unruhig an seinem Silberring. »Hoffen wir nur, dass Meledor uns nicht schon wieder zuvorkam und Drezuan bereits tot ist.«

»Es ist schwerer, jemanden zu töten, der in einer Stadt lebt und viele Bekannte dort hat, als einen Einsiedler wie Erennyion und seine Frau.« Falk warf Lysandra einen zweifelnden Blick zu, aber sie überging ihn und fügte hinzu, dass sie von nun an zusammenbleiben sollten, gleichgültig, was geschehen werde. »Es wird zumindest schwerer für ihn werden, uns alle auf einmal zu töten, als wenn wir uns trennen und ihm einzeln ins Netz gehen.«

»Du hast Recht. Wir waren bisher viel zu leichtsinnig«, stimmte Hagen besorgt zu.

»Können wir vielleicht etwas schneller reiten?«, bat Lysandra sichtlich beunruhigt. »Dann erreichen wir Greifenfurt noch, bevor es dunkel wird. Ich möchte so schnell als möglich unter Leute kommen.«

Zur Überraschung aller zog sich Una plötzlich mit einem graziösen Schwung auf den Rücken des verdutzten Packpferdes. »So geht es schneller«, beschied sie knapp »Los, weiter!« Sie gab dem Tier die Fersen und die anderen taten es ihr nach.

Kapitel 16

Der Tag neigte sich und strebte zügig seinem Ende entgegen, als sie endlich die Umrisse der wehrhaften Türme Greifenfurts vor sich entdeckten. Die Erleichterung war jedem Einzelnen von ihnen anzusehen, als sie an den gelangweilten Stadtwachen vorbei durch das Tor ritten. Es waren auch zu dieser fortgeschrittenen Stunde noch viele Menschen unterwegs und die Luft summte vor Geschäftigkeit und der Musik, die wohl in jeder größeren Stadt zu hören ist: dem Klappern von Pferdehufen und dem Rattern der großen hölzernen Wagenräder, dem unverständlichen Durcheinander von Wortfetzen aus den sich überschneidenden Gesprächen, dem lauten Lachen junger Männer über eine Zote und dem wütenden Schreien eines kleinen Kindes über sein aufgeschlagenes Knie. Es waren die Geräusche des Lebens und die Gefährten sogen sie so gierig in sich auf, als hätten sie äonenlang diese Laute missen müssen. Einzig Una schien sich nicht recht wohl zu fühlen und hielt sich eng bei ihren Begleitern. Lysandra hielt einen jungen Burschen an und fragte ihn freundlich, wo es denn bitte zum *Orkentod* gehe. Er beschrieb ihr höflich den Weg, angestrengt bemüht, den Blick von ihrem üppigen Ausschnitt fern zu halten. Erst jetzt fiel Hagen auf, dass die beiden oberen Knöpfe ihrer Bluse wohl versehentlich aufgesprungen waren. Er beschloss, sie später diskret darauf aufmerksam zu machen.

Der Wegbeschreibung folgend fanden die Gefährten bald das gesuchte Gasthaus. Greifenfurts Straßen waren von ungewöhnlich vielen neuen Bauten gesäumt. Einige davon waren auf den Grundmauern und Sockeln der alten, niedergebrannten Häuser errichtet worden, sodass sie seltsam verspielt wirkten in ihrem bunten Gemisch aus dunklen alten Steinen und den sehr viel helleren neuen. Die Farbe auf Fensterläden und Türen wirkte frisch, die Bäume waren jung, die vereinzelt am Straßenrand angepflanzt waren. Doch hier und da mahnten noch die zerfallenen Leiber alter Häuserruinen mit ihren klagend leeren Türstöcken, den feuergeschwärzten Außenmauern und mancher unter Staub, Schutt und Asche begrabenen Kinderpuppe stumm an das Leid vergangener Tage, erinnerten an ein anderes, an ein totes Greifenfurt. Jedoch, nur wenige dieser Ruinen waren stehen geblieben und heute pulsierte das Leben wieder in dieser jungen und doch so alten Stadt, der Stadt mit dem neuen Gesicht.

Sie ritten in Richtung des Hafens, und bald entdeckten sie das auffällige Schild der Herberge: Es war ein ausgebleichter Orkenschädel mit riesenhaften Hauern, dem ein kurzer Speer durch die Schläfen gestoßen war. Überraschenderweise war der Schädel dabei nicht gesprungen, nur ein schmaler Riss zog sich von der Eintrittstelle des Speers über die stark gewölbte Stirn. Der Besitzer der Schenke hatte eine kurze Kette an den Speerenden befestigt und nun schwang das seltsame Schild im Abendwind mit einem leisen Quietschen hin und her. Hagen grinste. Diese Greifenfurter hatten einen recht derben Geschmack. Aus den Augenwinkeln sah er Lysandras angewiderten Gesichtsausdruck, was seine gute Laune nur noch verstärkte. Sie stiegen ab und während Hagen sein Pferd an der hierfür vorgesehenen Holzstange anband, stellte er mit fachmännischem Blick fest, dass der *Orkentod* hier wohl noch nicht allzu lange stand. Die Steinmauern waren hell und wiesen wenige Spuren von Ausbesserungen auf und Wind und Regen hatten die schwere Holztür und die schmucklosen Fensterläden noch nicht ausgeblichen. Die Fensterhäute waren in der Tat fast noch durchsichtig, kaum getrübt von Rauch und Ruß. Ein munteres Singen drang leise durch die geschlossene Tür. Alles in allem schien dies eine durchaus einladende Schenke zu sein.

»Tja, dann hinein ins Vergnügen!« Falk öffnete die Tür und trat als Erster ein, dicht gefolgt von seinen Gefährten. Warme, rauchgeschwängerte Luft, Gesang und Stimmengewirr schlugen ihnen entgegen. Der Raum war voll, übervoll, denn sämtliche der länglichen Holztische waren besetzt und hier und da waren noch zusätzliche Holzschemel zwischen die Bänke geschoben worden. Links und rechts neben der Tür standen einige Leute, den Bierkrug in der Hand und an die Wand gelehnt, offensichtlich auf einen frei werdenden Sitzplatz wartend. Ein mächtiger Steinkamin prangte an der Rückwand des Saales und das darin prasselnde Feuer heizte der Trinkfreudigkeit der Besucher durch seine knisternde Wärme kräftig ein. Von irgendwoher gesellten sich zu fröhlichen Lautenklängen zwei weibliche Stimmen und dann grölten viele das Lied vom einsamen Söldner mit, zwar weniger schön, doch dafür umso lauter. Die Felle und Waffen an den Wänden zitterten im Takt der stampfenden Füße und immer wieder erklang das Klirren aneinander gestoßener Bierkrüge oder das dröhnende Auflachen der Betrunkenen. Der Wirt hinter der schmalen Theke hatte alle Hände voll zu tun und brüllte mit hochrotem Kopf nach seinen Bediensteten, die schwitzend versuchten, ein Durchkommen in der johlenden Fröhlichkeit zu finden. Hagen grinste glücklich. Hier fühlte er sich wohl. Nach all dem Schrecken der vergangenen Tage schien es nun wieder aufwärts zu gehen. Schade nur, dass keine hübschen Mädchen hier ihren Dienst verrichteten, sondern zwei junge Burschen, offensichtlich die Söhne des Wirtes.

»Ich glaube, wir warten erst einmal ab, bis sich der Betrieb ein wenig gelegt hat!«, brüllte Falk in dem Bemühen, den Lärm zu übertönen. »Im Augenblick hat der Wirt wohl wenig Zeit, sich mit uns zu beschäftigen. Wir trinken am besten erst einmal ein Bier.«

Hagen nickte zustimmend. Er konnte das Grinsen nicht mehr lassen. Er warf einen Seitenblick auf Lysandra und bemerkte, wie sie die Augen zusammenkniff und abschätzend in die Runde sah. Dann zupfte sie Falk am Ärmel und bedeutete ihm, Hagen und Una, ihr zu folgen. Sie drängelte sich zu einem Ecktisch durch, an dem zwei betrunkene Flussschiffer mit drei leicht geschürzten Mädchen saßen, stellte sich daneben und verschränkte abwartend die Arme.

»Und? Was jetzt?«, schrie Falk verwirrt.

Im gleichen Augenblick fiel einer der Schiffer fluchend von der Bank. Seine Begleiterin kreischte und sprang auf, dann zog sie ihn mit einem gackernden Lachen wieder hoch. »Zzzeit su gehn, wa' Mädels?«, lallte der andere mit einem trüben Blick auf seinen Kumpan. Dann legte er die Arme um die Schultern der beiden anderen kichernden Mädchen. Schwer torkelnd erhoben sie sich und bewegten sich mühsam unter fortwährendem Gelächter zum Ausgang. »He! Wartet!«, keifte der Dritte und zerrte den sturzbetrunkenen Flussschiffer wütend auf die Beine, um den anderen nachzueilen.

Flink ließ Lysandra sich nieder und lud die anderen mit einer selbstzufriedenen Geste ein, Platz zu nehmen. »Na?«, fragte sie dann mit einem um Beifall heischenden Augenaufschlag.

»Nicht schlecht. Ihr habt einen wirklich scharfen Blick, meine Liebe!«

Hagen verdrehte die Augen. Dieser nichtsnutzige Liebfelder musste der rothaarigen Hexe auch noch schöntun! Es war doch nicht zu glauben! Aber als ein Schankjunge vorbeilief, vergaß er die beiden. Er schaffte es gerade noch, den Jungen am Hemd zu erwischen. Der blieb kurz stehen und Hagen bestellte Bier und Wein.

Sehr schön. Er lehnte sich zurück. Una saß ihm mit eisigem Gesicht gegenüber, den Blick starr geradeaus gerichtet. Angespannt pressten ihre Hände einen ihrer groben Lederbeutel ans Gesicht; fast schien es Hagen, als halte sie ihn als Atemschutz vor die Nase. Sie schien sich nicht sehr wohl zu fühlen. Hagen wollte sie ansprechen, aber er fing ihren Blick auf und ließ es lieber sein. Und da kam auch schon sein Bier. Der weiße Schaum lief fröhlich den Holzkrug hinab; und Hagen genoss es, den köstlichen kühlen Gerstensaft die Kehle hinabrinnen zu lassen. Er wischte sich mit dem Ärmel über den Mund und lauschte dem Gesang der Menge. Man hatte gerade ein Lied über die Orken angestimmt – was auch sonst in dieser Gegend? Er kannte es nicht, aber die Melodie war einfach und er war sicher, dass er sie beherrschen würde, noch ehe der Abend vorüber war. Schon jetzt konnte er leise mitsummen. Das Bier war köstlich. Er hob den Krug erneut.

Lysandra beobachtete voller Abscheu, wie Hagen den Krug ansetzte, der vom übergelaufenen Bier bereits nass und klebrig glänzte. Gierig schüttete der Söldner das Gebräu in sich hinein und sogleich lief es ihm gelb wie Pferdepisse über Bart und Hemd. Er stellte den Krug schwungvoll auf den Tisch zurück und wischte sich mit einem dümmlichen Gesichtsausdruck über den Mund, was zur Folge hatte, dass sein schmutzstarrendes Hemd nun auch noch feucht und gelbfleckig war. Wie ekelhaft! Und jetzt begann er tatsächlich dieses dämliche Lied zu summen, und das obendrein so dermaßen falsch, dass es kaum zum Aushalten war. Lysandra schüttelte angewidert den Kopf und dachte an das alte Sprichwort, das ihre Großmutter immer zu ihr gesagt hatte: ›Gib 'nem Mann 'n Bier und er wird zum Tier!‹ Wie wahr, wie wahr! Wenigstens trank Falk Wein, ebenso wie sie. Er war eben ein Mann von Welt! Sie schenkte ihm einen entzückenden Augenaufschlag, aber er starrte gebannt an ihr vorbei; augenscheinlich beobachtete er jemanden. Sie folgte seinem Blick und stellte fest, dass er das Barden-Duo im Blick hatte, genauer gesagt die kleine Bardin mit dem blonden Haar. Lysandra drehte sich empört wieder um. Das war ja wohl der Gipfel der Unverschämtheit! Saß ihr gegenüber und zog andere Frauen mit den Blicken aus. Das Ausmaß dieser Unhöflichkeit machte sie doch glatt für kurze Zeit sprachlos.

»Seht nur, die Bardin!«, meinte Falk da unschuldig, nicht ahnend, dass sie ihm gerade in Gedanken seine Männlichkeit mit ihrem Stiefeldolch entfernte.

»Ja, was ist mit ihr?«, fragte Lysandra lauernd und musste sich beherrschen, ihm nicht ihren Weinkelch auf die Nase zu rammen.

»Seht doch! Es ist Amber!«

Sie sah sich verdutzt nochmals um – und tatsächlich, es war die junge Bardin, die sie auf dem Weg vor ein paar Tagen getroffen hatten. Welch ein Zufall! Kaum in Greifenfurt, und schon lief man sich wieder über den Weg.

»Falk, mein Lieber«, meinte Lysandra unvermittelt, »wir sollten dieses steife ›Ihr‹ endlich sein lassen und uns etwas weniger förmlich ansprechen. Immerhin haben wir schon einiges durchgemacht und sind sicherlich mehr als nur flüchtige Bekannte, oder etwa nicht?«

Falk errötete. »Ihr ... äh ... du hast natürlich Recht«, entgegnete er sichtlich verlegen. »Es ist nur meine Art, die meisten Menschen durch diese förmliche Anrede ...«

»Auf Abstand zu halten, das ist mir durchaus bewusst«, vollendete sie seinen Satz.

»Nein, so dürft Ihr das nicht sehen«, beeilte sich Falk zu versichern und merkte wohl im gleichen Augenblick, dass er die Schlinge um seinen Hals immer enger zog. »Natürlich ist es mir eine Freude, Euch zukünftig mit ›Du‹ ansprechen zu dürfen. Aber vergebt mir, sollte ich ab und an in meine alte Gewohnheit zurück verfallen!«

Lysandra lächelte schmelzend, dann zuckte sie zusammen, als Hagen neben ihr plötzlich zu brüllen begann: »Wir lagen vor Al'Anfa und hatten die Duglumspest an Bord!« Binnen eines Augenblickes stimmte die ganze Kneipe ein und den Bardinnen blieb keine Wahl, als ihr Lied abzubrechen und das Gegröle zu begleiten. Lysandra starrte den Söldner an und musste feststellen, dass der es irgendwie fertiggebracht hatte, schon drei Krüge zu leeren und dem hilflosen Schankburschen gerade den vierten aus der Hand nahm. Na das konnte ja noch ein heiterer Abend werden! Seufzend kramte sie ihren zwergischen Nagelknipser aus der Tasche und begann, damit ihre Fingernägel in einen einigermaßen annehmbaren Zustand zu bringen.

Es schien Una Stunden zu dauern, bis die Kneipe endlich leerer wurde. Sie hatte hämmernde Kopfschmerzen von dem dröhnenden Gebrüll – Gesang wollte sie diesen Lärm nicht nennen. Vom beißenden Gestank nach Schweiß, Bier und Rauch schmerzte ihr die Nase und legte sich ihr wie ein riesiger Felsbrocken auf die Brust, der das Atmen zur Qual machte. Die vielen Menschen in dem kleinen Raum beunruhigten sie. Am liebsten wäre sie davongelaufen, hinaus in die klare Nacht. Kalte, reine Nachtluft einatmen, die Pracht der Sterne am unendlichen Firmament betrachten! Sie nahm all ihre Kraft zusammen, um ruhig zu bleiben. Die Gespräche von Falk und Lysandra, Hagens Gejohle, all das trieb an ihr vorbei. Irgendwann beendeten die Barden ihr Spiel und kurze Zeit später verließen die ersten Gäste die Schenke. Jemand öffnete die Tür und die ersehnte kühle Nachtluft drang herein und vertrieb zumindest ein wenig von dem erstickenden Dampf. Schließlich waren außer dem ihren nur noch zwei Tische besetzt, an welchem müde Trunkenbolde ein Schläfchen hielten. Die blonde Bardin kam an den Tisch, begrüßte ihre Reisegefährten mit großem Hallo und stellte sich auch ihr vor.

»Setzt du dich ein wenig zu uns?«, fragte Lysandra, aber die Bardin schüttelte den Kopf.

»Ich muss mich sofort hinlegen, sonst falle ich um. Ich bin todmüde. Wir haben fast fünf Stunden gespielt!« Sie stöhnte gequält. »Aber wie wäre es mit einem gemeinsamen Frühstück morgen? Dann könnt ihr mir erzählen, was ihr alles erlebt habt auf der Fahrt durch den dunklen Reichsforst.«

Sie kamen überein, sich am späten Vormittag zum Frühstück zu treffen und Amber verabschiedete sich, um mit ihrer Gefährtin das Nachtquartier aufzusuchen.

»Schön, dann schreiten wir zur Tat.« Falk winkte dem Schankburschen zu. »Sag dem Wirt, dass wir ihn gern auf ein letztes Bier einlüden. Vielleicht mag er sich ja für einen Moment zu uns setzten; wir sind Freunde des Magiers Erennyion Uybaran.«

Der erschöpfte Junge nickte ergeben und trabte gehorsam zum Wirt, um ihm die Nachricht mitzuteilen. Der warf einen kurzen Blick in ihre Richtung, erteilte dem Jungen einige Anweisungen und kam dann langsam zu ihnen herüber, einen Krug frisch gezapftes Bier in der Hand. »Ihr seid Freunde von Erennyion?« Seine Stimme klang rauchig. Unwillkürlich musste Una sich räuspern.

Der Wirt war groß und sehr kräftig gebaut und unter der braunen Lederschürze machte sich ein leichter Bauchansatz bemerkbar. Sein aschblondes Haar wurde licht und er hatte bereits eine ansehnliche Stirnglatze, was aber der lange, wild wuchernde Bart wieder wettmachte. Auch die kräftigen Arme und die großen Hände waren dicht mit dunkelblondem Haar bedeckt. Das glänzende Gesicht war stark gerötet, die kleinen blaugrauen Augen darin musterten sie abschätzend.

»Ja, seine Freunde, das waren wir!«, rief Hagen trunken.

»Waren?« Die buschigen Augenbrauen des Wirtes zogen sich fragend zusammen. Falk und Lysandra warfen Hagen gleichzeitig einen tadelnden Blick zu, den dieser aber mit einem weiteren Schluck aus seinem halbleeren Bierkrug zu ignorieren wusste.

»Setzt Euch doch erst einmal zu uns. Hagen, beweg deinen Hintern und rutsch ein Stück!« Lysandra stieß Hagen ihren spitzen Ellenbogen in die Rippen und dieser rückte mit einem empörten Grunzen tatsächlich zur Seite.

Mit einem Ächzen ließ der Wirt sich nieder. »Nun?«, fragte er. Offensichtlich war der Mann kein Freund von großen Worten. Una wich vor dem ätzenden Schweißgeruch des anderen unwillkürlich ein Stück zurück.

»Wie gesagt«, ergriff nun Falk das Wort, »wir waren Freunde von Erennyion. Waren, denn er ist tot, ebenso wie seine Gemahlin tot ist. Sie wurden ermordet, blutrünstig abgeschlachtet. Alle beide.«

Der Wirt hob seine beeindruckenden Augenbrauen und murmelte bedauernd: »Schlimme Sache!« Dann nahm er einen Schluck Bier. »War ein guter Mann. Hatte viele Freunde hier. Auch ein paar Feinde. Aber mehr Freunde. Schade um ihn.« Er nahm einen weiteren Schluck, offensichtlich selbst überrascht über diesen Anflug von Redseligkeit.

Lysandra seufzte. »Könnt Ihr uns sagen, wo wir den Magier Drezuan finden können?«, fragte sie.

Der Wirt musterte sie einen Augenblick lang stumm. »Was wollt ihr von ihm?«, fragte er dann misstrauisch über den Rand seines Bierkrugs hinweg.

»Wir müssen ihm von Erennyions Tod berichten und haben eine Botschaft für ihn. Es ist wichtig, dass er sie von uns erhält und es ist äußerst dringlich.« Lysandra zog eine verzweifelte Miene. Sie hätte vermutlich den härtesten Stein zum Erweichen gebracht, den Wirt vom *Orkentod* aber ließ sie völlig unbeeindruckt. Nur für einen kurzen Moment zuckten seine mächtigen Augenbrauen. Er ließ seinen teilnahmslosen Blick über die

Runde gleiten, dann stand er wortlos auf und brummte kaum verständlich: »Getränke geh'n aufs Haus!« Dabei deutete er mit seiner behaarten Pranke auf eine schmale Tür in einer dunklen Ecke des Raumes. So verborgen lag sie im Schatten, dass keiner der vier Gefährten sie bisher entdeckt hatte. Dann ging er wieder zu seiner Theke zurück, wo die Arbeit auf ihn wartete.

Die Gefährten sahen sich an. Falk stand als erster auf. »Dann lasst uns gehen.« Una warf einen Blick auf Hagen, der den Kopf in die Arme gelegt hatte und mit einem seligen Lächeln auf den Lippen entschlummert war.

Lysandra rümpfte die Nase. »Ich glaube, Hagen will hier auf uns warten!«, beschied sie dann trocken. Falk lachte. Er war als Erster an der Tür und öffnete sie vorsichtig.

Dahinter lag ein kleiner Raum. Zwei Tische und einige Holzschemel standen eng zusammengeschoben vor einem schmalen Kamin, in dem ein Feuer knisterte. In seinem zuckenden Schatten saßen an einem der beiden Tische zwei Männer, die augenscheinlich so sehr in ihr Gespräch vertieft waren, dass sie die Neuankömmlinge nicht bemerkten. Zumindest blickten sie nicht auf, sondern fuhren fort, wild zu gestikulieren und sich erregt zu unterhalten. Auf dem Tisch stapelten sich ein wüstes Durcheinander von Pergamenten, zwei ledergebundene Folianten, Notizen und Aufzeichnungen. Ein Mann machte gerade eine ausladende Handbewegung und fegte dabei einige Papiere vom Tisch, die sacht zu Boden glitten. Er wandte den Gefährten den stark gebeugten Rücken zu, lediglich sein wirres rotbraunes Haar und das graue Leinengewand waren zu erkennen. Sein Gegenüber zog an einer schmalen Tonpfeife und hatte sich in lässiger Eleganz auf die Lehne seines Stuhles gestützt. Sein tiefblaues Samtgewand trug goldene Stickereien und ein Granat glühte in kostbarem Feuer an seiner schmalen, gepflegten Hand. Zwei Stäbe standen neben ihnen an die Wand gelehnt, einer reichverziert mit einer in sich gewundenen Silberschlange, die eine Kristallkugel im geöffneten Maul hielt, der zweite einfach und ohne Zierrat. Magierstäbe.

Eine gefühlsmäßige Abneigung stieg in Una auf und unwillkürlich verengten sich ihre unergründlichen Augen. Sie hatte im Allgemeinen nichts gegen Rosenohren, aber ihr Widerwille gegen Magier grenzte fast schon an Hass. Sie konnte die Überheblichkeit nicht verwinden, mit der diese Menschen behaupteten, Magie könne in Formeln und Regeln eingeteilt werden. Allein schon der Gedanke daran erschien ihr völlig absurd. Sie beschloss, sich im Hintergrund zu halten und, wenn möglich, jeglichen Kontakt zu vermeiden. Sie musste ihre persönliche Meinung für sich behalten, auch wenn es schwer fiel. Lysandra übernahm ohnehin spontan die Führung. Sie schritt unbekümmert auf die beiden Männer zu, Falk und Una folgten ihr.

Lysandra unterzog den ihnen zugewandten Magier einer genaueren Betrachtung: Er war groß, sicher an die zwei Schritt hoch. Sein dunkelblondes Haar war streng zurückgekämmt, der gestutzte Bart sorgsam gepflegt. Weiße Zähne blitzten beim Sprechen zwischen den schmalen Lippen hervor und die bleichen Züge waren von der hohen Stirn bis hin zum kantigen Kinn von geradezu adliger Feinheit. Die in hellem Graublau glühenden Augen schienen noch mehr zu leuchten als die des Liebfelders und die fein geschwungenen Augenbrauen betonten den Ausdruck kühler Überlegenheit. Nun sahen diese Augen auf und musterten sie abschätzend.

Lysandra seufzte. Welch ein Mann! Schade, dass sie rein geschäftlich hier waren.

Der andere Magier ließ sich in seiner Beweisführung nicht stören, fuchtelte ausladend und schien völlig in dem Gespräch aufzugehen. Der Gutaussehende hob fragend die schmalen Brauen.

»Wir sind auf der Suche nach Magister Drezuan.« Lysandra hatte unwillkürlich auf die ungestellte Frage geantwortet. Sie schalt sich selbst dafür und fügte trotzig hinzu: »Die Zwölfe zum Gruße!«

»Auch Euch den Gruß der Zwölfe.« Die Stimme des Magisters hörte sich genauso gut an, wie Lysandra es erwartet hatte. »Nun, es scheint, als hättet Ihr ihn gefunden, Fremde.« Noch immer musterte der Magier sie misstrauisch.

»Wie? Was? Wer sucht mich?« Der braunhaarige Wirrkopf drehte sich um und blinzelte kurzsichtig durch die dicken Augengläser. Lysandras Atem stockte einen Moment lang, als ihr bewusst wurde, dass dieses heruntergekommene Wesen, das sie da verwirrt und verloren aus braunen Augen anstarrte, die durch die Gläser unnatürlich verzerrten wurden, tatsächlich der Mann war, den sie suchten. Der Magier sah aus, als sei er gerade aus einem Noionitenkloster entflohen. Sein Rücken war nicht gebeugt, nein, vielmehr nannte er einen beträchtlichen Buckel sein Eigen, über dem das fleckige, graue Gewand bis zum Zerreißen gespannt war. Sein Kopf war mit einem Schopf wirrer rotbrauner Haare bedeckt. Bartstoppeln von gleicher Farbe wucherten auf dem spitzen Kinn und auf der langen Hakennase ruhten die schweren Augengläser, durch die er die Neuankömmlinge blinzelnd beäugte. Eine lange weißliche Narbe zog sich über die rechte Schläfe hin bis zum rechten Nasenflügel. »Ja? Nun …äh … was wollt ihr?«, stammelte er.

»Ihr seid Drezuan der Magier, der Freund und Schüler Erennyions?«, fragte Lysandra ungläubig nach. Sie konnte es nicht fassen, dass dieses verwahrloste Wesen tatsächlich die kluge Person sein sollte, die ihnen als einzige weiterzuhelfen vermochte.

»Ah! Erennyion! Ihr kommt von Erennyion!« Ein strahlendes Lächeln überzog das Gesicht und milderte die Hässlichkeit ein klein wenig. »Wie geht es meinem Freund?«

Falk und Lysandra sahen sich ratlos an. »Wenn wir uns vielleicht kurz zu Euch setzen dürfen?« fragte Falk höflich.

»Hä? Oh, o ja. Natürlich.« Drezuan rückte seinen Stuhl geschäftig zur Seite und die Gefährten zogen sich weitere Holzschemel an den Tisch heran. Der gut aussehende Magier verengte verächtlich die Augen und lächelte herablassend, als er Una erblickte. Die Elfe überging ihn jedoch und nahm so weit entfernt von ihm Platz wie möglich.

Lysandra gab Falk ein Zeichen. Sollte er doch das Gespräch führen, sie hatte keine Lust, sich mit diesem Trottel zu unterhalten. »Nun«, begann Falk und drehte wieder einmal aufgeregt an seinem Silberring, »leider haben wir eine traurige Nachricht. Erennyion ist tot und seine Gattin Celistria, die Ihr sicher auch kennt, ist ebenfalls in Borons Hallen eingegangen.«

»Götter! Nein! Ich … O, welch ein Verlust! Welch ein Verlust!« Der Magier wiegte den Oberkörper wimmernd vor und zurück.

Lysandra war unangenehm berührt. Die Nachricht schien Drezuan hart zu treffen. Er und Erennyion mussten wirklich sehr gute Freunde gewesen sein. Falk sah sie hilflos an. Er wusste offensichtlich nicht, was er sagen sollte. Sie zuckte die Achseln.

»Die beiden ruhen jetzt in Borons Frieden«, sprach sie die üblichen Trostworte. »Ja, es ist sehr traurig, dass sie tot sind. Aber sie haben uns zu Euch geschickt, Drezuan. Denn wir brauchen Eure Hilfe und Erennyion wollte, dass Ihr uns helft. Es war sein letzter Wunsch, bevor er starb. Könntet Ihr vielleicht …«

»Ent … Entschuldigt mich …« Drezuan brach in Tränen aus und eine Woge von Rotz und Speichel entwich seinem verquollenen Gesicht. Dann sprang er unbeholfen auf, sodass sein Stuhl mit einem Poltern umfiel, und rannte laut heulend nach draußen. Zu allem Überfluss hinkte er auch noch. Er war eine solche Ausgeburt an Hässlichkeit, dass er Lysandra fast Leid tat.

»Lassen wir ihn erst einmal wieder zu sich kommen. Er scheint ja völlig außer sich vor Kummer zu sein«, bemerkte Falk ratlos.

»Lasst euch nicht täuschen.« Der zweite Magier lehnte sich zurück und hob den Weinkelch an die Lippen. Dann schenkte er ihnen ein winziges Lächeln.

»Bitte?«, fragte Lysandra vornehm.

»Ich sagte, lasst euch von seinem Äußeren nicht täuschen. Man sollte niemals ein Buch nach seinem Umschlag beurteilen. Drezuan ist nicht im mindesten so beschränkt, wie er auf den ersten Blick wirkt.« Er erstickte Lysandras schuldbewussten Protest mit einer abwehrenden Geste. »Ich weiß, wie er auf Fremde wirkt. Aber glaubt ihr tatsächlich, ich würde meine kostbare Zeit mit einem verwirrten Toren verschwenden? Mich etwa aus Mitleid mit ihm unterhalten?« Er lachte abfällig. Seine bodenlose Überheblichkeit reizte Lysandra bis aufs Blut. »Nein«, fuhr der Schönling gerade selbstgefällig fort, »Drezuan ist ein Genie. Sein magisches Leistungsvermögen ist ganz beträchtlich und er nennt sowohl ein ungewöhnlich umfassendes, grundlegendes Wissen als auch ein hervorragendes Gedächtnis sein Eigen. Man muss sich nur Zeit für ihn nehmen, ihm zuhören und darf ihn nicht mit unbedachten Äußerungen aus der Bahn werfen.« Er warf einen rügenden Blick in die Runde. »Mit dem wirklichen Leben kommt er nicht besonders gut zurecht, was wohl auch die Schuld seines ›Freundes‹ Erennyion ist, der ihn schamlos ausgenutzt hat. Seine seltsamen Aufträge haben Drezuan schon einen guten Teil seines Verstandes gekostet und es ist nur von Vorteil für ihn, wenn dieser Selbstsüchtige nun die Reise übers Nirgendmeer angetreten hat. Von daher kann ich es auch nicht gutheißen, dass Ihr nun angeblich im Auftrage dieses Beutelschneiders – der nebenbei bemerkt eine Schande für jede Gilde ist – meinen empfindsamen Freund zu belästigen gedenkt.«

»Es ist eine dringliche Angelegenheit, die auch für Drezuan von äußerster Wichtigkeit ist, wenn Ihr das begreifen könnt.« Lysandras Stimme war eisig, ihre hellblauen Augen blitzen vor Wut. »Und wer seid Ihr, dass Ihr Euch erlaubt, auf diese Art und Weise von einem Toten zu sprechen? Ihr, der Ihr nicht einmal das mindeste Maß an Höflichkeit besitzt, Euren Namen und Euren Stand zu nennen? Warum sollten wir uns um die Worte eines solchen Rüpels scheren?«

Der Magier warf ihr einen Blick zu, ähnlich dem, mit dem ein Medicus ein ihm unbekanntes Geschwür betrachten würde. Dann lächelte er kühl. »Ich bin Raban von Bärburg.« Er deutete eine knappe, kaum wahrnehmbare Verbeugung an, der ein Moment des erwartungsvollen Schweigens folgte, in dem er sich mit einer überlegenen Geste über den modisch gestutzten Bart strich. »Und, wie sind Eure Namen?«, fragte er dann gleichgültig. Falk stellte sich und die anderen vor.

»Nun, Verehrtester«, begann Lysandra lächelnd, fest entschlossen, sich von dem Magus nicht einschüchtern zu lassen, »es muss für einen Mann von Eurem Stand doch sicher ganz furchtbar sein, hier in der tiefsten Provinz zu versauern?«

Raban zuckte gleichmütig die Schultern. »Es ist nicht im Mindesten so unangenehm hier, wie man zunächst meinen will. Natürlich darf man nicht die Maßstäbe anlegen, wie man dies in Gareth zu tun pflegt, aber es ist durchaus eine Zeitlang hier auszuhalten. Zudem habe ich mich nur mit Drezuan getroffen, um ein paar Skripten durchzugehen, und werde in einigen Tagen wieder zurück nach Gareth aufbrechen.«

Lysandra wusste darauf nichts mehr zu sagen und nach einigen unendlichen Minuten peinlichen Schweigens kehrte endlich Drezuan zurück. Die Wangen waren feucht, die Augengläser verschmiert. Er schien sich jedoch zumindest einigermaßen wieder gefangen zu haben und setzte sich linkisch zu ihnen an den Tisch.

»Wie … wie kann ich Euch helfen?« Seine Stimme klang heiser, als säßen ihm noch immer die Tränen in der Kehle.

»Vielleicht wäre es besser, sich ungestört zu unterhalten?«, fragte Lysandra mit beabsichtigter Unhöflichkeit.

»Was? Nein, o nein. Ich habe vor Raban keine, äh, Geheimnisse! Nicht wahr, Raban?« Der andere nickte und grinste dabei triumphierend. Drezuan schob seine Augengläser zurecht, die schief auf seiner krummen Nase saßen, und verschmierte sie dabei noch mehr mit seinen schmutzigen Fingern. »Ah, gut. Ja, dann sagt doch, wie ich euch jetzt helfen kann.«

»Also«, begann Falk zögernd, »das ist nicht ganz so einfach. Ich muss ein wenig ausholen. Vor einigen Götterläufen habt Ihr mit Erennyion zusammen einen Auftrag angenommen. Ihr musstet die Teile von einem Artefakt aufkaufen und sie dann zu dem Auftraggeber, einem Mann namens Meledor del Skaldiar, bringen lassen. Erinnert Ihr Euch?«

»Äh, ja, natürlich. Ist schon einige Zeit her.«

»Ja, das ist es. Die Arbeit wurde erledigt, von Euch wie von uns, denn wir, die wir hier sitzen, sind die Söldlinge, welche die Teile zu Erennyion brachten, nachdem Ihr sie aufgekauft hattet. Meledor war zufrieden und zahlte gut, sehr gut sogar. Dann allerdings ging aus uns unbekannten Gründen einiges gründlich daneben. Meledor versuchte wohl, ein übles Ritual zu vollziehen, es misslang jedoch und er verschwand. Dabei verlor er vermutlich seinen Verstand.«

»Ja, das passiert, wenn unfähige Nichtwisser sich selbst überschätzen und in arkane Gefilde vordringen, die ihnen besser verschlossen geblieben wären. Wenn man für bestimmte Dinge nicht geeignet ist, sollte man wirklich die Finger davon lassen«, warf Raban herablassend ein.

Falk überging ihn und fuhr fort: »Jetzt jedenfalls ist Meledor zurückgekommen. Er macht uns, das heißt alle, die damals an dem Auftrag beteiligt waren, dafür verantwortlich, dass sein Ritual misslang. Und er will Rache, schreckliche, blutrünstige Rache. Er hat Erennyion und Celistria sowie vier unserer damaligen Gefährten ermordet. Wir sind die letzten Überlebenden. Und er will auch unseren Tod. Das missglückte Ritual scheint ihn gänzlich wahnsinnig gemacht zu haben.«

»Das ist ja schrecklich!«, jammerte Drezuan aufgebracht. Vor Aufregung entwich etwas Speichel seinem Mundwinkel, rutschte, eine glänzende Spur hinter sich herziehend, das spitze Kinn entlang und sammelte sich dort, um den Absprung zu wagen. Lysandra verfolgte angewidert seinen Weg und zuckte zusammen, als der Tropfen endlich auf den Tisch klatschte. »Welch ein Unheil! So ein Übel!«, fuhr Drezuan währenddessen fort und begann wieder, den Oberkörper hin und her zu wiegen. »Ja, erinnere mich. Weiß noch von Meledor. Jung und so besessen. Schlimme Sache. Armer Erennyion. Welch ein Ende, welch ein Ende für den lieben, armen Erennyion!«

»Von welchem Artefakt ist denn die Rede?«, wollte Raban wissen.

Falk zuckte die Achseln. »Wir wissen es nicht genau. Meledor bestand darauf, dass die einzelnen Teile getrennt voneinander und durch mehrere Personen beschafft werden sollten. Er vermutete, dass ein Beherrschungszauber oder etwas Ähnliches auf den Teilen lag.«

»Aber natürlich war Erennyion nicht so leichtfertig,

das Stück einfach ohne Überprüfung auszuhändigen«, fuhr Lysandra fort. »Und deshalb ließ er die Teile untersuchen, als er sie aufkaufte. Und zwar durch Euch, Drezuan. Mit dem Ergebnis, dass keines von ihnen auch nur ein bisschen magisch war. Das stimmt doch, nicht wahr?«

»Was? Oh! Ja, ja natürlich. Hatte kein bisschen Aura, war kein bisschen, kein kleines bisschen magisch, das dumme Ding. Ganz langweilig. Völlig nutzlos. Hätte gar nichts damit anfangen können, der junge Meledor, gar nichts. Völlig vergebens seine Mühe.«

»Hm, aber irgendetwas muss mit diesen Stücken gewesen sein, sonst hätte Meledor sie nicht um jeden Preis haben wollen«, überlegte Raban laut. »Seid Ihr sicher, dass Ihr nicht noch mehr über die Sache wisst?«

»Natürlich sind wir sicher«, entgegnete Falk ärgerlich. »Wir haben uns schon mehr als einmal den Kopf zerbrochen, warum diese Dinger so wertvoll für Meledor waren, was es mit ihnen auf sich hatte. Warum sie so wichtig waren, dass unsere Gefährten ihr Leben lassen mussten. Und ich sage Euch, wir wissen nichts darüber.«

»Eigentlich hatten wir ja gehofft, dass Ihr uns helfen könnt«, meinte Lysandra, an Drezuan gewandt.

»Äh, sag doch *du*, ich kann sonst nicht ... ich weiß nicht ...«

»Gut«, unterbrach ihn Lysandra ungeduldig, »wenn *du* es so möchtest. Also, wie ist es, kannst du uns weiterhelfen? Erennyion hat uns zu dir geschickt, dafür muss er ja einen Grund gehabt haben. Schließlich hat er sozusagen seinen letzten Atemhauch für diese Botschaft verwendet.« Lysandra musterte den Magier, worauf dieser einen hochroten Kopf bekam.

»Kann sein, kann sein«, fing er umständlich zu stammeln an. »Brauche schon ein wenig Zeit. Vielleicht ein Antiarcanum oder eine Combativa, etwas, das die

Schwachstelle findet, seine Defensiva durchbricht. Aber ich brauche Zeit, ein wenig Zeit zum Überlegen. Hm, ist wohl stark, wohl stärker als ich. Vielleicht eine Schrift, ein alter Rat, der uns weiterhilft. Vielleicht mehr über das Artefakt zu wissen. Ich … eventualis … besonders ….« Drezuan begann unverständlich vor sich hin zu murmeln und diesmal bildete sich eine schaumige kleine Blüte in seinem Mundwinkel, die rasch wuchs. Lysandra zwang sich, nicht auf den weißlichen Schaum zu achten. Dabei fiel ihr auf, dass Drezuan unentwegt zu Una hinüber schielte. Götter, die Arme! Einen solchen Mann als Verehrer zu haben, war wahrlich nicht besonders reizvoll.

»Ich denke nicht, dass ihr gegen – wie hieß er noch, Meledor? –, also, ich denke nicht, dass Ihr gegen ihn etwas ausrichten oder gar obsiegen könnt«, mischte sich nun Raban ein.

»Ach«, entgegnete Lysandra leicht beleidigt, »und weshalb nicht, wenn ich fragen darf? Vielleicht möchte der edle Magister sein hohes Wissen mit uns Unwürdigen teilen?«

Raban strich sich wieder den Bart. Er nahm gemächlich einen Schluck Wein, lehnte sich betont langsam in seinem Lehnstuhl zurück und legte sorgfältig die Fingerspitzen der langen Hände aneinander. »Ihr befindet Euch in einer Lage, die man ohne Übertreibung als aussichtslos bezeichnen kann«, begann er zu belehren. »Ihr besitzt kein Gold. Das heißt, Ihr könnt Euch keinen Leibschutz kaufen und auch nicht die Leute bestechen, die euch vielleicht helfen könnten. Des Weiteren seid Ihr nicht mit der Möglichkeit gesegnet, Euch die arkanen Kräfte nutzbar zu machen – ein weiterer Nachteil für Euch. Demgegenüber steht ein Mann, von unbändigen Rachegelüsten getrieben. Ist er schon wahnsinnig? Sicher ist nur, dass ihn nichts aufhalten kann. Er ist überaus vermögend – das habt Ihr doch gesagt, nicht wahr? Nun, wenn er so überaus reich ist, dann hat er nicht nur die nötigen Geldmittel für seine Rache, nein, er hat auch einflussreiche Freunde, denn die sind immer dort, wo die Dukaten klimpern. Doch als wäre all dies nicht genug – er ist auch noch magisch begabt. Vielleicht hat er seine Kräfte gezielt geschult, sich Thesen angeeignet, die nur seiner Rache dienlich sind? Bedingt ist es auch möglich, dass er sich zahlreiche weitere Artefakte beschafft hat. Welch Ironie, vielleicht hat sogar Erennyion ihm einige zukommen lassen. Nein, die Aussichten für Euch gestalten sich nicht gerade günstig.«

Falk und Lysandra sahen sich schweigend an. Sie hatten die Ausweglosigkeit ihrer Lage verdrängt, verdrängt wie die Erinnerung an die schrecklichen Morde, die ihr Verfolger schon begangen hatte. Doch nun hatte Raban ihnen eiskalt vor Augen geführt, wie schlecht es wirklich für sie aussah. Und wieder kroch die Angst in Lysandra hoch. Die Angst, genauso grausam und heimtückisch hingerichtet zu werden wie jene, die Meledor schon in seine blutigen Finger bekommen hatte.

»Wir haben sehr wohl magische Unterstützung gegen Meledor«, widersprach sie Raban trotzig, aber ihre Stimme klang ein wenig zu laut. »Schließlich ist Una bei uns. Und dass Elfen zaubern können, weiß doch jedes Kind. Und Drezuan ist auch auf unserer Seite und er ist sogar ein Magier. Ihm wird sicher etwas einfallen, schließlich steckt er ebenso in der Sache wie wir anderen auch, nicht wahr, Drezuan?«

»Was?« verwirrt blickte der Angesprochene auf und kratzte sich die Stirn. »Äh, ja. Oh, ja«, nickte er dann eifrig.

Raban schnaubte abfällig. »O, welch großartiges Defensivum! Ein Magier, der bei der leisesten Andeutung von Gefahr zitternd vor Panik auf dem Boden liegt. Wisst Ihr eigentlich, dass er dann nicht mehr magisch aktiv werden kann? Nein? Es gehören nämlich Beherrschung und äußerste Konzentration dazu, die arkanen Formeln anwenden zu können. Sonst passieren dumme kleine Fehler, Fehler, die verheerende Ausmaße haben können. Drezuan ist ein weltfremder Theoretiker, ein Genie zweifelsohne, aber so in sich versponnen, dass er die Widrigkeiten des wirklichen Lebens nicht verkraften kann. Es wäre sein Tod, wenn Ihr ihn in Eure Spielchen hineinzöget. Und die Elfe?«

Er musterte Una abschätzend von oben bis unten. Sie blickte starr an ihm vorbei auf die immer kleiner werdenden Flammen des Kaminfeuers, beobachtete, wie sie langsam erstarben. Sie sah nicht so aus, als würde sie dem Gespräch folgen. Über ihr makelloses Gesicht zuckte ab und an der Widerschein einer sich aufbäumenden Flamme, erweckte den Anschein, als würde es sich bewegen. Aber nur die Nasenflügel bebten in dem regungslosen Antlitz. Raban lachte verächtlich. »Ihr versteht nichts von Magie«, meinte er dann herablassend zu Lysandra, »aber seid versichert, dass Euch die Tricks von Feld-, Wald- und Wiesenzauberern gegen einen gestandenen Gildenmagier nicht weiterhelfen werden. Und um einen solchen für Eure Verteidigung zu gewinnen« – er glättete sorgfältig sein besticktes Gewand –, »braucht Ihr entweder Beziehungen oder Gold. Was Euch beides fehlen dürfte. Also, ich würde mir wirklich Sorgen machen an Eurer Stelle.«

»Was Ihr aber leider nicht seid«, zischte Lysandra. »Und deshalb wollen wir Euch auch nicht mehr mit unseren unwichtigen Schwierigkeiten belästigen, die ja widerwärtig wie fette Schmeißfliegen für Euch sein müssen. Sicher habt Ihr Wichtigeres zu tun.«

Anstatt aufgrund der beleidigenden Worte das Weite zu suchen, griff Raban in aller Seelenruhe nach seinem Kelch und nahm einen Schluck Wein. »O nein, so dürft Ihr das nicht sehen«, versicherte er heiter. »Ich nehme durchaus Anteil an den Kümmernissen kleiner Leute. In einer Akademie ist man dem einfachen Leben so fern, hier aber erlebe ich nun tragische Schicksale sozusagen hautnah mit. Ich bin begeistert! Wirklich!«

»Wie schön für Euch!«, fauchte Lysandra erbost. Falk versuchte, das Gespräch wieder auf das eigentliche Thema zu lenken. »Sagt, Drezuan, meint Ihr ... Ich meine, meinst du, dass es eine Möglichkeit für uns gibt, Meledor entgegenzutreten? Eine Waffe, einen Zauber, einen Trick, was auch immer? Etwas, womit wir seine Überlegenheit ausgleichen können?«

Drezuan sah ihn aufgeschreckt an und stammelte einige Worte, wohl in Bosporano, jedenfalls blieb ihr Sinn den Gefährten verborgen.

Wieder ergriff Raban das Wort: »Um es für Euch verständlich zu machen: Es gibt natürlich Möglichkeiten, sich gegen Magie zu schützen, zum Beispiel durch Antimagie. Schwierig ist es jedoch vor allem, dass Ihr nicht wisst, wie stark Meledor wirklich ist. Denn je stärker der andere Magier, desto wirkungsloser wird der Schutzzauber. Ihr könnt natürlich auch warten, bis Meledor angreift, um ihm dann mit einem comba ... mit einer aggressiven Formel zuvorzukommen. Das könnte ihn wohl durchaus schwächen, vielleicht sogar eine ungeschützte Stelle treffen. Es ist jedoch ein Risiko, denn Ihr bietet ihm dann sozusagen den nackten Hals. Und er wird sich wahrscheinlich selbst schützen. Allerdings wird Euch mit an Sicherheit grenzender Wahrscheinlichkeit der menschliche Faktor einen Strich durch die Rechnung machen. Denn die Gefahr des Versagens auf Seiten Drezuans ist sehr hoch und auf der anderen Seite steht ein wütender, aufs Äußerste strebender Rächer. Ein weiterer Aspekt ...«

»Halt, das reicht!«, unterbrach Lysandra seinen Vortrag. »Ganz ohne Umschweife bitte: Was können wir tun?«

Raban sah sie an und für einen Moment schien es ihr,

als huschte tatsächlich ein Hauch von Mitleid über das gepflegte Gesicht.

»Es sieht wirklich schlecht aus«, beschied er mit kühler Stimme. »Wenn Ihr es unbedingt expressis verbis hören wollt: Angesichts der absolut ungünstigen Umstände bin ich überzeugt, dass es für Euch kein Entkommen gibt. Meledor wird Euch früher oder später erwischen. Er hat Erennyion getötet, der, wie ich ungern zugebe, ein recht ansehnliches Wissen und Können vorweisen konnte. Ihr werdet mit Euren Waffen kaum an ihn herankommen, vor allem da der Überraschungsvorteil wohl auf seiner Seite liegen wird. Die magischen Mittel, die Euch zur Verfügung stehen, sind zu begrenzt, als dass sie Euch von Nutzen sein könnten. Was Euch hülfe, wäre ein Artefakt, ein Gegenstand, der so mächtig ist, dass er Meledors Kraft abschirmen oder übertreffen kann. Einen wirklich mächtigen Gegenstand, dessen Kraft stark und unbeeinflusst von äußeren Umständen wirkt. Aber« – er leerte den Weinkelch und stellte ihn energisch auf den Tisch – »Ihr habt weder Zeit noch Gold oder Einfluss genug, Euch ein solch wertvolles Artefakt zu beschaffen.«

»Das bedeutet …«

»Das bedeutet, dass es keinen Ausweg für Euch gibt. Vielleicht könntet Ihr Euch unter kirchlichen Schutz stellen, findet Aufnahme in irgendeinem Tempel.« Raban zuckte mit den Schultern. »Ein Praiostempel wäre eine Möglichkeit!«

»Wir sollen den Rest unseres Lebens versteckt in einem Tempel verbringen? Wie verängstigte Rotpüschel, die sich im Bau verkriechen? Niemals!«, widersprach Falk ihm energisch.

Verzweifelt massierte Lysandra sich die Schläfen. Es konnte doch nicht sein, dass es keinen Ausweg für sie gab! Keine Möglichkeit, dem grausamen Schicksal zu entfliehen. Warum wusste Drezuan keine Hilfe? Erennyion hatte sie doch zu ihm geschickt. Warum konnte er nichts sagen, wusste keinen Rat? Sie betrachtete den schwachsinnig grinsenden Magier unauffällig. Er machte einen äußerst beschränkten Eindruck, wie er da saß, mit seinen dicken Augengläsern und dem hässlichen Buckel und immer noch Una anstarrte. Kaum zu glauben, dass dieses Etwas, das einem Schauermärchen entsprungen zu sein schien und bisher außer einigen schwachsinnigen Phrasen nichts zu sagen gewusst hatte, einen angeblich so außergewöhnlichen Verstand sein Eigen nennen sollte. »Du kannst uns also auch nicht helfen, Drezuan?«, fragte sie traurig und zwang sich, in die verzerrten Augen zu blicken.

»Hm, ja nun. Ein wenig voreilig, hastig. Nur nicht so hastig. Ein wenig Zeit. Bin sicher, dass Drezuan etwas einfällt. Nur nicht so hastig. Bis jetzt ist Drezuan immer etwas eingefallen. Wirklich, immer! Brauche nur ein wenig Zeit. Bis morgen früh Zeit, ja?«

Falk nickte müde. »Natürlich. Was sollen wir auch anderes tun als abzuwarten, ob dir vielleicht doch noch etwas einfällt?«

Raban erhob sich und reichte Drezuan beide Hände. »Ich werde morgen Mittag gen Gareth aufbrechen. Aber ich komme nochmals bei dir vorbei, um meine Schriften abzuholen. Wir sehen uns dann morgen!«

»Ja gut, Raban, bis morgen«, nickte Drezuan strahlend.

Raban drehte sich um und nahm zu Lysandras Überraschung den schlichten Stab von der Wand. Dann legte er die rechte Hand auf die Brust und machte eine elegante Verbeugung. »Ich wünsche den Herrschaften angenehme Nachtruhe. Möge Bishdariel Euch süße Träume schicken!«

»Auch Euch eine gute Nacht«, entgegnete Falk höflich, während Lysandra sich lediglich zu einem huldvollen Nicken herabließ. Una richtete die Augen kurz auf den

Magus, sprach jedoch kein Wort. Lächelnd schritt Raban gemessenen Schrittes aus dem Raum und zog die Tür leise hinter sich zu. Ein gelungener Auftritt, dachte sich Lysandra und unterdrückte nur mühsam den Drang, dem Magier ein besonders unflätiges Schimpfwort hinterher zu schicken.

Kapitel 17

Una atmete auf. Die Gegenwart des Magiers war ihr mehr als unangenehm gewesen. Fast körperlich hatte sie die Abneigung gespürt, die er ihr gegenüber empfand. Es schien ihr sogar, als habe purer Hass in seinen Augen aufgelodert, als er sie mit seinen kalten Blicken maß. Das beklemmende Gefühl, dass der Magus nur auf ein Wort von ihr lauerte, ein Wort, dass ihm einen Grund gab, sie anzugreifen, hatte sich wie ein großer Stein auf ihre Brust gelegt. Den anderen schien die Feindseligkeit Rabans ihr gegenüber nicht aufgefallen zu sein. Sie war es gewohnt, von den Menschen mit Misstrauen oder gar Argwohn behandelt zu werden, und die Studierten, denen sie bisher begegnet war, hatten ihr oft Verachtung und offene Geringschätzung entgegengebracht. So wie sie ihrerseits oft verächtlich über die gelacht hatte, die Magie in Formeln pressen mussten, um sich die arkanen Kräfte zu Nutze zu machen. Die magische Kraft, die ebenso durch ihre Adern floß wie durch die dieser Rosenohren, jene Kraft, die sie eigentlich einander näher bringen sollte. Und die sie doch trennte, ein Verstehen verhinderte. Allein der Gedanke an magische Formeln und Thesen schien ihr lächerlich, ja geradezu absurd. Wie konnte man sich anmaßen, die Kraft zu untersuchen, sie in Worte zu fassen, die unzulänglich und hässlich waren, und diese Worte dann auch noch niederzuschreiben. Niemals konnten diese Worte die Magie erfassen. Sie hatte schon oft die Vermutung angestellt, dass wohl einige Rosenohren mit dem Aufschreiben angefangen hatten, weil sie sich hervortun, sich wichtig machen wollten. Und das war ihnen ohne Frage gelungen. Doch sinnlos schien Una ihr Tun, hätte man doch genauso versuchen können, den Atem niederzuschreiben. Es war einfach nicht möglich. Die Kraft fuhr ebenso wie der Lebensodem in den Körper ein und auch wieder aus ihm heraus, ganz selbstverständlich, ganz ohne fremdes Zutun. Es war einem Körper bestimmt, so zu handeln, Luft und Magie ein- und auszuatmen. Es war so einfach, so selbstverständlich. Und ebenso harmonisch wie das Atmen musste doch auch das Anwenden der magischen Kräfte erfolgen. Ohne Thesen, ohne schwierige Formeln. Aus dem Geist und aus dem Herzen heraus, so wie es bestimmt war.

»Du … Du darfst nicht böse sein.« Drezuan riss die Elfe aus ihren Gedanken. Er war näher gerückt und sah sie nun mit seinen riesigen Augen entschuldigend an. »Er ist als Adept einmal von einem Elfen hereingelegt worden. Hat mit ihm gewettet, wer besser einen Zauber wirken kann. Der Elf war aber schon uralt und ein Meister der Magie und Raban nur ein Schüler. Ja, nun, Raban hat verloren. Und nun ja, sie haben um den Siegelring seines Vaters gewettet und Raban hat ihn dann hergeben müssen. Seither hasst er alle Elfen und hofft wohl, es ihnen irgendwann heimzahlen zu können. Er meint es sicher nicht wirklich böse.«

Una lächelte ihn an. »Da ist er an einen der wenigen Elfen geraten, die nach materiellen Besitz streben. Es sind Außenseiter meines Volkes, denn sie wurden von den Rosenohren verführt und verdorben und sind anders als wir geworden. Wir nennen sie *badoc*, denn sie haben die Grundlagen unseres Lebens völlig vergessen und streben nach dem Vergänglichem. Aber ich danke dir für dein Mitgefühl; es ist gut zu wissen, warum mich dein Freund nicht mag.«

Der Magier errötete tief.

»Ich glaube nicht, dass es momentan sehr bedeutsam ist, wer wen mag und wer wen nicht mag«, mischte sich Lysandra ein. »Wir sollten uns vielmehr ein Bett für die Nacht suchen. Es ist schon wieder sehr spät und wir sind alle müde. Und ich mag heute einfach nichts mehr hören.«

»Sie hat Recht«, stimmte Falk zu. »Vielleicht bekommen wir hier im Schlafsaal noch ein Bett. Dann müssen wir Hagen nicht so weit tragen.«

»Richtig, Hagen!«, stöhnte Lysandra.

Una massierte ihre schmerzenden Nasenflügel. Sie fühlte sich wie wundgescheuert ob des schrecklichen Lärms und der abstoßenden, beißenden Gerüche, die so rücksichtslos auf ihre Sinne eingeschlagen hatten. Sie sehnte sich nach Ruhe, nach Einsamkeit. Und nach klarer, reiner Nachtluft. »Schlafsaal wäre gut«, sagte sie stattdessen erschöpft.

»Fein, dann lasst uns doch den Wirt fragen, ob er noch Platz hat.« Falk stand auf.

Zu ihrem Glück waren im Schlafsaal noch etliche Plätze frei. Hagen lag gemütlich schnarchend auf seinem Tisch, während einer der Schankjungen krampfhaft bemüht war, um ihn herum den Fußboden aufzuwischen. »Wir könnten ihn eigentlich hier lassen. Er scheint doch gut zu schlafen«, schlug Lysandra hoffnungsvoll vor.

»Er bringt uns um, wenn er morgen früh hier aufwacht und sich nicht mehr bewegen kann«, entgegnete Falk grimmig, »und er könnte uns zudem auch nicht mehr viel helfen, wenn er mit verrenktem Rücken das Bett hüten müsste.«

»Stimmt«, gab Lysandra widerwillig zu. »Na gut, dann wollen wir einmal!«

Ächzend packten sie gemeinsam den schlaftrunkenen Hagen und zerrten ihn mühsam die steile Holztreppe hinauf in das nächstbeste leere Bett. Una folgte ihnen und zu ihrer Überraschung auch Drezuan, der meinte, er bliebe lieber in ihrer Nähe, als allein in seinem Haus zu schlafen. Ein weiser Entschluß, wie Una fand. Sie legte sich in ein Bett neben einem geöffneten Fenster. Die Nachtluft drang sanft und weich an ihre Nase und vertrieb fast die stickigen Ausdünstungen der Schlafenden, den bitteren Biergeruch und den beißenden Schweiß ihrer Gefährten. Sie schloss die Augen und versuchte sich vorzustellen, unter sternklarem Himmel auf einer grasbewachsenen Waldlichtung zu liegen. Minuten später sank sie in einen tiefen, traumlosen Schlaf.

Lysandra wollte sich umdrehen und stieß mit ihrem ausgestreckten Arm gegen die Wand. Sie wälzte sich wieder auf die andere Seite und wurde widerwillig wach, als Hagens dröhnendes Schnarchen unerbittlich in ihr Bewusstsein drang. Sie schlug die Augen auf, wusste für einen Moment nicht, wo sie war. Als Erinnerung und Orientierung zurückkehrten, stöhnte sie leise und zog dann die Decke bis ans Kinn. Ihr gegenüber lag Una auf dem Bett, das Gesicht dem Fenster zugewandt. Ihr Atem ging ruhig und langsam. Erschrocken fuhr Lysandra zusammen, als sie den Schatten sah, der zu Füßen der Elfe hockte und sie beobachtete. Dann erkannte sie die entstellten Umrisse der schemenhaften Gestalt, und ihr Herzschlag beruhigte sich. Drezuan schien es ganz schön erwischt zu haben, wenn er die Nacht damit verbrachte, seine Angebetete im Schlaf zu betrachten. Lysandras Augenlider schienen tausende von Stein zu wiegen und senkten sich langsam wieder. Wie lächerlich von Drezuan, Una die ganze Nacht anzubeten! Und wie süß. Lysandra tauchte wieder in das neblige Vergessen ihrer Träume ein.

Falk erwachte, als die Praiosscheibe schon recht hoch am Himmel stand. Er rieb sich mit den Händen das Gesicht, reckte sich und setzte sich dann schlaftrunken auf. Ein Blick auf die umliegenden Betten zeigte ihm, dass seine Gefährten bereits aufgestanden und wohl beim Frühstücken waren. Er war tatsächlich der Letzte, der noch geschlafen hatte. Er sah sich um und stellte fest, dass der Schlafsaal nicht besonders sauber war. Er wirkte im Gegensatz zum Schankraum vernachlässigt, Staubflocken lagen in den Ecken, und die Laken waren grau und fleckig. Letzte Nacht war ihm das gar nicht aufgefallen. Offensichtlich bezog der Wirt vom *Orkentod* seine Einnahmen hauptsächlich aus dem Bierverkauf und weniger aus dem Vermieten der zehn Betten. Falk stand auf, reckte sich und öffnete seine Zopfspange. Das Haar fiel ihm sofort ins Gesicht, es roch unangenehm nach kaltem Rauch. Er strich es streng zurück, band es wieder zusammen und beschloss, seine Haare später zu waschen. Es war an der Zeit, wieder ein gepflegtes Leben zu führen. Er streifte nach kurzem Überlegen noch einmal das schmutzige Hemd über; er würde das frische erst nach dem Bad anziehen. Dann verließ er den Schlafsaal. Ohne nachzudenken gürtete er sein Rapier, eine Geste, die ihm so in Fleisch und Blut übergegangen war, dass er sie kaum noch wahrnahm. Andere mochten ihre Waffe als störend empfinden, er dagegen vermisste etwas, wenn er nicht den Schlag der Lederscheide am Bein spürte. Er schritt die Treppe hinab und betrat den Schankraum.

Una, Lysandra und Drezuan saßen an einem Tisch nahe beim Fenster, von Hagen war nichts zu sehen. Falk setzte sich mit einem »Guten Morgen allerseits!« zu ihnen.

»Guten Morgen, lieber Falk. Wünsche wohl geruht zu haben«, begrüßte Lysandra ihn mit ihrem schiefen Lächeln.

»Bestens, allerbestens«, entgegnete er.

Auch Una nickte ihm lächelnd zu. Drezuan hatte den

Mund voll und brabbelte etwas Unverständliches, wobei ihm einige breiige Brocken aus dem Mund fielen und mit fröhlichem Spritzen auf dem Tisch landeten. Lysandra wandte sich angewidert ab und schluckte hart. Falk fiel auf, dass der Magier Una unentwegt beobachtete. Er sollte die Elfe vielleicht bei Gelegenheit darüber in Kenntnis setzen. »Wo ist Hagen?«, fragte er dann und nahm sich ein Stück Brot und etwas Käse.

Lysandra verdrehte die Augen. »Das übliche Spiel. Erst ist er sehr geschwätzig, dann sehr still und schließlich rennt er hinaus. Jetzt ist er wohl gerade damit fertig, sich des Restbiers von gestern zu entledigen und hängt wahrscheinlich schon über dem Wassertrog. Danach ist er wieder einigermaßen erträglich. Soweit das bei Hagen möglich ist.«

In diesem Moment schwang die Tür auf. »Wenn man vom Namenlosen spricht«, seufzte Lysandra. Hagen trat mit tropfenden Haaren ein, ließ sich neben Falk nieder und brummelte: »Morgen.«

Gut, endlich waren sie alle versammelt und konnten besprechen, wie es weitergehen sollte. Allerdings stopfte Drezuan noch immer Brot, Schinken und Käse in sich hinein und schüttete Unmengen von Milch hinterher – kein appetitlicher Anblick. Nun, vielleicht sollten sie besser warten, bis er mit dem Speisen fertig war. »Ist Amber schon hier gewesen?« fragte Falk stattdessen.

Una nickte. »Die Bardin war kurz hier, wollte jedoch nicht auf Euch warten, sondern später noch einmal vorbeikommen. Sie musste dringend zum Markt, ein paar Dinge besorgen.«

»Und wie geht es dir? Wieder in Ordnung? Du sahst recht mitgenommen aus gestern Abend«, meinte Falk zu der Elfe.

Una warf ihm einen undeutbaren Blick zu, dann jedoch verzog sich ihr Mund zu einem freundlichen Lächeln. »Ja, es ist alles in Ordnung. Ich bin nur an diese

Umgebung nicht gewöhnt. Ich halte mich recht selten in solchen Schenken auf. Der Lärm, die Luft ...«

»Warum? Was ist an der Luft denn auszusetzen?«, wunderte sich Hagen sichtlich erstaunt.

»Wenn du sie gut findest, ist das in Ordnung«, beendete Lysandra entschlossen das Thema. »Ich finde, wir sollten uns lieber wichtigeren Dingen zuwenden. Wie zum Beispiel unserer augenblicklichen Lage. Nun, Drezuan, hast du einen Vorschlag, wie es weitergehen soll? Ein Einfall, der uns weiter hilft?«

Der Magier hatte gerade reichlich Milch in seinen Mund laufen lassen, wohl um das vorher hineingestopfte Brotstück aufzuweichen. Jetzt verschluckte er sich und begann zu husten. Milchige Bröckchen ergossen sich über den Tisch und schlugen schmatzend neben ihren angetrockneten Vorgängern auf. Lysandra schlug Drezuan auf den Rücken, ein wenig zu heftig, wie Falk fand. Endlich beruhigte sich der Magier und konnte wieder sprechen. »Ja, Drezuan hat Einfälle. Ist ihm einiges eingefallen heute Nacht. Brauche nur noch ein klein wenig mehr Zeit.«

»Wir haben aber kein klein wenig Zeit mehr«, entgegnete Lysandra schneidend. »Morgen kann unser Freund Meledor auf der Türschwelle stehen und dann ist es zu spät für deine niedlichen kleinen Einfälle.«

»Ja, aber ... nur ein klein wenig? Vielleicht, wenn man mir hilft, vielleicht? Wenn man ... wenn mir die ... die Elfe hilft? Dann ...«

»Ich?«, unterbrach ihn Una und zum ersten Mal sah Falk etwas wie Überraschung in ihrem schönen Gesicht aufblitzen. »Ich soll dir helfen? Einem Magier? Das ist nicht dein Ernst!«

Drezuan aber nickte heftig. »Elfenwissen. Können doch alles gebrauchen, doch auch Elfenwissen gebrauchen. Vielleicht ... vielleicht zusammen?« Er errötete und senkte beschämt den Blick.

Una schluckte und ihre Nasenflügel bebten wieder einmal. »Gut«, sagte sie dann, »warum nicht? Wir müssen alle Möglichkeiten nutzen, die sich uns bieten.«

Freudig blickte Drezuan auf. »In den Nebenraum gehen? Jetzt? Damit wir reden können, denken ungestört?«

Falk schien es, als sei der Magier noch verwirrter und verschüchterter als am gestrigen Abend. Er machte sich seltsamerweise Sorgen. Es war nicht gut, dass Drezuan nur Una im Kopf hatte und weniger die Lösung ihrer Probleme. Sie hatten keine Zeit für rahjagefällige Spielchen. Drezuan musste sich zusammenreißen, schließlich ging es hier auch um den Kopf seiner Angebeteten.

»Sehr gut. Aber wir sollten auch mitkommen, vielleicht haben wir unwissenden Nichtmagier und Nichtelfen doch auch den einen oder anderen sinnvollen Einfall!« Lysandra waren Drezuans Absichten also auch aufgefallen und sie wollte die beiden nicht allein lassen. Kluges Mädchen! Falk konnte ein Grinsen nicht unterdrücken.

»Was gibt's denn da zu lachen?«, fragte ihn Hagen beleidigt. »Wir sind auch keine Dummköpfe. Und mindestens genauso gewitzt wie mancher Magier. Oder seid ihr Liebfelder da etwa anderer Ansicht? Schlauer als wir Mittelreicher vielleicht?«

Nanu, Hagen ist heute aber sehr reizbar, dachte Falk. Augenscheinlich hatte er sich einen prächtigen Werwolf bei dem gestrigen Gelage eingefangen.

»Ich denke, wir richten uns nach Drezuans Wünschen«, warf Una ein. »Denn wir sind es, die seiner Hilfe bedürfen, und da sollten wir alles tun, was seine Arbeit unterstützen kann.«

Plötzlich tanzten die Klänge einer Flöte durch die Luft und untermalten spielerisch den Klang ihrer Worte. Es war recht wenig Betrieb in der Taverne und einer der Schankburschen hatte die Gelegenheit genutzt und sich an die Eingangstür in die Sonne gesetzt, um auf seiner Flöte zu üben.

Drezuan stand wieder so hastig auf, dass sein Stuhl umfiel. »Gehen!«, raunte er, drehte sich hastig um und hinkte zum Hinterzimmer. Una zuckte die Schultern und folgte ihm dann langsam.

»Na, hoffentlich fällt ihm wenigstens etwas ein«, schimpfte Lysandra und blies sich eine Locke aus der Stirn. »Bis jetzt war er ja noch keine große Hilfe.«

»Vielleicht überrascht Drezuan uns ja noch alle«, meinte Falk und lehnte sich an die Wand, um einen der Sonnenstrahlen zu erhaschen, die golden die schummrige Tavernenluft durchdrangen. »Der Junge spielt sehr schön«, stellte er fest.

Das kleine Hinterzimmer war düster und die Luft noch rauchig und stickig vom Vorabend. Drezuan schien dies jedoch nicht zu stören und Una fügte sich seufzend in ihr Schicksal. Sie hoffte nur, dass ihnen bald etwas Sinnvolles einfiele, damit sie diese stinkende Kammer schnell wieder verlassen konnte. Draußen wartete die Sonne auf sie.

»Setzen?« Zuvorkommend bot ihr Drezuan einen Stuhl an.

Sie ließ sich nieder. Er selbst weigerte sich jedoch, sich zu setzen, und begann stattdessen unentwegt hin und her zu laufen, so schnell es sein Hinken zuließ. Offensichtlich war er sehr aufgeregt. Obwohl ihr nicht der Sinn nach einer Unterhaltung mit einem Magier stand, bemühte Una sich, das Gespräch in Gang zu bringen. Vielleicht ließ sich ja tatsächlich eine gemeinsame Grundlage finden. »Raban hat uns gestern nicht viel Mut gemacht«, begann sie etwas unbeholfen.

»Ach, Drezuan wird schon helfen. Werde euch bewahren vor bösem Meledor«, entgegnete Drezuan zerstreut, während er weiter seine Runden drehte.

Una überlegte, dass es wohl das Beste wäre, das Rosenohr erst einmal zu beruhigen. Sie verstand seine Aufregung nicht, aber in dieser Stimmung fiele ihm wohl niemals etwas ein. Er musste sich irgendwie entspannen. Vielleicht sollte sie ihn Schritt für Schritt an das Problem heranführen. Wieder seufzte sie. Ihre Geduld wurde auf eine harte Probe gestellt. »Hast du schon eine Idee, was wir tun sollten?«, fragte sie vorsichtig.

»Vielleicht … ein kleiner Plan!« Er blieb kurz hinter ihr stehen und schnaufte unruhig, bevor er seinen Weg fortsetzte.

Es verunsicherte Una, dass er ständig hinter ihr auf und ab lief. Sie war es nicht gewohnt, ein Gespräch zu führen, ohne dem anderen in die Augen zu sehen. Aber da ließ sich wohl nichts machen. Angestrengt suchte sie nach aufmunternden Worten, um das Rosenohr weiter zu besänftigen. »Erennyion hatte viel Vertrauen in dich, hielt dich für begabt, hat dir vertraut. Er war sehr stolz, dich zu kennen.«

»Er … er war ein guter Mann!«

»Ja, das war er. Und er hielt dich für fähig, Meledor die Stirn zu bieten.«

»Tatsächlich?«

Sie hörte, wie er sich einige Schritte näherte. Dieses Geplänkel wurde immer unerträglicher. Krampfhaft überlegte sie, was Lysandra wohl in einem solchen Augenblick gesagt hätte. Ihr war aufgefallen, dass Lysandra meist mit Schmeicheleien ans Ziel kam. Nun, es konnte nicht schaden, es auf diesem Wege zu versuchen. »Wirklich! Ganz ohne Zweifel hielt er dich für den begabtesten Magier, den er je kennengelernt hat.«

»Du übertreibst.«

Wieder kam er ein paar Schritte näher. Obwohl die Elfe das starke Bedürfnis hatte, sich zu ihm umzudrehen, blieb sie sitzen. Er verhielt sich wie ein scheues Tier, fand sie, ein misstrauisches und schreckhaftes Tier. Vielleicht, kam ihr in den Sinn, waren ihre Worte gar nicht so wichtig. Vielleicht war es viel wichtiger, dass er den Klang ihrer Stimme hörte. »Weißt du noch, wie Erennyion war, wenn er von etwas überzeugt war?«, fragte sie und beantwortete dann selbst die Frage: »Er hat dich angesehen, gerade heraus und ohne zu blinzeln. Und dann hat er gesagt, was er dachte. Es war ihm gleich, ob seine Worte Gefallen fanden oder nicht. Er war immer ehrlich. Und das ist so selten bei euch Rosenohren. Und seine Augen! Niemals werde ich ihr blaues Lodern vergessen.«

Im gleichen Augenblick fiel Una ihr Versprecher auf und gerade wollte sie sich verbessern, als Drezuans Stimme dicht hinter ihr erklang: »Ja. Seine leuchtenden … leuchtenden blauen Augen!«

Unas Herz verweigerte ihr für einen Schlag den Dienst, um dann umso wilder zu klopfen – Erennyions Augen waren braun gewesen!

Im gleichen Moment, als sie die Erkenntnis wie ein heftiger Schlag traf, legten sich Drezuans Finger um ihren Hals und drückten zu. Sie versuchte nach hinten zu schlagen, aber der Magier hielt sie so geschickt, dass sie ihn nicht treffen konnte. Verzweifelt begann sie einen Zauber zu wirken, aber ihr Herz raste und die Lungen schrien nach Luft. Die Worte erreichten nicht die bebenden Lippen, der Geist fand nicht die Quelle der magischen Kraft und wie eine tosende Woge schlug die Panik über ihr zusammen. Schneidende Schmerzen jagten durch ihren Kehlkopf. In haltloser Angst trat sie aus, fiel vom Stuhl, hing weiter im eisernen Griff der unerbittlichen Klauen, die sich tiefer, immer tiefer in ihren Hals bohrten. Entsetzt nach Luft ringend, krallte sie sich an die unerbittlichen Hände, die Hände, die ihr das Leben entreißen wollten, aber sie waren stark, unglaublich stark. Sie schaffte es nicht, die tödliche Umklammerung zu lösen. Schluchzend versuchte sie mit ganzer Kraft Luft zu holen, aber kein Hauch drang kühlend in ihren zitternden Körper. Ihr Herz tat weh, setzte aus, begehrte drängend nach Atem. Dann, irgendwann, wich die Kraft aus ihrem Leib und schwächer und schwächer wurde ihr Körper, die Glieder waren so schwer, so unendlich schwer. In seltsamer Langsamkeit erstarrte alles und dunkle Schleier schwebten heran, um schließlich sanft auf sie herabzugleiten.

»Wirklich, sehr schön!« Falk klatschte begeistert, als der Junge sein Lied beendet hatte. Er genoss es sehr, hier im Schein der Praiosscheibe zu sitzen und sich dabei mit Hagen und Lysandra zu unterhalten. Es war wunderbar, für einen Moment einfach einmal ausruhen zu dürfen. Den anderen erging es wohl genauso, denn auch ihre Züge waren von einem entspannten Lächeln erhellt.

Doch in genau diesem Augenblick erstarrte der Gesichtsausdruck Lysandras. »O nein«, stöhnte sie, »da kommt Raban, der Überhebliche!« Auch Falk stieß ein Schnauben aus.

Hagen sah sie stirnrunzelnd an. »Raban? Wer ist das? Habe ich etwas verpasst?«

»Nein, eher im Gegenteil«, versicherte Lysandra ihm und setzte das falscheste Lächeln auf, das Falk je zu Gesicht bekommen hatte, als der Magier betont würdevoll an ihren Tisch trat.

Er trug eine grauseidene Robe, die mit schwarzen und weißen Stickereien gesäumt war und in seltsamem Kontrast zu dem schlichten Stab stand, den er bei sich trug. »Nun? Wo ist Drezuan?« Seine feingeschwungenen Augenbrauen schoben sich mit unglaublicher Herablassung in die Höhe. Falk verschlug es ob dieser bewussten Unhöflichkeit die Sprache.

Lysandra antwortete zuckersüß: »Und? Wo ist Borbarad?«

Für einen Moment war Raban tatsächlich aus dem Gleichgewicht gebracht und sah sie fassungslos an. Dann verzog er geringschätzig die Lippen. »Selbst Toren wie ihr müssten wissen, dass der Name des Bethaniers nicht mehr genannt werden sollte. Es ist ein Zeichen von Unwissenheit und Tolpatschigkeit, ihn auszusprechen. Jeder noch so grünschnäblige Adept im ersten Studienjahr weiß um die Peinlichkeit eines solchen Fehltritts.«

»Ach? Bemerkenswert!« kommentierte Lysandra ungerührt und überprüfte mit peinlicher Genauigkeit die Sauberkeit ihrer Fingernägel.

»Also? Wo steckt er?« Raban überging ihre Unhöflichkeit offensichtlich ebenso wie Lysandra die seine. Falk seufzte. Er hasste solche Spielchen. Genau das hatte ihn aus dem alten Reich vertrieben, ihn von den liebfeldischen Adligen getrennt. Er verabscheute die tückischen Ränkeschmiede, die heimlich gesponnenen Intrigen, die zweideutigen Reden, die mit gehässigen Spitzen gespickten Gespräche.

»Er bespricht sich gerade mit Una«, antwortete Hagen mit erfrischender Unverblümtheit. »Sie versuchen, gemeinsam einen Weg zu finden, um uns aus der Patsche zu helfen.«

»Er tut waas?« Die Stimme des Magiers war einen Deut zu laut. Er beugte sich ungläubig vor, während sich seine Augen verengten und sein Blick zu Eis erstarrte.

In dem Glauben, der andere habe ihn nicht verstanden, begann Hagen unschuldig, seine Worte zu wiederholen. »Er berät ...«

Raban unterbrach ihn mit schneidender Stimme. »Er berät sich mit einer Elfe, was zu tun ist? Er fragt eine *Elfe* ernsthaft nach ihrer Meinung? Fragt sie in magischen Belangen um Rat?« Das Antlitz des Magiers glich dem einer steinernen Statue, nur an seinem Hals begann eine Ader pochend zu pulsieren. Wortlos richtete er sich auf, drehte sich um und eilte, ja rannte fast zur hinteren Tür.

»Huch, ich glaube, wir folgen ihm besser«, befand Lysandra besorgt und stand hastig auf.

»Was ist hier eigentlich schon wieder los?«, fragte Hagen ärgerlich und folgte ihnen murrend, als er wieder einmal keine Antwort erhielt.

Dann ging alles sehr schnell. Falk war hinter Raban in den Raum getreten und hatte sehen müssen, wie Drezuan den Hals der bereits ohnmächtigen Elfe umklammert hielt. Nur einen Herzschlag später hörte er, wie der vor ihm stehende Raban etwas murmelte, wovon er nur das Wort »Blitz« verstand. Da fuhr Drezuan zurück, riss mit einem überraschten Aufschrei die Hände vor die Augen. Una fiel zu Boden und rang nach Luft, dann drehte sie sich keuchend zu Drezuan um. Ihre linke Faust schoß wie ein Pfeil nach vorn und sie schrie mit krächzender Stimme: »Fulminictus Donnerkeil!« Dann fiel sie hustend vornüber. Kaum hatte ihre sich überschlagende Stimme durch die Luft gegellt, kreischte Drezuan auf und zuckte mit dem Kopf nach hinten, als hätte ihn mit voller Wucht ein unsichtbarer Schlag getroffen. Seine klobigen Hände preßten sich fest an die Schläfen und er taumelte zurück bis zur Wand. Dann blickte er auf … und veränderte sich. Sein Gesicht verschwamm auf seltsame Weise, sein Körper verformte sich, als bestünde er aus schmelzendem Eis; seine Konturen verloren jede Form. Gelenke verdrehten sich unnatürlich, Sehnen schienen zu reißen, Körperteile zu wandern, bis sie sich wieder zusammenfügten zu einer anderen Form. Aber die neue Gestalt schien sich nicht halten zu können, veränderte sich wieder und wieder. Fast als wäre es dem Körper nicht möglich, sich für eine Form zu entscheiden. Unzählige Antlitze huschten über ein formloses Gesicht, Männer und Frauen, Kinder wie Greise. Auch der Körper selbst veränderte sich mit stetig wachsender Geschwindigkeit, wurde groß und behäbig, klein und schmal. Rasend schnell liefen nun Wellen der ständigen Veränderung über das, was sie für einen Menschen gehalten hatten. Ein Arm schoss vor, erst klein und kurz, ein Kinderarm. Dann verlängerte er sich, wurde runzlig und faltig, lang und dünn. Eine schwielige breite Hand griff suchend in die Luft und war einen Herzschlag später weiß, schmal und mit einem filigranen Siegel in der Handinnenfläche geschmückt, um sich gleich zu einer knochigen Greisenfaust zu verformen, die mit gelben Altersflecken übersät war. Ein Keuchen entrang sich plötzlich dem Mund, der, eben noch voll und von dunklem Rot, nun mit schmalen bläulichen Lippen in der konturlosen Gesichtsmasse lag.

Plötzlich sirrte etwas Glänzendes an Falks Schädel vorbei und noch ehe ihm bewusst wurde, dass da etwas flog, stak eine bluttriefende Axt, die Drezuans Schädel teils gespalten, teils an die Wand genagelt hatte, ob ihres wuchtigen Aufpralls in der Steinmauer. Blut schwemmte das in Blau und Gelb schimmernde Gehirn in einem trägen Strom an Blatt und Griff der Waffe entlang und verwandelte sich dabei in eine formlose graue Masse, die nichts Menschenähnliches mehr an sich hatte. Der sich verwandelnde Körper kam zur Ruhe, ohne eine zuordenbare Form angenommen zu haben. Das seltsam formlose Etwas hing erschlafft um Hagens Axt herum an der Wand.

»Heilige Herrin Hesinde! Ein Gestaltwandler!«, fiel Rabans Stimme steinschwer in die atemlose Stille.

»Welch ekliges Schleimgezücht! Bei allen stinkenden Guhlen, so etwas Widerliches hab ich ja noch nie gesehen!«, folgte nur einen Augenblick später ein wenig zittrig Hagens tiefe Stimme.

Una hatte sich mittlerweile aufgesetzt und massierte sich vorsichtig den Hals, an dem sich die rotblauen Spuren des Angriffs deutlich abzeichneten. Lysandra war zuerst bei ihr, half ihr besorgt beim Aufstehen. »Es … Es geht mir schon wieder gut. Ich muss mich nur kurz hinsetzen. Aber nicht hier!« Hagen und Lysandra stützten sie und führten sie fürsorglich aus dem Raum.

Raban stand noch immer wie vom Donner gerührt und starrte auf das seltsame Wesen, das er so lange für Drezuan gehalten hatte.

Falk schluckte hart. »Was ist das?«, fragte er dann heiser.

»Der Mann, den wir für Magister Drezuan hielten, war in Wirklichkeit ein Wesen, das die Wissenschaft als Gestaltwandler bezeichnet«, antwortete ihm Raban mit abwesendem Gesichtsausdruck. »Ich bin selbst noch niemals zuvor einem solchen begegnet und es gibt auch noch nicht allzu viele Forschungsarbeiten und wissenschaftliche Berichte über diese Wesen. Aber ich habe darüber im Bestiarium von Belhanka gelesen. Sie haben den unerklärlichen Drang, Menschen zu töten, um dann ihre Gestalt anzunehmen und den Platz des Ermordeten einzunehmen. Um die Umgebung des Opfers täuschen zu können, beobachten sie diese zunächst sehr genau und eignen sich deren Angewohnheiten so gut an, dass sie kaum erkannt und entlarvt werden können.«

Schaudernd fiel Falk ein, dass er geglaubt hatte, Drezuan lasse Una seiner Verliebtheit wegen nicht mehr aus den Augen. Wie sehr er sich geirrt hatte! Und plötzlich überkam ihn die grausame Wirklichkeit wie ein Guss kochendes Wasser und die Folge dieser Erkenntnis trat ihm mit unbarmherzig klarer Schärfe vor Augen, so als wäre sie eine entzündete Brandblase auf blasser Haut. Fast wollte ihm die Stimme versagen, als er die entscheidende Frage an Raban richtete: »Soll das etwa heißen, dass der echte, der richtige Drezuan …«

»… mit Sicherheit tot ist«, vollendete der Magier ungerührt seinen Satz. »Ja, so ist es. Vermutlich hat ihn der Gestaltwandler erwürgt. Das ist seine bevorzugte Tötungsmethode, wie auch an der Elfe zu beobachten war. Dann hat er den Leichnam wohl irgendwie unauffällig verschwinden lassen, verscharrt oder sonstwie weggeschafft. Und ich habe mich die letzten Tage so von ihm irreführen lassen! Es hätte mir doch auffallen müssen. Unglaublich! Ich hätte mir nicht träumen lassen, dass die Täuschung so echt sein könnte.«

Befremdet stellte Falk fest, dass Raban nicht um den Tod seines Kollegen trauerte, sondern voller Wissensdurst den Gestaltwandler einer genaueren Betrachtung unterzog. »Wenn Ihr nichts dagegen einzuwenden habt, nähme ich den Kadaver gern mit, um ihn in meiner Akademie wissenschaftlich zu untersuchen. Es gibt nicht viele Gelegenheiten, die einem eine so wertvolle Rarität in die Hände spielen.«

»Ihr könnt ihn gern mitnehmen. Dann müssen wir uns nicht um seine Beseitigung kümmern.« Falks Stimme bebte, aber er beherrschte sich. »Und Ihr seid sicher, dass Drezuan nicht mehr lebt?«, vergewisserte er sich kühl.

»Ganz sicher«, murmelte Raban zerstreut und hob den erschlafften Arm der toten Kreatur mit dem Ende seines Stabes hoch. Angewidert verließ Falk den Raum.

Kapitel 18

Es dauerte eine Weile, bis der Magier aus dem Hinterzimmer heraustrat. Er hielt Hagens beschmutzte Axt in der Hand. Die Gefährten saßen um ihren Tisch und beobachteten ihn. Auch Amber war inzwischen zu ihnen gestoßen. Entsetzt über Unas blaurot leuchtenden Hals, hatte sie sofort nachgefragt, was ihr widerfahren sei. Falk berichtete in knappen Worten von den Ereignissen, woraufhin Amber nur ungläubig den Kopf geschüttelt hatte. »Es ist kaum zu glauben. Welch ein Glück, dass ihr noch rechtzeitig gekommen seid. Nicht auszudenken, was geschehen wäre … Weiß man, wie lange der arme Mann wohl schon tot ist?«

Keiner wusste es. Gemeinsam sahen sie Raban mit dem Wirt sprechen, der mit einem Schankburschen, einem grauen Bündel und dem aufgeregten Magier alsbald im Hinterzimmer verschwand. Nach kurzer Zeit kehrte er ächzend mit einem ausgebeulten Leinensack auf dem Rücken zurück und verließ die Schenke. Der Schankjunge war sehr bleich und wurde von unterdrückten Würgekrämpfen geschüttelt. Raban hatte es ziemlich eilig. Er konnte es wohl kaum erwarten, das schleimige Ding genau zu betrachten. Der Magier sah einen Moment zögernd in ihre Richtung, dann trat er entschlossen an ihren Tisch und gab Hagen seine Waffe zurück. »Ich werde sogleich aufbrechen«, erklärte er und in seinen Augen leuchtete Ungeduld. »Auf mich warten nun einige dringliche Aufgaben in Gareth.«

Zur Überraschung aller stand Una auf und streckte Raban die Hand entgegen. »Danke«, sagte sie schlicht.

Für die Dauer eines Herzschlages schien es, als wolle der Magier ihr den Händedruck verwehren. Dann aber griff er zu und drückte kurz. »Lebt wohl.« Er wandte sich um und ging.

Als die Tür hinter ihm zuschlug, verspürte Lysandra ein angenehmes Gefühl von Erleichterung. Endlich war dieser anmaßende Mann ihr aus den Augen! Doch ihre Laune sank sofort, als Falk ein niedergeschlagenes »Und nun?« von sich gab. Ihr wurde mit einem Mal wieder bewusst, dass es ihre Suche nach Hilfe gewesen war, die sie hierher geführt hatte. Dass sie gebetet hatte, der alte Freund Erennyions möge einen Ausweg finden. Dass er ihre einzige Hoffnung gewesen war, dem übermächtigen Meledor zu entkommen. Aber nun war Drezuan und mit ihm jede Aussicht auf Rettung zu Boron gefahren.

»Nichts mehr.« Die Endgültigkeit in Hagens tiefer Stimme ließ sie aufblicken. Hoffnungslosigkeit und Entmutigung lagen dunkel in den Augen ihres Gefährten. »Was seht ihr mich so entsetzt an? Es ist doch so! Wir wissen nicht, was wir noch tun sollen. Wir wissen ja kaum etwas über Meledor selbst. Der einzige Anhaltspunkt, den wir hatten, der Mann, der uns hätte Auskunft geben können, ist tot. So wie es auch wir bald sind. Wir wissen nicht, wer Meledor war, wo wir ihn finden, womit wir seine wahnsinnige Wut besänftigen können. Wir wissen weder, wo er gelebt hat, noch, welcher Kirche er gedient hat, und auch seine Akademie ist uns unbekannt. Wir haben weder Geld noch Macht, keine einflussreichen Freunde und niemanden mehr, der uns weiterhelfen könnte. Ganz abgesehen davon, dass ich keinen Freund in diese blutige Geschichte hineinziehen würde. Denn er würde wohl ebenso grausig enden wie Erennyion, Janara oder die anderen. Also, es gibt keinen Ausweg mehr. Das war's. Wir können nur noch warten, bis Meledor kommt, und versuchen, ihm die Axt zwischen die Augen zu schmettern, bevor er uns abschlachtet.

Und, ganz im Ernst, keiner von uns glaubt doch wirklich, dass dies zu schaffen ist. Der Mann hat Erennyion getötet! Also, wir können nichts weiter tun als darauf warten, dass unser Henker zu uns kommt, und vielleicht noch beten, dass er uns einen gnädigeren Tod beschert als unseren Gefährten.«

Kalt krallte sich die Angst in Lysandras Rücken, als ihr die Worte des Magiers in den Sinn kamen, die denen Hagens so beängstigend ähnelten. Und ihr bebender Verstand sagte dasselbe wie ihr ängstlich pochendes Herz: Hagen hatte recht. »Aber wir können uns doch nicht einfach hinsetzen und teetrinkend darauf warten, dass er uns abschlachtet«, versuchte sie zu widersprechen. »Wir müssen doch wenigstens versuchen, Hilfe zu …«

Aber Hagen ließ sie nicht zu Wort kommen. Wütend schlug er mit der Hand auf den Tisch und seine Augen loderten wild. »Wer hülfe uns denn schon?«, fauchte er verbittert. »Sieh uns doch an. Ein Haufen von Söldlingen, Streunern und kleinen Gaunern!« Er erstickte den aufkeimenden Protest seiner Gefährten mit einer wütenden Geste. »Keiner schickt Truppen oder mächtige Kampfmagier zu unserem Schutz aus. Es geht hier nicht um eine Bedrohung für ganz Dere, sondern nur um ein paar unbedeutende Maden – uns! Wen kümmert es denn letztlich, ob wir leben oder sterben? Glaubt ihr, Reichsregentin Emer zuckt auch nur mit der Wimper, wenn sie von unserem grausamen Ende hört? Nun, würde sie denken, ein paar Haderlumpen weniger! Warum belästigt man mich damit? Waren sie von Adel? Wurden sie ausgezeichnet? Gehörten sie zu den Kirchenobersten? Nein? Warum werden ihre Namen dann erwähnt? Und was, meint ihr, täten die ehrbaren Spektabilitäten, wenn wir sie um Rat und Beistand gegen einen unbekannten und mächtigen Magier bäten?«

»Sich königlich über uns amüsieren?«, schlug Falk bissig vor.

Hagen nickte heftig und hieb wieder auf den Tisch. »Ja, lachen würden sie. Denn wir sind nichts. Wir haben zwar ein wenig Geld, aber nicht so viel, dass es uns wichtig und beachtenswert machen könnte. Niemanden kümmert der Verbleib eines zusammengewürfelten Haufens von Söldnern.«

»Es soll also keine Möglichkeit geben?«, überlegte Lysandra. Sie wollte und konnte das nicht glauben. Sie biss sich ärgerlich auf die Lippe. »Keine Rettung? Keinen einzigen Ausweg? Das will und kann ich nicht hinnehmen! Es muss etwas geben, irgendetwas! Wir haben es nur bisher übersehen.« Sie sah verzweifelt in die Runde und sagte dann ganz leise: »Wenn ich hier tatenlos auf meinen Tod warten muss, werde ich wahnsinnig.« Einen Moment lang verstummten alle. Nur ihr Atem wogte laut in der plötzlichen Stille und eine Biene surrte mit ohrenbetäubendem Dröhnen um ihre Köpfe.

»Vielleicht gibt es etwas«, sagte Amber plötzlich. Die Bardin hatte die ganze Zeit über geschwiegen. Als sie nun das Wort ergriff, wirkte sie unsicher, fast ängstlich.

Falk drehte sich um und musterte sie durchdringend. »Ihr wisst etwas, Amber? Etwas oder jemanden, der uns helfen könnte?« Amber nickte.

»So sprich, wenn du etwas weißt«, brummte Hagen ungehalten und sah sie ungläubig an. »Wir haben keine Zeit für Spielchen!«

»Und wir sind für jede Hilfe dankbar«, ergänzte Lysandra hoffnungsvoll.

»So sei es zur Wende eures Schicksals bestimmt!«, flüsterte Amber und erhob ihre helle Stimme, als würde sie ein Gedicht rezitieren. »In den Zeiten, da ich suchte nach den Geschichten und Legenden der Völker, um die zu erwählen, welche ich in Reim und Vers binden konnte, in jenen Zeiten fand ich auch Zugang zu einigen seltenen Sagen des Elfenvolkes. Nur mündlich und daher sehr ungenau überliefert, doch gibt es dort uralte Lieder, älter denn jedes Menschengedenken. Und eines dieser Lieder erzählt von einer Drachin, der Tar'asque.« Sie nahm die Laute, die an einem Band über ihrem Rücken hing, griff in die Saiten und stimmte leise eine seltsam anmutende Weise an:

»Durch ihre endlos weiten Schwingen
weder Wort noch Schwert konnt dringen,
kristallne Schärfe ihrer Klauen
vertrieben namenloses Grauen,
an ihrem Leibe schimmernd Licht
der Lauf der Jahre stört ihn nicht.
Oh, welches Leid, oh, schrecklich Weh,
als von uns ging die Tar'asque.«

Sie verstummte unvermittelt. »In Isdira hört es sich wesentlich schöner an«, bemerkte sie dann und stellte die Laute in die Ecke.

»Ein schönes Lied«, sagte Falk, »aber was soll uns das bringen? Ich habe eigentlich nicht die Muße, alten Elfenliedern zu lauschen. Dafür sitzt uns unser Freund doch zu sehr im Nacken.«

Amber bedachte ihn mit einem verächtlichen Blick. »Es ist leider so«, bemerkte sie kühl, »dass die meisten Menschen vergessen haben, wie viele Lieder auf wahren Ereignissen beruhen. Diese Weise, ein unglaublich langes Lied, von dem leider nur noch Bruchstücke vorhanden sind, erzählt von der Drachin Tar'asque. Ein weiblicher Drache von wunderbarer Schönheit, schöner als alle Drachen, die je auf Dere wandelten. Allein zwölf Strophen lobpreisen ihr unvergleichliches Äußeres.« Die Bardin seufzte verzückt, riss sich dann aber zusammen, um zur Sache zu kommen. »Angeblich stammt das Lied ursprünglich von den Drachen selbst. Wahrscheinlicher ist, dass es von Elfen verfasst wurde, vor unglaublich langer Zeit. Es könnte auch aus der Zeit der Drachenkriege stammen, wer weiß das schon. Wie auch immer, es ist ein Trauergesang um die wunderbare Drachin, die wohl ihr Leben hingab, um irgendein ›namenloses Unheil‹ zu vertreiben. Vielleicht fiel sie im Kampf gegen den Namenlosen. Jedenfalls ist in dem Lied von einem Gegenstand großer Macht die Rede. Es ist schwierig zu beschreiben.« Sie überlegte sichtlich angestrengt. »Das Üble ist«, fuhr sie dann fort, »dass Isdira so schwer zu übersetzten ist. Die Elfen haben für alle möglichen Wörter Umschreibungen gewählt. Für manche Wörter gibt es zwanzig Übersetzungen, für andere keine einzige. Darum kennen wir wahrscheinlich auch so wenige übersetzte Elfenlieder, obwohl wirklich sehr schöne darunter zu finden sind.«

Una lächelte geschmeichelt. »Ja, neben Isdria wirken wirklich alle anderen Sprachen unzulänglich. Keine andere hat ihre Musik, ihren weichen Klang. Und unsere Lieder ...«

»Una!«, schnaubte Hagen ungehalten. Dann wandte er sich an Amber: »Und was soll uns das weiterhelfen?!«

Amber rieb sich verlegen das Ohr. »Hm«, druckste sie herum, »ich dachte, dieser Gegenstand, der in dem Lied besungen wird, dieses Artefakt könnte euch vielleicht helfen. Es wird als unglaublich mächtig beschrieben, so mächtig und so unglaublich, dass es eigentlich gar nicht existieren dürfte! Die Übersetzung ist, wie gesagt, schwierig und daher etwas ungenau. Unzweifelhaft erzählt das Lied jedoch, dass es gegen diese Macht kein Bestehen gibt. Irgendetwas von einer Lebenskraft oder lebendigen Kraft wird ebenfalls erwähnt. Leider habe ich die Originalfassung nicht bei mir, sonst hätte Una sie nochmals durchlesen können. Aber wenn ich das Lied richtig verstanden habe, dann hat dieser überaus mächtige Gegenstand die Drachin Tar'asque getötet.«

»Das ist nicht dein Ernst!« Hagen sah sie entgeistert an. »Wir sollen nach einem Gegenstand aus einem erfundenen, schlecht übersetzten Lied suchen?«

»Was wollt ihr denn sonst machen? Es ist einen Versuch wert. Das Lied berichtet davon, dass ein Kind des Elfenvolkes den Gegenstand verborgen hat. Vielleicht um zu verhindern, dass er in falsche Hände fällt. Oder um ihn sich selbst zu Nutze zu machen.«

»Das täte ein Kind des Elfenvolkes nie!« widersprach Una, verstummte jedoch unter Hagens brennendem Blick.

Amber räusperte sich und fuhrt dann fort: »Natürlich ist es kein sehr sicherer Plan. Aber es ist einen Versuch wert. Nun kommt nämlich das Beste an der ganzen Sache!«

»Ach?«, meinte der Söldner zweifelnd.

Amber beachtete seinen Einwand nicht. »Es wird in dem Lied der Platz beschrieben, an dem das Ding verborgen ist. Es ist in einem Felsen versteckt. Ich glaube, man kann es wörtlich mit ›die steinerne Träne der Trauer‹ übersetzten. Also ein Felsbrocken oder ein Berg, der Tränenform hat.«

»Davon gibt es wahrscheinlich unendlich viele in Aventurien«, stöhnte Lysandra gequält auf. »Und selbst wenn sie rar sind, können wir nicht den ganzen Kontinent danach absuchen.«

»Aber das müsst ihr auch nicht«, strahlte Amber, »denn ich weiß, wo der Tränenfels steht.« Die anderen sahen sie überrascht an. »Ja, tatsächlich!«, beharrte die Bardin stolz. »Ich bin bei einer meiner Reisen im Norden gewesen und auf dem Rückweg sah ich ihn. Ich wusste gleich, dass es der Fels aus dem Lied ist. Ich hatte nur keine Zeit, ihn zu untersuchen, denn meine Gefährten wollten weiter. Und später habe ich es vergessen.« Hagen verdrehte die Augen. »Aber er ist es! Ganz sicher. Und ihr könnt ihn aufsuchen, denn er liegt nur eine halbe, nun, vielleicht auch eine ganze Tagesreise gen Firun von Greifenfurt entfernt.«

»Das ist ja ein Zufall«, murmelte Hagen.

Die Bardin zögerte einen Moment. Dann sagte sie leise: »Ich bin überzeugt, es ist mehr als ein Zufall. Denn lange hatte ich das Lied schon vergessen und nicht mehr an den Tränenfels gedacht. Aber letzte Nacht habe ich davon geträumt und es war ein eindringlicher Traum. Ich bin mir nicht einmal sicher, dass es ein Traum war, denn es war so wirklich, so nah. Als wäre es ein göttlicher Fingerzeig. Es schien mir drängend wichtig, euch davon zu erzählen, die ganze Zeit schon. Aber ich wollte mich nicht lächerlich machen, wollte nicht, dass ihr mich verspottet oder für kindisch und dumm haltet, weil ich einem Traum Bedeutung beimesse. Aber inzwischen glaube ich, dass die Götter mir diesen Traum geschickt haben, damit ich euch weiterhelfe.«

»Nun, das ist natürlich etwas ganz anderes, wenn du davon geträumt hast …« Hagen war noch immer nicht überzeugt.

»Unterschätz nicht die Macht der Träume!« Una fixierte ihn mit ihren rätselhaften Augen. »Ich bin der Ansicht, wir sollten uns den Tränenfelsen ansehen. Es kann immerhin nicht schaden. Und wenn Amber so überzeugt von der Bedeutung ihres Traumes ist, muss das einen Grund haben.«

»Ich bin auch dafür«, stimmte ihr Lysandra sogleich zu. »Immerhin tun wir auf diese Weise wenigstens etwas und müssen nicht tatenlos herumsitzen. Und zu verlieren haben wir schließlich auch nichts.«

»Und Ihr glaubt wirklich an die Wahrheit dieses Liedes, Amber?« fragte Falk zweifelnd. »Ihr glaubt wirklich und ernsthaft, dass …«

»… ›der Sphärenschänder zurückgekommen ist und alle diese Heldentaten tatsächlich passiert sind?‹, fragte das Kind den Barden im Jahre achthundert nach Hal«, vollendete Amber seinen Satz. Falk zog überrascht die schmalen Brauen in die Höhe. »Versteht Ihr nicht«, sagte die Bardin, erschüttert über die Engstirnigkeit des Liebfelders, »dass in fast allen Liedern das Leben der vergangenen Tage wiederkehrt? Dass der Menschen und Taten gedacht, dass Wissen wiedergefunden wird, welches lange verloren schien? So wenige können schreiben – wie sollen sie ihr Wissen und ihre Erfahrungen weitergeben, wenn nicht durch Lieder? Es sind lustige Geschichten von Freuden und Feiern darunter, rührende Balladen über glückliche und unglückliche Liebe und auch mahnende Weisen von Gefahr und Verhängnis. Es ist das Leben selbst, das aus den Weisen spricht. Ihr müsst besser zuhören und Euch werden so viele Wege aufgezeigt, von deren Vorhandensein Ihr nichts gewusst habt! Erinnert Euch an das Lied über den Dunkelforst. Ihr seid den Geistern des Liedes begegnet, nicht wahr?«

Lysandra überlief ein Schauer. Die anderen nickten und Amber wandte sich an alle. »Glaubt mir! Ihr müsst dorthin! Ich bin ganz sicher, denn niemals zuvor habe ich einen Traum geträumt wie den der letzten Nacht. Wenn es eine Bestimmung gibt, dann ist es die eurige, zu diesem Felsen zu gehen, was immer euch dort auch erwartet. Bitte, glaubt mir!« Die Bardin blickte verzweifelt in die Runde. »Und wenn ihr es nicht für euch tut«, fuhr sie fort, »dann bitte ich euch inständig, tut es für mich.«

Falk war gerührt. Die Bardin hatte Recht: Vielleicht war es wirklich anmaßend, an der Wahrheit der Texte zu zweifeln. Andererseits nahmen sich alle Dichter künstlerische Freiheiten heraus, überlegte er weiter. Doch blieb ihnen eine Wahl? Nein, sie waren im Gegenteil in einer solch verzweifelten Lage, dass sie sich an jeden noch so winzigen Strohhalm klammern mussten. Hätte ihm vor drei Monden jemand gesagt, dass er heute den Sagengestalten irgendwelcher Lieder hinterher eilen würde, mit der immer kleiner werdenden Hoffnung, seinen Kopf zu retten – er hätte ihn ausgelacht. Der Liebfelder hob ergeben die Arme »Ich habe nichts dagegen, wenn wir es probieren«, sagte er.

Nun ruhten alle Blicke auf Hagen, dessen dunkle Augen trotzig unter den zusammengezogenen Augenbrauen blitzten. »Wenn ihr es unbedingt wollt, werde ich euch begleiten. Auch wenn ich nicht davon begeistert bin, wie eine Herde aufgescheuchter Karens sinnlos durch die Gegend zu laufen.«

»Das heißt dann wohl, er kommt mit!«, stellte Lysandra klar.

»Gut!«, strahlte Amber »Dann steht eurer Rettung ja nichts mehr im Weg!«

Sie brachen im Morgengrauen auf. Amber hatte sich am Abend von ihnen verabschiedet. Sie und ihre Gefährtin mussten weiterziehen, wurden in Gareth bereits erwartet. »Ich wünsche euch viel Glück«, hatte sie errötend gemurmelt, »und ich hoffe sehr, dass mein Gefühl mich nicht getrogen hat und euch mein Traum den richtigen Weg weist. Dieses Lied und seine Geschichte haben etwas Besonderes an sich und ich bin sicher, dass es richtig ist, wenn ihr diesem Wege folgt. Gebt nicht auf!«

»Mach dir nicht zuviel Gedanken, Amber!« Falk nahm die kleine Bardin kurz in den Arm. »Wir werden es versuchen. Wir haben schließlich nichts mehr zu verlieren und es gibt keine anderen Wege, die wir stattdessen gehen könnten. Ich bin sicher, dass wir uns irgendwann wieder begegnen werden, und dann können wir dir erzählen, was tatsächlich in diesem Fels verborgen war!«

Mühsam hatte Amber ihre Tränen unterdrückt und sich mit innigen Umarmungen und dem Wunsch auf ein baldiges Wiedersehen von ihnen verabschiedet. Die Gefährten hatten wieder im *Orkentod* genächtigt, obwohl die Unterkunft wirklich nicht besonders gemütlich war. Aber es war eine recht günstige Herberge und der Wirt hatte sich als sehr sympathischer Mann erwiesen. Ohne Fragen zu stellen, packte er ihnen auf ihre Bitte hin Proviant für zwei Tage ein und stellte ihnen bereits vor der Dämmerung ein deftiges Frühstück auf den Tisch. Sie verließen die Stadt gen Firun, als die aufgehende Praiosscheibe die ersten goldenen Strahlen über das Firmament sandte.

Die Gefährten folgten einer kleinen Straße und je länger sie ihr folgten, desto unebener wurde der Weg, bis er schließlich mehr einem Trampelpfad denn einer befahrenen Straße glich. Weder Mensch noch Tier kreuzten den Weg der Reisenden und wie sie so allein durch die weiten Felder der Mark ritten, da fühlte sich Hagen einsam wie selten zuvor in seinem Leben. Die liebliche Landschaft um sich herum nahm er ebenso wenig wahr wie das Zwitschern der Vögel oder den mit Schäfchenwolken verzierten strahlend blauen Himmel. Er war von ihrem Ritt nie überzeugt gewesen, jetzt aber kamen die Zweifel erst so richtig in ihm hoch. Er fand es äußerst sinnlos, einer alten Geschichte hinterherzujagen, die vermutlich von irgendeiner Elfengroßmutter als Wiegenlied für ihre Kindeskinder erfunden worden war. Was jedoch noch stärker in ihm nagte, war die Gewissheit, dass sie nichts, absolut nichts anderes tun konnten. Er wollte es sich nicht eingestehen, aber tief in seinem Herzen hatte er bereits jede Hoffnung auf Rettung aufgegeben. Wenn die anderen nicht darauf gedrängt hätten, Ambers unsinnigem Traum zu folgen, er selbst wäre nicht aufgebrochen. Und Hagen hatte den starken Verdacht, dass sie den Ritt nur unternahmen, um der Bardin einen Gefallen zu tun. Sicher hatten sie dadurch nichts zu verlieren. Er aber erwartete nun, da sie die lebhaften Straßen Greifenfurts hinter sich gelassen hatten, dass mit jedem Wimpernschlag der wahnsinnige Mörder auftauchen und über sie herfallen würde. Es war ein Fehler, ein schwerer Fehler, sich ihm hier auszuliefern, abseits jeder menschlichen Behausung. Unruhig und misstrauisch sah er sich ständig um, vermutete hinter jedem Schatten den

Meuchler und hielt sich bereit zum Angriff. Aber nichts geschah.

Als die Praiosscheibe ihren höchsten Stand schon überschritten hatte, kam endlich der Fels in Sicht, von dem Amber gesprochen hatte. Er hatte tatsächlich die Form einer Träne. Die Spitze ragte dünn und ein wenig gekrümmt in den Himmel, nach unten weitete sich der Fels bauchig und rund aus. Kein Baum, nur Moos, Gras und vereinzelte Sträucher hatten auf der glatten grauen Oberfläche des Berges Halt gefunden. Tatsächlich wirkte es, als hätte ein weinender Riese eine Träne mitten in die Landschaft fallen lassen.

»Schön, da sind wir also«, stellte Hagen trocken fest. »Und was jetzt, bitte?«

»Jetzt schauen wir uns das Ding erst einmal genauer an«, entschied Falk. Sie ritten näher, umrundeten den Felsen. Es war nichts zu sehen.

»Dort drüben ist ein Busch, da können wir die Pferde festbinden!« Lysandra stieg ab und band ihr Tier an, die anderen taten es ihr nach. Dann kehrten sie zurück zu dem seltsamen Steinbrocken. Sie tasteten mit den Händen über die Oberfläche, rüttelten an verdächtigen Felsvorsprüngen, zogen an den dürren Büschen und kratzten in den trockenen Moosflecken. Ohne Erfolg.

»Was habt ihr erwartet?« Hagen schnaubte missmutig. »Dass eine Pforte mit der Aufschrift ›Hier, bitte schön, geht's zum Artefakt‹ auf uns wartet? Wenn es auch nur irgendeinen Hinweis auf ein Versteck oder einen Schatz oder was auch immer gäbe, dann hätten schon vor zig Götterläufen andere Leute dies entdeckt und die Beute mitgehen lassen. Aber hier gibt es nichts und deshalb werden wir auch nichts finden!«

»Und was schlägst du vor? Was sollen wir tun?« Lysandra war sichtlich gereizt.

»Nichts!« schrie Hagen wütend und trat gegen den

Fels. »Nichts, verdammt noch eins! Das hier ist ein komisch aussehender Felsen und das war's. Der in irgendeinem blödsinnigem Lied besungen wird, von irgendeiner blödsinnigen Märchenelfe geschrieben, die wahrscheinlich völlig hinüber war vom Rauschkraut. Wir sind Narren, überhaupt hier zu sein!«

»Was sagst du, Una?«, fragte Falk ruhig.

Die Elfe strich sich unbewusst über den Hals, an dem die Würgemale in Blau und Rot leuchteten. Ihre Nasenflügel bebten. »Es gibt viele Möglichkeiten, die Dinge zu betrachten«, antwortete sie so leise, dass die anderen sie kaum noch verstehen konnten. »Möglichkeiten, die man üblicherweise nicht auf einen nackten Felsen in der Landschaft anwendet.« Sie sah Falk an und etwas wie Erregung glomm in ihren fremdartigen Augen. »Wenn dort wirklich etwas sehr Mächtiges verborgen sein sollte, kann es sein, dass ich ohnmächtig werde oder vorerst geblendet bin. Halte dich bereit, mich unter Umständen aufzufangen.«

Der Liebfelder nickte mit großen Augen. Dann blickte die Elfe den Felsen an und murmelte leise einige unverständliche Worte. Sie riss die Augen auf und starrte verwundert auf den Tränenfels. Dann trat sie einige Schritte näher, als wolle sie sich ihn genauer ansehen.

»Alles in Ordnung, Una?«, fragte Lysandra besorgt.

Una sah sie abwesend an, dann nickte sie. »Es ist nur … Wie soll ich es beschreiben? Es ist – etwas sehr Seltsames an oder in diesem Felsen. Er ist von einer magischen Aura erfüllt, die auf eine gewisse Art stärker als alles ist, was ich jemals zuvor gesehen habe. Aber sie ist so seltsam durchscheinend.« Una schüttelte verwirrt den Kopf. »Ich weiß nicht, was das soll. Es scheint mir wie eine Erinnerung. Die Erinnerung an eine Aura. Und doch ist es mehr. Nun, was auch immer es sein mag, wir werden es herausfinden. Denn da ist noch etwas.« Zielsicher schritt sie auf den Felsen zu. Die anderen sahen sich verdutzt an, folgten der Elfe jedoch, die geradewegs auf eine bestimmte Stelle am Felsen zusteuerte.

»Da hat sich jemand sehr viel Mühe gegeben, etwas zu verstecken. Und er war ziemlich erfolgreich.« Una sprach mehr zu sich selbst als zu den anderen. Sie blieb vor einer Stelle des Felsens stehen und starrte sie gebannt an. Dann streckte sie langsam die Hand aus. Es bereitete ihr sichtlich Schwierigkeiten, dies zu tun, und Schweißperlen bildeten sich auf ihrer Stirn, als sie unendlich langsam den Arm hob.

Hagen verstand nicht, warum sie ausgerechnet diese Stelle berühren wollte. Er fand diesen Fleck seltsam abstoßend, beunruhigend unangenehm. Er selbst hätte ihn nicht für alles Gold der Welt angefasst, er schien ihm verdorben und furchterregend zugleich zu sein. Vorhin war ihm die Stelle gar nicht aufgefallen, er war wohl unbewusst daran vorbeigegangen.

Una hatte mit zusammengekniffenen Augen und offensichtlicher Aufbietung ihrer gesamten Willenskraft schließlich den Teil des Felsens erreicht und legte ihre Handfläche darauf – die durch den Stein hindurch glitt, als wäre er nicht vorhanden.

»Eine Illusion!«, rief Lysandra überrascht.

»Ja, in der Tat!« Una lächelte triumphierend. »Ich habe nur gesehen, dass eine starke, dauerhafte Magie an dieser Stelle gewirkt wurde, und folgerte daraus, dass dies geschehen sein könnte, um einen Eingang in den Felsen zu verbergen. Aber wie gesagt: Es muss jemandem sehr viel bedeutet haben, diesen Ort geheim zu halten, sonst hätte er den Eingang nicht mit so viel Mühe verschlossen. Solcherart Magie zu wirken, und das noch auf Dauer, muss eine Menge Kraft kosten.« Sie zog nachdenklich die Nase kraus. »Ich bin mir nicht sicher, aber es scheint mir fast, als sei hier elfische Magie im Spiel gewesen. Obwohl diese Zauber in keiner Art und Weise charakteristisch für mein Volk sind.«

Hagen beobachtete beunruhigt, dass Unas Arm inzwischen bis zum Ellenbogen im Felsen versunken war. Es sah ziemlich unheimlich aus. Nun streckte sie auch noch tastend einen Fuß hindurch. »Gut!«, bemerkte sie zufrieden. »Entzündet eine Fackel und folgt mir!« Und sie verschwand im Innern des Felsens.

Lysandra und Falk packten hastig eine Fackel aus und setzten sie in Brand.

»Ihr wollt doch nicht etwa wirklich da hinein?«, fragte der Söldner entgeistert.

»Wofür sind wir denn bitte sonst hergekommen, hm?«, erwiderte Lysandra. Sie sah ihn an und kniff ihm dann so schnell in die Wange, dass er nicht mehr ausweichen konnte. »Keine Angst, mein Schäfchen. Ich bin doch bei dir!« Sie setzte ihr schiefes Lächeln auf, musterte grimmig den Felsen und warf sich dann mit einem Aufschrei größten Ekels gegen die Wand. Und verschwand augenblicklich.

Hinter ihr näherte sich nun Falk dem Felsen; es fiel ihm offensichtlich wesentlich schwerer hindurchzugehen. Die Adern an seinem Hals pulsierten und er atmete heftig. Aber schließlich kniff er zornig die Augen zusammen und schritt mit sichtlicher Überwindung und unter größtem Widerwillen hindurch.

Hagen stand nun allein im Schatten des Felsens. Er trat zu der Stelle, aber der Widerwille, den er empfand, verursachte ihm Übelkeit. Er stöhnte: Einerseits war er hier ein gefundenes Fressen für Meledor. Allein und kein Mensch weit und breit. Andererseits wurde ihm allein schon bei dem Gedanken, diese widerwärtige Felswand auch nur zu berühren, heiß und kalt. Er hob zögernd die Hand, zog sie jedoch schaudernd vor Ekel wieder zurück. Er konnte da nicht durch!

Plötzlich hörte er Lysandras Stimme aus dem Stein dringen: »Habe ich es mir doch gedacht, dass sich dieser Jammerlappen nicht traut. Er war doch schon immer ein

Versager.« Zorn stieg in Hagen auf. Dieses vermaledeite Weib! Verflucht, wenn diese Hexe da durchgegangen war, würde er ihr eben folgen. Und ihr das vorlaute Mundwerk stopfen. Mit einem tierischen Brüllen stürmte er auf die Wand zu, durch sie hindurch und rannte auf der anderen Seite fast die Elfe über den Haufen.

»Na also!« Wutschnaubend wandte er sich Lysandra zu, aber ein ehrlich erfreutes, nettes Lächeln lag auf ihrem Gesicht. Hagen überkam das unerträgliche Gefühl, dass sie ihn ausgetrickst hatte.

»Gehen wir weiter!«, drängte Una ungeduldig.

Sie hoben die Fackeln und folgten dem schmalen Gang, der in den Felsen hineinführte. Es ging steil abwärts und das Laufen wurde schnell zur Qual. Der Pfad war uneben und schmal, aus den Felswänden ragten scharfe Kanten und spitze Vorsprünge, an denen sie oft hängen blieben, sich schmerzhafte Prellungen und blutige Kratzer holten. Auch führte der Weg so steil nach unten, dass die Füße heftig gegen die Schuhspitzen rutschten und die Zehen nach kürzester Zeit wundgescheuert waren. Nur Una schien dies alles nichts auszumachen und sie blieb auch an keinem der Felsvorsprünge hängen.

Es gab kein Anzeichen, dass jemals ein lebendes Wesen vor ihnen hier gewesen war. Tiefer, immer tiefer führte der verschlungene Pfad sie in die Erde hinein, bis sie irgendwann jegliches Gefühl für Raum und Zeit verloren hatten. Hagen fragte sich, welch ein seltsamer Ort dies wohl war. Er schien natürlich und nicht von Hand geschaffen oder bearbeitet. Doch war es mehr als seltsam, irgendwo in einer verlassenen Gegend einen Felsen zu finden, in dessen Herz ein unterirdischer Gang in die Tiefe führte. Gerade als hätte sie jemand mit Absicht hierhergelockt und ihnen ein kleines Verlies bereitgestellt, in dem sie verrotten sollten. Alles hier war ihm zuwider, stellte er fest und fluchte, als er sich wieder einmal die Schulter an einem Vorsprung stieß. Endlich wurde der Gang breiter und sie kamen in eine runde Höhle, die ebenfalls natürlichen Ursprungs zu sein schien.

In der Mitte des Raumes befand sich ein etwa ein Quadratschritt großer Steinblock aus poliertem Speckstein, auf dem ein Kästchen stand. Ein offensichtlich von Hand gearbeitetes Kästchen. Das erste Zeichen, dass sich bereits vor ihnen ein Lebewesen an diesem Ort aufgehalten hatte.

Sie betraten den Raum und näherten sich dem Steinquader. Eine dünne Staubschicht bedeckte den Boden ebenso wie den Steinblock und das würfelförmige Kästchen. Mit einem vorsichtigen Pusten befreite Lysandra es vom Staub. Nun konnte man erkennen, dass es eine wirklich wunderbare Arbeit aus glatt poliertem weißgelblichem Material war, mit feinsten Schnitzereien und filigranen Kupferintarsien verziert.

»Eine Mammutonschatulle«, stellte Una überrascht fest. »Und so, wie es aussieht, ist es eine Arbeit meines Volkes.« Behutsam hob sie die Schatulle hoch und betrachtete sie von allen Seiten. »Es scheint uralt zu sein.« Verblüfft sah sie die anderen an. »Von allen Dingen hätte ich dies am wenigsten erwartet.« Vorsichtig griff sie nach dem losen Deckel, hob ihn mit den Fingerspitzen ab und legte ihn auf den Steinquader. Das Kästchen war mit einem Stück grobem, grünem Wollstoff ausgepolstert, in dessen Mitte ein runder Stein ruhte, etwa so groß wie eine Kinderfaust. Er war durchscheinend und vereinzelt glaubte man farbige Lichtpunkte in ihm aufglühen zu sehen. Zugleich wirkte er auf eine seltsame Art trübe und rauchig, fast als wäre er im Innern leicht angelaufen. Bei genauerem Hinsehen war zu erkennen, dass sich ein Splitter von der Größe eines Daumennagels aus dem Stein herausgelöst hatte und an dieser Stelle ein schmaler Spalt in der sonst makellos glatten Oberfläche klaffte.

»Wunderschön!«, flüsterte Lysandra entzückt.

»Das ist mehr als nur wunderschön!« Unas weit aufgerissene Augen glühten wieder in strahlendem Türkis.

Lysandra sah sie verwirrt an. »Was meinst du damit?«, fragte sie.

Aber die Elfe antwortete ihr nicht. Stattdessen berührte sie mit der Spitze ihres linken Zeigefingers in äußerster Vorsicht die glatte Oberfläche des seltsamen Steines.

Unsterblichkeit. Das selbstverständliche Bewusstsein, noch in Äonen hier zu ruhen. Ruhige, vollkommene Zufriedenheit. Gebettet in unerschöpfliches Wissen. Stärke und Magie, verwoben mit Jahrhunderten an Erfahrung. Und Erhabenheit. Bedingungslose Erhabenheit.

Erschrocken zog Una ihren Finger zurück. »Was war das?«, fragte Falk verwirrt.

Die Elfe sah ihn mit bebenden Nasenflügeln an. »Ich weiß es nicht.«

Genauso plötzlich, wie sie über die Gefährten hereingebrochen war, war die tosende Welle von Gefühlen auch wieder verschwunden. Fast schien es, als wäre sie nie dagewesen, wäre nur eine Erinnerung an etwas lange Vergessenes gewesen.

»Ich kann …«

Una kam nicht mehr dazu, ihren Satz zu vollenden. Ein milchiges und dennoch gleißendes Leuchten erfüllte plötzlich den seltsamen Stein. Wieder näherte sich ihm Unas Hand, von einer verborgenen Macht unaufhaltsam angezogen. In jenem Augenblick, da ihre Fingerspitze den kalten Stein wieder berührte, in jenem Augenblick kehrten die Empfindungen mit voller Kraft zurück …

Kapitel 19

Erhabenheit. Bedingungslose Erhabenheit. Wir erheben Uns nach einem Äon des Ruhens, welches Wir mit der Betrachtung der Sterne verbracht haben. Wir wissen, dass es nun an der Zeit ist, breiten Unsere Schwingen aus, langsam, majestätisch. Und bedächtig. Bedächtig beginnen Wir, sie zu bewegen. Der Wind fährt ergeben unter Uns, strebt danach, Uns nach oben zu tragen. Trägt Unseren Körper schließlich in die Lüfte, umspielt, umschmeichelt Uns. Freude erfüllt Uns, wie immer, wenn Wir im Reigen der Lüfte schreiten. Das flüssige Feuer rinnt wieder schneller durch Unseren Leib. Die kühle Luft streichelt Unseren glühenden Körper. Weit schlagen die Schwingen und wild tanzt der Wind mit uns. Wir schweben dahin, über das weite Meer, in dessen glattem Antlitz Wir Uns spiegeln.

Der lange alabasterweiße Leib, über dessen filigran gemeißelte Schuppen irisierende Blitze in Purpur und Lavendel huschen. Die mächtigen Schwingen, schimmernd wie graue Seide und dem kunstvoll getriebenen Mondsilber gleichend. Spitze, kristalline Klauen, in denen gleißend das Licht sich tausendfach bricht. Die feine goldene Zeichnung, die sich, köstlich in sich selbst verschlungen, windend über den schmalen Unterleib zieht. Und die großen, tiefen Augen von leuchtendstem Hesindigo, bestückt mit unzähligen Sprenkeln glühenden Goldes. Stolz. Stolz und Erhabenheit. Wir sind Tar'asque. Wir sind die-Tochter-der-Vollkommenheit.

Wir tanzen durch die Lüfte. Zeit ist ohne Bedeutung für Uns. Und doch spüren Wir in dem glühenden Pochen Unseres Blutes, dass Er, der-dem-Löwenhäuptigen-unterlag, wieder zu streiten begonnen hat. Spüren die Ausmaße Seines Zornes, die

Ozeane der Demütigung, die Äonen der Erniedrigung. Und Wir wissen, dass Er diesmal bis zum Letzten gehen wird, spüren die tosenden Wellen seiner unermesslichen Kraft. Glühend rot lässt sie die Adern erbeben. Wir spüren auch Sie, die-erhoben-wurden-über-die-Erhabenen. Spüren den Aufprall Ihrer Kräfte bis ins Mark Unserer Knochen, bis in die letzte Faser Unseres Leibes, gleich flüssigem Eis und sprudelndem Feuer, tobendes Pulsieren entfesselter Gewalten. Wir tanzen schneller, um zu Ihnen zu gelangen, eilen mit den Blitzen über das Wasser und über den Erdboden, tief unter Uns im Schein der kommenden Nacht. Unvermittelt trifft der eisige Pfeil Unser loderndes Herz. Wir taumeln, fangen Uns, halten inne.

Überraschung. Kälte dringt durch Unser Sinnen, eisige, tödliche Kälte. Unruhe. Falsch. Etwas ist falsch. Die Linien des Gefüges durchstoßen, das Gewebe der Ordnung durchtrennt, die rot glühende Kraft geschwächt. Wir stoßen hinab. Unruhe. Die rotglühende Kraft ist stark, sie kreuzt sich selbst an diesem Ort, vermehrt, gebiert sich zu neuem, mächtigerem Ausmaß. Vor Uns stehen Säulen, drei an der Zahl, silbrig hell. Doch in den Farben des Blutopals zucken die Blitze über sie hinweg. Und Wir sehen drei Derer die-Untertanen-sind und perlmuttern leuchten ihre Leiber. Er, der-dem-Löwenhäuptigen-unterlag, muss sie gesandt haben. Feurig dringt ihr Odem durch die Säulen hindurch, verbindet sie, verstärkt sich durch die Kraft der Gestirne selbst und dringt schließlich drängend in die rot glühende Kraft ein, bündelt sie, verändert sie – LENKT SIE UM. NEIN! Unrecht. Entsetzen. Frevel. FREVEL! Wie kann Er, der-dem-Löwenhäuptigen-unterlag, es wagen! Wut. Zorn. Das Unaussprechliche wagen, das Unberührbare schänden. Das Gefüge zerreißen! Lodernd sammelt sich der Zorn in Unserem Körper und weißglühend bricht er hervor in alles versengender Hitze. Brodelndes Gestein. Schmelzende Erde. Kochende Luft. Sie, die-Untertanen-sind, schreien auf. Aber Unser Schrei übertönt sie alle, bringt sie zum Verstummen, sie erstarren in Furcht. Wir brüllen Unseren unermesslichen Zorn hinaus, unendlich, gewaltig, zerstörend, entfesselnd. Wir spüren, dass selbst Er, der-dem-Löwenhäuptigen-unterlag, erzittert. Wir sammeln unseren unfassbaren Zorn, Wir lassen das flüssige Feuer heiß in Uns entflammen, nehmen die rot glühende Kraft in Uns auf, mehr von ihr und noch mehr. Und ergießen Unseren flammenden Odem über sie alle, sengend, glühend, gleißend, mächtig.

Erst als die Luft selbst brennt, halten Wir inne. Verharren für einen Herzschlag. Geschmolzen sind die Säulen. Silbrige Rinnsale vermengen sich zur schimmernden Lache, verbinden sich mit dampfendem Drachenblut. Nichts ist geblieben. Wir saugen tief die kalte Nachtluft in Unseren erschöpften Körper, kühlen die lodernde Hitze in Uns. In leuchtender Unbegreiflichkeit spiegeln sich vielfältig die Gestirne in der blutig silbrigen Lache. Und wiederum erglühen die Linien der rot glühenden Kraft zu neuem Leben, scheinen sich zu bündeln im silbrig schimmernden Blut, schießen mit blitzgleicher Schnelle hervor zu einem Strahl reinster Macht und – SCHLIESSEN UNS IN SICH EIN! Ein gieriger Sog durchdringt Uns, messerscharf, überrascht Uns, zieht Uns mit sich hinab, hinab, zu Boden! NEIN! Wir wehren Uns, langsam, dann immer schneller. Erschrecken. Panik. Und schließlich – Furcht. Wir kämpfen dagegen an, verzweifelt schlagen Unsere Schwingen durch die Luft. Doch stärker wird der Sog, immer stärker. Das flüssige Feuer in Uns kocht, Unser Herz rast. Unsere Klauen krallen sich ins Leere. ANGST! Mit beißendem Schmerz dringt die rot glühende Kraft messerscharf in Unser Haupt ein, bis Tränen von Blut aus Unseren einst gold- und hesindigofarbenen Augen tropfen. Wir versuchen zu schreien, die Erhabenen zu Hilfe zu rufen, den Schmerz aus Unserem Leib zu bekommen. Aber kein Ton kann Unserer Kehle entrinnen. Unerbittlich und eisern greift die rot glühende Kraft nach dem Innersten, dem Kostbarsten, dem funkelnden Stein Unserer Seele. Reißt rücksichtslos daran, fügt Uns Martern nie gekannten Ausmaßes zu. Wellen schneidender Kälte durchfahren Unseren flammenden Leib, kaum dass noch Odem die Kehle zu durch-

dringen vermag. Schmerzen, SCHMERZEN! Unglaubliche Pein. Unsere mächtigen Schwingen, sie können Uns nicht mehr tragen, kalt wird das Feuer, das durch Unsere Adern glüht, und kälter. Die grausame Kälte, sie schwächt Uns. Nur das unerträgliche, wütende, tobende Reißen an Unserer Seele können Wir noch spüren, es hält Uns davon ab, dem Schlaf der ewigen Kälte zu folgen, in die Unser Leib eingeht. Falsch, so grausam falsch. Warum lodert Unser Sein, muss erkalten, muss erkalten, wenn es denn Zeit zu gehen seien soll. Aber heißer denn jede Flamme brennt die rot glühende Kraft unerträglich wütend in Unserer Seele, in Unserem Geist, verdammend, verfluchend. Zerrt an Uns ohne Gnade. Und als Wir aufprallen, reißt in grausamer Erbarmungslosigkeit die rot lodernde Kraft an Uns und voll entsetzlicher Wucht und mit einem Klirren größten Schmerzes zerspringt das kostbare Funkeln in Uns. Und mit schreiender Pein erlischt die schillernde Seele Unseres Seins und schwarzer Wahnsinn zieht ein und unsäglich hallt der Schmerz des Verlustes und der unermesslichen Marter mit Unserem letzten Schrei durch die Lüfte.

Una fiel vornüber. Schluchzend krümmte sie sich auf dem Boden und barg schutzsuchend den Kopf in den Armen. Falks Schreien hallte dröhnend durch die Höhle. »Nein!«, brüllte er immer wieder. »Nein!« Wahnsinn glomm in seinen Augen und lag in seinem Schreien. Hagen indes hatte aufgehört, den Kopf gegen die Felswand zu schlagen. Kraftlos sank er in die Knie und ließ das Blut aus der Kopfwunde über Gesicht und Hals laufen. Die zusammengekauerte Lysandra blickte mit glasigen Augen auf. Unzählige blutige Striemen hatten ihre Fingernägel im Gesicht hinterlassen und lange hätte es wohl nicht mehr gedauert, bis sie sich sogar die Augen ausgekratzt hätte. »Hör auf!«, schrie sie Falk an und als er es nicht tat, sprang sie auf und schlug ihm heftig ins Gesicht. »Hör endlich auf!« Ihr Kreischen übertönte sein Schreien. Und er verstummte.

Auch die Elfe hatte aufgehört, sich in Krämpfen auf dem felsigen Boden zu winden. Sie lag nun still.

»Götter«, flüsterte Hagen benommen.

Lysandra starrte ihn aus aufgerissenen Augen an. »Das war das Schlimmste, was ich je in meinem Leben verspürt habe.«

Falk nickte. »Auch ich habe niemals Schrecklicheres empfunden«, flüsterte er heiser. »Wir ... wir haben den Tod eines Drachen erlebt. Seine Gefühle geteilt bei seinem gewaltsamen, grausamen Ende. Ein Geschöpf, ein Wesen von solcher Anmut und Majestät ...« Tränen liefen ihm über das Gesicht. Fassungslos barg er das Gesicht in den Händen. »Ich werde dieses Elend niemals vergessen.«

Noch immer starrte Lysandra vor sich hin. »Aber da war etwas falsch!«, raunte sie dann mit entsetzter Stimme. »Habt ihr es etwa nicht gespürt? Etwas war nicht richtig. Es hätte nicht so, nicht auf diese Art sterben dürfen und etwas ... etwas ist nicht passiert. Habt ihr es denn nicht gemerkt?«

Falk und Hagen blickten sie nur stumm an. »Was tust du da?«, rief Lysandra entsetzt und als die beiden anderen zu Una hinüber sahen, mussten sie feststellen, dass sich die Elfe wieder aufgerappelt hatte und nun dabei war, die Hand an den Stein zu legen.

»Wir müssen es zu Ende bringen.« Unas Stimme war zittrig, aber entschlossen.

»Nein! Tu das nicht!«, schrie Lysandra, aber im gleichen Augenblick berührten die Finger der Elfe bereits wieder den milchig glühenden Stein.

Pein. Schmerzen. Demütigung. Und Leid. Entsetzliches, niemals endendes Leid. Unser Leib liegt brennend auf der Erde. Wir sehen die kostbaren Schuppen schwärzlich schmoren, das mächtige Haupt verbrennen, die Flammen den so majestätischen Körper zerfressen. Wir dürften das nicht sehen. Es ist falsch. So entsetzlich falsch. Und auf seltsame Weise sehen Wir es zweimal. Einmal sind Wir inmitten der Flammen, einmal sehen Wir dies alles von außerhalb. Äonen lang, so scheint es Uns, Äonen lang stehen Wir in Flammen, bis endlich die letzte Schuppe, die letzte Kralle zerstöret sind. Und dann nichts mehr als verbrannte schwarze Erde. Und Wir. Leid. Verzweiflung. Die rot glühende Kraft hat Uns aus ihrem tödlichen Griff entlassen, fließt wieder in ihren alten Bahnen. Wir warten. Doch Unser Sein will nicht weichen und keine einschläfernde Kälte kommt über Uns. Unermesslich ist das Leid, welches Wir verspüren. Gleichgültig betrachten Wir, wie etwas näher kommt. Es sieht den Teil von Uns an, der in der Asche Unseres Leibes ruht. Die schräg gestellten Augen füllen sich mit Wasser, welches auf die verkohlte Erde tropft. Es nimmt Uns auf, bettet Uns in eine Schatulle und schließt sie. Dunkelheit kann die Demütigung nicht lindern. Wir sehen es mit Uns weggehen. Irgendwann wird die Dunkelheit noch einmal durchbrochen, es sieht Uns an, formt bedeutungslose Worte. Dann wieder Schwärze, Schwärze für sehr lange Zeit. Wir liegen in der Asche. Verharren, verharren für Ewigkeiten. Leid. Trauer. Hoffnungslosigkeit. Und Verdammnis. Rot flammende Schwingen in goldenem Glanz. Vertrauter Geist, der den Unsrigen sucht. Sucht und findet. Augen wie glühender Bernstein. Er, der-Retter-geheißen-ward, hat Uns gefunden. Trauer. Die Trauer Unseres Geistes findet sich in Seinen Augen wieder, das Leid, das Wir empfinden, hallt in Seinem mächtigem Schrei, die Verdammnis, die Wir erleiden, brennt im Strahl Seines weiß glühenden Feuerodems durch die schwarze Nacht. Er, der-Retter-geheißen-ward, nimmt Uns auf, nimmt das, wozu Wir geworden sind, behutsam zwischen Seine Klauen und trägt unendlich sanft Uns durch die Lüfte. Ein letztes Mal tanzen Wir mit dem Wind und doch, kein Tanz ist es mehr. Verschwiegener Ort, Wasser und in ihm die Sterne, die Wir immer so sehr geliebt haben. Er der-Retter-geheißen-ward hat gut gewählt. Trauer. Er sieht Uns an, ein letztes Mal. Bernsteinflammende Augen. Rotgoldene Schwin-

gen tanzen mit den Winden. Dann Stille. Einsame Trauer. Unvergängliches Leid.

Irgendwann, hunderte von Äonen später. Zwei sehen Uns an, sehen Uns ganz genau an. Einer fährt zurück, geblendet, fällt hintenüber. Sie tragen Uns weg, ein Raum. Gleichgültigkeit. Auch als einer die rot glühende Kraft benutzt, als er blutend und ausgezehrt zusammenbricht, als sein hilfloses Tun Uns zum Zerspringen bringt. Nur ein kleiner Schmerz. Doch wächst die Schmach. Denn Vier und Eins sind Wir geworden. Endlose Demütigung. Schande. Frevel und Leid.

Der andere trägt Uns weg, bringt Uns an verschiedene, entfernte Orte. Hass liegt in dem Blick, der Uns ansieht. Doch Wir sind Gleichgültigkeit. Hände, die Uns nehmen. Hände, die Uns fortbringen. Stille und Lärm. Neue Hände. Wieder und immer wieder. Alte und junge Hände, beringte und unberingte, von Narben gezeichnet und mit Schwielen. Irgendwann sind Wir wieder Vier. Doch schmale Hände tragen Eins von Uns weg. Es schimmert der Rosenquarz endlos schön. Drei von Uns im Raum. Das silberne Licht der Nacht dringt durch die Decke, glänzt auf der Maske aus Zwergengold an der Wand, schimmert auf dem Staub zahlloser Bücher, spiegelt sich im kristallenen Glas der Kugel. Kristallen, wie einst Unsere Klauen waren. Trauer. Erinnerung. Hände, die Uns zusammenfügen. Drei von Uns und etwas Totes, etwas Fremdes. Dann, irgendwann, die Gestirne erglühen, wie sie damals, gestern, erglühten. Die rot glühende Macht dringt in Uns Drei ein, bringt erloschenes Feuer wieder zum Lodern. Fügt zusammen, verschmilzt, und für die Dauer eines Herzschlags scheint Unser Geist sich aufzubäumen, frei zu werden, scheint es einen Ausweg aus der Schmach zu geben. Wir vereinigen Uns im Licht der Gestirne. Wir ruhen im schwarzen Dunkel. Wir werden liebkost von weißen Händen mit glänzendem Rosenquarz. Ein Funke glimmt auf. Dann bricht das tote Stück aus Uns heraus und zerschellt am Boden. Die rot glühende Macht fließt heraus durch das Loch, wallt in tobender Macht, reißt jenen zu Boden, der Uns vereinte. Er schreit. Doch nicht so laut, wie Wir schrien. Er blutet. Doch nicht so sehr, wie Wir geblutet haben. Er brennt. Doch Unsere Asche glomm stärker. Trauer. Erinnerung. Leid. Wir sehen die Maske zu Boden fallen, das Kristall der Kugel zerspringen, den Staub auf den Büchern entflammen. Und wieder verzehren die Flammen. Ein Geist brennt in der Maske. Doch Wir sind Gleichgültigkeit. Gefangen in Einsamkeit. Nie endende Schmach.

Wir stehen im bläulichen Schein der Kammer. Wir ruhen in der geöffneten Schatulle. Wir liegen auf einem roten Samtkissen. Erinnerung. Einsamkeit. Und Leid. Unendliches, unsägliches, ewig währendes Leid.

Kapitel 20

Langsam nahm Una die Hand weg. Es war vorbei. Schweigend blickten sie sich an. Für lange Zeit sprach keiner von ihnen ein Wort. Dann nahm Una den Deckel der Schatulle und legte ihn vorsichtig wieder auf. Sie nahm das Kästchen und barg es schützend in ihren langen Hände. »Lasst uns gehen!«, sagte sie. Die anderen folgten ihr.

Als sie aus dem düsteren Licht des Ganges nach draußen ins helle Tageslicht traten, mussten sie geblendet die Hände vor die Augen halten. Für einen Moment hielt Lysandra inne und genoss die wärmenden Strahlen auf ihrem Gesicht. Sie spürte, wie das Leben in ihren ausgekühlten Körper zurückkehrte. Den anderen schien es ebenso zu ergehen. Sie ließen sich erschöpft auf dem Boden nieder. Lysandras Gesicht brannte wie Feuer von den blutigen Striemen, die ihre Fingernägel tief in die zarte Haut gerissen hatten. Was war nur in sie gefahren, sich so zu entstellen? Sie beschloss, nachher gleich eine Wirselsalbe zur Wundheilung aufzutragen. Hoffentlich blieben keine sichtbaren Narben zurück, das wäre äußerst geschäftsschädigend. Gedankenverloren schüttelte sie den Kopf. Sie hatte das beunruhigende Gefühl, dass es nicht mehr lange gedauert hätte, bis sie sich alle selbst zerfleischt hätten. Welch seltsames Artefakt war das nur? Und wie konnte es ihnen gegen Meledor von Nutzen sein? Sie räusperte sich hörbar. Irgendwie tat es gut, den Klang der eigenen Stimme zu hören. »Nun, ich fände es ganz gut, uns darüber zu unterhalten, was hier eigentlich geschehen ist. Und wie es jetzt weitergehen soll. Was fangen wir mit diesem seltsamen Stein an?«

»Wir sollten uns zuerst um dein Gesicht und Hagens Kopf kümmern und die Wunden wenigstens notdürftig verbinden«, krächzte Falk heiser.

»Lass gut sein«, wehrte Lysandra ab. »Ich versorge meine Kratzer schon selbst, sobald wir in Greifenfurt sind. Ich glaube, Hagen hat es schlimmer erwischt. Er scheint sich ein recht anständiges Loch in seinen Dickschädel gerammt zu haben.«

Hagen war seine Verwundung offensichtlich sehr peinlich. Falk setzte sich jedoch entschlossen über die schwachen Abwehrversuche hinweg und säuberte den Kopf des Söldners mit einem Stoffetzen. »Glück gehabt«, befand er dann. »Es ist keine tiefe Wunde, nur ein Riss. Du weißt ja, wie Kopfwunden bluten. Ich werde sie säubern und verbinden, damit du dir kein Wundfieber einfängst. Damit dürfte alles Notwendige getan sein.«

»Ich weiß, dass es nicht so schlimm ist«, knurrte Hagen verlegen »Ich muss mir nur dieses lästige Blut abwischen.«

Der Liebfelder sah ihn kurz an und meinte: »Es muss dir nicht peinlich sein, Hagen. Wir alle haben uns ein wenig, nun, sagen wir – eigenartig verhalten. Aber angesichts dessen, was wir erlebt haben, können wir dankbar sein, dass wir noch bei klarem Verstand sind. Auf irgendeine magische Weise war jeder von uns ein Teil dieses Wesens, hat mit ihm gelitten und ist mit ihm gestorben. Und ein jeder von uns hat versucht, auf seine Weise mit dem Schmerz und der Verzweiflung fertig zu werden, sie aus seinem Körper zu verbannen. Man kann nicht unversehrt den Tod eines Drachen miterleben. Also schäm dich nicht, denn du hast keinen Grund dazu.« Der Söldner lächelte gezwungen und nickte dann zustimmend.

Una saß neben ihm im Gras und strich verträumt über

die Schatulle. »Tar'asque«, murmelte sie dabei versonnen. Irgendwann zuckte sie aus unerfindlichem Grund zusammen und sah die anderen so erschrocken an, als wäre sie aus einem tiefen Schlaf gerissen worden. Dann schien sie sich sichtlich zu sammeln.

»Nun«, fragte Lysandra gedehnt, »wie geht es weiter? Wir sitzen hier mit einem magischen Stein, denn das ist dieses Ding ganz offensichtlich.«

»Karfunkelstein«, unterbrach sie Una scharf. »Es ist ein Karfunkelstein. Der Stein, in dem die Seele und der Geist eines Drachen wohnen. Das Zentrum seiner Existenz.«

»Aha!«, kommentierte Lysandra und fuhr ungerührt fort: »Also, wir sitzen hier mit einem Karfunkelstein, der irgendeinem uralten Drachen gehört hat. Dann haben wir noch einen wahnsinnigen Magier am Hals und sind allesamt gerade knapp dem Verlust unseres Verstandes entronnen. Und was kommt jetzt?«

»Gute Frage.« Falk räusperte sich ausgiebig, klang jedoch noch immer heiser, als er weitersprach. »Wir sollten vielleicht festhalten, was wir erfahren haben. Möglicherweise kommen uns dabei ein paar brauchbare Einfälle.«

»Gute Idee. Dann fang doch gleich an!« Lysandra machte es sich im Gras bequem und sah ihn erwartungsvoll an.

»Ähm, na gut«, räusperte sich Falk verlegen. »Ich denke, wir haben hier durch Zufall, Schicksal, göttliche Fügung oder was auch immer etwas gefunden, das in unmittelbarem Zusammenhang mit unserer Lage zu stehen scheint. Zum einen ist es natürlich ein magisches Artefakt, in dessen Erinnerung wir hineingezogen wurden. So erkläre ich mir zumindest das Erlebte.« Er räusperte sich wieder ohne nennenswerten Erfolg. »Zum anderen aber haben wir alle die Hände erkannt, die es berührt haben. Denn es waren unsere Hände darunter. Meine Hand mit dem silbernen Ring am kleinen Finger hat wohl jeder gleich erkannt.« Hagen zeigte stumm seine linke Hand, deren Handrücken ein Netz feiner weißer Narben überzog. Falk fuhr fort: »Stellen wir doch einfach einmal die Behauptung auf, dieser Drache sei durch ein magisches Ritual getötet worden. Dabei wurde ein magisches Artefakt geschaffen, das sein gefangener Geist oder so etwas sein könnte. Ein Teil ruht in dem Karfunkelstein, den wir hier vor uns haben. Der andere Teil wurde aus ihm herausgerissen oder so ähnlich.«

»Vielleicht steht dies auch mit der äußeren Beschädigung des Steins in Zusammenhang«, überlegte Lysandra laut.

»Möglich. Die beiden Männer, die den anderen Teil fanden, waren jedenfalls Magier oder zumindest magisch begabte Menschen. Der eine, der es untersuchen oder vielleicht zerstören wollte, starb dabei offensichtlich. Das Ding, in welchem der Drachengeist gefangen ist – nennen wir es der Einfachkeit halber Artefakt –, ist dabei in vier Teile zersprungen.«

»Und diese Teile wurden von dem anderen in ganz Aventurien verstreut«, ergänzte Lysandra. »Vier Teile, seltsam verformt und in sich verdreht. Teile von silbriger Farbe mit roten Adern durchlaufen. Teile, die durch unsere Hände gingen.«

Betretenes Schweigen. Mit gesenktem Kopf erinnerte sich Lysandra, wie respektlos sie den Geist dieser einst so mächtigen Wesenheit behandelt hatten. Gut, man wusste nicht recht, was in diesem Steinbrocken enthalten war. Trotzdem glühte ihr Gesicht vor Scham und den anderen schien es nicht besser zu ergehen. »Dann muss also der Mann, der die vier Stücke wieder vereint hat, unser lieber Freund Meledor gewesen sein. Und das Ritual mit dem Feuer war jenes Ritual, das ihm missglückt ist.«

»Ja, wir haben hier genau die Geschichte gesehen, die Erennyions Frau uns erzählt hat«, erinnerte sie Falk an die Worte Celistrias. »Er hat in einer von Erennyions

Schriften von dem Artefakt erfahren und wollte mit dessen Hilfe in irgendeiner Art und Weise die Unsterblichkeit erlangen. Oder er wollte die drachische Macht für sich nutzen, die in dem Stein gefangen war. Und wir haben ihm die Teile dafür gebracht. Nur der Karfunkelstein hat ihm gefehlt, weil von ihm vermutlich niemand etwas wusste. Er war von Anfang an getrennt von der anderen Hälfte, dem magischen Metall-Artefakt.«

»Vielleicht ist deswegen das Ritual gescheitert?« vermutete Hagen.

Plötzlich stand Una auf und ihre Augen blitzten hell. »Vergeßt nicht, was ihr gesehen habt«, mahnte sie mit scharfer Stimme. »Als Meledor die Teile zusammenfügte, brach einer heraus, einer, der fremd und tot war. Und wieder geschah etwas Unbegreifliches. Zum zweiten Mal strömte die arkane Macht ungehindert hervor und dieses Mal war es Meledor, der in ihrer Hitze verbrannte.«

»Stimmt.« Hagen riss die Augen auf. »Ein Teil war fremd. Erinnert ihr euch noch an das Gefühl? Der herausbrechende Teil war fremd und leblos. Denn er gehörte nicht dorthin, wohin er gesetzt worden war. Er passte, aber er war falsch.«

Lysandras Miene verdüsterte sich. »Und da waren fremde Hände, die zugriffen. Und ein fremdes Zimmer, in dem das Stück lag. Denn zuletzt sahen wir die Höhle, die ausgebrannte Kammer, in der Meledor sein Ritual vollzog, und ein fremdes Zimmer. Ich sage euch, jemand hat uns hereingelegt.«

Ihre Stimme klang eisig. »Ein Fremder hat sich eingemischt. Wir haben gesehen, wer es war. Ein Paar Hände mit einem ausgefallenen Ring. Es war, glaube ich, ein Rosenquarz darin verarbeitet. Und es waren Frauenhände oder auch die Hände eines Elfen. Ja, derjenige, dem diese Hände gehören, hat sich eingemischt und uns ausgetrickst. Hat das Teil gestohlen und offensichtlich gegen ein falsches Stück ausgetauscht. Ich vermute, dass dies wahrscheinlich der Hauptgrund war, weswegen das Ritual misslang.«

Falk sprang erregt auf. »›Ich will das, was mir gehört.‹ So hat er doch zu Celistria gesagt. Und er wollte das fehlende Teil. Er hat also bemerkt, dass es ausgetauscht worden ist.«

»War ja auch schlecht zu übersehen!« bemerkte Lysandra auf Falks Feststellung hin spöttisch.

»Stimmt. Jedenfalls wissen wir nun ziemlich sicher, dass Meledor zurückgekommen ist, um sich zu rächen und das fehlende Stück zu holen. Er denkt natürlich, wir hätten es genommen.« Falk sah Lysandra ratlos an. »Aber wie konnte er zurückkommen? Er ist doch verbrannt, oder? Für einen Wiedergänger ist er zu beweglich. Ich habe irgendwo einmal gehört, dass Wiedergänger an den Ort des Geschehens gebunden sind. Und beschwören oder wiederbeleben kann man ihn doch auch nicht, oder?«

Lysandra zuckte mit den Schultern. »Keine Ahnung, es ist sicher etwas besonders Unheiliges, das ihn ins Leben zurückgebracht hat. Aber das muss uns eigentlich nicht kümmern. Fest steht, er ist hier. Und er will Rache, richtig?«

»Richtig.«

»Nun, unter Umständen gäbe er sich vielleicht damit zufrieden, wenn wir ihm das fehlende Stück beschaffen und es ihm geben, sozusagen als Versöhnungsgeschenk. Wir besorgen ihm einfach, was er haben will. Das fehlende Stück des Artefakts.« Sie erntete einen entgeisterten Aufschrei von Falk und Hagen. Una schien ihr nicht einmal zugehört zu haben.

»Du willst Janaras Mörder auch noch unterstützen?«, fragte Hagen ungläubig.

»Janara ist tot«, fuhr ihn Lysandra an, »ebenso wie Erennyion und die anderen. Aber wir leben noch. Noch, verstehst du? Begreif endlich, dass es hier um uns geht und um unser Überleben.«

»Ich fürchte, sie hat Recht!« Hagen sah den Liebfelder überrascht an und der erwiderte traurig seinen Blick. »Wir haben schon mehr als einmal feststellen müssen, dass unsere Möglichkeiten gegen Meledor nur äußerst gering sind. Niemand wird uns helfen. Wenn du dich erinnerst, Hagen, sind wir gerade deshalb hierher gekommen. Einer wahnwitzigen Sage, einem erfundenen Lied gefolgt, weil wir keinen anderen Weg mehr gesehen haben. Jetzt haben wir, was wir suchten. Wir haben ein Artefakt, und wir haben mehr erfahren. Erfahren, wonach Meledor Ausschau hält. Das ist ein Ausweg. Eine Möglichkeit. Wir haben keine Wahl.«

»Und wenn er etwas Schreckliches damit anstellt?«, warf Hagen verzweifelt ein. »Wenn er …«

»Was auch immer er zu tun gedenkt«, unterbrach Lysandra ihn, »es kann uns einerlei sein. Hauptsache, er lässt uns endlich in Ruhe. Von mir aus soll er seine Unsterblichkeit bekommen oder was auch immer.«

»Aber wir haben keine Anhaltspunkte, wo das fehlende Teil ist. Vielleicht könnten wir ihm stattdessen den Karfunkelstein anbieten.«

»Nein!«, fuhr Una den Söldner mit schneidender Stimme an. »Wir werden ihm den Stein keinesfalls aushändigen.«

Lysandra stimmte ihr zu: »Meledor hat keine Ahnung von ihm. Er ist die unbekannte Komponente, das Quentchen Zufall, das uns das Leben retten könnte. Wir sollten diesen Trumpf im Ärmel lassen und erst ziehen, wenn er uns von Nutzen sein könnte.«

»Ich gebe den Karfunkelstein nicht her«, wiederholte Una noch einmal bestimmt.

»Ist ja gut, war ja nur eine Idee!« Hagen hob beschwichtigend die Hände.

»Wir werden den vierten Teil des Artefaktes besorgen«, antwortete ihm die Elfe so ruhig und selbstverständlich, als hätte sie gerade beschlossen, noch ein Bier zu bestellen.

»Na, dann ist ja alles klar.« Hagen zuckte ergeben die Schultern. »Wozu soll ich da noch widersprechen? Und woher, bitte, bekommen wir das Ding? Haben die Herrschaften sich das auch schon überlegt?«

»Vielleicht über das Zimmer, das wir sahen?«, schlug Lysandra vor. Falk schüttelte energisch den Kopf. »Wir haben nur eine winzige Ecke des Raumes erblickt, eben aus der Sicht des Artefaktes. Und diese Ecke sah aus wie jedes beliebige Zimmer in jedem beliebigen Haus auf ganz Dere.«

»Dann wäre da nur noch die Hand.«

»Ja, der Ring, den sie trug, war außergewöhnlich. Aber es gibt verdammt viele Goldschmiede in Aventurien und wir können nicht jeden befragen. Und wer weiß, wie alt dieses Schmuckstück schon ist?«

»Ich habe diesen Ring schon einmal gesehen.« Hagen murmelte in seinen Bart und blickte überrascht auf, als alle zu ihm herumfuhren. »Ja, ich bin mir sicher, dass ich den Ring und seinen Träger schon einmal gesehen habe. Aber wo? Zur Niederhölle, wo?«

»Hagen, bist du sicher?« fragte Lysandra aufgeregt.

Der Söldner nickte. »Ich habe ein komisches Gedächtnis für manche Dinge«, gab er zu. »Und ich bin mir ganz sicher, dieses Schmuckstück gesehen zu haben. Es ist eine ganz besondere Erinnerung, eine ganz besondere … Aber verdammt, ich komme einfach nicht darauf. Es ist alles so verschwommen, so flüchtig.« Er strich sich verwirrt durch den Bart.

»Streng dich an, bitte. Komm schon, es fällt dir ein!«

»Dräng ihn nicht, Lysandra. Wir sollten zurückreiten. Hagen, es fällt dir sicher ein, wenn du nicht mehr so angestrengt darüber nachdenkst. Lass dir Zeit.«

Hagen nickte, stand auf und klopfte sich das Gras von der Hose.

»Aber wir haben keine Zeit«, murrte Lysandra, schwieg jedoch, als sie ein grau blitzender Blick aus Falks Augen traf. Sie nahm seine Hand und ließ sich aufhelfen.

»Gehen wir!« Der Liebfelder band sein Pferd los. »Mir ist wohler, wenn wir wieder unter Menschen sind. Sonst erwischt uns Meledor möglicherweise noch, bevor wir unseren Plan in die Tat umsetzen können.«

Sie ritten zurück. Falk und Lysandra plauderten über belanglose Dinge, gerade so, als befänden sie sich auf einem kleinen Spazierritt. Una lief schweigend neben ihnen her. Die kostbare Schatulle hatte sie in einer ihrer Wildledertaschen verborgen und immer wieder tastete ihre Hand besorgt nach dem Beutel. Sie war in sich gekehrt und nicht eben gesprächig. Die vergangenen Stunden hatten sie augenscheinlich zutiefst aufgewühlt. Hagen seufzte. So versuchte jeder von ihnen auf seine Weise, Herr der Gefühle zu werden, die die seltsamen Ereignisse in ihnen ausgelöst hatten. Zum hundertsten Male verfluchte er den Tag, an dem Janara und er den Auftrag Erennyions angenommen hatten. Im Nachhinein schien es ihm, als hätte er in einem Pakt mit dem Rattenkind seine Seele verkauft. Er sehnte sich nach einem dunklen Bier, einem weichen Bett und einer ebenso weichen Schankmaid, die es mit ihm teilte. Stattdessen schlitterte er von einer Katastrophe in die nächste, in dem kläglichen Versuch, seine Haut zu retten. Wieder seufzte er. Ein wenig Selbstmitleid tat gut. Da ihn keiner der anderen beachtete, beschloss er, sich mit einem Liedchen abzulenken. Ihm fiel jenes ein, dass er im *Orkentod* gelernt hatte: »Einst zogen wir gegen die Orken aus, fielen über sie her im Schlachtengebraus …« Er hatte schon immer eine gute Stimme gehabt, voll und tief. Zu seiner Überraschung stimmten auch Falk und Lysandra ein und so zogen sie singend gen Greifenfurt.

Und wieder einmal senkte sich die Praiosscheibe, als sie das Stadttor durchschritten. Seltsam, sie waren weniger als einen Tag fort gewesen und doch schien es ihnen eine Ewigkeit her, seit sie die Stadt verlassen hatten. Erschöpft stiegen sie von den Pferden. Falk drückte dem Stallknecht ein Silberstück in die Hand und gebot dem strahlenden Jungen, die Pferde zu versorgen. Dann betraten sie den Schankraum, der wiederum recht gut gefüllt war. Lediglich drei Tische waren noch frei. Sie wählten den in der Ecke und gaben dem Wirt ein Zeichen. Der war jedoch sehr beschäftigt und so mussten sie warten. Hagen tastete vorsichtig nach der Wunde an der Stirn. »Schmerzt es sehr?«, fragte Falk besorgt, aber Hagen machte eine wegwerfende Geste.

Falk warf einen Blick in die Runde: Hagen und Lysandra trugen beide blutige Spuren im Gesicht, aber auch Una machte einen müden und mitgenommenen Eindruck, was die blauen Würgemale an ihrem Hals nur unterstrichen. Er selbst sah vermutlich auch nicht viel besser aus. »Wir sollten uns ein wenig ausruhen«, schlug er vor, woraufhin Lysandra so heftig den Kopf schüttelte, dass ihr die roten Locken ins Gesicht flogen. »Nein! Wir müssen uns überlegen, was jetzt zu tun ist. Die Götter haben einen Weg offenbart, mit dem wir uns vielleicht retten können. Wir müssen herausfinden, wo das vierte Teil ist!« »

»Glaubst du, wir sind im Augenblick sehr einfallsreich? Jeder von uns sieht aus wie eine lebende Leiche!«

»Bitte nicht diesen Vergleich!«, warf Hagen angewidert ein, der den Anblick der Wiedergängerin wohl noch allzu deutlich vor Augen hatte.

»Ich glaube nicht, dass wir noch viel Zeit haben.« Lysandras Stimme klang fest, aber die Angst lag in ihren

Augen. »Meledor hat uns eine Atempause gegönnt, vielleicht nur deshalb, weil er zu geschwächt war. Oder er wollte uns nicht alle auf einmal angreifen. Oder er denkt, er hat uns genug verängstigt, und wartet nun darauf, dass wir ihm das Teil beschaffen. Wer weiß das schon? Er scheint mir wie ein Schatten, der ständig über uns liegt, uns unentwegt bedroht.« Sie kratzte unbewusst an einer der rotverkrusteten Schrammen im Gesicht. »Und ich glaube nicht, dass er noch viel Geduld hat. Die Zeit wird knapp. Beängstigend knapp!«

»Melina!« Hagen schlug sich mit einem satten Klatschen die Hand an die Stirn, was ihm einen verständnislosen Blick seiner Begleiter einbrachte. »Natürlich! Wie konnte ich sie nur vergessen! Klar, Melina, die schöne Unbekannte! Der Rosenquarzring! Ihre dunklen Augen! Götter, ich hirnloser Narr!«

»Wovon bitte sprichst du?«, unterbrach ihn Falk.

»Melina! Die Frau, die den Ring mit dem Rosenquarz trägt! Ich habe doch gesagt, dass ich den Ring schon einmal gesehen habe. Ich kenne diese Frau. Ich erinnere mich an sie. Wie konnte ich so ein Weib auch nur einen Moment lang vergessen?« Hagen schüttelte, über sich selbst empört, den Kopf. »Die Frau, die wir suchen, heißt Melina. Hm, ich glaube Melina saba irgendwas, aber das weiß ich nicht mehr so genau. Ich bin ihr in einer Schenke begegnet, in der Nähe von Angbar. Sie ist wunderschön; ich war mit ihr in der Nacht zusammen, als Janara ermordet wurde. Welch ein Zufall!«

»Ich frage mich, ob das wirklich ein Zufall sein kann«, murmelte Falk besorgt. »Die Frau hat mit der Sache zu tun. Aber welche Rolle spielt sie in diesem blutigen Spiel?«

»Die Götter meinen es gut mit uns!« Mit einem schiefen Lächeln schlug Lysandra mit der Hand auf den Tisch. »Jetzt wissen wir nicht nur, was passiert ist, nein, wir kennen auch den Namen der Übeltäterin, die uns das alles eingebrockt hat. Woher kennst du die Frau, Hagen, und was weißt du über sie? Wo können wir sie finden?«

Hagen knetete verlegen die Hände. »Wie gesagt, ich habe sie in der Schenke kennengelernt. Es war eine flüchtige Bekanntschaft, wir haben uns ein wenig unterhalten … Ich weiß aber nicht besonders viel über sie. Warte mal, ja, sie lebt in Havena, hat sie erzählt. Das hat mich nämlich noch gewundert, weil sie so südländisch aussieht. Hm. Aber wo sie zu erreichen ist, weiß ich nicht. Tut mir leid.«

Falk stöhnte. »Es wird nicht einfach sein, eine Frau namens Melina in Havena ausfindig zu machen. Die Stadt ist nicht gerade klein.«

Lysandra runzelte nur kurz die Stirn und meinte dann knapp: »Wenn sie in Havena lebt, dann finden wir sie. Ich habe dort einige Freunde, die mit Sicherheit wissen, wer diese Frau ist, oder es zumindest herausfinden können.«

»Falls sie Hagen die Wahrheit bezüglich ihres Wohnortes erzählt hat. Sie könnte ganz woanders herkommen«, gab Falk zu bedenken.

Lysandra zuckte mit den Achseln. »Einen Versuch ist es in jedem Falle wert. Und vielleicht haben wir Glück. Davon hat uns Phex doch schon einiges in den letzten Tagen beschert, oder?«

»Da kannst du Recht haben. Fast schon zu viel Glück, um ehrlich zu sein.« Falk kniff die Augen zusammen und drehte wieder einmal nachdenklich an seinem Silberring.

»Ich breche sogleich auf, um meinen Freunden eine Nachricht zu schicken.« Energisch schob Lysandra ihren Stuhl zurück.

»Ich werde dich begleiten«, bot Falk an. »Du solltest nicht allein unterwegs sein.« Aber Lysandra winkte bestimmt ab. »Da muss ich allein hingehen. Im übrigen sind auch in Greifenfurt des Abends die einen oder anderen Leute auf den Straßen. Ich werde schon auf mich aufpassen, keine Sorge. Und außerdem« – sie lächelte schief, »lasst mich doch auch einmal ein wenig mutig sein.« Dann eilte sie schnellen Schrittes nach draußen.

»Mut ist etwas für die Törichten«, murmelte Hagen und bestellte sich ein Bier.

Lysandra machte sich auf den Weg. Sie hatte das Zeichen sofort bemerkt, als sie in Greifenfurt angekommen waren. Die Form des verwendeten Füchsisch war wohl etwas veraltet, das Phexzeichen aber hätte sie auch im Schlaf erkannt. Hier würde sie die Kontakte bekommen, die sie suchte. Da sich der Sitz ihres Geschäftes in Havena befand, hatte sie selbstverständlich dort auch die Freunde, die für einen Geschäftemacher unentbehrlich sind. Sie wusste also von den gut ausgebauten Nachrichtenwegen der Phextempel, hatte sogar dabei geholfen, sie zu verbessern. Es war ihre Idee gewesen, außer Brieftauben auch andere Tiere zum Nachrichtentransport abzurichten. Unauffällige kleine Boten, die jedoch zuverlässig zur fütternden Hand zurückkehren würden. Vor ihrer Abreise hatte sie dem Tempel natürlich einen kleinen Besuch abgestattet und so von den ersten ›Boten‹ erfahren, die Imo, der oberste Geweihte, erst kürzlich an die neuen Tempel der wieder aufstrebenden Mark gesandt hatte. Er war sehr zufrieden mit den blühenden Geschäftsbeziehungen zu den Greifenfurtern gewesen. Nun war es an der Zeit, für sich einen kleinen Dienst auszuhandeln. Lächelnd überlegte sie, wie gut wohl die Provinzler hier im Geschäftemachen waren. Nun, das würde sich bald herausstellen. Sie fand das gesuchte Haus und klopfte laut an die ausgebleichte Holztür, an deren Türstock kaum sichtbar ein Dreieck in einem Kreis eingeritzt war.

Die Nacht kam wieder wie ein vertrauter Freund. Una starrte gebannt in den samtblauen, funkelnden Nachthimmel. Seit sie das Kleinod an sich genommen hatte, spürte sie die Kraft und die Macht, die von ihm ausgingen, fast körperlich. Es war nicht so, als würde es versuchen, sie zu beherrschen. Allein, der gefangene Drachengeist war so mächtig, dass wohl schon seine bloße Gegenwart die Magie in ihrem Blut zum Kochen brachte. Sie war sich seiner Gegenwart empfindlich bewusst, ständig war er in einem Teil ihres Kopfes zugegen. Sie bebte im ewigen Widerhall von Gefühlen, deren Tiefe ihr Schauer über den Rücken jagten. Ab und zu wischten vergangene Bilder über ihren Geist. Jetzt, da sie den Himmel betrachtete, die vertrauten, altbekannten Gestirne, deren Bedeutung ihr heute seltsam eindringlich bewusst wurde, jetzt strömten wieder Erinnerungen. Erinnerungen, die so alt waren, dass sie vor Ehrfurcht kaum zu atmen wagte. Bilder von einem samtblauen Firmament, dem Himmel einer Jahre währenden Nacht, von Gestirnen, gleich und doch völlig anders und von leuchtenden Sternen, die noch nie ein Auge erblickt hatte, waren sie doch schon vor Jahrhunderten erloschen. Es fiel ihr schwer, sich auf ihren eigenen Körper zu besinnen, denn die magischen Kräfte in ihr schienen sich lieber mit denen des Karfunkelsteins verbrüdern zu wollen, als in ihrem kümmerlichen Leib zu verbleiben. Das ständige Singen der Gefühle, war es auch kaum mehr denn ein Hauch, ein Wispern, nahm alle ihre Sinne gefangen. Es kostete sie Anstrengung, den belanglosen Worten ihrer Gefährten zu folgen. Nur ein Gedanke beherrschte ihren Willen: Sie würde dieses Wesen wieder eins werden lassen. Um jeden Preis.

Kapitel 21

Die folgenden Tage zogen sich unendlich zäh und langsam dahin. Sie warteten ungeduldig auf die Nachricht, die, wie Lysandra versichert hatte, so schnell wie möglich überbracht werden würde. Und obwohl sie wussten, dass der Bote seine Zeit brauchen würde, starrten sie unentwegt zur Tür, in der Hoffnung, er treffe endlich ein. Alles hing nun davon ab, ob sie diese Melina ausfindig machten oder nicht. Sie waren unruhig, befürchteten, dass Meledor zuschlagen werde, bevor sie etwas erreicht hatten. Ihre Planung hing an einem seidenen Faden. Natürlich hatten sie auf der Suche nach weiteren Hinweisen auch Drezuans bescheidene Unterkunft durchsucht. Jedoch fanden sie in dem kleinen Zimmer keine Spuren oder Anhaltspunkte, die ihnen von Nutzen hätten sein können, und so kehrten sie enttäuscht in den *Orkentod* zurück. Sie wuschen ihre Kleider, pflegten die Wunden, polierten die Waffen und besserten Schäden an Rüstung oder Stiefeln aus, immer wieder beunruhigt zur Tür blickend, wenn jemand eintrat. Aber der Bote ließ auf sich warten. Äonengleich dehnte sich jeder Augenblick, und so schienen ihnen Jahrhunderte vergangen zu sein, als endlich ein magerer junger Mann mit einer Pergamentrolle in die Schankstube trat und sich suchend umsah.

Tatsächlich war jedoch erst der Abend des vierten Tages angebrochen. Lysandra stand ruhig auf und trat dem Boten entgegen. Man wechselte ein paar Worte, dann nahm Lysandra die Schriftrolle und drückte dem anderen dafür einen prall gefüllten Beutel in die Hand, aus dem ein verheißungsvolles Klimpern drang. Mit einem knappen Nicken verschwand der Bote wieder nach draußen und Lysandra kehrte gemessenen Schrittes an den Tisch zurück. Nur ihre Finger nestelten aufgeregt an der Schriftrolle. Hagen wurde ganz flau im Magen, als er sie so unbeholfen an dem Verschluss herumfingern sah. »Nun mach das Ding schon auf!«, drängte er. Die rothaarige Hexe schien jedoch Stunden zu brauchen, bis sie die Pergamentrolle endlich geöffnet hatte.

»Und?«, fragte der Söldner ungeduldig, kaum dass sie das Schriftstück entrollt hatte.

Lautlos bewegten sich die Lippen Lysandras, als sie den Text überflog. Ihr Augen wurden immer größer, bis sie schließlich mit ungläubigem Gesichtsausdruck aufsah. »Das glaubt ihr mir nie!«

»Was denn? Verflucht, so rede doch endlich!« Hagen musste sich stark zurückhalten, um sie nicht anzuschreien.

»Nun« – sie räusperte sich bedeutungsvoll –, »zuerst einmal hat sie die Wahrheit gesagt. Die Frau lebt in Havena und heißt mit vollständigem Namen Melina saba Zajh. Sie besitzt seit einigen Götterläufen ein Haus in Havena, ein sehr prunkvolles Haus. Sie ist recht begütert und bewegt sich in höheren gesellschaftlichen Kreisen. Empfängt des Öfteren Gäste und ihre Empfänge sind angeblich sehr beeindruckend. Sie scheint zu einer bekannten Persönlichkeit aufgestiegen zu sein, obgleich sie noch nicht so lange in Havena lebt. Aber sie ist nicht im kaufmännischen Gewerbe tätig.«

»Schön«, meinte Hagen, »und was ist daran so außergewöhnlich?«

Lysandra fuhr mit einem überlegenen Lächeln fort: »Vielleicht, dass sie eine Schwester hat, mit der sie sich ab und an zeigt? Sonst scheint sie keine Familie zu haben. Eine Schwester von ganz außergewöhnlicher

Schönheit, die mit einem Magier den Traviabund geschlossen hat. Ein stattlicher Mann, groß, mit langen weißen Zöpfen und dunklem, mitreißendem Lachen.«

»Erennyion!«, sagte Falk heiser. »Erennyion und Celistria. Diese Frau ist …«

»Celistrias Schwester!«, vollendete Lysandra mit unbewegtem Gesicht.

»Das ist in der Tat eine Überraschung.« Falk fuhr sich mit einem nachdenklichen Schnauben über die Stirn.

»Also, mir wird das alles immer unverständlicher«, brummte Hagen. »Alles verstrickt sich immer mehr. Ich komme mir vor wie eine Fliege im Spinnennetz, die mit jedem Zucken die Fäden um sich herum fester zuzieht.«

»Im Gegenteil«, widersprach ihm Falk, »die Kreise werden enger und Verbindungen tun sich auf, von denen wir keine Ahnung hatten. All dies ist viel verrückter, als wir vermutet hatten. Aber es scheinen einige wenige Menschen zu sein, die hier die Fäden ziehen.« Er wandte sich an Lysandra. »Und Melina hält sich also derzeit in Havena auf?«

Die zog eine Grimasse und schüttelte besorgt den Kopf. »Das ist die schlechte Nachricht«, meinte sie zögernd. »Sie ist zwei Tage vor dem Abfassen dieses Schriftstücks verschwunden.«

Betretenes Schweigen breitete sich aus. War Celistrias Schwester tot? Hatte Meledor sie gefunden und vielleicht bereits das fehlende Artefaktstück erlangt? Oder hatte sich die undurchschaubare Melina einfach abgesetzt, war geflohen, weil sie etwas wusste?

»Und nun? Wollen wir Melina suchen? Irgendwo in Aventurien? Vielleicht haben wir ja wieder einmal Glück und finden sie gleich auf Anhieb?« Hagens Kopf dröhnte. Die niedergeschlagenen Stimmen der anderen glitten an ihm vorbei. Er konnte und wollte nichts mehr hören von aussichtslosen Versuchen und planlosen Hirngespinsten. Er konnte einfach nicht mehr. Wortlos stand er auf.

»Wohin willst du, Hagen?« fragte Una. Es waren die ersten Worte, die sie heute zu ihm gesprochen hatte.

»Ich möchte heute früh zu Bett gehen. Mein Kopf schmerzt.« Müde drehte er sich um und schlurfte in Richtung des Schlafraums. Hinter sich hörte er Lysandras Stimme. Sie murmelte irgendetwas, dass sie ihn nicht alleine gehen lassen sollten und dass es vielleicht keine so schlechte Idee sei, einmal etwas früher zu schlafen, um einen klaren Kopf zu bekommen. Ihm war das alles gleichgültig. Er stapfte die Treppe hinauf und öffnete die Tür zum Schlafraum, der inzwischen nur noch von den Gefährten bewohnt wurde.

Er sah sofort die schmale Gestalt, die im Schein des Madamales auf einem der Betten saß. Sie drehte sich zu ihm um und in ihren langen blauschwarzen Haaren schimmerten silberne Lichter. »Schön, dich zu sehen, Hagen!«, klang ihm Melinas dunkle Stimme entgegen.

Der Söldner starrte sie fassungslos an. Mit einem leisen Rascheln ihres nachtblauen Gewandes erhob sie sich geschmeidig und lachte auf, als sie sein entsetztes Gesicht sah. »Was ist? Ich bin kein Basilisk. Warum also stehst du da wie versteinert?«

»Bist du …« Hagens Stimme brach und er räusperte sich gründlich. »Bist du noch am Leben?« Er beäugte sie misstrauisch. »Ich meine«, fuhr er fort, als er ihren überraschten Blick auffing, »du bist lebendig und wohlauf? Dein Herz schlägt noch? Alles ist in Ordnung?«

Melina runzelte fragend die fein geschwungenen Brauen. »Ich denke schon. Welch seltsame Begrüßung.« Hagen nahm kaum wahr, dass seine Gefährten hinter ihm ins Zimmer getreten waren.

»Willst du mich deinen Begleitern nicht vorstellen, Hagen?«

»Ich denke, das ist nicht nötig«, erwiderte Falk mit

eisiger Stimme »Ich gehe doch recht in der Annahme, dass Ihr Melina saba Zajh seid, nicht wahr?«

Die Fremde nickte und ließ sich wieder auf dem Bett nieder, wobei sie vornehm die Beine übereinander schlug. »Ich bin euch wohl eine Erklärung schuldig.«

»In der Tat«, murmelte Hagen kopfschüttelnd.

»Wenn ihr euch vielleicht setzten wollt?«, schlug Melina hoheitsvoll vor.

»Danke«, erwiderte Falk und nahm Platz auf einem der benachbarten Betten.

»Die führt sich auf, als wäre sie hier der Gastgeber und wir die unwürdigen Bittsteller, die auf eine Audienz warten«, fauchte Lysandra leise, setzte sich dann aber neben Falk aufs Bett. Una hatte derweil die verrußte Öllampe angezündet und machte es sich nun ebenfalls auf einer Bettstatt bequem. Dabei ließ sie Melina nicht aus den Augen, musterte sie unentwegt mit ihrem schillernden Blick in gleißendem Türkis.

Argwöhnisch betrachtete Hagen seine alte Bekanntschaft, musste dann aber zu seiner Beruhigung feststellen, dass sie durchaus lebendig wirkte. Ihre Haut war zwar bleich, aber die Wangen wirkten rosig und die hochgeschnürte Brust hob und senkte sich sichtbar unter dem feinen Stoff ihres Gewandes. »Nun, ihr seid also doch noch auf meine Spur gestoßen«, begann Melina unvermittelt. »Doch allein hättet ihr das nie geschafft. Wenn ich es letztlich nicht gewollt und euch entsprechende Hinweise gegeben hätte. Seid ihr doch nichts weiter als nichtsahnende Lämmer, die vom Hirten auf die Schlachtbank getrieben wurden. Kamele, die im Spiel geopfert werden müssen, um die Oase zu halten.« Sie lächelte überheblich. Hagen stellte fest, dass ihr südländischer Akzent nahezu gänzlich verschwunden war.

»Sprecht von Anfang an und ohne Umschweife!«, wies Falk sie in ungewohnt bestimmten Ton an.

Melina blitzte ihn an. »Nun, ihr habt durchaus ein

Recht, alles zu erfahren«, lächelte sie dann verbindlich, »und ich werde mit dem Tag beginnen, da ihr zum ersten Mal selbst und in persona in mein Leben getreten seid. Denn von eurer Existenz wusste ich schon lange vorher. Aber beginnen wir mit jenem Abend in der Schenke, als ich Hagen und Janara am Tisch sitzen sah. Ich kannte die beiden schon vorher, jedoch nur vom Sehen, denn Erennyion zeigte sie mir, als wir ihnen einmal zufällig und unbemerkt über den Weg liefen. Er meinte, dass er diesen beiden voll vertraue, und wenn ich einmal einen besonders heiklen Auftrag hätte, sollte ich diese zwei anheuern. Er faselte irgendetwas von Söldnerehre und so fort. Als ich die zwei dann in der Schenke entdeckte, erschrak ich, denn ich hatte Grund zu befürchten, dass Erennyion die beiden auf mich angesetzt hatte. Nun«, erklärte sie, als sie die verwunderten Gesichter der Gefährten wahrnahm, »ich hatte mich mit Erennyion und Celistria heftig zerstritten und guten Grund zu glauben, dass sie jemanden auf mich ansetzen würden. Als Aufpasser oder als Verfolger, wer konnte das bei Erennyions Verfolgungswahn schon wissen?«

»Habt Ihr Euch wegen des Artefaktes zerstritten?«, fragte Falk.

Melina schüttelte den Kopf. »Nein, es waren viele andere Gründe. Zu dem Artefakt kommen wir später. Es war die Art, wie er mit Celistria umging. Welche Geschäfte er machte. Seine Einstellung und Ansichten in manchen Dingen. Und noch einiges mehr. Aber es ist durchaus möglich, dass der Vorfall mit diesem vermaledeiten Artefakt mich misstrauisch machte und beunruhigte. Und dass nur meine Schuldgefühle den Verdacht begründet hatten, dass Erennyion mir nachspionieren könnte.«

»Dann gebt Ihr also zu, das Artefaktteil gestohlen zu haben?« Lysandra beugte sich aufgeregt vor.

»Wie gesagt, dazu kommen wir später«, beschied die andere kühl.

»Und Celistria war wirklich deine Schwester?«, fragte Hagen ungläubig nach.

Melina lächelte wieder. »Wir waren Schwestern, ja, so muss man es nennen. Wenn auch nur im Geist, nicht im Blut. Doch eng miteinander verbunden, enger, als es Schwestern sein können. Wir hatten die gleiche Lehrmeisterin, von klein auf waren wir aufeinander eingestimmt. Nur die Wahl unserer Vertrauten unterschied uns voneinander.« Sie bemerkte, dass ihr die anderen nicht folgen konnten. »Wir waren beide Töchter Satuarias. Hexen, wenn ihr es so nennen wollt.«

Hagen fuhr sichtlich zusammen und brachte etwas mehr Abstand zwischen sich und Melina. Auch Falk und Lysandra zeigten sich beunruhigt, allein Una schien unbeeindruckt, ließ Melina jedoch weiterhin für keinen Moment aus den Augen. »Ein Magier war mit einer Hexe zusammen?«, bohrte Falk ungläubig nach.

Melina nickte. »Es machte ihm nichts aus und er war ja auch kein Gildenmagier im üblichen Sinne. Und wir Töchter Satuarias haben durchaus Qualitäten, die sehr überzeugend sein können.« Lysandra schnaubte abfällig. »Auch mein Gefährte wusste dies zu schätzen, obgleich er eine Ausbildung an einer Magierakademie abgeschlossen hatte. Zumal Celistria und ich unsere magischen Fähigkeiten gut zu verbergen wussten und sie äußerst selten anwendeten. Nun, wie dem auch sei, Celistria und ich entzweiten uns und ich gebe noch heute Erennyion die Schuld dafür. Er hat sie gegen mich aufgehetzt, weil er meinte, ich hätte einen schlechten Einfluss auf sie. Alles in allem gab es für ihn genügend Gründe, um mir einige Söldner auf den Hals zu hetzen. Ich entschloss mich, der Sache umgehend auf den Grund zu gehen. Ich setzte mich zu den beiden an den Tisch und lud sie auf einen Wein ein. Der Ring, den ich trage, hat eine kleine Giftkammer, und während ich Janara einschenkte, öffnete ich diese und ließ ein leichtes Schlafgift in ihren Becher gleiten. So wurde sie bald müde, ging zu Bett und ich hatte es nur noch mit einem Gegner zu tun. Ich überzeugte Hagen schnell, mit auf mein Zimmer zu kommen, wo wir es uns zunächst einmal gemütlich machten.« Hagen errötete tief und erinnerte sich dann spontan daran, dass er sich eigentlich an gar nichts mehr erinnern konnte.

»Nun, ich will nicht näher in Einzelheiten gehen, aber nachdem ich seine Zunge ein wenig gelöst hatte, erzählte er bereitwillig, aus welchem Grund er mit Janara unterwegs war. Ich stellte fest, dass wirklich der Zufall uns in die gleiche Herberge geführt hatte. Das beruhigte mich zunächst und wir beschäftigten uns wieder mit angenehmeren Dingen. Bis etwas geschah, das alles verändern sollte.« Sie rieb sich unruhig die Hände, bemerkte es und ließ sie dann gefaltet in den Schoß sinken. »Denn ich spürte etwas.« Ihre ohnehin dunklen Augen verdüsterten sich, bis sie schließlich wie schwarzer Jett glänzten. »Kaum vermochte ich zu glauben, was ich spürte. Denn was da auftauchte, kannte ich: die Aura, den Geist oder was es auch immer war. Ich weiß bis heute nicht, wie und warum, aber ich spürte ihn. Seine Gegenwart drängte sich förmlich in meinen Geist: Es war Meledor. Er selbst war es und doch wirkte er wie ein anderer und seine Anwesenheit war überaus stark und mächtig. Niemals habe ich Ähnliches verspürt wie seine rücksichtslose Gegenwart in meinen Gedanken. Ich hatte Angst, glaubte, er werde mich jagen. Ich ließ den schlafenden Hagen allein zurück und ergriff die Flucht. Dann hörte ich von den Morden und irgendwann erkannte ich, dass Meledor nicht mich jagte. Es schien mir wirklich, als ließe er mich gänzlich in Ruhe, verdächtigte mich nicht. Auf euch waren seine Rache und sein Zorn gerichtet, fast blind machte ihn die Wut. Natürlich überließ ich die weiteren Ereignisse nicht dem Zufall, denn etwas war erwacht, das für alle Zeiten hätte in den Niederhöllen schmoren sollen. So ließ ich euch beschatten.«

»Was?«, unterbrach Lysandra sie ungläubig »Beschatten? Wollt Ihr damit behaupten, Ihr hättet uns die ganze Zeit verfolgen und beobachten lassen, und wir hätten nichts davon bemerkt?«

Wieder lachte Melina überheblich. »Mein Spion war sehr geschickt und überaus unauffällig. Es wäre geradezu erstaunlich gewesen, hättet ihr Verdacht geschöpft.« Sie stand auf und trat zu dem geöffneten Fenster. Einen Herzschlag später erfüllte das feine Geräusch schwingender Flügel die Luft. Dann landete eine riesige Eule auf den Schultern der Hexe und sah die Gefährten aus großen gelbglühenden Augen starr an. Hagen vermeinte, sich dunkel daran zu erinnern, in solch unheimlich leuchtende Augen vor kurzem erst gestarrt zu haben.

»Razzara ist euch den ganzen weiten Weg bis hierher gefolgt. Und sie hat mir freundlicherweise ihre Augen geliehen.« Zärtlich strich Melina über das dunkle Gefieder der Eule, woraufhin sich diese zufrieden aufplusterte. »Nun kennt ihr meinen Verbündeten.« Sie wandte ihre Aufmerksamkeit wieder den Gefährten zu. »Ich weiß also, was euch auf dem Weg hierher widerfahren ist. Und mir ist ebenso klar, dass vieles davon Meledors Werk war. Auch ihr wisst inzwischen, was damals geschehen ist, nicht war? Wisst, warum Meledor euch jagt?«

»In groben Zügen glauben wir es zu wissen, ja. Aber eine vollständige Erklärung wäre trotzdem nicht von Schaden«, entgegnete Falk vorsichtig.

»Was habt ihr durch das zweite Artefakt erfahren?«

»Woher wisst Ihr davon? Wir haben es mit keinem Wort erwähnt. Und in der Höhle war ganz sicher keine

Eule, das hätte ich bemerkt!« Misstrauisch kniff Lysandra die Augen zusammen.

»Habt ihr euch nicht gewundert, warum eure kleine Freundin genau im richtigen Augenblick den richtigen Traum hatte?«, fragte die Hexe verächtlich. »Ich war es, die ihr den Traum von dem Lied und die Dringlichkeit der darin enthaltenen Botschaft sandte. Wohl hatte sie einmal von dem Lied gehört, es jedoch schon lange wieder vergessen. Und sie wäre niemals auf den Gedanken gekommen, euch davon zu erzählen, und erst recht nicht, euch zu dem Felsen zu schicken. Ich aber ahnte, dass dort ein Teil des Rätsels verborgen liegt. Die unerwartete Wendung, die keiner der Beteiligten erwartet. Damals, als Meledor forschte, da half ich ihm und wälzte die Pergamente, die er von Erennyion erhalten hatte. Wohl erwähnte er, dass es vielleicht noch ein weiteres, vielleicht identisches Artefakt geben müsse. Er konnte jedoch mit dem Begriff ›steinerne Träne der Trauer‹ nichts anfangen und meinte, dass das Vorhandensein eines Zweitstückes sehr unwahrscheinlich sei. Er wollte nur die zersprungenen Teile des drachischen Artefaktes haben, von dem er aus den Schriften dieses unbekannten Magiers erfahren hatte. Ich hingegen hatte eine Vorstellung, welcher Fels gemeint sein könnte. Denn durch Zufall hatte ich ihn auf einer Reise in den Norden entdeckt und bereits damals fiel mir seine seltsame und doch anmutige Form ins Auge. Als ich die Schrift las, wusste ich sofort, dass nur dieser Fels gemeint sein könne und dass dort etwas verborgen war, was mit Meledors Artefakt in unmittelbarem Zusammenhang stand.«

»Halt!« unterbrach diesmal Falk ihre Ausführungen. »Wollt Ihr damit etwa sagen, dass Ihr uns mit der Nase auf dieses seltsame Artefakt gestoßen habt?«

Die Hexe nickte.

»Und sagt, warum habt Ihr es Euch nicht selbst geholt?«

Sie zuckte mit den Schultern. »Ich habe das Stück nicht gebraucht«, antwortete sie schlicht, »und wäre nur Gefahr gelaufen, es an Meledor zu verlieren. So wusste keiner davon und das war gut so. Mein Plan sollte auch so gelingen. Es blieb der unbekannte Bestandteil. Der Überraschungsvorteil für welchen Fall auch immer.«

»Warum habt Ihr es uns dann nicht gleich gegeben?«, fragte Lysandra nach.

»Ich hatte zunächst keine Veranlassung zu handeln. Hinter mir war Meledor schließlich nicht her.«

»Wie schön für Euch!«, bemerkte Lysandra höhnisch.

»Und warum hast du uns dann doch noch den Weg gewiesen? Und dich letztlich damit selbst verraten?«, mischte sich Hagen ein.

»Das war nicht meine Absicht, denn ich konnte nicht ahnen, dass euch dieses Stück auf meine Spur bringt. Ich wusste nicht, wie das zweite Artefakt wirkt. Weiß es noch immer nicht. Ich kann nur vermuten, dass es ein Gegenpol zu Meledors Stück ist. Und ich dachte, es wäre euch hilfreich.«

»Wie nett von Euch, zumal Ihr Euch doch ganz unbehelligt hättet aus dieser Sache heraushalten können.« Lysandras Worte trieften vor Ironie.

Melina überging diese Worte. »Nun, ich habe euch in diese Lage gebracht. Denn ich habe ein Teil des Artefaktes entwendet. Aber das habt ihr ja schon herausgefunden. Auch wenn ihr es vielleicht nicht glauben mögt, aber auch ich habe ein Herz und ein Gewissen und es deuchte mir nicht mehr als recht und billig, euch zu helfen. Allein hättet ihr keine Mittel gegen Meledor gehabt, ihr seid hilfloser, als ich zunächst dachte.«

Falk legte der aufgebrachten Lysandra die Hand auf den Arm. »Und um uns zu helfen, seid Ihr nun auch hierher gekommen?«

»So ungefähr«, antwortete die Hexe ihm ausweichend. »Als ich hörte, dass sich jemand in Havena nach mir erkundigt, forschte ich nach und erfuhr, woher diese Anfragen stammten. Da war mir natürlich klar, dass ihr meine Rolle bei der Angelegenheit herausgefunden habt. Wenn es mich auch ein wenig verwundert, wie ihr darauf gekommen seid. Ich muss mich irgendwie verraten haben. Doch das ist jetzt gleichgültig. Mir war klar, dass ihr mich suchen würdet. Und da es nun keine Möglichkeit mehr für mich gab, mich aus dem Missgeschick herauszuhalten, kam ich euch zuvor. Zumal es mir auch immer unwahrscheinlicher erscheint, dass Meledor mich wirklich vergessen und verschonen wird. Deshalb habe ich beschlossen, mich mit euch zusammenzutun.«

»Wie bist du so schnell von Havena nach Greifenfurt gekommen?« Hagen kratzte sich erstaunt den Schorf von der Stirn.

Melina schenkte ihm einen geheimnisvollen Blick. »Es gibt Mittel und Wege für die Töchter Satuarias, schnell ans Ziel zu gelangen.« Schaudernd versuchte Hagen sich vorzustellen, wie sie auf einem Besen über den nächtlichen Himmel flog, aber es wollte ihm nicht so recht gelingen.

»Und was habt Ihr Euch nun weiter ausgedacht, um dieses … wie nanntet Ihr es doch gleich? Missgeschick! Was gedenkt Ihr also zu tun, um dieses Missgeschick zu einem schnellen Ende zu bringen?«, stieß Lysandra erbittert hervor. »Oder seid Ihr nur gekommen, um Euch über uns und unsere toten Freunde lustig zu machen? Nachdem wir doch so hilflose Schäfchen sind?«

»Nichts dergleichen habe ich vor.« Melina trat hinter das Bett, auf dem sie zuerst gesessen hatte, und bückte sich, wobei die Eule leicht mit den Flügeln flatterte, um ihr Gleichgewicht zu behalten. Aus dem Schatten des Bettes zog sie einen Stoffbeutel hervor, griff hinein und holte einen etwa zwanzig Halbfinger hohen, seltsam geformten Gegenstand heraus. Er erinnerte entfernt an eine Flamme, seltsam verschlungen und in sich gewunden. Er bestand aus einem mattsilbrigen Metall, in dem sich das schwache Licht der Öllampe orangefarben widerspiegelte, und in unregelmäßigen Abständen durchzogen dunkelrote Adern den Gegenstand. Adern, die, folgte man ihnen zu lange mit den Augen, hypnotisch aufglühten. Auf einer Seite wies er unregelmäßig scharfe Kanten auf, so als wäre er gewaltsam irgendwo herausgebrochen worden.

»Das fehlende Artefaktstück.« Hagen wurden die Knie weich. »Deshalb mussten unsere Freunde sterben.« Schwer und bitter lasteten die Worte im Raum.

Una beachtete die anderen nicht. Seit sie den Raum betreten hatte, war ihr Geist erfüllt von zwei Stimmen. Zwei Stimmen, die eins waren, die verbunden und vereinigt werden mussten. Der Drang, sie zusammenzufügen, raubte ihr fast den Atem. Und wieder spürte sie mächtige Wellen. Wellen von Leid und Schmach, von Erhabenheit und Größe, diesmal von zwei Seiten. Bald, flüsterte sie lautlos, bald ist es vollbracht. Lasse ich euch eins werden, so wie es sein muss. Bald. In ihren Adern pulsierte das Blut heiß und stark, so wie es die ganze Zeit gekocht hatte, seit der Geist des Drachen zum ersten Mal zu ihr gesprochen hatte.

Kapitel 22

»Warum? Warum habt Ihr es getan?« Falk sprach die Frage aus, die ihnen auf der Zunge brannte.

Melina sah ihn traurig an. »Warum ich das Artefakt ausgetauscht habe? Und damit Meledor in den Tod geschickt habe?« Sie trat wieder zum Fenster. Die Eule erhob sich von ihrer Schulter und flog mit einem dunklen, wehmütigem Schrei in die Nacht hinaus. Melina blieb stehen und sah hinter ihr her.

Wie von weither klang ihre Stimme, als sie wieder zu sprechen begann: *»... und als die liebkosende Hand die schützenden Mauern hatte zu Staub zerfallen lassen, griff gierig sie nach dem endlich offenbarten Herzen. Und als sie es berührte, siehe, da verwandelte sie sich in eine ätzende Klaue, bohrte sich in das entblößte Fleisch, riss boshaft das pulsierende Leben aus ihm heraus, und mit unerträglichem Schmerz tropfte das Herzeblut und mit ihm alles, was Leben ist, zu Boden. Voll ungläubiger Verzweiflung hörte das Herz da auf zu schlagen.«*

Als die Hexe sich wieder zu ihnen umdrehte, lag der Schein des Madamales für einen Augenblick auf dem tränennassen Gesicht. »Meledor hat mir mehr angetan, als ihr je ermessen könntet. Er hat mir vieles gegeben, nur um mir alles zu nehmen. Ich gab ihm mein Herz und er nahm es, aber er nahm auch meinen Geist, meinen Körper und meine ganze Kraft. Ich gab für ihn alles auf, meine Familie, meine Freunde, sogar meine Schwestern. Doch er benutze mich, missbrauchte mich aufs Schrecklichste, keinen Gedanken daran verschwendend, dass ich ein lebendes Wesen mit einem schlagenden Herzen war und bin.« Ihr Kinn begann zu zittern. »Ihr könnt nicht begreifen, was er mir alles angetan hat und wie lange es dauerte, bis ich mich endlich gegen ihn zur Wehr gesetzt habe. Fast war ich schon zu schwach dazu, aber ich habe es letztlich dennoch getan. Wisst nur, dass er am Ende mit allen Mitteln versuchte, meinem Körper das Geheimnis meiner scheinbar ewigen Jugend und der nicht vergänglichen Schönheit zu entreißen, die Satuaria manchen ihrer Töchter in ihrer großen Güte schenkt. Doch wieder einmal misslang einer seiner Versuche auf dem dunklen Weg, die Unsterblichkeit zu erlangen, und ich blieb zurück, gebrandmarkt an Körper und Geist, aber lebendig. Und endlich fand ich die Kraft und den Mut zur Rache. Ich unterstützte seine wahnwitzige Suche nach den verschollenen Drachen-Artefakten, von denen er aus den Schriften Erennyions erfahren hatte. Er war sich seiner Sache so sicher, denn Drachenmagie, so sagte er, sei die stärkste und älteste aller Magiespielarten und wohl als einzige mächtig genug für ein so unglaubliches Vorhaben, wie es das seine war. Er setzte alles daran, die Artefaktteile zu bekommen. Er bestach Drezuan, damit dieser Erennyion belog, dem Ahnungslosen versicherte, die Teile seien nicht magisch, sondern völlig wert- und nutzlos. Natürlich waren sie sehr wohl mit arkanen Kräften bestückt, aber Drezuan hat Erennyion für viel Gold vom Gegenteil überzeugt. Als endlich alle vier Teile beschafft waren und Meledor für das Ritual, das ihm die ersehnte Unsterblichkeit bringen sollte, nur noch die richtige Sternenkonstellation abwarten musste, da ließ ich ein Duplikat anfertigen. Es kostete mich ein Vermögen, ein ähnliches Stück herstellen zu lassen, und bei genauem Hinsehen erkannte man, dass das Metall ein anderes war. Aber Meledor schöpfte keinen Verdacht, er hielt mich wohl für zu schwach und willenlos, als dass ich etwas gegen ihn unternehmen könnte. Vielleicht dachte er auch einfach nicht daran, dass ich ihm übel gesonnen sein könnte, nur weil er mich als Mittel zum Zweck missbraucht hatte.« Sie lachte bitter. »Doch als der rechte Zeitpunkt gekommen war, da verglühte sein Körper und seine Todesschreie linderten den Schmerz, den er mir zugefügt hatte und der für ewig in mir brennen wird. Jedoch« – verstohlen wischte sie sich eine Träne aus dem Auge –, »Magie ist niemals berechenbar und so konnte er sich irgendwie retten. Sein Geist muss entflohen sein, denn als das Haus abgebrannt war, kehrte ich zurück und habe die Asche seines verkohlten Körpers genüsslich in den eigenen Händen gehalten. Aber ein Teil von ihm ist geflohen und nun zurückgekommen. Ja, er ist da. Und die Zeit zum Handeln ist gekommen, denn der Augenblick naht.«

»Welcher Augenblick naht?«, fragte Hagen misstrauisch nach.

»Die ›constellatio maxima‹«, flüsterte Melina furchtsam. »Die Zeit, das Ritual erneut zu wirken. Er wird es wieder versuchen. Aber dieses Mal wird er alles, alles daransetzten, dass es gelingt. Um jeden Preis.«

»Wie schön, dass Ihr Euch nun entschlossen habt, uns die Sache zu erleichtern und uns das fehlende Teil auszuhändigen. Denn deshalb seid Ihr doch gekommen, oder?« Lysandra beobachtete die Hexe wie ein Raubtier seine Beute.

Melina erwiderte ihren Blick ungerührt. »Das war es doch, was ihr von mir wolltet, oder? Weswegen ihr mich gesucht habt. Ihr wolltet das Artefakt haben, um es Meledor als Geschenk überreichen zu können. Als Friedensangebot sozusagen. Nun, hier ist es. Ich habe mich entschieden, es euch zu überlassen. Das bin ich euch wohl schuldig.« Aber das Gesicht Melinas blieb unbewegt und Falk glaubte nicht einen Moment daran, dass ihr etwas Leid tat. Ihre Handlungen waren kalt und zielgerichtet. Unwillkürlich stieg purer Hass in ihm auf. Hass auf diese Frau, die schuld am grausamen Tod seiner Freunde war. Die es zu verantworten hatte, dass sie gejagt wurden und um ihr Leben bangen mussten. Die nun hier saß, schön und unnahbar, und so tat, als ginge sie dies alles nicht das Geringste an.

»Das ist wirklich das Mindeste, was Ihr tun konntet, nach allem, was Ihr angerichtet habt«, zischte Lysandra giftig. »Keine Nacht solltet Ihr mehr ruhig schlafen können, so viel Tod und Leid geht auf Euer Gewissen.«

Melina sah sie ehrlich überrascht an. »Ich konnte nicht wissen, was Meledor vorhat. Ich wusste ja nicht einmal, dass er das Ritual überlebte. Sein Haus war abgebrannt, seine Asche in alle Winde zerstreut. Ich war überzeugt, er sei tot. Und im Übrigen habe ich euch durchaus geholfen, euch den Weg zu dem zweiten Artefakt gewiesen und euch auch den fehlenden vierten Teil gebracht.«

»Ja, das kam nur alles ein klein wenig spät. Erst nachdem du dich nicht mehr hinter der Rolle des sicheren Beobachters verstecken konntest«, knurrte Hagen böse.

»Habt ihr es eigentlich?«, fragte Melina lauernd.

»Was?« Hagen stellte sich dumm.

»Das Artefakt. Ihr habt doch das zweite Artefakt gefunden. In dem Felsen, nicht wahr? Genau wie es dieser uralte Elfensang beschrieben hat.«

»Kann sein, dass wir es haben.« Falk machte eine unbestimmte Bewegung mit den Händen.

»Darf ich es sehen?« Plötzlich durchzuckte ein Blitz die dunklen Augen der Hexe. Mochte es Neugierde sein oder auch Gier – es war jedenfalls kein angenehmer Blick.

»Nein.« Unas Stimme ließ keinen Widerspruch zu. Wieder glühten ihre türkisfarbenen Augen hell auf, als sie sich an Melina wandte. »Es ist schmachvoll und unwürdig genug, dass wir Hand an dieses Artefakt – wenn man es denn so nennen will – gelegt haben. Wir müssen nicht noch mehr Unverstand an den Tag legen und es unhöflich anstarren. Angesichts dessen, was es ist, sollten wir ihm so viel Respekt wie möglich erweisen. Im Übrigen, was versprichst du dir davon? Wir würden es nicht hergeben, auch wenn du das verlangtest.«

Ärgerlich schob die Hexe das Kinn nach vorn. »Ich wollte es lediglich ansehen. Wenn ihr das nicht wollt, bitte, lassen wir es. Aber bedenkt, dass ich euch hingeführt habe, ohne mich wüsstet ihr nicht einmal vom Vorhandensein dieses Gegenstands. Ich bin etwas überrascht über den Undank, der mir hier entgegenschlägt.«

»Oh, verzeiht vielmals, wenn wir Euren Großmut nicht entsprechend würdigen«, mischte Lysandra sich ein, »aber die vergangenen Tage haben uns mit Mord, Verfolgung und Grauen beglückt und unseren Sinn für die üblichen Höflichkeiten wohl ein wenig abgestumpft. Wir bitten, dies nachzusehen.«

»Und wie soll es jetzt weitergehen, Melina? Du hast dir doch sicher schon etwas überlegt, nicht wahr?«, brachte Hagen, des ganzen Geredes überdrüssig, die Sache auf den Punkt.

»Ihr wolltet das Artefakt Meledor übergeben, wenn ich euch erinnern darf. Sozusagen als Friedensangebot.«

»Oder auch als Aufforderung zur offenen Feldschlacht. In jedem Fall muss das Katz-und-Maus-Spiel endlich ein Ende haben«, ergänzte Falk.

»Wenn ihr das wollt, so kann ich euch den Weg zu Meledors Haus zeigen.«

»Ich dachte, das sei bei dem missglückten Ritual abgebrannt?«, wunderte sich Hagen.

»Das ist es auch. Aber Meledors Studierzimmer liegen in einem unterirdischen Felsenkeller. Dieser ist zwar ebenfalls ausgebrannt, ließe sich aber mit wenig Mühe wieder herrichten. Und ich bin mir sicher, dass Meledor dorthin zurückgekehrt ist, denn« – sie strich sich fahrig eine Strähne ihres nachtschwarzen Haares aus dem Gesicht – »er befindet sich laut Meledors Behauptungen an einem magischen Knotenpunkt. Darum hatte er sein

Haus auch dort errichten lassen. Und sofern niemand sie gestohlen hat, befinden sich dort noch immer die übrigen drei Teile des Artefaktes. So wie sie seit der verfluchten Nacht vor sieben Götterläufen dort stehen.«

»Dann ist wohl klar, wohin wir als Nächstes gehen«, entschied Falk. Er sah Melina fest in die Augen. »Werdet Ihr uns begleiten?«

Einen Augenblick lang schien die Hexe unentschlossen und wieder flackerte kurz etwas in ihren Augen auf. Dann nickte sie stumm. Sie hatte sich entschieden. »Wann brechen wir auf?«

Una bemühte sich sehr, den Gefährten zuzuhören, aber das Rauschen der Gefühle war so stark, so eindringlich. Fast wie Schauer von Schmerzen, die über ihre seltsam empfindliche, wundgescheuerte Haut liefen. Die Worte der Gefährten rauschten an ihr vorbei. Ihr Gesichtssinn und ihr Gehör richteten sich nach innen, wo die magische Kraft in ihrem Blut der Wahrnehmung diente, ein stärkerer, schärferer Sinn als alle anderen geworden war. Trotzdem bemerkte sie in dem ganzen inneren Aufruhr, dass Falk sie mit seinen stahlgrauen Augen besorgt musterte. Sie schickte an ihren Mund den Befehl, beruhigend zu lächeln. Er brachte es irgendwann zustande – es dauerte ein wenig, es war so unwichtig.

»Alles in Ordnung?« Falk hatte sich vorgebeugt und sprach leise, dicht neben ihrem Ohr. Sie nickte langsam. »Ich hoffe, Ihr … du wirst nicht beherrscht von dem Stein. Vielleicht sollten wir uns mit dem Tragen abwechseln.«

»Nein!« Ihre Stimme klang weit entfernt. So seltsam schwach und vergänglich neben dem äonenalten Brausen. »Ich werde nicht beherrscht. Ich spüre und höre sie, aber sie beherrscht mich nicht. Dafür bin ich viel zu unwichtig.« Wieder ein Lächeln. »Ich werde sie tragen. Ich glaube, von euch bringt keiner die angemessene Würde auf, zeigt den Respekt, der ihr zusteht. Euch fehlt die Magie, die euch ihre Hoheit spüren lässt.«

»Sie?«, fragte Falk und in diesem Moment glich er wirklich einem Falken, der gleich auf sein Jagdwild herabstoßen wird.

»Tar'asque.« Una flüsterte den Namen, verwirrt von so viel Unverstand. Sie hatten doch alles erfahren. Warum konnte und wollte keiner der Rosenohren begreifen und verstehen? Es war doch alles so klar.

»Bist du ganz sicher, Una? Ich glaube, es ist nicht gut für dich, wenn du den Karfunkelstein trägst.«

Für einen Moment verebbten die Wellen und sie konnte sich voll auf ihre Antwort konzentrieren. Sie begegnete Falks Blick und legte so viel Entschlossenheit in ihre Worte, wie sie nur konnte. »Ich will es so«, sagte sie fest und sie meinte, was sie sagte.

Es stellte sich heraus, dass Meledor bei Trallop gelebt hatte. Dort waren also auch die Überreste seines Hauses zu finden. »Es lag außerhalb der Stadt, direkt am See«, erinnerte sich Melina. Ihre Stimme schien vor Kälte zu klirren. »Meledor hatte schon immer eine besondere Vorliebe für den Neunaugensee. Nachts fuhr er oft mit dem Boot ein kleines Stück hinaus und betrachtete die Sterne oder starrte einfach nur aufs Wasser. Sein Haus war groß und sehr schön, mit einem angelegten Garten und etlichen Bediensteten, die Meledor zur Hand gingen. Er konnte es sich leisten, großzügig zu sein, er hatte so viel Gold, dass er wohl mit einem Drachenhort hätte wetteifern können. Viele Leute lachten über ihn, denn sein Auftreten fanden sie lächerlich und seine Reden langweilig. Andere ärgerten sich über seine Hartnäckigkeit und seine starrköpfige Beharrlichkeit, wenn er etwas wollte. Aber alle nahmen sie sein Gold. Er hatte keine Freunde und das wusste er auch. Aber es war ihm einerlei. Nur zu mir war er liebevoll und warmherzig. Am Anfang.«

Ihr Gesicht verhärtete sich, und Hass trat in ihre zusammengekniffenen Augen. Unbewusst berührte sie eine Stelle über dem Herzen, gerade so, als schmerze sie dort etwas in Erinnerung an vergangene Leiden. »Ich bin sicher, dass Meledor dorthin zurückgekehrt ist. Er oder was auch immer aus ihm geworden ist. Dort müssen wir ihm gegenübertreten.«

»Ich frage mich«, überlegte Lysandra, »ob es ihm nicht reichen würde, die Hexe und das Artefakt zu bekommen. Neben einem Geständnis natürlich. Vielleicht gäbe er sich damit zufrieden.«

Falk schüttelte den Kopf. »Er ist wahnsinnig. Glaubst du wirklich, er wird innehalten, wenn er Melina und das Artefakt bekommt? Nein, seine Wut wird uns in jedem Fall treffen, dessen bin ich mir sicher. Er hat Genuss am Töten gefunden. Denk an das Grauen, das Erennyion und Celistria traf. Und wie grausam er Lithrion abgeschlachtet hat. Es ist nichts Menschliches mehr in diesem Wesen. Und deshalb wird er auch kein Mitleid und keine Gnade walten lassen.«

»Ich will Rache!« Hagens Stimme klang ruhig und sachlich. Er verzog keine Miene beim Sprechen. »Ich will nicht nur mit dem Leben davonkommen. Ich will Rache für Janara. Rache für Erennyion. Rache für jeden von ihnen. Dieses … dieses Ding darf nicht mehr weiter bestehen.«

»Hagen hat Recht«, stimmte ihm Falk zu. »Wir müssen dem ein Ende setzen, und das ein für alle Mal.«

»Und wie genau wollt ihr das anstellen? Habt ihr schon einen Plan oder beschränkt ihr euch auf das Herausposaunen hehrer Ziele?« Lysandras Braue hob sich skeptisch.

»Wir bringen ihm das Artefakt und während er damit beschäftigt ist, seine gierigen Finger danach auszustrecken, schlagen wir ihn nieder. Hauptsache, wir kommen erst einmal in Schlagweite.«

Hagen rieb sich genüsslich die Hände. »Und wenn wir das Artefakt irgendwie gegen ihn einsetzen? Ich meine das unsrige, von dem er nichts weiß?«

Melina schüttelte auf Falks Vorschlag hin heftig den Kopf. »Auf keinen Fall solltet ihr mit dem Artefakt rechnen. Ihr wisst nichts darüber, es ist völlig unberechenbar. Wer weiß, welch zerstörerische Macht es unter dem Einwirken magischer Kräfte noch entfesselt. Nein, ihr solltet es nur im aller schlimmsten Notfall offenbaren, nur wenn euer Leben davon abhängt.«

»Ich denke«, meldete sich Una zu Wort, »sie wird von selbst eingreifen, wenn der Zeitpunkt gekommen ist.«

»Vielleicht erwischt es Meledor diesmal richtig, wenn er die vier Teile zusammenfügt«, meinte Hagen hoffnungsvoll.

»Wir stürmen also in die Höhle des Löwen – ohne festen Plan, ohne wirkliche Waffe und ohne, entschuldige Una, nennenswerte magische Unterstützung. Wie beruhigend.« Lysandra krauste besorgt die Nase.

»Wir stellen uns dem Schicksal.« Unas Worte glichen mehr einem Flüstern, trotzdem wandten sich alle zu der Elfe um. Ihr Gesicht wirkte seltsam abwesend, ihre Augen glänzten noch immer in diesem hellen, leuchtenden Türkiston, der ihr einen beunruhigend unmenschlichen Ausdruck verlieh. Alle warteten ab, aber von Una kam nichts mehr.

»Auch eine Einstellung«, knurrte Hagen.

Nach einigem Hin und Her kamen sie überein, nach Trallop zu reisen und Meledor das Artefaktteil zu übergeben. Vor Ort würde man dann spontan handeln. Heimlich hoffte wohl jeder von ihnen auf die Hilfe der seltsamen Artefakte, die sie bei sich trugen. Über die Reichsstraße würde man an die zwölf Praiosläufe bis Trallop brauchen. Melina erklärte sich großzügig bereit, Pferde für alle zu besorgen. Falk fand, dass sie eine sehr seltsame Person war: unnahbar, undurchschaubar und skrupellos. Und sicherlich auch sehr verletzt, wütend und verbittert. Aber es schien ihr gleichgültig, dass andere Menschen ihretwegen leiden mussten. Das konnte Falk weder verstehen noch verzeihen. Er fragte sich, was Meledor ihr wohl angetan hatte, dass sie seinen Untergang so schlau geplant und ausgeführt hatte. Andererseits wollte er es eigentlich gar nicht wissen, bescherte ihm doch die Erinnerung an die zu Tode gequälten Freunde jede Nacht die schlimmsten Albträume.

»Und was«, warf Lysandra ein, als sie endlich zu einem Entschluss gekommen waren und die letzten Einzelheiten für die Reise besprochen hatten, »wenn Meledor uns vorher schon erwischt? Wenn er uns im Schlaf überrascht, meuchelt und sich dann einfach nimmt, was er will?«

»Das ist nicht seine Art«, sagte Melina schlicht. »Er hatte schon immer das Bedürfnis, alles zu erklären, alles zu zeigen. Er liebt es, Bestätigung von seinen Zuschauern zu bekommen. Auch wenn er sich diese durch Folter erzwingen muss. Er will, dass sein Opfer weiß, warum er tut, was er tut. Und er ist ganz sicher jedem Toten eurer Gruppe vor dessen Ende geistig oder körperlich erschienen.«

»Und warum ist er dann noch nicht zu uns gekommen und hat erklärt, worum es eigentlich geht? Was er überhaupt haben will?«, fragte Lysandra.

»Er ist kein Narr. Zum einen würde es ihn unnötig in Gefahr bringen. Zum anderen hat er vielleicht Gefallen an dem Spiel gefunden, euch zu jagen und zu verängstigen. Immerhin sind die Freuden der Jagd seit ewiger Zeit eine göttergefällige Tradition.« Melina lächelte spöttisch. »Aber letztendlich« – sie wurde ernst und schluckte hart, um den Gleichmut in ihrer Stimme zu wahren – »sind dies alles nur Vermutungen. Er ist wahnsinnig geworden und er ist nicht mehr der Mann, mit dem ich zusammen war. Doch ich vertraue meiner Eingebung. Und die sagt mir, wenn etwas von dem Meledor, den ich kannte, übrig geblieben ist, dann sitzt er jetzt in seinem Haus am Neunaugensee, bereitet sich genüsslich auf den großen Tag vor und wartet auf uns.«

»Wartet auf uns?«, fragte Hagen nach, als ob er sich verhört hätte. Melina schüttelte über so viel Einfältigkeit den Kopf. »Natürlich. Ihr glaubt doch nicht, er ließe sich überraschen. Ich bin mir sicher, dass er euch und wahrscheinlich auch mich schon seit geraumer Zeit beobachten lässt. Und er weiß, dass wir kommen. Er erwartet uns.«

Kapitel 23

Bis spät in die Nacht hatte es gedauert, bis sich die Gefährten einig geworden waren. Obgleich sie am nächsten Morgen recht früh aufstanden und sich beeilten, war es doch bereits weit nach Mittag, als sie die nötigen Besorgungen erledigt, die Sachen gepackt und die Zeche bezahlt hatten. Melina hatte zwei Pferde für sie besorgt, kräftige, ruhige Tiere, die geduldig ihrer Reiter harrten. Falk ritt natürlich seinen Rappen, während Hagen wieder den Fuchs bestieg, der einst Rondrim gehört hatte. Endlich waren alle zum Aufbruch bereit. Zwar aufgeregt, doch es war auch ein gutes Gefühl, endlich etwas tun zu können. Auch hatte das deftige Mittagsmahl, das ihnen der Wirt zum Abschied serviert hatte, nicht nur den Magen, sondern auch die Seele beruhigt und alles sah schon wesentlich besser aus als am Abend zuvor.

Sie brachen auf, zügig und zielstrebig. Zwölf Tage sollte die Reise bis Trallop dauern; aber wenn sie gut vorankämen und wenig rasteten, wäre sie vielleicht in zehn zu bewältigen. »Wir werden es in zehn Tagen schaffen«, hatte Melina mit Bestimmheit verkündet. »Wir müssen. Denn in zehn Tagen, ab dem morgigen Tage gerechnet, ist die Sternenkonstellation erreicht. Wenn wir bis dahin nicht bei Meledor sind …« Sie hatte den Kopf gehoben und die jettschwarzen Augen zusammengekniffen. »… dann wird Meledor sich das holen, was er haben will. Gleichgültig, wie weit wir gekommen sind.«

Sie würden über die Reichsstraße gen Eslamsroden und dann nach Wehrheim ziehen und anschließend weiter gen Firun reisen. Und keine Abkürzungen durch irgendwelche Wälder mehr! schwor sich Falk in Gedanken. Sie waren übereingekommen, schnell zu reiten, vom Morgengrauen bis hinein in die Dunkelheit. Vorwärts, nur vorwärts. Und doch schien die Reise durch die Eintönigkeit endlos zu werden und das Vorwärtskommen gelang unendlich langsam angesichts der schmerzenden Gliedmaßen und der verkrampften Muskeln.

Die Gemüter der Gefährten gerieten in Aufruhr. Waren sie anfangs noch munter und gesprächig gewesen, so nahm mit jedem Tag, mit jeder Stunde, die sie unterwegs waren, ihre Unrast zu. Sie äußerte sich in giftigen Streitereien zwischen Lysandra und Hagen ebenso wie in Unas zunehmendem Schweigen, die bald kein Wort mehr sprach und in sich versunken auf den Weg starrte. Sie hatte sich nicht einmal geweigert, das Pferd zu besteigen. Falk ertappte sich dabei, dass er ständig den Silberring an seinem Finger drehte, eine Angewohnheit, von der er wohl nie wieder loskäme. Einzig Melina schien ungerührt, war höflich und kühl, fast so, als gehe sie dies alles hier nichts an. Als sei sie nur zufällig hier, ganz die unbeteiligte Zuschauerin. Ihr unnahbares Verhalten ärgerte Falk immer mehr und er spürte, wie er sie zunehmend für das ganze Unheil verantwortlich machte.

Einmal nur hatte die eiskalte Hexe ganz kurz ein Zeichen von Schwäche gezeigt. Es war der dritte Tag ihrer Reise und sie waren bereits kurz vor Wehrheim gewesen. Der Abend dämmerte und wieder kam die Eule mit den glühenden Augen. Kam und ließ sich mit mächtigem Schwingenschlag behutsam auf Melinas schmalen Schultern nieder. Wie an jedem Abend schmiegte sich der große Raubvogel dicht und zärtlich an den Hals der Hexe, verharrte dort eine Weile und stieß sich schließlich wieder ab, um die Flügel auszubreiten und mit scharfen Krallen auf die nächtliche Jagd zu gehen. Ein scharfäugiger, erbarmungsloser Jäger. Dabei wirkte er so niedlich und harmlos wie ein Küken, wenn er sich unter den Liebkosungen der Hexe aufplusterte.

Falk fiel ein, dass Melina durch die Augen des Tiers sehen konnte. »Es muss wunderbar sein, durch die Augen der Eule sehen zu können. Und sehr nützlich.« Auf diese Bemerkung hin fuhr die Hexe zu ihm herum und als sie ihn ansah, lag ein solcher Schmerz in ihrem dunklen Blick, dass Falk sich erschrocken fragte, was er denn Falsches gesagt hatte.

»Und doch kann es so unglaublich schrecklich sein, wie es für Euch unvorstellbar ist«, flüsterte Melina und sprach weiter, als sie seinen verständnislosen Gesichtsausdruck bemerkte. »Oder könnt Ihr ermessen, welches Gefühl es wohl ist, bis aufs Blut gefoltert und gemartert zu werden und dann, als sei dies nicht genug, letztlich gezwungen zu sein, Euch selbst durch die Augen des vertrauten Tiers zu sehen? Zu sehen, wie der eigene Körper sich in Qualen krümmt, wie die eigene Haut verschmort und verbrennt und der Wahnsinn in die eigenen irre blickenden Augen tritt? Zu sehen, wie Euer Gesicht langsam blau wird, wie der Mundwinkel aufreißt, bis Blut in den vom Schreien geöffneten Mund rinnt? Wie in Todesqualen der Speichel schaumig tropft und sich mit den Tränen auf Euren Wangen vermischt? Wie Blut, Schweiß und Urin aus Eurem geschwächten Körper herauslaufen und mit ihnen das Letzte, was Euch an Stolz und Würde geblieben ist? Könnt Ihr Euch das vorstellen? Nein? Dann wisst ihr nichts von der Strafe, die es bedeuten kann, durch fremde Augen zu blicken. Denn niemals könntet Ihr dieses Erlebnis vergessen.« Verbittert hatte sie die letzten Worte hervorgestoßen, nun wandte sie ihm den Rücken zu. Und Falk bekam eine schwache Ahnung davon, warum diese Frau Meledor so hasste. Er war ein Wahnsinniger! Es wurde wirklich Zeit, seinem Treiben ein Ende zu setzen.

Sie kamen hervorragend voran. Die Ungeduld trieb sie

vorwärts und sie gönnten sich kaum eine Pause. Das Reisen auf der bestens ausgebauten Reichsstraße bereitete allerdings auch kaum Mühe und meist konnten sie in einem der zahlreichen Gasthäuser übernachten, die in Tagesmarschentfernung am Wegesrand lagen. Nur selten mussten sie im Freien nächtigen und selbst da fanden sich bequeme Plätzchen, die augenscheinlich schon von anderen Reisenden genutzt worden waren. Auch von Regen und starkem Wind blieben sie weitgehend verschont und wäre der Grund ihrer Reise ein anderer gewesen, hätten sie diese Fahrt durchaus genossen. So aber wurde jeder Tag zur Qual und die Stimmung immer schlechter, bis die Gespräche sich auf das Notwendigste beschränkten.

Lysandra konnte sich nicht entscheiden, ob sie sich lieber über die lahmen Gäule, ihr wundgerittenes Hinterteil oder den ständig gereizten Hagen ärgern sollte. Mittlerweile erschien ihr der Ritt so unwirklich und unangenehm wie ein schlechter Traum. Am siebten Abend ihrer Reise, sie hatten Wehrheim bereits weit hinter sich gelassen, war es ihnen nicht vergönnt, in einem Gasthaus zu nächtigen, und als Lysandra am Morgen des achten Tages aufwachte, hatte sie sich den Rücken schmerzhaft verlegen. Stöhnend setzte sie sich auf, reckte sich und versuchte, Muskeln und Knochen durch gewaltige Verrenkungen wieder an die richtige Stelle zu bringen. Misstrauisch beäugte sie Melina, die ein paar Schritt entfernt von ihr stand. Sie kannte natürlich das alte Sprichwort ihrer Großmutter: ›Schmerzt dir der Rücken nach dem Schlaf, einer Hexe Fluch dich traf!‹ Sie traute es dieser Melina durchaus zu, ihr aus purer Bosheit einen Fluch auf den Hals gehetzt zu haben. Die Hexe sah verdächtig gut aus. Weder das feine Gewand noch ihr langes, kunstvoll geflochtenes Haar zeigten Spuren der anstrengenden Reise. Das war äußerst ungewöhnlich und deshalb unheimlich. Sicher irgendwelches Zauberwerk. Wie versteinert stand die Hexe da, den Rücken ihr zugewandt und augenscheinlich auf die Decke starrend, auf der sie die letzte Nacht verbracht hatte. Lysandra überlegte, ob dies wohl irgendein morgendlicher Hexenritus war, als Melinas dunkle, unbewegte Stimme sie aus ihren Gedanken riss: »Ich sagte doch, er wartet auf uns.«

»Auch Euch einen wunderschönen guten Morgen!«, erwiderte Lysandra spöttisch. Sie warf einen Blick auf Hagen und musste unwillkürlich kichern, als sie sah, wie der sich mit offenem Mund und tumben Blick aufsetzte und offensichtlich nicht die geringste Ahnung hatte, wo er sich befand und warum er hier war. Immer das Gleiche mit diesem Dumpfschädel! Falk erhob sich gerade gähnend; Una war schon wach und saß unbeteiligt abseits, wie meistens während der Reise. Lysandra überlegte angestrengt, ob Elfen überhaupt keinen Schlaf brauchten. Nützliche Sache in jedem Fall, wenn man so ganz ohne Nachtruhe auskäm! Was man in der Zeit alles erledigen könnte … Lysandra erhob sich ebenfalls ächzend und trat neben Melina. Hexe hin oder her, sie wollte jetzt doch zu gern wissen, was es denn da zu glotzen gab.

Sie folgte dem reglosen Blick der anderen und entdeckte die wunderschöne Rosenblüte, die auf Melinas Schlafdecke lag. Es war eine dunkelrote, vollkommene Blüte, ungewöhnlich groß, aber mit fein gegliederten Blättern. Sie lag augenscheinlich schon länger dort, denn die Blätter wirkten ein wenig schlaff und kraftlos, was ihrer Schönheit aber keinen Abbruch tat. Lysandra fragte sich, wie man im Ingerimm und dazu noch hier in der Wildnis wohl an eine solche Prachtrose kommen konnte – sie hatte nie eine makellosere Blume gesehen. Da fiel ihr plötzlich auf, dass ein nasser, dunkler Fleck sich allmählich unter der Rose ausbreitete. Seltsam, grübelte Lysandra verwirrt, sie scheint auszulaufen. Und da erkannte sie, dass dies keine gewöhnliche Rose war. Die dunkelroten Blätter waren aus rohem Fleisch getrieben, die filigrane Struktur war das feine Gewebenetz reinen Muskelfleisches und die Lache war dunkles Blut, das träge und dickflüssig wie verdorbener Honig aus der Blüte heraustroff. Es war eine Rose aus Fleisch und sie erinnerte in ihrer Form … ihrer Größe … an die eines … eines menschlichen Her … Lysandra spürte, dass Falk hinter sie getreten war, und fiel mit der beruhigenden Gewissheit, dass er sie auffangen würde, umgehend in Ohnmacht.

»Hier habt ihr also den Beweis. Er wartet auf uns.« Noch immer durchlief keine Regung das Gesicht der Hexe. Falk stand da und hielt die ohnmächtige Lysandra in den Armen, während Hagen mit einem deftigen Fluch dem rohen Fleisch angewidert einen Fußtritt versetzte.

»Dann sollten wir uns beeilen und den Herrn nicht noch länger warten lassen«, entgegnete der Liebfelder kalt. Wenn Melina kein Gefühl zeigte, täte er, Falk, es auch nicht. Er wandte sich von der Hexe ab und tätschelte vorsichtig Lysandras Wangen. Als sie wieder zu sich kam, reichte er ihr fürsorglich seinen Wasserschlauch. Sie lehnte jedoch dankend ab, kramte aus einem ihrer Beutel eine kleine Flasche hervor, setzte sie an die Lippen und nahm einen tiefen Schluck. Danach kehrte die Farbe wieder in ihre Wangen zurück. Unwillkürlich musste Falk grinsen. »Geht's besser?« Sie nickte. »Gut, dann brechen wir auf. Wir müssen weiter.«

Der Rest der Reise verlief ereignislos. Sie ritten weiterhin in scharfem Tempo, beachteten die Erschöpfung der Pferde ebenso wenig wie die eigene. Sie achteten nicht mehr auf ihre Umgebung. Vorwärtskommen, nur endlich ankommen und diesem Albtraum ein Ende setzen! In ihren müden Köpfen hatte kein Zweifel mehr Platz, nicht einmal mehr die Angst, dass sie sich vielleicht ihrem Schlächter ans Messer lieferten. Sie wirkten wie

Wegelagerer, denn Staub und Schweiß hatten sich in einer dicken Schicht über sie gelegt und nicht einmal Lysandra kümmerte sich mehr darum. Falk machte sich Sorgen um Una, die kaum noch ein Wort sprach. Aber abgesehen von ihrer Teilnahmslosigkeit schien es ihr gut zu gehen. Sie hatte darauf bestanden, das vierte Artefaktteil an sich zu nehmen, und keinen Widerspruch zugelassen, obwohl Falk dagegen war, dass sie es trug. Aber sie hatte sich durchgesetzt und die anderen mussten sich ihrem Willen beugen. Falk hoffte nur, dass sie damit keinen Fehler begangen hatte.

Es war der späte Nachmittag des zehnten Tages, als sie weit vor sich die Umrisse Trallops erkannten. Melina, die vorausritt, drehte sich im Sattel halb um. »Es ist nicht mehr weit. Dort vorne zweigt ein Weg nach links ab, seht ihr ihn? Dem müssen wir folgen, dann kommen wir zum See. Meledors Haus – oder besser: die Ruine seines Hauses – liegt dann noch etwa zweihundert Schritt östlich am Seeufer. In etwa einer Stunde sind wir da.«

Die Dämmerung brach herein, als sie die Reichsstraße verließen und in den schmalen Weg einbogen, der zum Neunaugensee und zu Meledors Haus führte.

Hagens Herz klopfte wie rasend und brachte sein Blut in Wallung. Endlich war er da: der Augenblick, auf den er die letzten Tage so sehnsüchtig gewartet hatte. Schier unerträglich war die Anspannung gewesen, hatte an seinem Gemüt gezerrt, ihn zermürbt wie Wasser, das unerbittlich einen Stein aushöhlt. Aber nun war er angekommen. Endlich, endlich durfte er handeln, etwas tun. Musste nicht länger abwarten, nicht länger sinnlosen Reden lauschen. Und mit jeder Minute, die er geduldig hatte warten müssen, war sein Hass auf den Meuchler gestiegen, war sein Durst nach Rache drängender geworden. Er sah seine Gefühle in den Gesichtern seiner Gefährten widergespiegelt, selbst Una schien aufgeregt zu sein. Nur die Hexe war ruhig und ihr Gesicht wirkte so schön und so wächsern wie immer. Wie er diese vermaledeiten Zauberkundigen hasste! Den ganzen Ärger hatte er nur ihnen und ihrer verfluchten Magie zu verdanken. Er hatte beschlossen, sich in Zukunft von diesen widernatürlichen, unheiligen Schurken fern zu halten. Wenn Magie im Spiel war, konnte nichts Gutes dabei herauskommen. Hagen tastete nach seiner Axt. Er verspürte kein Bedürfnis mehr, mit seinem alten, lang gedienten Schwert zu kämpfen. Nein, die Zeit des eleganten Schwertkampfs war für immer vorbei. Er wollte schlagen und spalten, den Schädel des Mörders mit dem scharfen Axtblatt aufbrechen, ihn richten. Dann würde der Name der Axt endlich Bedeutung bekommen – wenn er Janaras Tod und all das Leid gerächt hatte. Mühsam beruhigte er seinen Atem. Die Zeit zum Handeln war gekommen und, beim Blut des geifernden Schnitters, er würde es diesem Ungeheuer heimzahlen.

Nachtblau und geheimnisvoll lag er vor ihnen, breitete sich in samtiger, unüberschaubarer Weite sanft aus. Schwer lag die Stille über dem Neunaugensee. Keine Wolke fand ihr Spiegelbild in dem dunklen Wasser, nur hier und da glitten seltsame, schemenhafte Formen unter der seidenglatten Oberfläche dahin und weit draußen zuckten graue Nebelfetzten wie böse Feen tanzend über das Wasser.

Falk wurde die Gänsehaut nicht mehr los, die ihm heimlich den Rücken hoch gekrochen war. Sein Magen begann zu rebellieren, wie immer, wenn er bis zum Bersten angespannt war. Eigentlich sollte er froh sein, dass das endlose Warten nun vorbei war. Aber er war besorgt, mehr als besorgt. Sie waren so unvorbereitet, so unwissend. Liefen in die Höhle des Löwen, lieferten sich ihm aus, ohne Planung, ohne Taktik. War es vielleicht doch ein Fehler gewesen, hierher zu kommen? Der Magier war klar im Vorteil, denn er wusste, was ihn erwartete. Und sie selbst? Die ganze Zeit waren ihm die Fragen quälend durch den Kopf geschossen, Tag und Nacht, hatten ihm keine Ruhe gelassen. Er fühlte sich verantwortlich für seine Gefährten, die er inzwischen zu seinen Freunden zählte. Er wusste nicht weshalb, aber es war so. Lieferte er sie und sich selbst dem sicheren Tod aus? Gern hätte Falk zu den Göttern gebetet, sich bei ihnen Trost gesucht. Aber niemals schienen sie ihm ferner als jetzt, niemals unnahbarer und gleichgültiger. Was kümmerte sie es schon, ob ein paar unwichtige Sterbliche lebten oder starben? Er fühlte sich von ihnen verraten, verlassen. Wann hatten die Götter sich je um ihn und sein Schicksal geschert? Nein, sie waren auf sich allein gestellt. Niemand würde ihnen helfen. Falk wischte sich über die Stirn und stellte fest, dass sie mit feinem, kaltem Schweiß bedeckt war. Er hatte Angst.

»Wir müssen hier entlang. Es sind jetzt nur noch zweihundert Schritt, dann sind wir da.« Übermäßig laut klang die Stimme der Hexe in der unnatürlichen Stille. Etwas weiter entfernt erkannten sie schemenhaft die Umrisse eines Hauses im letzten Licht des Tages; es lauerte vor ihnen wie ein gebücktes dunkles Tier. Sie hielten darauf zu.

Lysandra schluckte, aber ihr Hals war noch immer trocken. Krampfhaft klammerte sie sich an die Zügel ihres Pferdes. Sie hasste Gegenüberstellungen. Hier war sie nun, ritt geradewegs in die Klauen ihres Feindes. Dabei hätte sie bestimmt noch einen Weg gefunden, das Hindernis taktisch zu umgehen. Lediglich mehr Zeit und die entsprechenden Geldmittel wären nötig gewesen. Nur hatten sie leider weder das eine noch das andere. Sie war es gewohnt, sich mit ein paar wohl überlegten Intrigen zu retten, mit klugen Mitteln den anderen zu überrumpeln, sich notfalls den Vorteil zu erkaufen. Hier aber war ihr Vorteil verschwindend gering, sofern man überhaupt von einem solchen reden konnte. Auf Artefakte konnte man sich nicht verlassen und auf diese heimtückische Hexe wohl ebenso wenig. Es war wirklich eine alveranschreiende Ungerechtigkeit, dass ausgerechnet sie in eine so vertrackte Lage geraten war. Trotz allem glomm jedoch die Hoffnung in ihr, dass man mit dem verrückten Magier doch noch handelseinig werden könnte. Die Artefakte und, wenn nötig, auch die hochnäsige Hexe, die sowieso an allem schuld war, und im Gegenzug für sie freien Abzug und die Garantie, dass er sie nicht mehr jagen würde. Schließlich hätte er ja dann alles, was er begehrte. Lysandra seufzte. Welch eine missliche Lage! Sie hatte sich eines geschworen: Sobald sie diese Sache lebend hinter sich gebracht hätte, würde sie so viel Gold scheffeln wie nur möglich. Warum waren sie in die Angelegenheit hineingerutscht? Weil sie für Geld riskante Botendienste übernommen hatten. Warum saßen sie in der Klemme? Weil sie keine Dukaten für Leibschutz oder eine Magierartillerie hatten. Folglich hätten sie keine Probleme gehabt, wenn die Dukaten gestimmt hätten. Sie rümpfte die Nase. Es half nichts, mit dem Schicksal zu hadern. Sie war hier und würde alles versuchen, um heil davonzukommen. Bisher hatte sie das ja auch immer geschafft. Und irgendwie, da war sie sich ganz sicher, irgendwie würde es auch diesmal gelingen.

Als sie über das zerfallene Tor in den unkrautüberwucherten Garten ritten, war es fast dunkel. Vor ihnen stand die Ruine von Meledors Haus. Es hatte wohl ehemals mehrere Stockwerke besessen, diese aber waren lange schon in sich zusammengefallen. Jetzt standen nur noch die verkohlten Außenmauern des Erdgeschosses, an die zweieinhalb Schritt hoch und überwuchert von Efeu und wildem Wein. Auf dem großen Grundstück lagen verrottende Balken, moosbewachsene Steinbrocken, Schutt und halbvermoderte Gegenstände in wüster Unordnung verstreut. Um die Ruine des Hauses herum war die Erde schwarz und kahl, Asche bedeckte fingerdick den Boden, war seltsamerweise nicht durch Wind und Regen verweht und fortgewaschen, hatte nicht als fruchtbarer Nährboden neue Saat hervorgebracht. Es war ein düsterer Ort, ein Ort der Zerstörung, den sie hier betraten.

Una sah mit ihren scharfen Elfenaugen das abgebrannte Haus Meledors, erkannte jede Einzelheit auf Genaueste. Und doch flog in ihrem Geist das flüchtige Bild eines schönen und prächtigen Wohnsitzes vorbei. Blütenträume in Weiß, Rot und Flieder, saftiges Gras, kunstvoll geschnittene Hecken, mit weißem Marmor verkleidetet und mit Malereien verzierte Säulen, Fensterscheiben aus buntem Butzenglas. Dann war das Bild fort, weggeweht, als wäre es nie vorhanden gewesen. Sie war ein wenig beunruhigt, denn seit sie den Garten betreten hatten, waren die Wellen der Gefühle leiser geworden, schienen gedämpft. Fast so, als hätte jemand ein dickes Tuch darüber gebreitet. Dafür erfüllte ein erwartungsvolles Zittern ihren Körper. Es tat gut. Una konnte wieder klare Gedanken fassen, ihre Sinne gezielt einsetzen. Sie fühlte sich stark, ihr Wille war eisern, ihr Geist stählern. Sie würde alles einsetzen, Kraft und Magie, um ans Ziel zu gelangen. Nichts war wichtiger als die Vereinigung. Sie war sich sicher, dass jenes Wesen, das seit Äonen leiden musste, befreit und erlöst würde, gelänge es nur, alle Teile zu vereinen. Alles Weitere würde sich ergeben. Die Elfe berührte sanft den Stein in ihrer Tasche und fühlte dann nach den scharfen Kanten des Artefaktes. Sie war frei von jeder Beeinflussung und war doch entschlossen, das zu vollenden, was sie begonnen hatte. Es war ihr, als sei sie dafür bestimmt, als sei es einziger Sinn und Inhalt ihres Lebens, diese erhabene Wesenheit zu befreien. Und sie brannte förmlich darauf, es endlich zu tun.

Die Gefährten ritten bis zum Eingang des Hauses. Drei Stufen aus Marmor standen noch immer an Ort und Stelle. Zersprungen und deformiert führten sie sinnlos ins Leere. Ein Türstock wartete vor ihnen; gleich einem gierig aufgerissenen Schlund bot er Zutritt ins Innere der geschwärzten Ruine. Fußspuren in der Asche hatten bereits einen schmalen Pfad frei getreten, führten ins blicklose Dunkel der Mauern.

Melina saba Zajh stieg vom Pferd, blieb stehen und starrte in die Schwärze hinter der türlosen Öffnung. Erinnerungen stiegen in ihr hoch. Erinnerungen daran, wie ihre Füße das letzte Mal diese Stufen berührt hatten. Zunächst geflohen vor dem lodernden Feuer, vor den gequälten Schreien ihres einstigen Geliebten, war sie zurückgekehrt, hatte sich von seinem Tod überzeugt, seine Asche durch die Finger gleiten lassen wie feinen Sand. Und war dann gegangen, die Stufen hinabgeschritten, langsam, majestätisch, ohne den Blick zu wenden. Mit einem Herz aus Stein. Meledor, dachte sie kalt, wie ich dich hasse! Sie atmete tief durch. Sie wusste, dass im Dunkel der Tod ihrer harrte. Der Kreis schloss sich langsam.

Die Hexe drehte sich um und sah in die blassen Gesichter der Gefährten. »Gehen wir hinein. Der Eingang zum Keller liegt im Innern des Hauses.« Ihre Stimme war so gleichgültig wie immer. Sie schritt langsam die Stufen hinauf, den Rock gerafft, um ihn vor der Asche zu schützen.

»Sollten wir nicht vielleicht erst Fackeln entzünden?«, gab Falk zu bedenken.

Doch Melina ging weiter, schüttelte dabei den Kopf. »Ihr wisst doch, dass er wartet. Er hat sicher schon alle Vorkehrungen getroffen.« Den anderen blieb nichts übrig, als eilig die Pferde festzubinden und der Hexe in die unheilvolle Dunkelheit zu folgen.

Kapitel 24

Lysandras Augen brauchten einen Augenblick, bis sie sich an das Dunkel gewöhnt hatten. Das Madamal stand nun schon voll am Himmel und hatte die Nacht mit seinem silbrigen Schein erhellt. In der Ruine aber schirmten die hohen Reste der Außenmauern das Licht fast vollständig ab, sodass hier nur sehr wenig zu erkennen war. Schutt türmte sich in finsteren Ecken und von schwerer Asche bedeckte Gegenstände lagen augenscheinlich nur zu dem Zweck herum, ihnen den Weg zu erschweren und die ohnehin schmerzenden Beine und Zehen zusätzlich zu quälen. Zielstrebig ging Melina auf eine Stelle in der linken Ecke des zerfallenen Raumes zu. Lysandra folgte ihr und hörte die Schritte der anderen beruhigend dicht hinter sich. »Dort liegt der Eingang zum Kellergewölbe.« Die Hexe ging weiter und nun erkannte auch Lysandra einen quadratischen Umriss im Steinboden, der mit weißen Steinchen besetzt war. Im vorderen Teil war ein schmaler schmiedeeiserner Ring in der Form einer sich in den Schwanz beißenden Schlange angebracht.

»Scheint noch häufig in Gebrauch zu sein«, stellte Hagen sachlich fest. Und tatsächlich war die Tür reingefegt von der Asche, die den übrigen Raum fingerdick bedeckte.

Melina beugte sich zu dem Eisenring und zog zweimal kurz und fest daran. Falk wollte ihr zur Hilfe eilen, als die Tür mit einem leisen Schnappen nach oben schwang und den Blick in die Tiefe freigab. Und wieder brauchten die Gefährten einen Moment, bis ihre Augen etwas erkennen konnten, waren sie doch von dem gleißenden Licht geblendet, das aus der Tiefe emporstrahlte. Dann sahen sie die breiten Steinstufen, die, von einem dunkelrotem Teppich bedeckt, steil nach unten führten.

»Der Teppich liegt noch nicht lange hier. Keine einzige rußige Fußspur ist darauf zu erkennen«, flüsterte Lysandra.

»Tja, das wird sich wohl bald ändern«, knurrte Hagen, trat nochmals in die Asche und stieg dann die Stufen hinab, wobei er schwarze Fußspuren auf dem kostbaren Teppich hinterließ. Lysandra kicherte und tat es ihm nach. Bereits nach wenigen Schritten war zu erkennen, woher der helle Lichtschein stammte, der ihre Augen so empfindlich getroffen hatte: Unzählige Nischen befanden sich in den steinernen Wänden des Ganges und in ihnen verbreiteten hunderte und aberhunderte von Kerzen ihren weichen, warmen Schein. Die Luft war warm und ein wenig stickig, aber köstlich gesättigt mit dem süßen Duft sich verzehrenden Bienenwachses. Ein Fest für die Sinne!

Die Treppe führte an die fünf Schritt in die Tiefe, dann mündete sie in einen Steingang, dessen Decke in einem Halbkreis nach oben gewölbt war. Auch hier leuchteten zahllose Kerzen. Der dunkelrote Läufer folgte der Biegung des Ganges, die etwa zwanzig Schritt vor ihnen lag. Beherzt schritten die Gefährten aus. Als sie um die Biegung kamen, mussten sie feststellen, dass der Gang ein ganzes Stück weiter geradeaus führte, bis er am Ende in einen Raum mündete.

»Wenn ich mich nicht irre, dann wenden wir uns nach Westen, also zurück zum See«, sagte Falk. Sie gingen weiter. Als sie sich dem Ende des Ganges näherten, zog Hagen ungeduldig die Axt aus der Scheide und wog sie prüfend in der Hand. Es tat gut, ihr Gewicht zu spüren. Fest umfasste er den lederumwickelten Griff der Waffe.

»Haltet euch bereit.« Lysandra vermeinte, in der Stimme der Hexe ein leichtes Zittern zu hören. »Wir sind fast am Ziel.« Mit klopfendem Herzen näherten sie sich dem Raum, die letzten Schritte, die sie noch von Meledor dem Mörder trennten. Dann traten sie durch den gewölbten Torbogen in das Zimmer.

Hier war es dunkler. Drei Kerzen, die wiederum in kleinen Nischen in der Wand standen, verbreiteten ein schummriges Licht, das aber wenig Helligkeit erzeugen konnte. Denn der vollkommen runde Raum, den sie betreten hatten, war eine unterirdische Kammer von riesenhaften Ausmaßen. In das gewölbte Kuppeldach war eine etwa drei Spann große blaue Glasscheibe eingelassen. Der Raum bestand, anders als der unterirdische Gang, aus grobporigen schwarzen Steinen. Basalt, wie Lysandra vermutete. In die Wände waren mit Hämatit mehrere, etwa ein Schritt große Zeichen eingelegt. Verzerrte und verschachtelte Dreiecke, in sich verschlungene Kreise und Ellipsen und dazwischen immer wieder einige Runenzeichen, die wie böse, fremdartige Wesen wirkten. Auf dem Fußboden lagen keine Teppiche. Vielmehr war er mit seltsam anmutenden Mosaiken verziert, die einen Kreis bildeten. Einen Kreis aus komplizierten Symbolen, Vielecken und ineinander verschlungenen Glyphen, mit höchster Kunstfertigkeit aneinandergefügt. Ein Symbol wiederholte sich des Öfteren: Es war ein ausgefüllter Kreis, der von einer weiteren Kerislinie umgeben war und von welchem drei langgezogene Dreiecke ausgingen. Die Intarsien, die im Licht metallisch schwarz glänzten und mit reinweiß schimmerndem Metall unterlegt waren, nahmen sich auf dem grobporigen Basaltboden unbeschreiblich prächtig aus. Eine feine Linie aus weißem Metall führte von einem Punkt des Kreises zur Mitte und an ihrem Ende stand eine prächtige Säule aus purem Gold. Sie war über und über mit fremdartigen Zeichen graviert und auf ihr ruhten die verbundenen drei Teile des Artefaktes. Es wirkte fast unscheinbar inmitten all der Pracht. Es war zu einer Einheit verschmolzen, silbrig in sich gewunden und unregelmäßig von roten Adern durchzogen. Es war kleiner, als sie erwartet hatte, vielleicht fünfzig Halbfinger groß und wohl ebenso breit, wenn man die unregelmäßige Form, die entfernt an eine Flamme erinnerte, überhaupt richtig einschätzen konnte. Das vierte Stück – sein Fehlen war deutlich zu erkennen – machte fast ein Drittel der gesamten Masse aus.

Lysandra bemerkte, dass das Licht des Madamales durch die Glasscheibe drang und sich bläulich gefärbt auf dem Fußboden des Saales wiederfand. Im gleichen Moment stellte Una besorgt fest, dass die Gefühlswellen völlig verebbt und verstummt waren. Hagen und Falk aber sahen gleichzeitig, dass sich im dunkelsten Winkel des Raumes ein prächtiger Stuhl verbarg, der mit kostbaren und aufwendigen Schnitzereien versehen war. In ihm saß eine Gestalt, die Hände ruhig auf die Armlehnen gelegt. Eine Gestalt, die sie beobachtete. Auch Melina hatte den Schatten nun entdeckt und betrachtete ihn gelassen.

»Willkommen in meinem Haus.«

Hagens Arm zuckte. Falk legte ihm die Hand auf die Schulter und sah ihn eindringlich an: Noch nicht. Vielleicht ging es auch ohne Blutvergießen. Der Schatten rührte sich nicht, erhob jedoch wiederum die Stimme. »Besuch, wie schön! Aber wer ist es denn, der mir seine Aufwartung macht? Falk der Versager, Hagen der Trunkenbold, Lysandra die Ränkeschmiedin und Uinjahjaria die Unwissende. Und wer ist bei ihnen? Ich kann es kaum glauben. Meine geliebte Melina, mein Kätzchen. In welche Gesellschaft bist du nur geraten, meine Süße?«

Während die Hexe mit steinerner Miene stumm blieb, fauchte Lysandra unbeherrscht: »Besser als die eines wahnsinnigen Meuchelmörders.«

Ein unbestimmbares Schnarren ging von dem Schemen aus. Es hätte ebenso gut ein krächzendes Auflachen wie ein trockener Husten sein können. »Nun? Was verschafft mir die große Ehre eures Besuches? Warum betretet ihr mein bescheidenes und, wie ich leider zugeben muss, inzwischen recht kleines Heim?«

»Was sollen die Spielchen, Meledor?« Melina runzelte leicht die feinen kohlschwarzen Augenbrauen. »Du wusstest, dass wir kommen, und auch warum wir kommen.«

»Du hast wie immer Recht, Kätzchen.« Die Stimme schwoll bedrohlich an. »Und habe ich nicht alles vorbereitet für meine Gäste? Ist es nicht sauber und adrett? Würdig eures Besuches?« Dann fuhr sie leiser und samtweich fort: »Ja, ich habe wohl auf euch gewartet und alles vorbereitet. Zuerst hatte ich befürchtet, ihr kämt zu spät und ich müsste doch noch nachhelfen. Aber ihr habt euch so beeilt, ihr Lieben, so schrecklich beeilt. Das war fein von euch, sehr fein. So seid ihr nämlich genau rechtzeitig gekommen. Und meine kleinen Beobachter haben mir geflüstert, dass ihr etwas mitgebracht habt. Ein Gastgeschenk.« Der Schatten nahm eine Hand von der Lehne und ließ sie nach unten fallen. Mit wachsendem Grauen bemerkte Lysandra, wie Schemen, Fetzen ohne Gestalt, aber dunkler als der schwärzeste Schatten, aufgeregt in der Ecke umherhuschten. Wie ein leises, kaum wahrnehmbares Flüstern einsetzte, aber ein Flüstern, so hoch, dass es fast an ein Kreischen erinnerte. »Ihr habt mir doch etwas mitgebracht?«, erklang nun samtweich wieder die Stimme des Magiers.

»Das könnte schon sein«, antwortete Lysandra. »Kommt darauf an, was Ihr uns im Gegenzug anbieten könnt.« Sie überlegte, ob sie gerade sehr mutig oder größenwahnsinnig war, konnte sich aber nicht entscheiden. Immerhin bewirkte ihr Einwand, dass der Schatten sich bewegte. Langsam, undenklich langsam erhob er sich und trat dann gemessenen Schrittes ins schwache Licht. Es war ein großer, hagerer Mann, der dort zum Vorschein kam, gehüllt in eine lange purpurfarbene

Samtrobe. Obgleich er noch jung zu sein schien, vielleicht an die dreißig Götterläufe alt, war sein Haar weiß wie frischgefallener Schnee. Er trug es offen und es fiel ihm fast bis zur Hüfte. Sein langes, kantiges Gesicht war von zahlreichen Narben gezeichnet und von kränklich fahler Farbe. Das glatt geschorene Kinn war leicht nach vorne geschoben, die Lippen etwas zu groß und für einen Mann ein wenig zu voll. Die Nase verlief leicht schief, offensichtlich war sie einmal gebrochen und nicht gerichtet worden. Zwei tiefe Falten, von den Nasenflügeln zu den Mundwinkeln, verliehen dem Gesicht einen skrupellosen, kalten Zug. Am beeindruckendsten waren jedoch ohne Frage die Augen. Wie Kohlen glühten sie unter den buschigen weißen Augenbrauen und jeden Moment schienen die schneefarbenen Wimpern unter ihrer Glut schmelzen zu wollen.

»Meledor?«, fragte Melina überrascht und verunsichert.

Ein Lächeln zuckte über das grausame Gesicht. »Erkennst du mich nicht, mein Kätzchen? Habe ich mich denn so verändert?«

Mit Verwunderung und Abscheu zugleich stellte Lysandra fest, dass der Magier keine eigenen Zähne mehr hatte. Stattdessen funkelte ein Gebiss aus purem Gold dekadent und geschmacklos zugleich zwischen den spöttisch verzerrten Lippen. »Nun, ich gebe zu, dieser Körper ist nicht besonders anziehend, etwas zu unästhetisch für meine Ansprüche. Aber er tut seine Dienste und er tut sie gut. Und der Geist dazu, er ist ganz unglaublich. Wirklich, eine Bereicherung in jeder Hinsicht.« Zufrieden strich sich der Magier über die magere Brust. »Du glaubst gar nicht, was ich alles dazugelernt habe. Dieses einfache, rohe Wesen beweist so viel Vielfalt, so viel Einfallsreichtum in manchen Dingen. Ich muss gestehen, ich war über seine Raffinessen angenehm überrascht. Er hat meiner Persönlichkeit viele neue Schattierungen hinzugefügt, die ich sehr zu schätzen weiß.«

»Die Steigerung deiner Grausamkeit? Dass deine Skrupellosigkeit nun in Wahn und Bosheit umgeschlagen ist?« Melina stieß ein verbittertes Schnauben aus. »Du warst schon immer ein Scheusal, Meledor. Ein skrupelloser Irrer, der nur an sich selbst dachte und mit allen Mitteln sein Ziel erreichen wollte, gleichgültig, welchen Preis andere deswegen zahlen mussten. Aber nun hast du deine dunkelsten Seiten zur Vollendung gebracht. Denn jetzt ergötzt du dich an Tod und Folter. Und du bist wahnsinnig, denn du lässt nichts mehr neben dir gelten. Dein Wahnwitz treibt immer neue Blüten und längst hast du Gefallen am Leid anderer gefunden, labst dich voll Geilheit an den Schmerzen, die du ihnen zufügst. Du bist zur Ausgeburt des Bösen geworden, Meledor. Und du bist es nicht einmal mehr wert, dass man dich anspuckt.«

Einen Moment lang herrschte atemlose Stille, aber Meledor tat nichts weiter, als der Hexe tief in die Augen zu schauen. »Du hast es wie immer richtig erkannt, mein Kätzchen«, sagte er dann kalt. »Und es macht dir Angst, nicht wahr? Ja, die Vereinigung mit diesem verderbten Geist hat mich verändert. Klüger hat sie mich gemacht und um vieles grausamer. Und darüber bin ich froh.« Er begann, Melina, die stocksteif dastand, zu umkreisen. »Ich bin nicht mehr der weltfremde, unbeholfene Magier. O nein. Ich weiß nun Bescheid über so manche Dinge. Wäre ich damals bereits so schlau gewesen, hättest du mich nicht betrügen können, meine süße kleine Hexe. Ja, ich weiß jetzt, dass du mir etwas vorgespielt hast, dass du mich getäuscht hast. Die unschuldige zarte Melina war in Wirklichkeit eine intrigante Schlampe.«

»Ich war unschuldig, bis du mir meine Unschuld geraubt hast!«, schrie Melina außer sich.

Blitzschnell packte Meledor sie am Hals und zog sie zu sich hoch, bis ihr Gesicht nur noch eine Handbreit von dem seinigen entfernt war. Die Hexe rang nach Luft. »Das ist alles schon so lange her, mein Zuckerpüppchen. Weißt du, ich habe viel dazugelernt. Und ich weiß jetzt, ich hätte besser auf dich Acht geben müssen. Hätte wissen müssen, dass du mir meine kleinen Untersuchungen übel genommen hast. Aber ich war dumm. Nun, das bin ich jetzt nicht mehr.«

Er ließ sie los und nahm seinen ruhelosen Gang wieder auf. Melina stand wie aus Wachs gegossen, sie berührte nicht einmal die geröteten Stellen am Hals. Auch die anderen warteten ab. Sie hatten stumm beschlossen, zunächst der Hexe die Führung zu überlassen.

»Nun«, fragte Meledor freundlich, »möchtest du nicht wissen, wie ich deinen heimtückischen Anschlag überlebt habe? Wie ich zu meinem neuen Körper und dem neuen Geist kam?« Melina zeigte keine Regung. »Aber natürlich möchtest du es wissen«, fuhr der Magier zuvorkommend fort. »Wenn ich mich recht erinnere, bist du davongerannt, als mein Körper im Feuer des missglückten Rituales verbrannte. Entschuldige, Liebes, sollte ich zu laut geschrien und dich damit belästigt haben! Ts, welch ein ungezogener Junge war ich doch da!« Betrübt schüttelte er den Kopf. Lysandra rann ein kalter Schauer über den Rücken. Der Mann war wirklich völlig wahnsinnig. »Aber weißt du, mein Kätzchen, damals habe ich festgestellt, dass du Recht hattest. Weißt du noch, unsere endlosen Streitereien? Deine Behauptungen, Magie sei ein Lebensgefühl, eine intuitive Gabe, gewaltig und unberechenbar? Du hattest Recht. Man kann Magie nicht berechnen. Ich kannte so viele Thesen, so viele Theorien. Und doch traf mich das alles völlig unerwartet. Und niemals hätte ich geglaubt, dass man einen Geist von einem Körper trennen kann. Doch es ist geschehen. Denn als ich verbrannte, da sog die Maske meinen Geist in sich hinein. Du erinnerst dich doch an diese Maske aus Zwergengold? Das Stück, das ich vor Zeiten einem Zwergen abgenommen hatte? Der kleine Strolch behauptete, sie stamme aus Pyrdacors Hort selbst und sei ein uraltes zwergisches Artefakt. Ich lachte damals noch herzlich über die Vorstellung solcher Zwergenmagie – und dann auch noch aus dem Drachenhort Pyrdacors! Und sie war ja auch nicht magisch, nicht richtig magisch jedenfalls. Nur ein paar harmlose Spuren von Restmagie. Aber ich habe sie aufgehoben, weil ich sie schön fand, schön und sehr geheimnisvoll. Welch eine Fügung des Schicksals, dass von all den mächtigen Artefakten, die ich gehortet hatte, ausgerechnet diese seltsame Maske meine Rettung sein sollte. Denn sie nahm meine Seele, meinen Geist, meine Essenz, wie auch immer du es nennen willst, in sich auf. Sie bewahrt wie ein hohles Gefäß mein Wissen, meine Magie, meine Persönlichkeit und meine Erinnerungen in sich und sie tut es noch. Sie war die Schale, die mich auffing und wartete, bis sich ein neues Heim für uns beide fände. Ich weiß nicht, wie es geschah, und ich werde es wohl auch niemals ergründen können. Aber zum ersten Mal in meinem Leben ist mir dieses Geheimnis gleichgültig. Denn warum auch immer es geschah, wichtig ist – dass es geschah. Und die Maske überlebte die Flammen, die hier tobten, wüteten, die all meinen Besitz vernichteten.« Zärtlich strich Meledor über die rauhen Kanten des Artefaktes. »Die Maske und das Artefakt waren alles, was mir geblieben war.« Er wandte sich um, starrte Melina mit seinen glühenden Augen an. »Ich wartete. Endlos schien mir die Zeit hier unter der Erde, körperlos gefangen im ewigen Dunkel. Die Ungewissheit zerrte an mir und lange überlegte ich, was geschehen war und weshalb etwas missglückt war, das ich so peinlich genau geplant hatte. Natürlich kam ich mit der Zeit darauf, dass ein Stück ausgetauscht worden war. Und ich nahm mir vor, an jedem, der möglicherweise damit zu tun gehabt hatte, Rache zu nehmen. An Erennyion, an seinen Schergen, an jedem, der mich überlebt hatte. Und auch an dir, mein Kätzchen, obgleich ich damals noch nicht ahnte, dass du die Schuldige warst. Du wärst die Letzte gewesen, der krönende Abschluss meiner unfehlbaren Rache. Mit jedem Tag wuchsen mein Zorn, meine Wut, meine brennenden Gelüste nach Rache und Vergeltung. Ich malte mir aus, was ich tun würde, wenn ich wieder frei wäre, was ich mit jedem Einzelnen anstellen würde. Tag um Tag, Woche um Woche sann ich neue Grausamkeiten aus und meine Raffinesse wuchs mit den Jahren.«

»War dies die Zeit, als du deinen letzten Rest Menschlichkeit verloren hast?«, fragte Melina bitter.

Meledor lachte. »Was ist an einer goldenen Maske denn Menschliches?«, fragte er lauernd. »Und mehr war ich schließlich nicht. Ein Geist in einer Maske, der sich mit Rachegelüsten die Zeit vertrieb. Irgendwann kamen dann Diebe, die das Gewölbe entdeckt hatten. Sie streunten herum, zuerst furchtsam, dann immer neugieriger, skrupelloser. Und sie entdeckten mich. Sie nahmen die Maske mit und freuten sich natürlich über ihren unerwarteten Reichtum. Aber mit der Zeit« – Meledor schnaubte geringschätzig – »gerieten sie in Streit. Die einen wollten die Maske verkaufen, die anderen einschmelzen. Der Streit wurde immer schlimmer, bis sie sich gegenseitig halb tot prügelten. Einer von ihnen warf mich in ein dichtes Gebüsch, bevor er verblutete. Die anderen fanden mich nicht mehr. Dort lag ich dann wieder einige Zeit und mehrte meinen Zorn. Aber die Götter zeigten sich gnädig.« Er grinste böse. »Denn ein Mann fand mich und er war es, der sich die Maske aufs Gesicht setzte. Endlich, endlich war ich frei. Mein Geist fuhr in seinen Körper, die Maske verschmolz mit seinem Gesicht. Leider ging bei der Wucht, mit der ich in ihn eindrang, das meiste von ihm verloren, starb fast alles in ihm ab.« Gleichgültig zuckte der Magier die Schultern. »Es war wohl auch kein Platz für uns beide. Aber einige

Teile von ihm blieben erhalten und es waren die boshaftesten, die überlebten. Denn das Böse brennt am stärksten in uns. Und diese Reste seines Wesens verbanden sich mit dem meinigen zu einer neuen Einheit. Nun hatte ich nicht nur einen neuen Körper, sondern auch neue Ideen. Und Freude kam hinzu. Freude über den Tod, den ich bringen würde. So begann ich, Pläne zu schmieden, Erkundigungen einzuholen, mir wieder Geldmittel zu beschaffen. Niemand erkannte mich mehr. Die Maske war in das Gesicht eingedrungen, unsichtbar mit ihm verschmolzen.« Unbewusst strich er sich über das hagere Gesicht. »Und mein Geist hatte einen starken neuen Körper bekommen. Aber zu meiner Freude konnte ich noch mehr Veränderungen feststellen. Meine magischen Fähigkeiten waren, wohl durch das astrale Feuer, dem ich ausgesetzt war, immens gewachsen. Mein Können überstieg alles, was ich vorher erfahren hatte. Unglaubliche Mengen astraler Kraft hatten sich in mir aufgestaut. Ich war« – er lachte keckernd –, »ich *bin* die reine Magie!«

»Wie schön«, unterbrach Lysandra den Monolog des Magiers. Ihre Geduld spielte nicht mehr länger mit. Sie mussten endlich zur Sache kommen. »Und wofür braucht Ihr dann noch uns? Und dieses schnöde Artefakt?«

Meledor sah sie einen Moment lang überrascht an, augenscheinlich verwundert über ihre Anwesenheit. Dann machte er eine herablassende Handbewegung. »Nun, ich möchte nicht wieder warten müssen, bis jemand die Maske aufsetzt, sollte jemand den Körper zerstören«, erläuterte er geduldig. »Denn dieser Leib ist ebenso vergänglich, wie es mein erster war. Und wer weiß, ob er nicht meinen Geist von der Maske trennt und mich mit auf seine Reise über das Nirgendmeer zieht? Ich muss sicher sein, dass ich endlich die ersehnte Unsterblichkeit erlangt habe, dass ich meinen Körper durch eigene Kraft erhalten kann. Nein, ich werde das Ritual wiederholen und diesmal wird es erfolgreich sein. Dann endlich besitze ich die Gewissheit, ewig leben zu dürfen. Und heute werde ich keinen Fehler mehr machen.«

»Sie werden Euch jagen«, sagte plötzlich Falk. »Wenn sie begreifen, dass Ihr unsterblich seid, wenn sie irgendwann Eure Macht erkennen und den Tod sehen, den Ihr bringt und doch nicht erleiden müsst. Dann werden die Menschen Euch jagen. Und sie werden Euch jagen, bis sie Euch erlegt haben, das einzigartige Jagdwild, die seltene Trophäe und es wird wieder einen sagenhaften Helden mehr auf Dere geben. Den Helden, der den unsterblichen Mörder besiegt hat.«

»Ein bemerkenswerter Gedanke«, lobte Meledor, »aber so wird es nicht sein. Denn die Reichen und die Mächtigen überleben immer. Und ich bin beides. Außerdem habe ich genug Rache geübt, das vergossene Blut hat mich satt gemacht. Ich werde der reiche, mächtige und unsterbliche Meledor sein, den jedermann willkommen heißen wird. Ich begnüge mich mit dem Wissen, ihnen allen überlegen zu sein und sie alle zu überleben. Das war schon immer alles, was ich wollte.«

»Du irrst!« Melinas Stimme klang schneidend. »Denn du bist zu einem grausamen Ungeheuer geworden. Nichts wird dich mehr zufriedenstellen und wenn du meinst, am Ziel zu sein, dann wirst du sehen, dass dir nach noch mehr Leid verlangt. Und niemals wirst du des Tötens müde werden, denn du bist eine blutgierige, durstige Bestie geworden, Meledor. Erkenn endlich die Wahrheit!«

Der Magier fauchte und wollte der Hexe wieder am Hals packen, beherrschte sich jedoch, wenn auch nur mühsam.

»Wie dem auch sei«, bemühte sich Lysandra zu vermitteln. »Wir geben Euch natürlich gern das fehlende Artefaktstück. Wir haben es ohnehin nur verwahrt und wollten es auch nie an uns nehmen, wie Ihr wisst. Ihr bekommt es also und wir werden gehen. Vielleicht möchte Euch Euer Zuckermäulchen noch ein wenig Gesellschaft leisten, wir anderen haben noch wichtige Verabredungen. Verbleiben wir so, dass Ihr das Stück bekommt und wir uns höflich verabschieden und das junge Glück allein lassen. Ist das kein guter Vorschlag?« Lysandra versuchte mit einem unauffälligen Knuff Hagen dazu zu bringen, endlich mit seinem wütenden Knurren aufzuhören.

Meledor schritt scheinbar nachdenklich hin und her, strich sich langsam über die weißen Haare. »Meine Antwort ist« – er legte eine bedeutungsvolle Pause ein – »nein!« Er lachte wieder geckernd und brüllte dann plötzlich: »NEIN!« Er kniff die Augen zusammen. »Ihr habt doch nicht ernsthaft geglaubt, dass ich euch gehen lasse, oder? So gutgläubig könnt ihr nicht sein. Ihr wisst alles über mich. Ihr wärt in meinem neuen Leben ein Risiko, eine Gefahr. Und wer weiß, vielleicht brauche ich heute Nacht noch euer Blut, eure Kraft, vielleicht sogar eure Körper. Dieses Ritual bleibt ein Wagnis, da kann es nicht schaden, noch einige frische Reserven zu haben. Ich werde sehen, was ich mit euch anfangen kann; ich finde schon Verwendung für euch, vor oder nach der Sternenstunde.«

Meledor wandte sich zum Höhleneingang um. Im gleichen Augenblick schoß Hagens Axt durch die Luft, auf dem Weg zu Meledors Schädel, hielt auf ihn zu in rasender Geschwindigkeit, hielt auf ihn zu, hätte ihn treffen müssen. Doch wie in Zeitlupe fuhr der Arm des Magiers nach oben und griff in die Luft, fasste den Stil der Waffe hinter seinem Kopf, hielt das Axtblatt einen Halbfinger vor seinem Schädel auf, ohne sich umzudrehen, ohne eine menschliche Regung zu zeigen. Stand für einen ewig dauernden Moment nur da und hielt die Waffe mit grotesk verrenktem Arm hinter sich. »Netter Versuch«, bemerkte er kühl. Dann drehte er sich langsam um und seine Augen flammten. »Aber nun wollen wir ernst werden. Keine Zeit mehr für lustige Spielchen.« Er drückte auf ein winziges Dreieck aus weißen Steinen, das neben dem Eingang in die Wand eingelassen war. Es verschwand in der Mauer und mit einem leisen Grollen fuhr eine schwarze Basaltwand vor, verschloss den Raum zu einer runden Einheit. Dann ließ Meledor achtlos die Axt zu Boden fallen und hob lächelnd die Arme. »Meine lieben Freunde! Euch wird große Freude zuteil, denn ich lasse euch teilhaben an meiner Erneuerung, einem Ereignis von solch arkaner Bedeutung, wie es dieses Äon noch nicht gesehen hat.« Unvermittelt ließ er die Arme fallen und sprang überraschend behende in den Kreis des Runenmosaiks auf dem Boden. Dann kicherte er haltlos. »Stellt euch vor, in den vergangenen Jahren« – er musterte Falk, der sein Rapier gezogen hatte und nun auf ihn zulief – »habe ich durch mein Studium …« Der Liebfelder war mit erhobener Waffe bei Meledor angelangt, bereit, sie ihm in den Leib zu stoßen. »Höllenpein zerreiße dich! … so viele neue Sachen erfahren.« Falk fiel keuchend zu Boden und krümmte sich stöhnend. Sein Gesicht war mit einem Schlag kalkweiß und nass von Schweiß. Er schien große Schmerzen zu leiden, zuckte von Krämpfen geschüttelt hin und her. Hagen hatte sein Schwert gezogen und rannte nun ebenfalls auf Meledor zu. Aber schon flog ein sirrender Blitz an ihm vorbei, gefolgt von einem zweiten.

Lysandras Wurfdolche fanden ihren Weg. Der eine traf den Magier knapp oberhalb der Hüfte, der zweite streifte gar den entblößten Hals. Doch die Messer prallten an Meledor ab und er verzog nicht eine Miene. Wie undurchdringliches Leder schien die dünne, faltige Haut an seinem Hals zu sein und nicht einen Kratzer hatte die scharfe Schneide hinterlassen. »Ihr würdet kaum glauben, was ich alles gelernt habe.« Meledor riss den linken Arm hoch, deutete mit Mittel- und Zeigefinger auf

Hagen und sprach etwas. Seine Worte wurden jedoch von Una übertönt, die ihm im gleichen Augenblick die geballte linke Faust entgegenstreckte und die magischen Worte ihres Zaubers schrie: »Fulminictus Donnerkeil!« Aber das Gesicht der Elfe war seltsam angespannt, fast als falle es ihr schwer, ihre Magie anzuwenden. Und während Hagen überrascht zurückfuhr und geblendet die Hand vor die Augen riss, zeigte Meledor keine Anzeichen, dass der Elfenzauber an ihm gewirkt hatte. Vielmehr hob er flink eines der Wurfmesser auf und legte es Hagen an den Hals. Una ließ von ihrem angestrengten Versuch ab, einen neuen Zauber zu wirken, und Lysandra, die mit einem Langdolch in der Hand herbeigeeilt war, blieb stehen und senkte den Dolch langsam. Melina hatte sich die ganze Zeit über nicht von der Stelle gerührt. »Na, ihr wollt doch das Leben eures Freundes nicht leichtfertig aufs Spiel setzen!«, tadelte Meledor sanft. »So eine Dummheit aber auch! Ihr hättet euch doch denken können, dass ich nicht unvorbereitet war. Natürlich habe ich mich ein wenig geschützt, vor allem gegen die kleinen Zaubereien von Hex und Elflein. Aber es würde zu weit führen, euch zu erläutern, woran ich alles gedacht habe. Ich will eure einfachen Gemüter nicht überfordern. So, nun stellt euch brav an die Wand, jeder an eines dieser hübsch verschnörkelten Dreiecke. Ja, so ist's fein. Melina, mein Kätzchen! Für dich gilt das natürlich nicht.« Widerwillig stellten Una und Lysandra sich an die Wand. Meledor zerrte Hagen mit sich und ging auf sie zu. Mit der freien linken Hand berührte er erst Lysandra, dann Una und schließlich Hagen, den er daneben stellte. Dabei murmelte er etwas Undeutliches, Lysandra meinte das Wort ›Subjectum‹ zu verstehen. Dann kehrte er zu Falk zurück, schlug ihm kräftig ins Gesicht, woraufhin dieser aufhörte, sich vor Schmerzen zu krümmen. Meledor zwang auch ihn mit gezogenem Dolch, sich an die Wand zu stellen, wo der Magier seinen

Zauber wiederholte. »Seltsam nicht?«, plauderte Meledor dabei. »Viele Zaubergesten werden mit der linken Hand ausgeführt. Links, wo das Herz ist.« Lysandra versuchte sich zu bewegen, aber ein unsichtbares eisernes Band hielt sie fest. Sie konnte sich nicht rühren, es schien ihr, als wäre sie unverrückbar festgeschmiedet. Panik erfasste sie und sie versuchte verzweifelt, wenigstens die Hand zu heben. Aber vergebens. Ein Blick auf ihre Gefährten überzeugte sie, dass es ihnen nicht besser erging.

Meledor amüsierte sich köstlich über ihre vergeblichen Versuche frei zu kommen. »Das«, lachte er, »wollte ich euch gerade erzählen, als ihr mich mit euren lästigen Quengeleien unterbrochen habt. In den paar Götterläufen, die ich Zeit hatte, meine Rache vorzubereiten, konnte ich schon die eine oder andere These ein wenig umwandeln. Ich erkenne ihre Strukturen nun viel besser, weiß, welche Wechselwirkungen sie miteinander haben. Vielleicht weil ein Teil von mir nun selbst Bestandteil einer komplexen Magie geworden ist. Ja, kaum kann man mich noch als menschliches Wesen bezeichnen. Ich bin nicht mehr nur ein Magier oder auch nur ein Mensch.« Ein verzücktes Lächeln huschte über seine Lippen. »Ich bin zu einem Astralwesen geworden, zu etwas Einzigartigem, zu etwas, das es vorher noch nicht gab. Ich habe die Magie verstehen gelernt. Zuerst habe ich einige kleine Zauber verbessert und es fiel mir so leicht, als würde ich aus Bauklötzen einen Turm bauen. Dann begann ich mit meinem Meisterwerk, den *Objectum fix* auf lebende Wesen umzustellen. Aber warum erzähle ich euch das? Eure beschränkten Hirne verstehen nicht, was ich bereits Großes geleistet habe. Ihr seid tumbe, unwissende Kleingeister. Glaubt mir einfach, wenn ich euch sage« – ein selbstherrlicher Ausdruck überzog sein fahles Gesicht –, »dass ich bereits Unglaubliches vollbracht habe. Und das, obgleich ich die meiste Zeit damit beschäftigt war, meine Rache vorzubereiten. Ich habe nur nebenbei studiert, nur das, was mir von Nutzen sein könnte. Ich habe diesen Raum hier« – er machte eine ausladende Geste – »wieder hergerichtet und ihn noch verbessert. Habe eure und Erennyions Spuren verfolgt, mich für das Treffen gestärkt. Und, er war gar nicht so schwach, der alte Mann. Aber ich habe ihn trotzdem zerschmettert und er hat köstlich lange gelitten. Danach war ich fast ein wenig geschwächt, aber ihr Lieben seid ja sehr fleißig gewesen und so sagte ich mir: Meledor, warte einfach ab und ruh dich ein wenig aus! Vielleicht kommen sie ja selbst darauf, was du willst. Nachhelfen kannst du immer noch. Tja« – er strahlte, wobei er seine abstoßenden Goldzähne entblößte –, »da habe ich ja wieder einmal richtig gelegen.« Nachdenklich musterte er die Gefährten, die hilflos an die Wand gefesselt waren. »Sind sie nicht wie unschuldige kleine Vögelchen?«, fragte er, an Melina gewandt, die ihn ungerührt beobachtete. »So hilflos, so unschuldig. Und so unwissend.«

»Meinst du die Vögel, die du aufgeschnitten hast, um zu sehen, wie schnell ihr Herz aufhört zu schlagen?«, fragte die Hexe kalt.

Meledor kicherte. »Ach ja. Ich erinnere mich. Manchmal vergesse ich die lustigen Dinge von früher.« Er sah die Hexe von der Seite lauernd an. »Warum hast du mich noch nicht angegriffen, Kätzchen? Hätte gedacht, dass du als Erste die Krallen ausfährst.«

Melina verzog keine Miene. »Ich weiß, dass es sinnlos ist.«

Wieder überkam Falk die kalte Wut. Diese verdammte Hexe scherte sich wirklich einen Deut um sie. Er warf sich mit ganzer Kraft gegen die unsichtbaren Fesseln, konnte sich aber keine Handbreit bewegen. Verflucht, so hatte er sich das nicht vorgestellt. Dieser Magier war einfach zu mächtig, zu vorausschauend. Tatsächlich fragte Falk sich allmählich, ob Meledor überhaupt noch ein menschliches Wesen war. Jetzt blieb nur noch die Möglichkeit, dass das Ritual nicht so verliefe, wie es der Magier sich vorstellte. Dass der Karfunkelstein ihm einen gewaltigen Strich durch die Rechnung machen würde. »Wer hat das fehlende Teil, mein Kätzchen?«, hörte er Meledor fragen.

»Die Elfe.« Melina wirkte völlig unbeteiligt.

Nun schien sich selbst der Magier über ihr Verhalten zu wundern. »Was hast du vor, Melina?«, fragte er misstrauisch.

»Nichts. Was soll ich vorhaben? Es würde doch sowieso nichts nützen.« Sie musterte ihren ehemaligen Geliebten mit einem verächtlichen Blick. »Was soll ich deiner Meinung nach denn tun? Du weißt, dass ich dich hasse, abgrundtief und aus vollstem Herzen. Und dass ich mir nichts sehnlicher wünsche als deinen Tod. Aber ich habe bereits einmal vergeblich versucht, dich zu töten. Jetzt kann ich nur noch hoffen, dass die Götter selbst oder andere Mächte dich für deine Frevel richten.«

Meledor lächelte. Er trat näher an die Hexe heran, ganz nahe. Melina bewegte sich nicht. Sie sah ihn unverwandt aus ihren dunklen Augen an. Er legte seine magere Hand auf ihre samtig weißen Wangen, strich ihr über das makellose Gesicht. Die Hexe zuckte mit keiner Wimper. »Nun, mein Kätzchen«, flüsterte Meledor lauernd, »ist nicht dort, wo der Hass brennt, auch Begierde? Sehnst du dich nicht tief in deinem Innern nach meiner Berührung? Meiner Aufmerksamkeit?«

»Nein.« Ihre Stimme war kälter als Eis.

»Bist du dir da ganz sicher?« Die Hand des Magiers fuhr in das nachtschwarze Haar der Hexe, zog ihren Kopf ein wenig zurück.

»Ja, ich bin mir sicher.« Sie sah ihm tief, fast liebevoll in die Augen. »Und noch etwas.«

»Ja?« Meledor beugte sich so weit vor, dass seine Lippen fast Melinas Mund berührten.

»Nenn mich nie wieder Kätzchen!«

Falk ahnte mehr die Bewegung, mit der sie ihren Dolch in den Leib des Magiers rammte, als dass er sie sah. Noch immer hatte sie keine Miene verzogen, ihr Gesicht schien aus Stein. Sie stach einfach zu. Schnell und fest. Falk hatte nicht einmal bemerkt, dass sie einen Dolch in der Hand gehalten hatte. Keuchend krümmte sich Meledor nach vorn, umfasste überrascht den Dolch, der noch in seinem Bauch steckte, den Melina noch immer festhielt. Die Hexe versuchte, ihn weiter nach oben zu führen, um den Magier aufzuschlitzen. Falk bewunderte ihre kalte Selbstbeherrschung. Aber Meledor versetzte ihr einen heftigen Faustestoß mitten in ihr schönes Gesicht und sie fiel stöhnend zu Boden. Ungläubig zog der Magier den Dolch heraus, fasste sich an den blutenden Bauch. Der Samt seines Gewandes war bereits von einem dunklem, nassen Fleck durchtränkt. Er hielt die Hand hoch und bestaunte die rote Flüssigkeit, die ihm über die Handfläche lief. Sein Blut. Wut zuckte über sein Gesicht. Er trat Melina, die nun offenbar doch versuchte, einen Zauber zu wirken, hart in die Seite und zog sie dann an den Haaren in die Mitte des Symbolkreises. Dort packte er sie und zwang sie mit eiserner Kraft auf den Rücken. Dann kniete er sich auf ihre Arme, die verzweifelt nach ihm zu schlagen versuchten, und setzte sich auf sie. Er übersah völlig das Blut, das sein Gewand immer dunkler färbte, und die wahnsinnigen Schmerzen, die ihm die Wunde bereiten musste. Stattdessen riss er das Kleid der Hexe auf, entblößte ihre weiße Brust. Er will sie schänden, schoss es Falk durch den Kopf. Alles in ihm bäumte sich auf; mit ganzer Kraft warf er sich gegen das Hindernis, um Melina zu Hilfe zu kommen, aber er war gefangen.

Währenddessen legte Meledor seine blaugeäderten Hände auf Melinas Brust. »Böses Mädchen!«, zischte er dabei. »Nun musst du wieder gut machen, was du angerichtet hast.« Er senkte konzentriert den Kopf. Und obwohl Falk nicht wusste, was geschah, sah er, dass der Magier der Hexe irgendetwas entzog, ihr etwas raubte. Melina wurde bleicher, ihr Atem flatterte unruhig und dunkle Augenringe bildeten sich. Ihre Bewegungen wurden kraftlos und Erschöpfung schien sie zu überkommen. Erschöpfung, die immer schwerer wurde, bis ihre Gegenwehr schließlich erschlaffte und sie völlig ermattet auf dem Boden lag. Meledors Gesicht hingegen hatte Farbe bekommen, seine Augen glänzten und er schien völlig klaren Verstandes zu sein. Obwohl die Blutung noch stärker geworden war, hatte seine Kraft offenbar nicht nachgelassen, im Gegenteil. »Du hattest Recht, Melina«, flüsterte er zärtlich, »es ist sinnlos, sich gegen mich zu wehren. Denn ich bekomme immer, was ich will. Mein Kätzchen.« Und mit diesen Worten formten sich seine Hände zu Klauen, drangen in das weiche Fleisch ein, bis es dunkelrot auf weißer Haut blühte. In maßlosem Entsetzten schrie Melina auf, versuchte mit letzter Kraft sich zu wehren. Vergebens. Und voller Grauen erkannte Falk, was Meledors Krallen ihr nun ganz offensichtlich entrissen, denn ihre Jugend schwand und mit ihr die Farbe der Lippen, die Zartheit ihrer Wangen, der Glanz ihrer Augen. Sie verdorrte wie eine ausgezehrte Frucht, als ihr der Mann die Lebenskraft entriss, den sie mehr als alles andere hasste. Und sie starrte ihn an, bis er den letzten Funken Leben aus ihr herausgepresst hatte und sich der Blick ihrer dunklen Augen für immer verlor.

Kapitel 25

Für einen Moment herrschte Schweigen. Dann begann Lysandra zu schreien. »Du verdammter Mörder! Du Ausgeburt der Niederhölle! Verdammt sollst du sein, Kreatur des Rattenkindes! Mögen die Zwölfe dich mit ewiger Verdammnis strafen, soll ihr Zorn dich treffen und verbrennen in alle Ewigkeit! Schmoren sollst du im Feuer, ich wünsche dir Schmerzen, zehnfach, hundertfach schlimmer als alles, was du bisher erlebt hast. Verfluchter Schurke!«

Ächzend erhob sich der Magier von dem toten, ausgezehrten Körper. Dann trat er zu Lysandra und versetzte ihr beiläufig zwei harte Schläge ins Gesicht, bis ein blutiges Rinnsal von ihrer Lippe lief und sie zähneknirschend und mit hochroten Wangen verstummte. Hagen entwich ein drohendes Grollen, was der Magier aber nicht zur Kenntnis nahm. Er zog sein Gewand mit den Fingerspitzen an der Brust auseinander. »Mein schönstes Beschwörungsgewand«, sagte er missgelaunt. »Zerrissen und besudelt. Welch ein Ärger!«

Falk blickte auf das Gewand und sah durch den langen Riss den mageren weißen Leib des Magiers. Neue, weiche Haut. Aber keine Wunde. Meledor seufzte. »Das ist der Grund«, erklärte er bereits wieder besser gelaunt, »weshalb ich endlich einen unsterblichen Leib haben will. Man ist doch nie gegen die profanen Überraschungen unter Freunden gefeit.« Er entfernte sorgfältig einen Fetzten Haut, der unter seinem Fingernagel steckte. »Genug Zeit vergeudet«, entschied er dann. »Wir wollen endlich beginnen. Das Madamal hat den Kreis schon erreicht.« Er deutete auf den blauen Strahl, der sanft durch die Glasscheibe drang. Er war bereits den Kreis der arkanen Symbole ein Stück entlanggewandert und schien nun etwas stärker zu leuchten als noch vorhin. Meledor ging zu Una und nahm ihr die Ledertasche ab, die als einzige groß genug war, um das Artefakt bergen zu können. Die Elfe rührte sich nicht, aber in ihren Augen loderte unermesslicher Hass. Meledor sah sie prüfend an. »Du musst noch eine Menge lernen, Elflein«, tadelte er sie dann gutmütig, »zum Beispiel, dass sich kleine Elfenmädchen niemals mit richtigen Magiern anlegen dürfen. Da können sie nur verlieren. Und gegen mich könntest du ohnehin niemals ankommen, du kleines Dummerchen.« Er zog sie scherzhaft am Ohr.

»Sanbaya baneh!«, fuhr ihn Una an.

»Auch dir einen schönen Tod!«, entgegnete der Magier amüsiert. Dann öffnete er die Ledertasche und zog das Artefakt heraus. Seine Augen glänzten, als er behutsam über die scharfen Kanten strich. »Da bist du ja, mein Schmuckstück!« Er lächelte liebevoll. »Endlich bist du da, wo du hingehörst.« Eilig schritt er zur Säule, maß prüfenden Blickes die richtige Stelle aus und fügte dann das Bruchstück in das Artefakt ein. Es saß wie angegossen, die Bruchstelle war kaum noch zu kennen. »Wunderbar! Sobald das Licht des Madamales, aufgeladen mit der Macht der astralen Formel und unter der günstigen Sternenkonstellation, das Artefakt erreicht, wird es sich vereinen.« Er entfernte sich wieder von der Säule und eilte zurück in den Schatten, wo sein Lehnstuhl stand. Dort war ein einfacher, irdener Krug verborgen gewesen, den er nun vorsichtig nahm und ihn behutsam neben die goldene Säule stellte. »Dies ist die kostbarste Paraphernalie, die man sich denken kann. Für einen Sterblichen fast unmöglich zu beschaffen – und selbst mich hat sie einen wirklich namenlosen Pakt gekostet. Aber ich habe sie bekommen, wenn auch unter großem Aufwand.«

Prüfend wog er den Krug in der Hand. »Nicht gerade viel, wenn man bedenkt, welche Mengen an Blut in den Adern von dreizehnmal dreizehn Jungfrauen fließen. Aber dafür ist in diesem kleinen Krug genügend von der kostbaren Kraft des Lebens enthalten, um mich unsterblich zu machen. Gegen diese Essenz ist Gold wertlos und ein Tropfen von ihr ist nicht mit tausend Stein Smaragden aufzuwiegen. Sie ist seltener als das Metall eines Sternes und wertvoller als alle Reichtümer Deres zusammen. Es gibt nicht wenige Kinder der Nacht, die für diesen kleinen Krug alles geben würden.« Seine Augen glänzten. »Sikaryan«, flüsterte er heiser, »du bist jedes Opfer wert, das ich für dich bringen musste.« Wieder sah er mit glühenden Augen die Gefährten an. »Auch etwas, das mir beim letzten Mal gefehlt hat. Aber ich habe viel dazugelernt. Wisst ihr, es sind gar nicht so viele Faktoren, die das Produkt der Unsterblichkeit bilden. Betrachten wir doch einmal die unsterblichen Wesen: Einhörner oder die alten Drachen. Was haben sie, was andere nicht haben? Ich bin zu der Ansicht gekommen, dass ihre Magie anders ist. Dass die Unsterblichkeit in ihrer Magie und diese in ihrem Blut, ihrem Lebenssaft, beherbergt ist. Des Weiteren gibt es in ihrem Geist, in ihrer Seele einen Punkt , der sie unsterblich macht, bei Drachen zum Beispiel der Karfunkelstein, bei Einhörnern das Horn. Natürlich kann man diese Wesen töten, aber die Rohform der Unsterblichkeit ist in ihnen geborgen. Fügt man diese Punkte zusammen, so ergibt sich eine logische Möglichkeit, die Essenz der Unsterblichkeit zu gewinnen. Welches Verfahren aber ist das beste? Zum einen sind da die Rahmenbedingungen für dieses schwierige Vorgehen. Die maximal beste Sternenkonstellation ist ebenso ein Muss wie die besten magischen Metalle, die durch ihre Anwesenheit alle arkanen Reaktionen erleichtern und beschleunigen. Außerdem sollte die Magie selbst stark präsent sein, so wie es hier am Neunaugensee der Fall ist, wo die Linien der Kraft sich bündeln. Nimmt man als Brennpunkte bestimmte magische Formeln, welche die Magie bündeln und zielgerichtet verstärken sollen und fügt man die nötigen Ingredienzen hinzu, so hat man wohl alle notwendigen Faktoren vereint und die Wahrscheinlichkeit des Gelingens ist groß. Folgt man der Lehre der Druiden, so ist Magie die Lebenskraft selbst. Ist dann nicht eigentlich die Unsterblichkeit, also die pure Lebenskraft, die reinste und höchste Form der Magie? Seht ihr, alles greift ineinander, ein großer, sich schließender Kreis, der Leben und Magie als kostbare Frucht in sich birgt.« Er kicherte. »Ich könnte stundenlang darüber philosophieren. Aber ihr versteht das sowieso nicht. Also hebe ich es mir auf, bis ich wieder mit anderen Magiern zusammen bin und sie mir als Meister aller Lehren folgen werden. Aber nun wollen wir uns alle auf dieses einzigartige Ritual konzentrieren.« Unbewusst strich sich der Magier wieder über das Gesicht. Sein linkes Augenlied zuckte unkontrolliert. »In diesem Gefäß hier habe ich die reine Lebenskraft, den Grundbaustein des ewigen Lebens. Würde sie nie versiegen, dann gäbe es keinen Tod. Doch ihre Wirkung wird erst entfaltet durch das Artefakt. Uralte Drachenmagie, in seltenster Sternenkonstellation verschmolzene Metalle an einem Bündelpunkt magischer Kraftlinien. Nun, die roten Adern die ihr seht, sind eindeutig versteinertes Drachenblut und es unterstützt die These, dass dieses Artefakt einen Drachen getötet hat. Wie mächtig muss es daher sein! Und wie wahrscheinlich ist es, dass darin wirklich die Essenz eines Drachen und damit das Füllhorn des ewigen Lebens eingeschlossen sind. Ich muss nur noch die unerschöpfliche Lebenskraft in dieses Gefäß füllen und mir aneignen. Es ist der bestmögliche Zustand für ein Ritual, ich habe alles beachtet. Das durch die besondere Sternenkonstellation besonders empfängliche Licht des Madamals dringt durch die Scheibe. Der

Koschbasalt wirkt stark antimagisch, sodass keine Kraft an die Umgebung verloren geht, sondern sie, wie durch ein Brennglas gebündelt, auf die magischen Metalle trifft. Dort verstärken Thesen das Magiepotenzial um ein weiteres; die Metalle beschleunigen diese Reaktion. Sobald das Licht seine höchste Konzentration erreicht hat, wandert es auf das Artefakt zu. Dann gieße ich das Blut über das Artefakt und kurz darauf wird das magische Licht sowohl das Sikaryan als auch die Essenz des Drachen herauslösen und beides vereinen. So wird die Lebenskraft durch die Macht des Drachenartefaktes sozusagen dauerhaft gemacht. Die mit der puren Lebenskraft gefüllte Essenz des Drachens wird dann frei, sich mit der Lebenskraft dauerhaft zu verbinden, und ich« – Meledor strahlte vor Vorfreude – »werde mir das Artefakt ins Herz rammen, und die lebendige Essenz wird in mich eindringen und ein Teil von mir werden.«

Falk beruhigte sich etwas. Der Mann war zwar wahnsinnig, würde sich aber spätestens am Ende seines Rituales selbst umbringen, ein sehr befriedigendes Ende. Denn was der Magier da daherredete, war Falks Ansicht nach völlig unlogisch, unwahrscheinlich und schlicht der Auswurf eines geistig kranken Hirns. So war es doch, oder? Er sah das erstarrte Gesicht Unas. Sie glaubte doch nicht etwa, dass dieser Wahnsinn Wirklichkeit werden würde? Das Ganze war ein einziger Witz!

»Gut, dass ich euch aufgehoben habe«, überlegte Meledor gerade laut. »Ich werde eure Lebenskraft vielleicht noch brauchen. Ich spekuliere zwar, dass das pure Sikaryan die Wunde in meinem Herzen sofort wieder heilen wird, aber vielleicht werde ich doch mehr geschwächt, als ich vermute.«

Das war nicht so gut. Es stand zu befürchten, dass dieser Wahnsinnige tatsächlich noch stark genug wäre, sie alle zu Boron zu schicken, bevor er seine schwarze Seele aushauchte. Kein schöner Gedanke. Falk sah die Verzweiflung in Lysandras Blick. Sie schien dieselben Überlegungen anzustellen wie er.

Meledor war verstummt, starrte gebannt auf den wandernden Strahl des Madamales. Er legte die Handflächen aneinander. »Ich werde nun etwas meditieren, um mich auf den großen Augenblick vorzubereiten. Also stört mich nicht. Ich will den Augenblick meiner dritten und ewigen Neugeburt bei vollem Bewusstsein genießen.« Und lächelnd murmelte er: »Von Tsas Diener zu ihrem größten Widersacher. Das ist meine Bestimmung.« Er atmete tief durch und verfiel in eine Art Trance. Falk sah Lysandra an. Ihr hilfloser Blick zeigte ihm, dass auch ihr nichts mehr einfiel. Hagens angestrengtem Gesichtsausdruck war zu entnehmen, dass er sich gegen die magischen Barrieren stemmte. Aber offensichtlich vergebens. In Unas Augen lag ein anderer Blick. Ein Ausdruck von gehetzter Angst. Falk lief ein Schauder über den Rücken.

Mit zunehmendem Schrecken beobachtete Una Meledors Treiben. Es musste etwas geschehen! Der Strahl der Mada hatte bereits fast das Ende des Kreises erreicht. Sie musste dieses Ritual beenden. In ihr wühlte die drängende Erkenntnis, dass das Sikaryan keinesfalls in den Ritus eingebracht werden durfte. Stattdessen musste sie den Karfunkelstein mit dem Artefakt zusammenbringen. Sie war sich nicht sicher, ob Meledor sich selbst umbringen würde, wenn er sich das Artefakt in den Leib rammte, oder ob seine obskure Rechnung tatsächlich aufgehen und die magische Essenz, wie er es nannte, ihn wirklich unsterblich machen würde. Nur eines war ihr absolut klar: Das Sikaryan durfte nicht mit der Drachenseele zusammengebracht werden. Denn dann würde ein namenloses Grauen über sie alle hereinbrechen, ein Grauen, gegen das die vergangenen Tage heiterer Frohsinn gewesen wären. Eine unstillbare Gier, eine namenlose Bosheit, etwas Undenkbares, Unbeschreibliches würden entstehen. Etwas, wofür es keinen Namen gab und wofür niemals einer gefunden werden durfte. Sie wusste nicht, woher dieses Wissen kam. Aber das war auch gleichgültig. Intuitiv war ihr klar, dass sie etwas unternehmen musste und dass sie die Einzige war, die noch eingreifen konnte. Und zwar jetzt.

Die Elfe bäumte sich auf. Sie versuchte mit der ganzen Kraft ihres Willens gegen die geistige Barriere anzukämpfen, die sie bannte. Sie hielt den Atem an und krallte die Nägel in die Handflächen, bis es nass und rot zwischen ihren Fingern hervorquoll. Sie drückte, so fest sie konnte, gegen das eiserne Band, das sie gefangen hielt. Und für den Bruchteil eines Augenblicks schien es sich zu lockern. Meledor wandte den Kopf, war abgelenkt. Er spürte den Willen, der sich verzweifelt dem seinen entgegenwarf. Aber er war stark. Die Zeit des Wartens, die Gier und das Morden, all das hatte ihn stark gemacht. Er bohrte seinen Blick in den der Elfe, verstärkte den Druck auf sie. Una stöhnte, die unglaublich Kraft, die auf sie einschlug, preßte ihr die Lungen zusammen, nahm ihr den Atem. Sie schnappte nach Luft und versuchte der groben, schweren Macht Meledors entgegenzutreten. Sie musste, musste einfach bestehen! Doch Meledor riss die Augen auf, bis das Weiße darin glänzte, und mit einem gewaltigen Ruck drückte er ihren Widerstand zu Boden. Una spürte, wie die grausame Gewalt des Schlags nicht nur ihren Willen, sondern auch ihre Lebenskraft erstickte. Und mit einem dumpfen Schmatzen zerplatzte etwas in ihr. Dunkles, dickflüssiges Blut rann ihr aus Nase und Ohren, die Knie gaben nach, und hätte sie die eiserne Klaue nicht weiter umklammert, wäre sie zu Boden gefallen. So sank nur ihr Kopf kraftlos nach vorn. Keuchend versuchte sie, ihren Widerstand aufrechtzuhalten, doch er war nur noch ein schwaches, hilfloses Beben, das Meledor nicht mehr stören konnte. Aber er ließ nicht von ihr ab. Er sah das Leben rot aus ihr heraustropfen und plötzlich verzerrte ein dämonisches Grinsen sein Gesicht zu einer Fratze, zu einer goldglänzenden Fratze. In seinen rot geäderten Augen lag die unstillbare Gier, Gier nach mehr Leid, nach mehr Blut. Nach ihrem Tod. Er warf den Kopf zurück, holte aus, um mit der Kraft seines gewaltigen Willens Unas letzten Widerstand und mit ihm ihr unsicher schlagendes Herz zum Zerspringen zu bringen.

WAGE ES NICHT! Die Kraft der Gedanken traf den Magier wie ein Schlag, er fuhr keuchend zurück, fiel getroffen hintenüber. Dabei warf er den Tonkrug um und eine schimmernde Lache ergoss sich über den Boden, versickerte in den groben Poren des schwarzen Basaltsteins.

Die Elfe hatte den Kopf erneut gehoben und sah Meledor an. Weder Iris noch Pupille waren in ihren türkisschillernden Augen noch zu sehen. Türkis? Ihre Augen waren blau geworden, ein underisch leuchtendes Hesindigo, und gleißend glühten goldene Funken in ihnen. *UNS WIDERSETZEN?*

Meledor preßte die Hände an die Schläfen und begann zu wimmern. Das unglaubliche Dröhnen toste gegen die Innenseite seines Schädels. *UNS?* Der Widerhall des Willens drohte seinen Kopf zu sprengen. Die Augen quollen ihm hervor, immer mehr Adern platzten, bis schließlich das Weiß in hellem Rot glühte. Und wie Tränen lief es aus seinen Augen, aber rot war die Spur, die sie auf den Wangen hinterließen.

WIR SIND URALTE MACHT! WIR SIND UNSTERBLICHE KRAFT! Meledor schrie. Seine Adern pulsierten tiefblau, traten unnatürlich aus dem Hals hervor. Er schlug den Kopf auf den Steinboden, um die Schmerzen zu lindern, die ihm dieser unglaubliche Wille zufügte. Sein eigener Wille, seine winzige Kraft schienen zu Staub zu zerfallen. Una sah ihn unentwegt an, erhobenen

Hauptes, mit einem Antlitz wie weißer Marmor. Ihr Blick loderte. *WIR …* Meledor schlug sich die Fingernägel ins Gesicht. *WIR SIND …* Der Magier bäumte sich brüllend auf. *TAR'ASQUE!* Seine Nägel fanden den Weg zu den blutenden Augen und vergruben sich darin. Donnernd schlug die Macht in seinen Schädel ein, und mit einem Male begann sie zu glühen, glühte in unsichtbaren Flammen, heißer, als jedes Feuer brennen konnte. Schmelzender Odem versengte, verbrannte, zerfraß, zehrte ihn auf. Der Magier heulte auf, aber sein Geist verbrannte im unsichtbaren Feuer. Und mit einem Erbeben größter arkaner Macht griff das Feuer auf seinen Kopf über und sein Gesicht ging in Flammen auf, in weißglühenden Flammen. Sie griffen über auf das Haar, den Hals, und bald loderte sein Körper in hellem Feuer; nach der äonendauernden Ewigkeit eines Herzschlags war er zu einer lebenden Fackel entflammt. Noch einmal erbebte rotglühend die arkane Macht, eine Stichflamme schoß empor und mit ihr erklang ein Röcheln, das letzte, was der verbrannten Kehle Meledors entkommen konnte. Dann erlosch mit den Flammen der lodernde Wille des Drachen. Und Una brach zusammen.

Kapitel 26

Lysandra hatte versucht, sich gegen die Macht zur Wehr zu setzen, die sie festhielt, aber es war nicht möglich. Hilflos hatte sie Meledors Tun beobachtet, als ihr plötzlich aufgefallen war, dass die Elfe den Magier anstarrte. Meledor blickte unvermittelt auf, offenbar von irgendetwas überrascht. Dann überzog ein herablassendes Lächeln sein Gesicht. Auch er starrte Una an, und nach wenigen Augenblicken begann diese sich zu krümmen, soweit es die unsichtbaren Fesseln erlaubten, die sie festhielten. Dünne Rinnsale von Blut liefen ihr aus Nase und Ohren und ihr Kopf sank vornüber auf die Brust. Wieder versuchte Lysandra, sich aus der Umklammerung zu lösen, aber auch dieser Versuch war erfolglos. Hilflos musste sie mit ansehen, wie Meledor Una quälte. Sein Gesicht verzerrte sich mordlüstern, er hatte die Augen unnatürlich weit aufgerissen und beugte irgendwann den Kopf nach hinten. Dann plötzlich, als hätte ihn ein heftiger Schlag getroffen, fiel er hintenüber zu Boden. Er starrte Una ungläubig an. Diese hatte den Kopf wieder erhoben und stand ungebeugt, stolz und mächtig vor ihm. Für einen Moment schien es Lysandra, als habe sich ihre Augenfarbe verändert, aber es war wohl nur Einbildung gewesen. Dann geschah alles sehr schnell. Meledor schrie, sein Gesicht lief blau an und seine Augen begannen zu bluten. Sein Schädel pulsierte unheimlich, so als drücke eine große Kraft von innen dagegen. Er preßte die Hände an die Schläfen, als habe er unerträgliche Schmerzen, dann schlug er den Kopf ein paarmal auf den Steinboden. Fassungslos sah Lysandra seinem Treiben zu. Als er jedoch damit begann, sich die Augen auszukratzen, wandte sie entsetzt den Blick ab. Da steigerten sich die Schreie des Magiers zu einem infernalischem Gebrüll und als Lysandra wieder hinsah, da ging im Bruchteil eines Augenblickes erst sein Gesicht, dann der ganze Körper in Flammen auf. Einen Herzschlag später loderte eine Stichflamme fast bis an die schwarze Basaltdecke, um sodann zu erlöschen. Von dem Magier war nichts geblieben als ein Häuflein Asche und ein gestaltloser Klumpen, der in dem schwelenden Haufen lag. Im gleichen Moment hatte auch das eiserne Band, das sie festhielt, sich gelöst und einen Wimpernschlag später war Una zu Boden gefallen. Lysandra stand einfach da und starrte verwirrt Falk an, der von der gegenüberliegenden Seite des Raumes ihren Blick genauso fassungslos erwiderte. Dann rannten sie beide gleichzeitig los. Zu Una. Hagen war schon bei ihr, nahm sie sanft in den Arm, drehte sie um. Sie war bleich und die tiefe Müdigkeit zeichnete ihr Gesicht, sodass es klein und verletzlich wirkte. Mühsam öffnete sie ihre wunderbaren, in dunklem Türkis schimmernden Augen. »Verbinden!«, hauchte sie kraftlos. Hagen brachte sein Ohr an ihren Mund und fing damit den Hauch auf, der von ihren Lippen wich. »Der Karfunkelstein. Wir sollen ihn irgendwie mit dem Artefakt verbinden. Ich glaube, sie meint, wir sollen das Ding irgendwie drauflegen.«

Lysandra kniete nieder und fingerte den Stein aus dem kleinen Beutel, der noch an Unas Gürtel hing. Dann ging sie zögernd auf das Artefakt zu, machte dabei einen Bogen um den Madastrahl und die Symbole am Boden. Der bläuliche Schein hatte indes deren Kreis bereits durchlaufen und wanderte nun beharrlich die Linie entlang, dorthin, wo die Säule stand. Lysandra beschloss, dass es nicht schaden könne, sich ein wenig zu beeilen. Sie suchte eine Stelle auf dem unebenen Artefakt, die etwas flacher war, und fand tatsächlich eine kleine

Mulde. Der Karfunkelstein passte hinein. Zwar lag er ein wenig unsicher, aber es musste reichen. Sobald sie den Stein platziert hatte, suchte sie das Weite. Wieder glommen leuchtende Punkte in den Farben des Tsabogens in dem Karfunkelstein auf.

»Una, was können wir für dich tun? Was hat er dir angetan? Was ist denn überhaupt geschehen?« Falk war hilflos. Er entdeckte keine Wunde an ihr, die er hätte behandeln können. Die Elfe lächelte. Es schien sie anzustrengen. Wieder flüsterte sie etwas.

»Wir sollten sie so legen, dass sie den Stein sehen kann.« Eine Träne lief verwirrt über Hagens Gesicht, verfing sich in seinem wilden Bart und blieb dort funkelnd wie ein kostbarer kleiner Edelstein hängen. Lysandra nahm ihren Umhang ab und formte ihn notdürftig zu einem Kissen. Dann setzten sie Una gemeinsam auf, hielten sie in den Armen und stützten ihren Kopf mit dem Umhang. Und warteten. Der blau glühende Strahl der Mada erreichte die goldene Säule, kroch daran empor, streckte die schimmernden Finger nach dem Artefakt aus, erreichte es. Strich zärtlich über den Stein, breitete sich über die scharfen metallischen Kanten aus und glitt spielerisch über den trüben Karfunkelstein. Für einen Moment schien das Licht zu verharren, dann zog es stetig weiter.

Plötzlich glomm ein blaugoldener Funke im Innern des Steins auf. Una verkrampfte sich für einen Moment, dann überzogen Staunen und ein Ausdruck von Glück und vollkommener Zufriedenheit ihr Gesicht. Der Funke wuchs, erfüllte den ganzen Stein. Dann brach er aus ihm hervor und raste mit einem pfeifenden Zischen durch die Luft, durch die basaltschwarze Decke und war binnen eines Herzschlags verschwunden. Stein und Artefakt standen ungerührt da und waren bald wieder im Dunkel verschwunden.

»Das war alles?« Lysandra war ein wenig enttäuscht.

Das war nicht gerade überwältigend gewesen. Falk zuckte mit den Schultern.

»Die Teile des Artefaktes sind wieder miteinander verschmolzen«, bemerkte Hagen nicht sehr beeindruckt. Tatsächlich, die feinen Trennlinien waren verschwunden und es stand nur ein unförmiger Klotz Metall vor ihnen. Nun ja, Hauptsache, die Sache war ein für alle Mal vorbei.

Lysandra griff nach Unas Hand. Sie war kalt. Erschrocken blickte sie der Elfe ins Gesicht. Aber die fremdartigen türkisschillernden Augen fanden nicht die ihren. Sie blickten gebrochen ins Nichts.

Una hatte die ungeheure Macht der Drachenseele in sich gespürt und niemals etwas Vergleichbares empfunden. Sie fühlte sich wie ein kostbares Gefäß, in dem etwas Unbeschreibliches widerhallte. Dann verebbten Stimme und Gefühle und die kalte Wirklichkeit kehrte zurück. Sie fühlte, dass etwas in ihr unwiderruflich zerbrochen war, dass sie innerlich verblutete, und sie war unglaublich schwach. Umso dankbarer war Una den anderen, als diese sie aufrichteten. Jeder Atemzug bereitete ihr Schmerzen, und sie musste sich anstrengen, um Luft in die wunden Lungen zu pumpen. Schon wehrte sich ihr Körper gegen die Last, wollte nur Frieden und Ruhe von den Mühen des Lebens. Aber Unas Lebenswille war stärker. Noch nicht. Noch nicht. Erst wollte sie das Ziel ihres Strebens erleben, ihre Aufgabe erfüllt wissen. Die Drachenseele war in gespannter Erwartung nun völlig verstummt, kein Laut, kein Gefühlswispern kamen mehr von ihr. Reglos beobachtete Una, wie das Licht des Rades das Artefakt streifte. Und plötzlich erhob sich etwas, erhob sich aus Stein und Artefakt zu einer leuchtenden Einheit, wuchs zu unglaublicher Größe, durchscheinend und doch klar erkennbar. Ein Wesen von unglaublicher Gestalt, ein feingemeißelter Körper von schimmerndem

Weiß, gestreichelt von einem Schillern in den Farben des Tsabogens, kristallenes Blitzen scharfer Klauen und grauseidener mächtiger Schwingen, die anmutig und erhaben sich ausbreiteten. Leuchtende hesindigofarbene Augen von unermesslicher Tiefe, und in ihnen funkelte ein überwältigendes goldenes Gleißen. Das Abbild der Vollkommenheit. *Erlösung!* Für einen Moment verharrte der Drache und Una versank in der Unendlichkeit strahlender Augen. *FREIHEIT!* Mit einem mächtigen Schlagen der majestätischen Schwingen erhob sich das Wesen, drang ohne Zögern durch die basaltschwarze Decke und tanzte im Reigen der Lüfte empor. *FREIHEIT*! Unas Herz klopfte wie wild, schien vor Glück bersten zu wollen und doch erfasste sie plötzlich brennende Sehnsucht. Sehnsucht und der unsäglich lodernde Wunsch, dem Wege der Drachin zu folgen, sich mit ihr in glitzernde Höhen zu schwingen, den Tanz der Lüfte zu tanzen, Erhabenheit und Weisheit zu spüren. Und zu ihrer grenzenlosen Freude merkte sie, dass ihr Wunsch Erfüllung fand, dass auch ihr Geist leicht wurde und sie der Spur des edlen Wesens folgen durfte.

Kapitel 27

Das Tor hatte sich geöffnet, sobald sie das weiße Marmordreieck betätigt hatten. Gehetzt waren sie nach oben geeilt, hatten den Eingang mit allen Steinen versiegelt, die sie finden konnten. Sogar Asche hatten sie noch darüber gehäuft, damit der Ort nur ja verborgen blieb. So ruhten nun Meledors Asche und auch der verdorrte Körper der Hexe in der geheimen Gruft. Sie hofften, dass von nun an keiner mehr diesen unheiligen Ort beträte. Una, das Artefakt und auch den Stein hatten sie natürlich mitgenommen. Sie fanden eine schöne, ruhige Stelle nahe dem See unter einer großen Trauerweide. Dort begruben sie Una. Mochte die Weide über sie wachen. Der schmale Leib der Elfe war so leicht gewesen, ihr Gesicht so glücklich, dass es fast schien, als hätte sie nie wirklich auf Dere gewandelt. Die Gefährten hatten das Artefakt und auch den Stein als Gaben in ihr Grab gelegt. Der Stein, der nun wieder vollkommen war, der keine abgesprungene Stelle mehr aufwies. Der Stein, in dem das farbige Funkeln nun für alle Zeiten erloschen war. Müde und erschöpft nahmen Lysandra, Falk und Hagen Abschied am Grab der Gefährtin. Ihr Ziel war Trallop, die nächstgelegene Stadt. Von dort aus würde jeder wieder seiner eigenen Wege gehen. Doch obgleich nun alles vorbei war, wollte sich keine Erleichterung einstellen. Zu viele Opfer waren gebracht worden, zu viel Leid und Grauen hatten sie sehen müssen. Und über all dem lag wie ein schwarzes Tuch die wahnsinnige Sinnlosigkeit der Ereignisse. Hagens Niedergeschlagenheit wollte sich auch dann nicht legen, als sie in der Stadt ankamen und sich eine Unterkunft suchten. Janara tot und nun auch Una! Zwei liebe Freundinnen, mit denen er so viel Vergangenheit geteilt hatte. Und das Schlimmste war, dass er ihren Tod nicht einmal hatte rächen können, dass die geliebte Axt nicht den Schädel des Mörders hatte spalten dürfen. Vielleicht hätte das ihm ein wenig Trost gebracht. Doch nicht einmal diese Befriedigung war ihm vergönnt gewesen. Würde jemals die Trauer wieder von ihm weichen? Er starrte in das Bier, das ihm jemand (Lysandra?) vorgesetzt hatte. Doch zum ersten Mal, seit er denken konnte, verspürte er nicht das dringende Bedürfnis, den kühlen Gerstensaft die Kehle hinablaufen zu lassen. Die Worte der anderen beiden glitten an ihm vorbei. Sie berührten ihn nicht. Zu stark war das Erschrecken, das er fühlte, dem er ohnmächtig gegenüber stand, dem er nicht mit Schwert und Axt zu Leibe rücken konnte. Alles war so sinnlos geworden. Er hätte jetzt gern geweint, so wie Lysandra an Unas Grab geweint hatte. Aber die Tränen waren Steine auf seiner Seele und er schaffte es nicht, sich von ihrem Gewicht zu befreien. Gleichmütig stellte er fest, dass Falk und Lysandra gegangen waren. Die Zeit verging, doch das graue Tuch in seinem Kopf blieb. Noch immer starrte er in sein Bier. Es war abgestanden. Irgendwann schob ihm jemand ein neues hin. Er spürte warme, weiche Arme, die sich um ihn legten. Ein süßlicher Geruch von Gerste und Milch, gewürzt mit holzigem Rauch. Lange blonde Haare, die über seine Hände strichen. Er blickte auf und sah direkt in das braungebrannte Gesicht eines Mädchens. Ihre grünen Augen blitzten freundlich und es war schön, ihrer hellen Stimme zu lauschen, auch wenn er die Worte selbst nicht wirklich wahrnahm. Sie linderte den Schmerz in ihm. Ein Grübchen spaltete das Kinn des Mädchens. Sie stand auf und zog ihn mit sich. Hagen folgte ihr willenlos. Vielleicht, so hoffte er, vielleicht konnte er in ihren weichen, warmen Armen endlich weinen.

Falk und Lysandra beobachteten, wie Hagen und das Mädchen verschwanden. »Sehr gut. Das wäre geschafft.« Lysandra war zufrieden. »Galena wird sich gut um ihn kümmern. Sie ist ein liebes Mädchen.« Sorgfältig schnürte sie ihre Geldkatze zu und steckte sie an ihren Platz. »Ich habe ihr genug gegeben, dass es für einige Wochen Pflege und Liebe reicht. Bis dahin hat sich Hagen einigermaßen erholt, dessen bin ich mir sicher. Er ist eine robuste Natur und braucht nur ein wenig Hilfestellung, für den Anfang. Aber das wird schon wieder.«

»Nun, es wird wohl so sein, wenn du das sagst. Immerhin kennst du ihn besser als ich.«

Falk sah sie mit seinen grauen Augen durchdringend an. Ihr Herz klopfte ein wenig schneller. Sie seufzte innerlich. Aber eigentlich könnte man nun, nachdem die Sache vorbei war, sich doch vielleicht … »Was wirst du jetzt unternehmen, Falk? Nun, da diesem unheiligen Treiben endlich ein Ende gesetzt ist?«, hörte sie sich fragen.

»Ich habe noch eine Aufgabe zu erledigen.« Er zog Rondrims Münze hervor. »Ich habe versprochen, seine Eltern aufzusuchen und ihnen von seinem Tod zu erzählen. Und das werde ich nun auch tun. Sobald ich mich ein wenig ausgeruht habe, werde ich unverzüglich aufbrechen, um meinen Schwur zu erfüllen.«

Seine Antwort versetzte ihr einen schmerzhaften kleinen Stich. Dann war dies wohl das Ende. Es tat ein wenig weh, aber das war doch immer so, wenn sich Wege trennten. Und sie war hart im Nehmen, ließe sich nichts anmerken. Das gestattete ihr Stolz nicht. Trotzdem fragte sie sich traurig, ob sie jemals wieder in diese durchdringenden Augen sehen würde.

»Und wohin wird dein Weg führen, Lysandra?«

»O, zunächst einmal nach Havena«, antwortete sie. »Dort wartet meine Familie, und ich muss an die Geschäfte denken. Die habe ich in letzter Zeit ohnehin zu sehr vernachlässigt, Phex sei mein Zeuge. Und dann, wer weiß? Es gibt immer Dinge, die getan werden müssen. Wenn nicht von anderen, dann von mir!« Sie lachte kurz auf, dann sprach sie weiter: »Aber ich werde noch ein Weilchen hier bleiben, um nach Hagen zu sehen. Ich glaube, ich kann erst ruhigen Gewissens abreisen, wenn er sich mit einer wüsten Beschimpfung von mir verabschiedet.«

Auch Falk lachte. Dann meinte er, er werde sich nun um Zimmer für die Nacht kümmern. Sie nickte und er drehte sich um und ging auf den Schanktisch zu. Nach ein paar Schritten hielt er jedoch inne und kam zurück. Sie fragte sich, was er wohl vergessen habe, als er sich unvermittelt zu ihr herabbeugte und ihr plötzlich ganz nahe kam. »Glaub bloß nicht, du könntest mir entkommen!« Ein verwegenes Grinsen entblößte seine weißen Zähne. »Ich werde dich wiederfinden, dessen kannst du dir sicher sein.« Er richtete sich wieder auf. »Schließlich bin ich dir noch die Geschichte meines Ringes schuldig. Und ich werde alles tun, um diesen Wunsch erfüllen zu dürfen!« Er deutete eine kleine Verbeugung an und ging.

Lysandra gab sich alle Mühe, ihr freudiges Lächeln zu verbergen, aber es gelang ihr nicht besonders gut. Sie blickte zufrieden aus dem offenen Fenster und wieder einmal sandte die Praiosscheibe die letzten Strahlen in glühendem Rot über Dere. Praios allein wusste, warum Er seinen Sonnenwagen den Weg immer wieder erneut antreten ließ. Nun, sie würde jeden Tag nutzen, den Er ihr schenkte. Sie sammelte sich und richtete ein kurzes Dankgebet an die Götter, dass sie den Schrecken der vergangenen Tage hatte überleben dürfen. Sie bat innig um den Frieden Borons für die Seelen von Una, Erennyion, Celistria und all den anderen Toten, die Meledor auf dem Gewissen hatte. Dann folgten noch ein paar persönliche Bitten, und heute war es nicht Phex, zu dem sie ihre Gebete schickte.

Epilog

Tief in Sumus Leib geborgen, ruht unter einer Schicht feiner menschlicher Asche eine goldene Maske. Kein Lichtstrahl lässt das edle Metall warm erglänzen und blicklos starren die filigran gearbeiteten Augenhöhlen ins Leere. In kalter Regungslosigkeit lächeln die vollen Lippen in die Dunkelheit. Geheimnisvoll. Wissend. Und wartend.

Anhang

Erklärung aventurischer Begriffe

*Die Götter und Monate**

1. Praios = Gott der Sonne und des Gesetzes – entspricht Juli
2. Rondra = Göttin des Krieges und des Sturmes – entspricht August
3. Efferd = Gott des Wassers, des Windes und der Seefahrt – entspricht September
4. Travia = Göttin des Herdfeuers, der Gastfreundschaft und der ehelichen Liebe – entspricht Oktober
5. Boron = Gott des Todes und des Schlafes – entspricht November
6. Hesinde = Göttin der Gelehrsamkeit, der Künste und der Magie – entspricht Dezember
7. Firun = Gott des Winters und der Jagd – entspricht Januar
8. Tsa = Göttin der Geburt und der Erneuerung – entspricht Februar
9. Phex = Gott der Diebe und Händler – entspricht März
10. Peraine = Göttin des Ackerbaus und der Heilkunde – entspricht April
11. Ingerimm = Gott des Feuers und des Handwerks – entspricht Mai
12. Rahja = Göttin des Weines, des Rausches und der Liebe – entspricht Juni

---

* Im Kontext des maraskanischen Rur & Gror-Glaubens sind die Zuständigkeiten der Zwölfgötter teilweise anders definiert.

Maße und Gewichte

Meile = 1 km
Schritt = 1 m
Spann = 20 cm
Finger = 2 cm

Dukat (Goldstück) = 50 DM
Silbertaler = 5 DM
Heller = 0,5 DM
Kreuzer = 0,05 DM

Unze = 25 g
Stein = 1 kg
Quader = 1 t

Begriffe, Namen, Orte

Aves – Sohn der Göttin Rahja und des Gottes Phex, Schutzpatron der Abenteurer, Reisenden und Seefahrer
Angbar – große Stadt in Mittelaventurien
Benrath – unbedeutendes Dorf im Norden des Mittelreiches
Bishdariel – ein Diener Borons, der Sendbote der Träume
Borbarad – finsterer Schwarzmagier, der Unheil und Leid über das Reich brachte
Bosparanjer – Schaumwein
Bosparano – Sprache des Alten Reiches, nur noch unter Gelehrten gebräuchlich
Gareth – Hauptstadt des Neuen Reiches, im zentralen Königreich Garetien gelegen
Greifenfurt – Hauptstadt der gleichnamigen mittelreichischen Provinz
Havena – bedeutende Hafenstadt des Mittelreiches an der Westküste, Hauptstadt der Provinz Alberina
Hesindigo – dunkelblauer Farbstoff, der aus der gleichnamigen Pflanze gewonnen wird
Isdira – Sprache des Elfenvolkes
Karen – grasfressendes Wildtier der nordaventurischen Tundra von antilopenhafter Gestalt
Liebfelder – Bewohner des Landstrichs Liebliches Feld
Mehrwed – am Ufer des Flusses Mhanadi gelegene Hauptstadt des Kalifats in Südaventurien
Noioniten – der Boronkirche angeschlossener Orden, der sich um geistig Versehrte kümmert

Nurti – in der elfischen Mythologie das erschaffende Prinzip

Orks, Orken – stark behaarte Rasse kulturschaffender Zweibeiner primitiverer Lebensform

Praioslauf – ein Tag

Rashdul – am Fluß Mhanadi gelegene, große Stadt in Südaventurien

Rattenkind – Schimpfname für den dreizehnten, namenlosen Gott

Rotpüschel – Kaninchenart

Satinav – der Hüter der Zeit

Schwarzpelze – Orks (siehe dort)

Svelttaler Kaltblut – ausdauernde und vielseitige Pferderasse

Trallop – Hauptstadt des Herzogtums Weiden, größte Stadt und wichtigster militärischer Vorposten im Norden

Vinsalt – Hauptstadt des Lieblichen Feldes

Wehrheim – Grafenstadt im mittelreichischen Fürstentum Darpatien

Werwolf einfangen – einen Kater haben

Zerzal – in der elfischen Weltanschauung das zerstörende Prinzip

Das Schwarze Auge

1. Band: Ulrich Kiesow, *Der Scharlatan* · 06/6001
2. Band: Uschi Zietsch, *Túan der Wanderer* · 06/6002
3. Band: Björn Jagnow, *Die Zeit der Gräber* · 06/6003
4. Band: Ina Kramer, *Die Löwin von Neetha* · 06/6004
5. Band: Ina Kramer, *Thalionmels Opfer* · 06/6005
6. Band: Pamela Rumpel, *Feuerodem* · 06/6006
7. Band: Christel Scheja, *Katzenspuren* · 06/6007
8. Band: Uschi Zietsch, *Der Drachenkönig* · 06/6008
9. Band: Ulrich Kiesow (Hrsg.), *Der Göttergleiche* · 06/6009
10. Band: Jörg Raddatz, *Die Legende von Assarbad* · 06/6010
11. Band: Karl-Heinz Witzko, *Treibgut* · 06/6011
12. Band: Bernhard Hennen, *Der Tanz der Rose* · 06/6012
13. Band: Bernhard Hennen, *Die Ränke des Raben* · 06/6013
14. Band: Bernhard Hennen, *Das Reich der Rache* · 06/6014
15. Band: Hans Joachim Alpers, *Hinter der eisernen Maske* · 06/6015
16. Band: Ina Kramer, *Im Farindelwald* · 06/6016
17. Band: Ina Kramer, *Die Suche* · 06/6017
18. Band: Ulrich Kiesow, *Die Gabe der Amazone* · 06/6018
19. Band: Hans Joachim Alpers, *Flucht aus Ghurenia* · 06/6019
20. Band: Karl-Heinz Witzko, *Spuren im Schnee* · 06/6020
21. Band: Lena Falkenhagen, *Schlange und Schwert* · 06/6021
22. Band: Christian Jentzsch, *Der Spieler* · 06/6022
23. Band: Hans Joachim Alpers, *Das letzte Duell* · 06/6023
24. Band: Bernhard Hennen, *Das Gesicht am Fenster* · 06/6024
25. Band: Niels Gaul, *Steppenwind* · 06/6025
26. Band: Hadmar von Wieser, *Der Lichtvogel* · 06/6026
27. Band: Lena Falkenhagen, *Die Boroninsel* · 06/6027
28. Band: Barbara Büchner, *Aus dunkler Tiefe* · 06/6028
29. Band: Lena Falkenhagen, *Kinder der Nacht* · 06/6029
30. Band: Ina Kramer (Hrsg.), *Von Menschen und Monstern* · 06/6030
31. Band: Johan Kerk, *Heldenschwur* · 06/6031
32. Band: Gun-Britt Tödter, *Das letzte Lied* · 06/6032

Das Schwarze Auge

33. Band: Barbara Büchner, *Das Galgenschloß* · 06/6033
34. Band: Karl-Heinz Witzko, *Tod eines Königs* · 06/6034
35. Band: Hadmar von Wieser, *Der Schwertkönig* · 06/6035
36. Band: Barbara Büchner, *Schatten aus dem Abgrund* · 06/6036
37. Band: Barbara Büchner, *Seelenwanderer* · 06/6037
38. Band: Hadmar von Wieser, *Der Dämonenmeister* · 06/6038
39. Band: Christel Scheja, *Das magische Erbe* · 06/6039
40. Band: Linda Budinger, *Der Geisterwolf* · 06/6040
41. Band: Momo Evers, *Und Altaia brannte* · 06/6041
42. Band: Barbara Büchner, *Blutopfer* · 06/6042
43. Band: Lena Falkenhagen, *Die Nebelgeister* · 06/6043
44. Band: Karl-Heinz Witzko, *Die beiden Herrscher* · 06/6044
45. Band: Bernhard Hennen, *Die Nacht der Schlange* · 06/6045 (Hardcover)
46. Band: Barbara Büchner; *Das Wirtshaus* Zum lachenden Henker · 06/6046
47. Band: Karl-Heinz Witzko, *Die Königslarve* · 06/6047
48. Band: Tobias Frischhut, *Geteiltes Herz* · 06/6048
49. Band: Hadmar von Wieser, *Erde und Eis* · 06/6049 (in Vorb.)
50. Band: Britta Herz (Hrsg.), *Gassengeschichten* · 06/6050
51. Band: Jörg Raddatz & Heike Kamaris, *Sphärenschlüssel* · 06/6051
52. Band: Alexander Huiskes, *Die Hand der Finsternis* · 06/6052
53. Band: Martina Nöth, *Zwergenmaske* · 06/6053
54. Band: Gun-Britt Tödter, *Koboldgeschenk* · 06/6054 (in Vorb.)
55. Band: Heike Kamaris & Jörg Raddatz, *Blutrosen* · 06/6055 (in Vorb.)
56. Band: Jesco von Voss, *Der Letzte Inquisitor* · 06/6056 (in Vorb.)
57. Band: Olaf Flatergast, *Druiden-Rache* · 06/6057 (in Vorb.)
58. Band: Thomas Finn, *Das Greifen-Opfer* · 06/6058 (in Vorb.)
59. Band: Karl-Heinz Witzko, *Westwärts, Geschuppte!* · 06/6059 (in Vorb.)

Weitere Bände in Vorbereitung